ラウルの弟子
～最愛の弟子と引き離されたら一夜で美少年になりました～
下

Gamine Kiryu

木龍がみね

Ruby collection

Contents

登場人物紹介
ラウル
治癒術師。黄金竜に攫われ、10年後の世界に美少年の姿で目覚める。
シノ
ラウルの弟子。史上最年少で宮廷魔術師となった天才。師匠を失って以降、性格は冷淡に。
ラル
治癒術師。ラウルが変容した姿。正体を言い出せないまま、イルマ王子の魔術教育係になる。

ヒーくん

ラウルが少年姿で目覚めたときに世話になった火竜。ラウルの正体を知っている。

ラドゥル

リオレア国を創り上げたという神話に登場する聖なる竜。ラウルの精神世界に現れるが…？

レイ

リオレア国の宰相。冷静で知的。何故か黄金竜とラウルの関係について知っている。

イルマ王子

第3王子。発展途上の魔術師。リュースに閉じ込められていたラルを救い、自分の教育者にした。

ソウマ王子

第2王子。竜使い。竜を魅了する能力の持ち主。ヒーくんを相棒として溺愛している。

ユマ王子

第1王子。シノから魔術の指導を受けている優秀な魔術師。弟のイルマを大事に思っている。

メディ

魔法学校に常駐する宮廷魔術師。使い魔を使役できる。人格者を装っているが実は…？

リュース

宮廷魔術師。攻撃力の高い火魔法を操る。しかし、中身は少年を好む変態。

アドネ

宮廷魔術師。第３王子の魔術教育係をラルに奪われ、対抗心を燃やす。ラウル信者。

ラウルの弟子

～最愛の弟子と引き離されたら一夜で美少年になりました～

下

隣の席の女子生徒

朝、登校中にシノノメを見かけた。宮廷魔術師のメディと話していた。

メディがシノノメの肩に手を置いて、ポンポンと二回叩《たた》いた。シノノメは元気よく頷《うなず》いて、校舎に入っていった。一瞬だけ見えたシノノメの顔はとても晴れやかだった。何を話していたのだろう。

「おはようございます、ラルさん」

メディが俺に気付いてこっちに来た。

ふわりと甘い香りが漂った。相変わらずメディからは、異世界の匂《にお》いがする。

「メディさん、おはようございます」

メディは口元を微笑《ほほえ》ませた。

「さっきシノノメさんと何を話していたのですか？　シノノメさん、とても喜んでいましたね」

「ああ、見ていたのですか。今日はユマ王子が出る最後の決闘授業ですからね。頑張ってと励ましていたのです。あの子は天才だと言われていますが、どちらかというと努力家です。シノノメさんは、ユマ王子に勝つためにずっと努力していましたからね。僕はそのことをよく知っています」

メディの言葉には優しさがあった。メディにとって、シノノメは大事な生徒なのだろう。シノノメも、以前メディのことを語っていた時、とても尊敬している様子だった。二人は良い関係を築いていることが分かった。

「そんなことより、ラルさんはどうしてイルマ王子の教育者になったのですか？」

そんなこと、と言ったメディに少しだけ驚いた。

「あ……えっと、気になりますか？　アドネさんにも言われたんですよね。俺みたいな子供が、イルマ王子の教育者になるなんてって」

「いえいえ。そういう意味で言ったわけではないのですよ。単純に気になったのです。あなたのような方が、どうしてなのでしょう、と」

まあ確かに、宮廷魔術師でもない俺なんかが、教育者になる経緯は気になるかもしれない。

「本来、教育者以外は教えてはダメらしいのですけど、知らないで俺がイルマ王子に魔術を教えてしまったことがきっかけです。それから、イルマ王子が気に入ってくださり、教育者にしてくれたのです」

「そうだったのですね。そもそも、あなたはどうして王宮へ？」

メディはまたすぐに質問してきた。

そんなに俺のことが気になるのだろうか。やっぱり本来宮廷魔術師がやる教育者の任を、子供の俺がやることは良く思われないのかもしれない。だけど、温厚そうなメディまでアドネのようになってしまったら、ちょっと辛《つら》い。

「シノさんに会いたかったんです。史上最年少で宮廷魔術師になったシノさんに。とっても強い魔術師だと聞いていたので、一目見たかったんです」

「そうですか」

メディは微笑んだ。

「シノに憧《あこが》れる人は多いですからね。僕もシノは素晴らしい魔術師だと思っています。とても才能にあふれた人ですよね」

シノを褒められて嬉《うれ》しかった。同意するように何度も頷いた。メディとは気が合うようだ。

「そうですよね！　空を飛ぶ魔術や、離れたところでも会話できる魔術なんて今まで誰《だれ》も考案できなかったんですよ。偉人と呼ばれた人たちも。だから、俺たちは今凄《すご》い時代にいると思うんです」

「あはは、分かりますよ。ラルさんはシノが好きなのですね。ですが、出会った時はガッカリしたのではないですか？　シノは、ちょっと気難しいところがあるから」

まぁ、確かに十年前と変わってしまったシノには驚いた。本当にシノなのだろうかと、何度も確認した。けれど、ガッカリなんてしない。どんなに変わったとしても、シノは可愛《かわい》い弟子だ。

首を振ったら、メディは静かに「そうですか」と言った。

「そういえば、さっきからメディさんの持っている袋には、何が入っているんですか？　とても重そうですね」

ずっと気になっていた。

袋の中では金属音がしていた。メディはさっきから重そうにその袋を持っていた。

メディは袋を持ち直すと、困ったように笑った。

「昨日《きのう》の夜からずっと作業を続けているんですよ。ですが、なかなか終わらなくて。困ったものです」

なんの作業だろうか。気になったけど聞かなかった。魔法学校に派遣されている宮廷魔術師は、色々とやることも多いのだろう。

校舎の鐘が鳴った。もうそろそろ行かないと遅刻する。

「すみませんメディさん。俺、もう行きますね」

「はい。ラルさん、また、後で、会いましょうね」

「後で？　分かりました。では授業が終わった後に、また」

「作業が終わり次第、迎えに行きますから」

メディとまた後で会う約束をして、校舎に走った。

急いで教室まで行ったけど、まだ何も始まっていなかった。それどころか、緊急の職員会議が入ったため、二限目から授業をする、という連絡があった。一限目の授業が自由時間になるらしい。授業が始まるまで何をしていよう。一度寮に戻って、また来ようか。それとも、散歩でもしようか。

そういえば、シノノメとユマ王子の決闘授業は、朝からではなかっただろうか。せっかくだから、見に行ってみようか。

自由時間を予習に使う生徒や、睡眠時間にあてる生徒がいる中、席を立って、教室を出ようとした。

「どこに行くの？」

いつの間にか隣の席の女子生徒が背後に居て、海色の瞳《ひとみ》でこっちを見ていた。

「え？」

「ミミも行っていい？」

「う、うん」

隣の席の女子生徒――ミミはにっこりと笑って、わぁいと喜んだ。うーん、いつの間に懐かれたんだろう？

ミミは俺の腕にくっついて隣を歩いた。とても嬉しそうだった。

靴入れに向かうと、外に出ようとする生徒であふれていた。もしかして、この生徒たちも決闘授業を見ようとしているのだろうか。その中にイルマ王子もいて、こっちに気付くと目を大きく開いた。

手を振ろうとしたら、俺の腕を掴《つか》んでいたミミが、突然イルマ王子に向かって駆け出した。

「イルマ！」

イルマ王子はミミに突撃され、うぐっとうめき声をあげた。俺はというと、なにが起こっているのか分からなかった。

「イルマ、イルマ、久しぶりだね」

「あ、ああ。ミミ、ちょっと落ち着いてくれ。あと、手を放してくれると嬉しいな。さっきから、力が強い気がするのだが」

「ええ？　そうかな」

ミミは可愛らしく首をかしげた。

「ラル、助けてくれないか」

「イルマ王子、いつの間に、初等部の女の子とお知り合いに……」

「ラル？　いらぬ誤解をしていないか？　私はリュースのような変態ではない」

「あのね、イルマはミミの命の恩人なんだよ」

じっとイルマ王子を見ていたら、気まずそうに目を逸《そ》らされた。

「いや、隠していたわけではないのだ。何も聞かれなかったので、私も言わなかった」

俺もわざわざ「わたしの隣の席の女の子とお知り

合いですか？」なんて聞くわけない。

　肩が他の生徒にぶつかった。そうだ、ここは靴入れだった。靴を履き替える中等部の生徒が、俺たちを邪魔そうに見ていた。

「別のところでわけを話そう。そういえば、ラルとミミは今からどこへ行こうとしていたのだ？　今は授業中ではないのか？」

「職員会議が入り、授業の開始が二限目からになったので、決闘授業を見に行こうかと思っていました」

　イルマ王子は驚いた顔をした。

「中等部の担任も、職員会議で来られなくなったのだ。もしや、全職員が集まって会議をしているのだろうか。何かあったのだろうか。心配だな」

「心配しないで。ミミがいるよ」

　なにを根拠に言っているのか分からなかったけど、イルマ王子は自分の腕に巻き付いているミミに微笑んで「ありがとう」と言った。

「ラル、私もユマ兄上とシノノメの決闘授業を見に行こうと思っていたのだ。一緒に行こう」

　聞くところによると、今靴を履き替えている生徒の殆《ほとん》どが、同じ理由で決闘授業を見に行こうとしているようだ。ユマ王子はもうすぐ魔法学校を卒業するため、今日が最後の決闘授業らしい。その注目の一戦を見に、生徒が集まっているのだと、イルマ王子は言った。

　決闘授業の舞台の道中、イルマ王子から、ミミとの出会いを聞いた。俺が編入する一週間前、魔法学校へ来たイルマ王子は、二日目に行き倒れているミミを見つけたらしい。

「ミミ、魔物に襲われちゃったんだよ」

　にこにこしながらミミは言った。

　魔法学校の周辺では、殆ど魔物を見かけない。生徒の安全のために、教師と宮廷魔術師が定期的に魔物を駆除しているからだ。だから、魔物に襲われたというミミの話を不思議に思ったのだけど、本当に魔法学校の敷地をまたいだところで、ミミは倒れていたそうだ。

倒れているミミを見つけたイルマ王子は、すぐに駆け寄って、治癒術をかけた。

ミミはなかなか目をあけなかったので、何度も何度もかけたらしい。そしてミミは、やっと意識を取り戻したのだそうだ。

「私は最初、ミミを魔法学校の生徒だと思っていた。だが、保健室に連れて行き、話を聞いてみればそうでないことが分かった。帰るところはあるか？　と聞いたらミミが、私の傍《そば》にいたいと言うので……」

イルマ王子の傍にいたい？　ミミを見るとニコニコしていた。

「私は、ミミのことをメディに相談した。そうしたら、メディが掛け合って、初等部にミミを入れてくれたのだ」

「メディはね、優しいのよ。ミミのこと、お世話してくれたの」

「それ以来、会っていなかったが、気にはなっていた。ラルよ、ミミはちゃんと授業を受けているか？」

「ええ、はい。とても真面目《まじめ》な授業態度です」

まさか殆ど寝ています、なんて言えなくて嘘《うそ》をついてしまった。ミミと目が合い、にっこりされた。

三人で決闘授業の舞台に着いた時には、既に見学の生徒であふれかえっていた。

高等部の教師はいなかった。やっぱり職員会議は教師全員で行われているのだろうか。

教師の代わりに生徒が審判を務めているようだった。ユマ王子の最後の決闘授業を潰《つぶ》さないために、生徒だけでも開催しようとしたのだろう。

舞台上では決闘授業が既に始まっていた。決闘授業の勝敗は単純で、相手が負けたと認めること、立ち上がれないほど体力を減らすこと、場外に押し出すこと。この三つだ。

火魔法を放った生徒の炎が、風魔法に取り込まれ、風炎となりその場で爆発した。結果、火魔法を放った生徒が場外に吹き飛ばされ、押し負けとなった。

派手な勝敗に生徒たちは盛り上がり、ワァと大歓声があがった。

その中で静かに舞台を見つめている生徒がいた。シノノメだった。

シノノメは俺たちに気付かず、じっと舞台を見つめている。何を考えているんだろう。俺の視線を感じたのか、シノノメがこっちを向いた。

目が合うと、一瞬眉《まゆ》をひそめたけど、隣のイルマ王子に気付くと、意気揚々とこっちに来た。

「イルマ王子、来てくださったのですか。光栄です」

シノノメはイルマ王子にだけ挨拶《あいさつ》した。

「ミミもいるよ、ラルもね！」

「ん？　あ、ああ」

シノノメは、はしゃぐミミを見て、意味が分からない、というような顔をし、イルマ王子に視線を戻した。

「イルマ王子、僕の勇姿、ちゃんと見ておいてくださいね」

「ミミも見ておくよ！　ラルもね！」

「ん？　あ、ああ。君はさっきから誰《だれ》なんだい？」

シノノメが眉をひそめた時、別の方から「イルマ！」という声がし、晴れ渡るような笑顔で、ユマ王子がやってきた。途中で俺がいることにも気付き、

「おお、ラルまで」と驚いていた。

「二人揃《そろ》ってどうした？　何故《なぜ》ここにいる？」

「ユマ兄上の決闘授業が今日で最後だと聞いたので、一度拝見したいと思い、見学に来ました」

「そうかそうか、ユマお兄ちゃんの格好良いところを沢山見ていきなさい」

ユマ王子は、イルマ王子の頭を、嬉《うれ》しそうにぐりぐりと撫《な》でた。隣のミミが「ミミも！」と飛び跳ねたら、笑いながらミミの頭も撫でていた。

見知らぬ女の子の頭を躊躇《ためら》いなく撫でるユマ王子を見て、適応力が凄《すご》いなと思った。

「何を見ている？　ラルも撫でてやろうか？」

撫でられ、髪をぐしゃぐしゃにされたイルマ王子とミミを見て、後退しながら断った。


「ところで、さっきから固まったまま動かないこの男は誰だ？」

ユマ王子はシノノメを見ながら言った。

確かにシノノメは固まっていた。さっきまで、流暢《りゅうちょう》に喋《しゃべ》って動いていたというのにどうしたのだろう。お腹《なか》でも痛いのだろうか。

「大丈夫か」

ユマ王子は気遣うようにシノノメの肩に手を乗せた。シノノメはびくりと体を震わせ、ユマ王子の手を強い力で払った。

「さ、触るなよ！」

ユマ王子は払われた手を痛そうにさすった。

「触ってすまない。動かないから心配になったのだ」

「あ……ぼ、僕こそ、ごめ」

「おぬしは誰だ？　さっきイルマと話していたが、イルマの知り合いか？」

「っ」

ユマ王子はシノノメを知らないのだろうか。校内

でユマ王子くらいに有名らしいシノノメを。

昨日《きのう》のオタニという男子生徒の言葉を思い出した。その片鱗《へんりん》を見た気がした。

「兄上？　シノノメを知らないのですか？」

イルマ王子が不思議そうに首をかしげた。

「シノノメ？　知らないな。この男がそうなのか？　おぬし、シノノメというのか？」

シノノメは顔を真《ま》っ赤《か》にして俯《うつむ》いた。

「兄上、本当にシノノメを知らないのですか。いつものように軽口で遊んでいるのではなく？」

「イルマ、私はそんなに冗談を言うように見えるか？　シノノメというのは私が知っていなくてはいけない男なのか？　今まで知らなかったが、特に不自由したことは……あ、そういえば」

「思い出したのですか、兄上」

シノノメが顔を上げた。

「シノに響きが似ているな。少し呼びにくいかもしれぬ」

「あ、ああ。そうですか」

それは俺も思ったけど、本人の前で言ってしまうなんて。

可哀想《かわいそう》だと思っていたら、シノノメと目が合って睨《にら》まれた。分かりやすい八つ当たりだった。

「……くせに」

シノノメの呟《つぶや》きに、ユマ王子が振り向いた。シノノメはぶるぶると体を震わせていた。

「昔は僕に負けてばっかりだったくせに」

「何か言ったか？」

「今日は負けない！　絶対に勝つ！　君なんかに、僕は負けない！」

顔を真っ赤にしながら叫んだシノノメに対して、ユマ王子は柔らかかった雰囲気を剣呑《けんのん》なものにし、一瞬で目つきを鋭くさせた。

「今日の決闘授業、僕が勝つからな！　君になんて、絶対に僕は負けない！」

「ふぅん、そうか？　何故だか知らぬが、私はだいぶおぬしに嫌われているようだ」

「あ……」

シノノメは一瞬で後悔したような表情をした。不器用そうな性格を気の毒に思った。

「そもそも私とおぬしには接点はないだろう。どこで私はおぬしに嫌われたのだ？」

「接点がない、だって？　僕と君は初等部の時からずっと、同じ教室で勉強したクラスメイトだよ！」

そのとき、ユマ王子は本気でびっくりしたような表情になった。シノノメは泣きそうに顔を歪《ゆが》めたあと、悔しそうに唇を噛《か》んで、人差し指をユマ王子につきつけた。

「勝負だ、ユマ！　賭《か》けをしよう」

「賭け？　賭けとは？」

「僕が勝ったら、僕の言うことをなんでも一つ聞いてもらう！」

「さっきから何故おぬしは騒ぎ立てるのだ？　もっとゆっくりと話すことはできないのか？　命令するような言い方に嫌悪する。その手も不愉快だ。私をお前の指でさすな」

「あ、ご、ごめん。勢いが、ついちゃって」

シノノメは声を震わせて、すぐに手を下ろした。根は素直なのだろう。

「それで、賭けといったな。構わないぞ。私は負けないからな。それで、おぬしは私に何を望む？」

シノノメは「あ、えっと」と迷い始めた。まさか、決めないまま勢いで言ったのだろうか。見ているこっちがハラハラする。ユマ王子はシノノメが答えるのをずっと待っていたけど、やがて溜息《ためいき》を吐《つ》いた。

「そちらが言わないのなら私から言おう。私が勝ったら、その馴《な》れ馴れしい呼び方をやめろ。おぬしにユマと呼び捨てにされるほど、親しくはないはずだ」

「……っ分かったよ！　では、僕が勝ったら、ユマは僕と友達になってもらう！」

「ともだち？　私とか？」

ユマ王子はぽかんとして言った。シノノメの要求は意外なものだった。

しばらく静寂が流れた。その静寂を割ったのは、ユマ王子のふっという、ささやかな笑い声だった。笑い声は、次第に大きくなり、ユマ王子は肩を震わせ、一人で笑い続けた。

顔を真っ赤にしたシノノメが、泣きそうな表情をしながら言った。

「そ、そんなに面白いかい？　君の友達になろうなんて、身の程知らずだとは自分でも分かってるさ」

「いや、すまぬ。馬鹿にして笑っているのではない。友達か……。いいぞ？　なろう、友達に。今思い出したのだが、おぬし、この前の卒業試験の時、初戦であたったシノノメだろう。雷魔法が得意な」

「つう、うん、そうだよ！」

シノノメは首まで真っ赤にして、言葉にならないほど嬉しそうにした。

「なかなか手強《てごわ》かった。何故今まで忘れていたのだろうな」

ちょうどその時、ユマ王子とシノノメの名前が呼ばれた。二人が対決する順番のようだ。感極まっているシノノメと、どこか愉快そうなユマ王子が、舞台の上にあがり、その場で構えた。

まず動いたのはシノノメだった。雷撃を無数に作り、ユマ王子に浴びせた。

ユマ王子は結界を使わず、大地魔法の重力で雷撃を曲げた。重力の力で明後日《あさって》の方向に行った雷撃が、一斉に弾《はじ》けた。それはしばらくの間、閃光《せんこう》を発して見物者の目を眩《くら》ませた。閃光が消えたあと、シノノメが居なくなっていた。どこへ行ったのだろう。

ユマ王子が空を見上げて構えたその時、遥《はる》か上の空が光り、大量のいかずちが降ってきた。ユマ王子は大地魔法の重力でいかずちを全《すべ》て押しつぶすと、フロウを使って見えないところまで飛び上がった。

二人の攻防が空中戦になる。地上からは様子が見えなくなってしまった。時折、パチパチと音がし、閃光が上がっては消えていく。そういう時間がしばらく続いた。

ミミが隣で欠伸《あくび》をしたとき、誰かが空から落ちて来た。ユマ王子だった。

ユマ王子は背中を地面に叩《たた》きつけられそうになった瞬間、重力魔法で自分の体勢を変えた。後から、砲弾のように降りてきたシノノメが、雷の刃《やいば》を振り上げて襲いかかり、ユマ王子がそれを楽しそうに笑いながら、氷の刃で受け止めていた。

バチィという酷《ひど》い音と、衝撃で舞い上がった風が、こっちにまで届いた。至るところで悲鳴があがり、生徒たちはざわめきながら、慌てて舞台から距離をとり始めた。

「凄いな」

イルマ王子が正直な感想を漏らした。確かにこの二人の戦いは、魔法学校の生徒という枠を既に超えている。

才能豊かな二人に感心していた時、入ってくる魔力を感じた。シノからの通信だった。戦いをまだ見ていたかったけど、急ぎの用事だといけないので、画面を表示させた。

シノの上半身が表示されたけど、画面が荒れていて様子が分からない。どうして荒れているんだろう。人が多いからだろうか。更に、生徒たちの歓声と戦いの衝撃音が凄くて、何を言っているかも分からなかった。

シノと通信するために静かなところまで移動した。すると、何故かミミがついてきた。

「どうしたんですか、シノさん」

「……ラ……ル、……だ……か……」

「え？　よく聞こえませんが」

舞台から遠く離れたところに来たけど、画面は荒れたままだった。そのまま、プツリと消えてしまった。どうしたんだろう。もう一度かけ直しても、繋《つな》がらなかった。

諦《あきら》めて帰ろうとしたらイルマ王子がやってきた。居なくなった俺を探していたようだ。

「ラル？　どうしたのだ？」

「さっきシノさんから通信が入ったんです」

「そうか、シノはなんと言っていた？」

「それが……画面が荒れて、全然聞こえませんでした。そしてそのまま切れちゃいました。もしかしたら、人が多いからかもしれません。また後でかけ直してみます」

「そうか。あ、そういえばラルがいない間に勝敗がついたぞ。ユマ兄上が勝った。最後、大地魔法でシノノメの体を弾き飛ばし、場外にしたのだ。シノノメも凄かったが、ユマ兄上はやはり見事だった」

それは見たかった。シノからの通信がなければ最後まで見られたかも。ちょっと惜しかったな。シノノメは、ユマ王子と友達になれなくて、さぞへこんでいるのだろう。

「よー」

このやる気のない挨拶《あいさつ》はヒーくんだった。ヒーくんが通りかかり、土の入った袋を脇《わき》に抱えてどこかへ行こうとしていた。相変わらず花壇の整備をやっているのだろうか。ヒーくんは俺たちの顔を眺めたあと、にやにやしながら鼻をつまんだ。

「なんかこの辺、変な臭いしないか？」

昨日《きのう》の夜、ヒーくんに同じことを言われたのを思い出した。まだくさいのだろうか。念入りに洗って汚れを落としたはずなのに。

「五百年くらい日干しにされた乾燥昆布の臭いがする」

「またそのにおい？　昨日ちゃんと洗ったのになぁ」

イルマ王子が鼻をすんすんと鳴らした。

「何もにおわないが？　というか、五百年くらい日干しにされた乾燥昆布とはなんだ？　突拍子もないたとえだな」

「そうだなぁ。でも、俺的にぴったりの表現なんだよなぁ。五百年ってところが肝だ。五百年だぜ、五百年」

ヒーくんはうんうんと頷《うなず》いて「凄くない？」と俺

に同意を求めた。なんだろう、このよく分からないやりとり。

ヒーくんはにやにやしていた。俺に対してにやにやしているのだと思っていたけど、よく見たら視線は俺の後ろに向いていた。後ろにいるのはミミだ。ミミ？　どうしてミミを見ながらニヤニヤしているんだ？

「なぁおい、そこのチビ。お前もそう思うだろ？なんか言えよ、黙ってないで」

ミミは俯いたまま黙っていた。もしかしたら、ヒーくんに怯《おび》えているのかもしれない。

イルマ王子が庇《かば》うように、ミミを後ろに隠した。

「やめよ。怯えているではないか。その怖い顔で威圧するな」

「失礼だろ。俺の顔、ぜんぜん怖くねぇし」

「イルマ、この人こわい」

ミミが小さな手で、イルマ王子の服にしがみついた。

「は？　お前言ってんの？」

ヒーくんは声を荒らげた。

「何故《なぜ》さきほどからミミに絡む。ミミがおぬしに何をしたのだ」

「なにって、いろいろあるぜ。えっとぉ」

と言いながら指折り数えようとしたヒーくんを遮るように、ミミが言った。

「イルマ、ラル、ねぇもう戻ろう？　ミミ、この人怖いから嫌だなぁ」

「なっ、お前」

「ミミ、大丈夫だ。私が守ってあげるから」

イルマ王子は急いでミミを後ろに隠した。

「ありがとう。だけど、もう戻りたいな」

「待て待て、お前何目指してんだ？」

「このような小さな女の子を威嚇するなど、おとなげないぞヒーくん」

「どこが小さな……ていうかヒーくんって呼ぶな」

よく分からないけど、ヒーくんはミミのことを知っているのだろうか。その時、足音と甘い匂《にお》いがした。

「おや、皆さんお揃《そろ》いで。何をしているのですか?」

いつの間にか、メディが近くに立っていた。隣にはティターニアがいた。メディは、朝見かけた袋を、変わらず持っていた。

「あ、メディだ!」

ミミが飛び跳ねて、メディに手を振った。

「さっきね、イルマの兄上さまが戦ってたんだよ。ミミたち、それを見ていたの」

「へぇ、そうですか……。シノノメくんは、ユマ王子に勝てたかな。昔から、ユマ王子に勝つために努力していた子だったから、ちょっと心配ですね」

イルマ王子が、シノノメは負けたことを伝えたら、メディは困ったように笑って「そうでしたか」と言った。

「その袋には何が入っているのだ?」

と、イルマ王子が聞いた。重そうな袋を抱え直したメディは、何も言わずに口元を微笑《ほほえ》ませた。

「重そうだな?」

ヒーくんが聞くと「ええ。重いです」と言った。メディは俺の方に顔を向けた。なんだろう、とても見られている気がする。

「メディさん、朝言っていた作業はもう終わったのですか?」

俺が聞くと、メディは口元を微笑ませたまま頷いた。

「ええ。ついさきほど、全て終わりましたよ」

「そうですか。良かったですね」

「ええ」

「作業? メディ、その袋は何が入っているのだ?」

イルマ王子が再度聞いたけど、メディは何も言わなかった。

「どこに持っていくの? ミミもお手伝いしようか?」

ミミは袋を受け取ろうとしたけど、メディが手を放さなかったので、中身が少量こぼれてしまった。

「あ、ご、ごめんね」

ミミはすぐに謝り、袋からこぼれたひし形の黒い物体を持ち上げた。俺も近くに落ちたそれを拾い、意外と重量があることに驚いた。このひし形の黒いのが、袋の中に何個も入っているのだろうか。とても重そうだ。

「ミミ、お気遣いありがとうございます。だけど、自分で持つからいいですよ」

「うん、余計なことしてごめんね。はい、これ」

メディはミミが差し出したひし形を受け取って、袋の中に入れた。その際、カチャカチャと金属がこすれあう音がしたので、やはり袋の中にはこれが大量に入っているのだろう。俺もひし形の黒いのをメディに渡そうとしたとき、イルマ王子が遮るように言った。

「ラル、待て」

イルマ王子は俺がメディに渡そうとしていたひし形を見下ろし、目を見開いていた。

すぐ傍にある池で、飼われている魚が跳ねた。跳ねた魚が水中に戻っていったとき、イルマ王子が、信じられない、という様子で言った。

「メディ、それは標《しるし》ではないのか？　標は本来、土の中に埋めて使うものだろう。なぜ袋の中に入れて持ち歩いている？」

標？　標ってなんか聞いたことがある気がする。

「ラル、さっき、シノと通信ができなかったと言ったな？　ちょっとシノにかけてもらってもいいか？」

言われて、シノに向けて通信魔法を使った。だけど、さっきと同じように、波動はシノにまで届かず、遮断されたように消えてしまった。何も映らない画面は真っ黒のままだった。

どうして繋がらないんだろう。昨日までちゃんと繋がっていたのに。不調だろうか。

「メディ、コムニが使えない。これはメディが標を持ち歩いているからだろう？　コムニが使えないと不便だ。困る者が大勢いる。今すぐあるべきところに直した方がいい」

そういえば、思い出した。

シノは、標が立っているところにしかコムニは飛ばせないって言っていた気がする。俺が今持っているひし形の金属が標なのだとしたら、どうしてメディは持ち歩いているのだろう。そんなことをするから、コムニが使えないのではないだろうか。重そうに持っている袋には、土に埋めて使うはずの大量の標が詰まっているに違いない。

「ラルさん、拾ってくれてありがとうございます」

メディは口元を微笑ませたまま、手を差し出してきた。俺が持っている標を、渡せということだろうか。

「ラル、標を渡すな」

イルマ王子が言った。

「メディ、どうした？　さっきからはぐらかそうとしているが、標をどうするつもりだ？」

「……」

「なぜ答えない？　メディ、標を渡せ」

「渡せませんね」

「なぜだ」

「なぜって、標を渡してしまえば、コムニを使うでしょう？　私は外との連絡を絶つために標を掘り起こしたというのに」

イルマ王子の瞳《ひとみ》が、緊張で揺れていた。

「なぜ外との連絡を絶つのだ？」

「うふっ」

メディは口元をおさえて、こらえられないというように笑った。

「なぜ、なぜって……。さっきから聞いてばかりですね。少しは自分で考えてください。ほら、イルマ王子、今は授業中ではないのですよ。質問は受け付けません」

「メ、メディ？　どうした？　何故そんな口をきく」

「どうもしていませんが？　俺はこの国の人間では

ないから、あなたに敬意を払う理由は、実は少しもないのですよ」

メディはパッと俺の方に顔を向けた。

「俺のことを、覚えてる？」

「え……？」

その言葉は俺に言っているのだろうか。

「あ、分からない？　そうだよね。あれから十年以上経《た》っているから」

メディは楽しそうだった。我慢しきれない嬉《うれ》しさみたいなものが、言葉の端に見えた。

「じゃあ、これで分かるかな？」

メディは、今まで顔を蔽《おお》うようにしていた前髪を手でかきあげて、後ろに撫《な》でつけた。

初めて見た素顔に息を呑《の》んだ。メディの片目は潰《つぶ》れていた。昔、何かに傷つけられたような古傷だった。きっと片目は何も見えていないだろう。痛々しい傷跡だった。人と目を合わせるのが苦手だと言っていたけど、もしかしたら、この傷を隠すために前髪を伸ばしていたのかもしれない。

片目だけのメディは、灰色の瞳を動かして、俺と目を合わせてきた。

「びっくりした？」

メディはにこっと笑って尋ねてきた。そしてこっちに来ようとした。

「ねぇびっくりした？　久しぶりだよね」

「ラルに近づくな」

メディの言葉はおかしかった。さっきから何を言っているのか分からない。

「あ、あれ？　もしかして、俺を覚えてない……？」

こっちに来るメディと、じりじり後退する俺の間にイルマ王子が割って入った。

「どうしてラルに絡む」

「嘘《うそ》だろ？　覚えてない？　なんで？」

なんでと言われても、メディと会ったのは昨日《きのう》が初めてだ。

「あ、そうだ。この傷、分かるだろう？　傷だよ、目の、ほら、思い出して」

　メディは焦ったように言った。

　思い出せなかった。俺には、思い出すような宮廷魔術師の知り合いはいない。人違いだろう。

「あの」

「あっ、思い出した？」

「思い出すも何も、メディさんとは昨日初めて会ったと思うんですけど……人違いではないですか？」

　それよりも、標を早く元に戻して欲しかった。あれがなくてはシノと通信ができない。

「あの、掘り起こした標を元に戻してくれませんか？　戻すのが面倒だったら、俺が代わりにやりますから」

「は？」

「さっきシノさんから通信があったんですよ。かけ直さなきゃいけないので」

　失望。絶望。メディはそんな表情をした。

「な、何言って……シノと通信？　え、本当に覚えてないわけ？　……ずっと、ずっと探してたのに。シノ、シノって。さっきからそればっかり。なんで……俺が先だったのに」

　メディの雰囲気が変わった。無感情な目をしながら、俺の首を掴《つか》もうとしてきた。

「メディ！　ラルに何をしようとしているのだ！」

　イルマ王子が庇《かば》ってくれようとしたその時、後ろの池から、マーメイドが這《は》い出てきた。

　マーメイドはイルマ王子の体を抱きしめて、一瞬のうちに池の中に引きずり込んでしまった。

「あははっ。邪魔するからさ」

　メディは笑った。さっきのマーメイドはメディが使役した使い魔かもしれない。

「イルマ王子！」

　イルマ王子を助けるために、急いで池の中に入ろうとしたら、ヒーくんにおさえられた。

「待て、お前、しっかり泳げるのか？」

「う、運動神経とかはよくないけど、なんとかなるかも」

「自信がないなら行くな。さっきの使い魔に食い殺されるぞ」

「でも、イルマ王子が」

俺の後ろから何かが飛び出した。ミミだった。

池の中に飛び込もうとしたミミを、ティターニアが阻んだ。その時、ミミが恐ろしい動きをした。

くるりと体を半回転させて、ティターニアの背後に回ると、躊躇《ためら》うことなく、手刀でティターニアの心臓を背中から突き刺したのだ。

ティターニアの胸から、ミミの小さな手が花のように生えていた。使い魔は、意識を保っていられないほどの大怪我《けが》をすると異界へと帰る。ティターニアは霧のように消え、異界へ帰った。腹を抱えて笑っていたメディが呆気《あっけ》にとられていた。

池の傍に立ったミミは、準備運動をするように腕を伸ばし、ぐるぐると肩をまわした。

「大丈夫か。池の中には、さっきみたいな使い魔がいるかもしれねぇぞ」

ヒーくんがミミに話しかけた。

「大丈夫よ。イルマは私が助けるわ」

「気を付けろよ」

「ええ」

ミミは、いまだに驚きから抜け出せない俺に向かって、しっかりと手を振った。

「またね、ラル。また、会いましょう」

「ミミ！　ダメだよ！」

ミミは飛沫《しぶき》をあげて池の中に飛び込んだ。

メディの急襲

ミミが行ってしまった。

一人で行くなんて危ない。俺も池の中に入ろうとしたら、ヒーくんに手を引っ張られた。

「お前はこっちだ。逃げるぜ？」

「だめだよ、ミミが危険だ。イルマ王子だって放っておけない」

「あいつは大丈夫だって。それに、お前は水の中で息できないだろう？」

まるでミミなら水中で呼吸ができるような言い方だ。そんな人間いないだろう。

「おい、何逃げようとしてるんだよ。逃がさないから」

メディが使い魔を呼び出した。

現れたセイレーンは、耳が壊れそうなほどの音量で歌い始めた。

セイレーンの歌は凶器だ。人間を愛の歌で魅了したり、破滅の歌で壊すこともできる。今歌われているのは破滅の歌だった。セイレーンの声は耳の鼓膜を刺激し、頭の中をガンガン揺さぶった。目眩《めまい》と同時に吐き気がした。

走れなくなり、ヒーくんの手を放して倒れ込んでしまった。

「おい！　立てないのか？」

ヒーくんは俺を背中に背負って走った。後ろからメディとセイレーンが迫ってくる。ヒーくんはどうして平気なんだろう。セイレーンの嘆きが、聞こえないのだろうか。

「ヒーくん、どこに逃げる、の」

「今教師たちが職員会議してるんだろ？　ちょうど良いじゃねぇか、そこ行こうぜ。ていうかお前、なんか恨まれてたっぽいけど、あいつに何したんだ？」

「何もしてないよ。メディとは昨日会ったばかりなんだ。きっと勘違いしてるんだと思う。話せば分かってくれるよ」

「まともに聞いてくれそうになかったけどな」

ヒーくんの足は速く、セイレーンとメディを引き離したまま校舎の中に入った。階段を駆け上がり、二階の職員室の扉を開けた。そして、俺たちは息を呑んだ。

教師は全員居眠りをしていた。会議をしているのではなかったのだろうか。

「ああ、みんなよく眠ってる。コムニが使えなくなったことに気付かれて、犯人捜しの会議をし始めたものだから、まとめて眠ってもらったんだ。セイレーンの子守唄《うた》はよく効くんだよ」

後ろから声が聞こえ、振り返ったらメディがいた。いつの間に近づいていたのだろう。気付かなかった。

メディは俺の髪を掴んでヒーくんの背中から引きずり下ろした。

「なんだよこの髪。昔はこんな色じゃなかったよね？　昔の方が良いな。炭みたいに、真っ黒で、綺《き》麗《れい》だった。今の色はぜんぜん似合っていないね」

「い、い……た……っ」

頭皮ごともがれるんじゃないかと思うほど、強く引っ張られて動けなかった。ぶちぶちと音がしたから、何本か抜けたかもしれない。

「くそ、おい放せ！」

ヒーくんが俺に手を伸ばした。

「ねぇラウル、本当に俺のこと覚えてない？　俺、あなたに会いたくてこの国に来たんだよ。きっと生きてるって思っていたよ」

今、なんと言っただろうか。ラウルと呼ばれた気がする。メディは俺の正体を知っているのだろうか。

驚いていたら、満足そうに笑われた。

「昨日の夜、そいつと話していただろ？　偶然聞いちゃったんだ。会話の内容で、ラウルって分かったよ。生きているって知って嬉《うれ》しかったな」

昨日の夜、確かにヒーくんと話しながら帰った。まさか、その会話を聞かれていたのだろうか。そういえば、あの時、風と共に甘い匂《にお》いがした。今思えば、あの甘い匂いは、俺の髪を掴んでいるメディの匂いと同じだった。

「あなたが生きていて嬉しかったけど、シノのことばかり考えているのは嫌だな。そのせいか、俺のことなんて覚えていない。ねぇ、そろそろ思い出した？」

メディの目の傷は、どこかで見た気がするけど、やっぱり思い出せなかった。記憶力は悪くない筈《はず》なのに。

よっぽど昔のことなのか、それとも今のメディと俺が忘れてしまったメディの印象が、凄《すご》く違うのか。どちらにしろ思い出せなかった。

「しらな……わからな、い。き、きみが言っている人は、ほんとうに俺かな。ぜんぜん思い出せないんだよ。か、勘違いをしているんじゃない、かな。ちがう？」

頭皮の痛みに耐えながら言った。

「勘違いだって？　ひどいじゃないかラウル！」

メディが叫んだとき、ヒーくんが口から炎を噴き出して、メディの手を追い払った。少しだけ俺の髪にかかり、焦げた臭いがした。ヒーくんはすぐに俺の体を引っ張り、再び背負った。

「話し合いはうまくいったかよ」

「だ、だめだった」

「だろうな、逃げるぞ」

「どこ行くの？」

「もうこうなったら戦うしかねぇよ。外に出て竜になる」

その時、大きな魔力を感じた。いきなり現れたそれに体が反応した。

「ヒーくん、よく分からないけど、大きな魔力を感じた。そこへ行ってみてほしい。案内するから」

「なんだそれ、大丈夫なのか？　罠《わな》とかじゃないだろうな」

「大丈夫だと思う。なんか、そんな気がする」

魔力反応があった場所は図書室だった。

図書室の扉を開けて、中に入った。この時、いつの間にかメディの気配は消えていた。ヒーくんの足の速さに追いつけなかったのかもしれない。

奥の方から魔力反応が感じられた。

図書室の最奥には、禁書を守るための結界がある。結界をヒーくんが壊し、魔力反応の源まで来た時、二人で驚いた。

巨大な魔法陣が、広い空間を覆うように展開していた。

魔法陣には、難しそうな記号が羅列していた。何を考案しようとして作られた魔法陣なのだろうか。羅列している記号は、あまり見かけないものばかりだった。これを作るには途方もない時間がかかっただろう。

「ひえーなんだこれ、すっげ」

魔法陣の大きさに、ヒーくんは圧倒されているようだった。

ヒーくんの背中から降ろしてもらい、自分の足で近くまで行って魔法陣をよく見た。時間系や、空間系の記号ばかりが書かれてあった。

「なんの魔法陣だろう」

「お前でも分かんないのか？」

「うん。見たことない魔法陣だよ。これ、完成はしてないみたいだけど、完成間近だ。誰《だれ》が作ったのかな、すごい」

不意にコムニの波動を感じた。流れてくる魔力を掴《つか》んで、コムニを起動させた。画面の乱れが酷《ひど》い中で、映ったのはシノだった。標は掘り起こされていたのに、どうして起動できたのだろうと思っていたら、左手でずっと持っていたひし形の標が、淡く光っていた。どうやらこれに反応したようだ。

「ラル、大丈夫か」

画面は乱れていたけど、音声は届いているようだ。途中、途切れたりしていたけど、なんとか聞こえた。

「ちょっと前、魔法学校の周りに侵入不可の結界が張られた。さっきはそれをお前に伝えようとしたのだが、通信が切れてしまったからな。そっちは大丈夫か？」

「だ、大丈夫じゃないです」

シノと通信できたことに安心して、力が抜けた。

「何があった？　昨日の夜から、コムニが届かなくなり、今やっとちゃんと繫《つな》がった。標を管理しているのはメディだ。メディに何かあったのか？　メディにも通信を送っているのだが、まったく繫がらなくてな」

「そ、そのメディさんが、標を掘り起こして、コムニを使わせないようにしていたんです。きっと侵入不可の結界を張ったのもメディさんです。俺たち、さっきまでメディさんに追いかけられて、逃げてきたんです」

シノが詳しく話せ、というので、さっきあったことを、俺がラウルだとばれたことはぶいて、要点だけ話した。

「メディがお前を襲った？　何故《なぜ》だ？」

メディは俺をラウルだと知っていた。ラウルだと知った上で、襲ってきたのだ。メディの狙《ねら》いはラウルとしての俺だった。けれど、どうしてあれ程の恨みを持たれているのか分からなかった。メディは俺のことを知っていたけど、俺はメディを知らない。

あんなに強い魔術師と昔出会っていたら印象に残るはず。それなのに、俺にはメディの記憶はない。宮廷魔術師になるほどの使役者……。やっぱり分からない。

そういえば、メディはこの国の人間ではないと自分で言っていた。

「……あの、メディさんってどこの国の人なんですか？　さっき自分でリオレア国民じゃないって言っていましたけど」

「いや、リオレア国で生まれたと聞いているが？　そもそも宮廷魔術師はリオレア人でなければなれない。宮廷魔術師試験は、他国の魔術師に受験資格はないからな」

なら、どうしてあんなことを言ったんだろう。

考えられるのは、メディが出身国を偽って宮廷魔術師試験を受けたということだけど、本当にそうなのだろうか。

「メディの暴走を止めないといけないな。ラル、自分たちでどうにかできそうか？」

「宮廷魔術師のメディさんをどうにかするなんて、正直自信がないです」

「だろうな。俺が行くしかないな」

俺が行くってどうするんだろう。王宮から魔法学校までは距離があるし、侵入不可の結界も張られているらしいし。

「お前の下で展開されている魔法陣は、転送魔法陣だ。俺が今いる王宮の地下と、お前たちがいる図書室を繋げてある。万が一のために魔法陣をそっちへ送ってみたのだが、役に立ちそうだな」

転送魔法陣……！　この魔法陣の正体は、転送魔法だったのか。

転送魔法は、空を飛ぶことと同じくらい叶《かな》えるのは無理だろうと言われていた魔術だ。

人を離れた場所に移動させるなんて、いくら魔術でも不可能なことだと魔術師の間では言われていた。けれど、シノの転送魔法陣は完成間近だ。シノは再び魔術師の限界を超えて、不可能を可能にしようとしているらしい。

天才。その言葉が浮かぶ。

「だが、まだ未完成だ。あと少しなのだがな」

「はあ？　未完成？　じゃあこっちに来れないのかよ、なんだよ期待させんなよ」

今まで黙っていたヒーくんが言った。

「殆《ほとん》どは完成している。だが、発動しないんだ。時間さえあれば解明できるのだが、今の状況ではゆっくりもしていられないな。急ぐからそれまでどこかに隠れていろ」

「隠れるってどこにだよ、あいつは魔法学校のこと知り尽くしてるだろ」

「シノさん、俺も手伝います。一緒に完成させましょう」

「ダメだ、この場の大きな魔力反応はメディも気付いているだろう。ここに居続けると危険だ。今のうちに隠れる場所を探せ」

「大丈夫です。今はメディさんの気配はないですし」

シノが「だが」と言ったとき、微《かす》かに足音が入口の方で聞こえた。

メディだろうか。足音が止まった。

「イフリート」

メディの声と、俺の足元に魔法陣が出現したのは同時だった。それは使い魔を呼び出す召喚陣だった。

逃げようとしたけど、その前に召喚陣から炎が噴き出して俺の体を焼いた。ヒーくんが必死な顔で手を伸ばすのが、ひどくゆっくりに見えた。

伸ばされたヒーくんの手を掴もうとしても、手が動かなかった。見たら、指先が炭のようにボロボロになっていた。叫び声をあげたら炎が消えた。

体が崩れ落ち、メディの笑い声が聞こえた。

「おい、大丈夫か！　治癒術で治せるか？」

ヒーくんは、崩れ落ちた俺の体を支えてくれた。焼かれた体は、きっと焼石のように熱いはずなのに、ヒーくんは放さなかった。

熱くて苦しくて、思うように治癒術を発動できなかった。涙を滲《にじ》ませながらやっと発動させ、徐々に体を治していった。

「大丈夫か」

頷《うなず》くと、ヒーくんがほっとしたような顔をした。

「ラル」

画面の中のシノが俺を呼んだ。体を治している間、シノの声も聞こえていた。

画面の中のシノは、今まで見たことがないほど青ざめていた。安心させようと思って笑いかけても、シノの顔色は回復しなかった。

「イフリートの炎はどうだったかな？　永遠と思えるほどの熱さだっただろう？　だけどさっきのは序

の口だよ。もっと酷いことだってできるんだ。でもね、大人しくしてくれたら、もう酷いことしないよ？」

メディはにっこりと笑いながら言った。

「メディ、やめろ」

「あれ？　シノじゃん。なんで通信できてんの？」

画面の中のシノが喋《しゃべ》ると、メディが俺の左手にある標に目を向けて、ふぅんという顔をした。

「シノはそこで指を咥《くわ》えて見てなよ。俺があの人を上手に焼いてあげるから」

ヒーくんが口から炎を噴いて、メディを襲った。メディは後ろに飛び退《との》いて、その隙にヒーくんはメディに近づいた。

「おい！　俺が時間を稼ぐから、お前たちでなんとかしろ！　さっきその魔法陣を完成させるとか言ってただろ！」

ヒーくんの体が光り、そして火竜になった。

火竜になったヒーくんは、メディの胴体を大きな口で挟んで、図書室の壁を壊し、外に出た。

外から、ぐおおおお、という竜の咆哮《ほうこう》が聞こえる。竜の咆哮は凄《すさ》まじく、建物がビリビリと揺れた。

「シノさん、やりましょう！」

ヒーくんの作ってくれた時間を無駄にしないように急いだ。図書室にあった魔法ペンを掴《つか》んで、魔法陣の上にしゃがみ込む。

「俺もこっち側から描きます。完成させましょう」

「……魔法陣の描き方は分かるか」

「分かります」

ペンを持ち直した。

転送魔法陣

魔法陣をよく見た。

巨大な円の中に、七芒星《ぼうせい》が描かれていた。その周りには小さな円が散らばっていて、円の中には、発動に必要な記号が書かれてる。あまり見ない、複雑そうな記号ばかりだ。陣の中心には、鳥を象《かたど》ったシンボルが翼を広げていた。

「シノさん、いくつか質問させてもらってもいいですか？」

「構わない」

「七芒星と三と四を描くとき、何を表すようにしましたか」

「七芒星は不可能を可能に。三は破壊、転送、再構築。四は空間、時間、記憶、場所だ」

「右上の独立した円は？　なぜ離して描いたのですか？」

「転送中に魂が歪《ゆが》んで潰《つぶ》れてしまわないように描いた。七芒星から離して描くことによって不可能を可能にしようとする運命の歪みを抑えられる。因《ちな》みに、その下にある数々の記号に意味は無い。空間を捻《ね》じ曲げる際にクロノスに見つからないように記号で埋め尽くしているだけだ」

「七芒星のすぐ上の小さな円は？　ガルーダへの捧《ささ》げ物《もの》ですか？」

「そうだ。中心のシンボルはガルーダを象ってあるからな。姿を借りる代わりに賛美の言葉を連ねた」

「魔力の強化陣は？」

「四隅に置いた」

「一度発動させてみても良いですか？」

「構わないが、発動しないぞ。お前たちがここに来る前に何度か試した」

「呪文《じゅもん》を加えます。輝く翼を持つ者よ、我は汝《なんじ》の力を借りて飛翔《ひしょう》することを願う」

呪文を口にしながら魔法陣を起動させたけど、光はすぐに消えてしまった。失敗だ。だけど、こんなに早く成功するとは思っていない。呪文がダメなら次の手を考えるだけだ。

「陣に〈調和〉を加えていいですか？」

「〈調和〉か、では中心から外して書き足せ。七芒星に近いと、転送する時に捻じ曲げた空間を邪魔するかもしれない」

「はい。では、左下の〈勇気〉と〈精神〉の間に」

勇気と精神の記号の間に、調和の記号を加えた。

「これで発動するでしょうか？」

「試してみよう。離れていろ。発動中の魔法陣に触れると魔力を吸い取られるぞ」

「はい」

安全な場所まで離れた後、シノに合図を送ると魔法陣が光った。けれど、すぐに光は収縮してしまった。

「だめみたいですね」

「理論はあっている。必要な記号も付け加えた。だが、発動しない。なぜなんだ！」

シノは焦ったように声を荒らげた。なんだかいつもの冷静なシノらしくないなと思った。

「シノさん落ち着いてください」

「落ち着いていられるか？　これが完成しないとお前が……」

もしやシノは俺の身を案じてくれているのだろうか。

「俺なら大丈夫です。何度でも治癒術で治せますよ。それより教えてください。さっき理論はあっていると言っていましたが、転送魔法はどういう理論で組み立てようとしているんですか？」

「……発動後、肉体を空間ごと捻じ曲げて破壊させる。物理的に無にさせて魂だけを吸収し、記憶させた後、繋《つな》げた場所に魂の記憶を転送させる。そして、魂の記憶を元に肉体を一瞬で再構築させる。肉体をそのまま別の場所へ転送することは出来なかった。一度肉体を破壊するしかないが、〈不感〉を書いたので痛みは無いし、魂になっている時の記憶は引き継がれないので体感時間は三秒にも満たない」

そうか、一度肉体を無にしてから別の場所で再生させるのか。確かに、肉体を伴っての転送と、記憶だけの転送なら、記憶だけの転送の方がまだ容易《たやす》い。

肉体を破壊するシノの理論は一見無茶なものだけど、それを実現させるだけの記号は既に魔法陣の中にあった。発想力も素晴らしい。どうして発動しないのだろう。肉体を復活させる時の一番大事な〈再生〉の記号もしっかり書いてあるのに。ん？〈再生〉？

「どうして発動しないんだ」

シノは焦り、苛立《いらだ》っていた。集中できていないのが分かる。

「ラル、メディが帰ってくる気配がしたらすぐに逃げろよ」

さっきからシノは俺を心配してくれている。そのせいで集中できていないのかもしれない。

シノを落ち着かせるために笑顔を作った。

「俺なら大丈夫ですよ」

大丈夫じゃないだろう、少しは自分の身を案じろ！」

「どうしたんですかシノさん、落ち着いてください」

「くそ、どうして発動しないんだ」

焦りとイライラで思考がまとまっていなそうだった。

「メディがいつ帰ってくるとも分からない」

「俺のことは心配しないでください。この転送魔法陣が完成したら、シノさんが来てくれるのでしょう？」

「俺の理論が間違っていたのかもしれない」

「シノさんの理論は間違ってなんかいませんよ」

「だったら何故《なぜ》発動しないんだ。転送魔法陣など、やはり不可能だったということか」

「不可能なんてありません。魔術には不可能を可能にする力があるんです」

「……」

「俺は信じています。だって、シノさんにはどんなことだって出来るんですから」

昔、これから魔術を覚えていくシノへ俺が贈った言葉だった。随分前だから、シノは覚えていないだろうけど。

「……分かった、もう一度考えてみよう」

「はい。シノさん、俺はさっきから気になっていたことがあるのですが」

「なんだ？」

さっき〈再生〉の記号を見た時から気になってい
た。シノの理論では、転送する際に、一度肉体を無にしてから、肉体を一瞬で戻す。だけど、それは〈再生〉で足りるのだろうか。

確かに〈再生〉は傷つけられた肉体を癒《いや》す記号だけど、一度破壊した肉体は〈再生〉だけじゃ足りない可能性がある。

「魂の記憶から肉体を戻すのは、〈再生〉じゃ足りないかもしれません」

「だが〈再生〉よりも上位の記号なんてあるか？」

〈回復〉に変えたらいいのだろうか」

「〈回復〉でも足りないと思います。もういっそ人を蘇《よみがえ》らせる〈蘇生《そせい》〉とか」

「ラル……〈蘇生〉は禁忌だ」

確かにそうだ。昔、ユルルクという魔術師が蘇生に近い魔術を行使し、国に見つかり投獄された。それから、死者に触れるような魔術は禁忌として扱われ、見つかったら罰せられる決まりになった。

「〈蘇生〉を使うわけではありません。〈蘇生〉の記号を軸に、別のものに生まれ変わらせましょう。……そうですね。名前をつけるとしたら〈復活〉とか」

「お前もだいぶ無茶を言う。この局面で〈復活〉の記号を新たに考案しろというのか」

シノは笑った。嫌な笑い方ではなかった。目を細めて静かに笑った。懐かしさを覚えるような笑い方だった。

「俺も手伝います」

「当たり前だ」

ヒーくんが壊した壁の外で、竜の咆哮《ほうこう》のようなものが聞こえた。まだ大丈夫だ、時間はある。ヒーくんがメディを足止めしてくれている。

「〈蘇生〉の記号を分解しましょう。分解した〈蘇生〉の記号の間に、別の記号を入れて作りましょう。その方が早いです。たとえば〈治癒〉と〈回復〉」

魔法ペンで試し書きしてみたけど、記号はまとまらずにバラバラになってしまった。この組み合わせではダメだったようだ。

「〈蘇生〉が主張しすぎているのかもしれないな。もっと記号を組もう」

シノは〈治癒〉と〈回復〉と〈再生〉を組み合わせた。シノが書いた記号は、バラバラどころか弾け飛んでしまった。さっきよりも反応は悪い。

今度は俺が〈復元〉を足して、記号を四つに増やしてみたけど、書き終わる前に溶けて無くなった。なんだか記号を増やすたびに離れていっている気がする。増やしてはダメみたいだ。

外の方で、雷のような轟音《ごうおん》が聞こえた。激しい戦闘をしているようだ。

「記号を増やしても、ダメなのかもしれませんね」

「そうだな、増やして誤魔化《ごまか》すのではなく、減らして誤魔化すか」

シノは〈治癒〉〈破壊〉〈回復〉を書いた。え？〈破壊〉？

「シノさん、〈破壊〉なんて……」

そう言ったとき、シノの記号が一瞬でまとまって〈復活〉が出来上がった。

「できたな」

「で、ですね」

こういうところが、天才と言われる所以《ゆえん》だ。

新しく出来上がった〈復活〉の記号を魔法陣に加えたら、更に光が増した。これはいける、と確信する。シノもそう思ったのだろう。「よし」という声が聞こえた。

「シノさん、大丈夫そうですね」

「ああ、今から発動させる。魔法陣から離れたところにいろ」

「はい」

シノは魔法陣を発動させた。光があふれる。目をあけていられなくなった。目元を覆ったら、後ろで足音がした。

「あーあ、酷《ひど》い目に遭った」

メディだった。まさか、ヒーくんはやられてしまったのだろうか。

「人が竜になるなんてやばすぎ。化け物じゃん。くそ！　腕が地味に痛い！　劣等生め、次会ったら覚悟しとけよ」

苛立ったように呟《つぶや》いていたメディは、魔法陣に気付くと「あれ？」と首をかしげた。

「なにコレ？　ナニしてんの？　魔法陣？」

メディはズカズカと歩み寄ってきた。逃げようとしたら体を押されて、魔法陣の中に倒れてしまった。

体中の魔力が吸い取られ始める。俺の魔力は急激に失われていった。

「うわ、悲惨……だいじょうぶ？」

メディの呑気《のんき》な声が聞こえた。

魔法陣から出なきゃいけないのに、体が陣に吸い付いて離れなかった。魔術師の魔力は、血と同じようなもので、全《すべ》て吸い取られると乾涸《ひか》らび、弱って死んでしまう。

「ラル、そっちは大丈夫か。さっきメディの声が聞こえた気がしたが、平気か」

シノの声がした。魔法陣から出てくる光のせいで、こっちのことが見えないのだろう。

「ラル、返事をしろ。一旦《いったん》やめるか？　大丈夫か？」

「だ、大丈夫です。続けてください」

魔力は吸い取られ続けているけど、ここでやめてもどうにもならない。メディが後ろで待っている。

後ろから「健気《けなげ》だなぁ」と欠伸《あくび》でもしているかのような声がした。魔力は減り続け、コムニを維持する魔力も無くなって通信が切れた。シノの声が聞こえなくなる。

ふっと、魔法陣の光が消えた。まさか失敗したのだろうか。陣から魔力を吸い取られることは無くなったけど、魔力が枯渇した体は既に動かなくなっていた。

「さて」

足音をさせながら、メディが近づいてきた。

「何をやろうとしていたか分からないけど、失敗したみたいだね。ねぇラウル。どうして俺のことを覚えてくれてないの？　本当にひどいよ。でもね、忘れられないんだ。ラウルのこと、忘れられない。俺、初めてだったんだ、あんなに優しくされたの」

メディが俺の髪を持ち上げた。頭皮が引っ張られる。

「……っい、た」

「さっきも言ったけどさ、この髪なに？　あとその姿。まるで子供みたい。どうしてなの？　ねぇラウル、教えてよ」

「……」

「死んだ？」

髪の毛ごと頭を後ろにぐい、とそらされて、喉《のど》が晒《さら》された。苦しくて、掠《かす》れたような咳《せき》をした。

「生きてた。ねぇラウル、最高のヒントをあげるから、今度こそ思い出してよ。もしこれでも思い出さなかったら、本気で許さないから」

メディが俺の耳元に顔を寄せた。

「俺たちはね、レーヴェル国で会ったことがあるんだよ。そこでラウルは俺を助けてくれた。ほら、思い出した？」

意識を失いそうになりながらも、やっとメディの正体が分かった。

俺はシノと会う前に、レーヴェル国へ行っていた時期がある。そこで、毒に侵され、今にも死にかけていた少年と出会った。数日かけてなんとか解毒を行い、少年を助けることができたのだけど、やっと完治した次の日に少年はいなくなっていた。ずっと警戒されていたようだし、逃げたのだと思った。少年の境遇が気になって、構いすぎたのが良くなかったのかもしれない。

あの時の少年が、メディなのだろうか。けれどあの時の少年と今のメディとでは、雰囲気が異なる。別人みたいだ。だから分からなかったのかもしれない。

それにあの時の少年は、魔力を持たず、宮廷魔術師になれるほどの素質もなかった筈《はず》だ。魔力は生まれつき持っているものなので、後天性なんてありえない。昔との変わり様を不思議に思った。

「なんで、きみがここに……」

「あ、思い出した？　その顔、思い出したよね？　そうだよ、俺だよ。会いたかったよラウル。ラウルに会うために俺こんなところまで来たんだ。ねぇラウル、シノなんかやめて俺にしなよ。あいつ、ラウルが傍にいるのに、まだ気付いてないんだろう？　俺はさ、出会ったその日に気付いたよね？　俺の方がラウルのこと分かってるよ。ね、そうしようよ」

メディに腕を引っ張られた。

「や、やめて」

引っ張られた手を振り払うように動かした。力が入らず、抵抗は弱々しいものになったけど、意外にもメディはすぐに放した。

「なんで嫌がるんだ……？　シノの方が良いっていうのか？　な、なんで……？　……っラウル！　なんでだよ！」

メディが激情を剥き出《むだ》しにして俺に襲いかかろうとした時、空気が冷たくなった。

「触るな」

シノの声がすぐ後ろで聞こえた。

いつの間にか後ろにいたシノは、俺に襲いかかろうとしていたメディの腕を掴《つか》んでいた。

シノが掴んでいるところから、メディの腕がぱきぱきと凍っていく。メディの顔が驚きに染まった。

「シ、シノ!?　な、なんでここに……っ！」

メディはすぐさま後ろに飛《と》び退《の》いた。

転送魔法陣から現れたシノは、俺を背中に庇《かば》い、振り向いた。

「転送魔法は完成していたのだが、準備で来るのが遅れてしまった。すまない、大丈夫だったか？」

「だ、だいじょうぶ、です。来てくれてありがとうございます」

シノは微笑《ほほえ》んだ。

それは、初めて見る表情だった。柔らかな笑みに、少しの間見惚《みと》れてしまった。

「俺の後ろに居ろ。守ってやる」

「窮地に現れるなんてかっこいいじゃないか！　いいね、そういうのすっごく気持ち悪いよ！　吐き気がするなぁ！　死んで欲しいなぁ！」

メディは両手を広げて多数の魔法陣を出現させた。魔法陣から現れた使い魔たちは、一斉にシノに向かっていった。

「シノを潰《つぶ》せ！」

シノが指を鳴らした。そのとたん、向かってきていた使い魔は、全てが氷像になり、霧になって消えた。

「ああもう、役立たずばっかりだ！」

メディの表情からは、既にさきほどの余裕は消えていた。

「どうした、終わりか」

シノは手を前にかざした。無数の氷の魔弾が、瞬時に作られる。シノの合図で氷の魔弾は放たれ、次々とメディに向かっていった。

メディは、シノの魔弾を結界で防いでいたけど、数発で崩され、命中した魔弾に吹き飛ばされた。床に這《は》いつくばったメディは、苦しそうにシノを見上げた。

「……あーあ、やっぱリオレア国の最強魔術師と呼

ばれたシノには勝てないね。ていうか！　なんでお前ここにいるんだよ！　王宮にいるんじゃなかったのかよ！」

　メディはシノを睨《にら》み、唸《うな》るような声をあげた。

「転送魔法を完成させた。王宮の地下に繋《つな》がっている。そのうち、後援もくる。お前は終わりだ。どうしてこんなことをした。言い訳があるなら聞いてやる」

　メディはいきなり笑い出した。

「転送魔法だって？　あはは！　そんな凄《すご》いもの完成させちゃうなんて、俺みたいな凡人とはやっぱ違うなぁ！　シノはさ、才能とか名声とか、全部持ってるじゃないか。だから、あの人俺にちょうだいよ。それくらい、いいだろう？」

「……言いたいことはそれだけか。弁明はしないのだな」

「言いたいことなら沢山あるさ。後から出てきて人のもの勝手に奪いやがって。この泥棒」

「言いたいことはそれだけか」

「根暗め。だから友達少ないんだよ」

「お前は捕らえられる。今回はそれだけのことをした。覚悟をしておけ」

「はいはい、分かったよ、俺が悪かったよ。もう抵抗しないから、捕まえていいよ。どうしてこんなことをしたのか、全て話すよ」

　意外にも、メディはあっさり改心した。両手を差し出し、降参の意思を示した。

「その言葉、本当だな？」

「本当さ」

「……分かった」

　拘束しようとシノが近づいたとき、メディが不意に俺の方を見た。目が合って、にやりと笑われた。嫌な予感がした瞬間、足元に召喚魔法陣が現れた。

　さきほどイフリートの炎に焼かれたことが一瞬で頭をよぎって、最悪な気分になった。逃げようとしたけど衰弱した体は動かない。今度焼かれたら、魔力のない体では耐えられないかもしれない。

「あはは、目を離すなんて馬鹿なやつ！　大事なものはしっかり守れ！」

目をつむって、来《きた》る灼熱《しゃくねつ》の炎の熱さに身を構えていたけど、時間が経《た》っても焼かれることはなかった。

「お前のような人種が考えそうなことなど分かる」

シノが言った。

目をあけると、魔法陣から噴き出そうとしていたイフリートの炎は、俺に届く前に全て凍っていた。

シノはメディを最初から疑い、何を考えているのか見破っていたようだ。

「なんだ、つまらない」

メディは残念そうに言うと、俺に顔を向けてニッコリと笑んだ。

「またね。シノには勝てないから逃げるよ。きっとまた会いに行くから、俺のこと覚えておいてね」

「逃がすと思っているのか」

シノが鋭い氷の刃をメディに投げようとしたとき、校舎が突然揺れた。重心がずれたシノの手から投げられた氷の刃は、メディの頭上を掠め、壁に当たって砕けた。

何か硬くて大きなものが体当たりしているような揺れが続き、その間にメディは飛び上がり、近くの窓を割って逃げていった。

揺れがおさまったあと、シノは舌打ちをした。けれどメディを追うことはせず、まとっていた鋭気を和らげると、踵《きびす》を返して俺のところへ戻って来た。

「大丈夫か」

力が入らず、ぐったりしている俺の前に屈《かが》んだ。

「大丈夫です、少し安静にしておけば、そのうち魔力も回復するはずです」

「魔力がないのか」

「はい。転送魔法陣が発動している時に、陣の中に入ってしまい、魔力を奪われてしまって……」

「そうか、じっとしていろ」

シノは俺の顎《あご》を掴み、上にあげると唇を合わせてきた。驚いてシノの体を押し返そうとしたけど、弱った腕力ではびくともしなかった。

「ん、ぅ」

どうしてこうなっているのか分からなかった。混乱していたら、シノが唇を離した。

「何をしている。早く口を開け」

「あの、なんでこんなこと」

「分からないか？　俺の魔力をお前に分けようとしているのだが。唇を合わせた方が手っ取り早く回復できるのだと、以前お前が教えてくれただろう」

シノはそう言って、俺の返事を待たずに再び唇を重ねた。舌で唇の割れ目を叩《たた》かれ、恐る恐る開いたら、舌がにゅるりと入ってきた。

「ん、ん」

戸惑いが先行して、息がうまくできなかった。苦しくなっていたら、シノの唇が離れた。

「……」

シノは何も言わず、俺の息が整うのを待ってから、再び唇を合わせた。

舌を擦《こす》られると、供給される魔力量が増えるけど、くちゅ、という水音が聞こえてきて、恥ずかしさで参った。

「もう少し頑張れ」

合間にシノは言った。もうそろそろ魔力量が十分になると感じてきた頃《ころ》、後ろで気配がした。

「あー！　ちょっ、お前ら、何してんだよ！　こっちは死にそうになりながら頑張ってるっていうのに！」

シノの体が離れていった。

振り返ったら、ヒーくんがこっちを指でさしながら、口をパクパクさせていた。

シノから与えられる魔力に気を取られて気付かなかった。いつの間に来たのだろう。ヒーくんの体は傷だらけだった。

「な、な、なにって」

見られた恥ずかしさで、唇をゴシゴシと擦った。

「イチャイチャしてんなよ！」

「い、イチャイチャなんてしてないよ」

イチャイチャではなく、魔力を供給してもらっていただけだ。やましいことなんて、これっぽっちもない。だけどシノは、「悪かった」と冷静に謝った。

そんな、謝ったら本当にイチャイチャしていたみたいじゃないか。

「あのなぁ！　今外は大変なことになってんだぞ！　あのメディとかいうやつが、すんげぇでっかい使い魔出してきて、死ぬ思いしながら戦ってんのに、イチャついてんじゃねぇぞこら！」

「すんげぇでっかい使い魔？　なんだそれは」

「あ？　ああ、なんか得意げにヨルムンガンドとか言ってたけど」

ヨルムンガンドは、終焉《しゅうえん》の怪物と呼ばれていて、世界の終わりに大地を荒らしまくり、滅ぼすことも可能にすると伝えられている伝説級の使い魔だった。

幻獣王と呼ばれたオルドレイだけが従えることができたという逸話がある。まさか、メディがそんな怪物を呼び出すことができたなんて。

俺の驚きとは余所《よそ》に、シノは「そうか」とだけ言った。

「シノ、来たよ」

声がして振り向いたら、武装したソウマ王子が立っていた。転送魔法でやってきたのだろう。ソウマ王子の後ろには、王宮の兵士などもいた。

「ソウマ王子、急いでいたとはいえ、乱暴な指示で申し訳ありませんでした」

ソウマ王子はくすりと笑った。

「いつも冷静なシノが、息を切らしながら人を集めて転送魔法で魔法学校に来て欲しい、って言って走り去った時は驚いたなぁ。シノでも慌てることってあるんだね」

「人間なので」

「捕まえなきゃいけないメディはどこかな？　ん、そこにいるのは」

ソウマ王子の視線がヒーくんにいった。見つめられたヒーくんは、びくっと体を揺らした。

「俺の可愛《かわい》い火竜じゃないか。元気にしてたかい？」

「ひっ」

ソウマ王子はヒーくんに歩み寄ると、両手で抱きしめて、そのままキスをした。さっきシノとしていたのがお遊戯に見えるほどの熱烈なものを見せつけられた。

「ソウマ王子、リュースやアドネは上手《うま》くやっていますか」

「ん。うん、上手くレーヴェル国に侵入できたみたいだよ。二人は間違いなく攻め落としてくれると思う。他の宮廷魔術師も総出で行ったし」

唇を離されたヒーくんは、倒れそうになり、ソウマ王子の腕に支えられていた。メロメロになってしまっている。大丈夫だろうか。

「いきなり国内に入られて、今頃慌ててるだろうね。ろくに反撃もできないんじゃないかな。転送魔法で王宮とレーヴェル国を直接繋げて、攻め込むなんてよく思いついたよね。いや、思いつくのはいいけど、よく実行できるよね。転送魔法を作れるなんて思わないだろう？　感心したよ、シノ」

「私一人の力ではありません。リュースやアドネにも手伝ってもらいました。アドネには、先にレーヴェル国へ潜入し、魔法陣を置く場所の確保をしてもらっていました。リュースは、魔法陣の作成をずっと手伝ってもらっていました」

「ふぅん。じゃあ友情の力だ。シノは友達が多いね」

シノは何も言わなかった。

「ソ、ソウマ」

ヒーくんがソウマ王子の胸にしがみついた。

「うん？　どうしたの？　今はこれ以上はだめだよ、真剣な話をしているんだ。あとでいっぱい抱いてあげるから」

「ち、ちがうって。外で、みんな戦ってる、から、行かないと」

ギャオオという雄叫《おたけ》びのようなものが外から聞こえてきた。

「うん、そうだね。シノ、メディがいないね。外にいるのかい？」

「……すみません、逃げられました。たぶん、もう遠くへ行っているでしょう。折角来ていただいたのに、申し訳ありません」

「そうなんだ。シノが逃がすなんて珍しいね。まぁ別にいいんじゃない？　シノはよくやったよ」

ソウマ王子は微笑むと、竜化したヒーくんに跨《また》がって行ってしまった。

残った兵士に、シノは指示を出した。

「お前たちは校内を巡り、逃げ遅れた生徒がいたら、救出して保護しろ。職員室では教師が眠らされているようだから、抱えて連れ出せ。校舎の中に留《とど》まるのは危険だ。終わったら離れたところで待機していろ」

王宮の兵士たちは急いで図書室を出て行った。

再びシノと二人きりになる。なんだか急に静かになった。俺たちも戦いに行かないと。立ち上がろうとしたら、シノに腕を掴《つか》まれた。

「待て、どこに行こうとしている。お前はこのまま、転送魔法で王宮に帰れ」

「え、でも」

「さっきまで死にかけていただろう。大人しくしておけ、これ以上はだめだ」

「大丈夫です。俺、戦えないけど、治癒術師だから傷の手当てはできます。誰かが怪我《けが》していたら治してあげないと」

「言うことを聞いてくれ」

今まで命令ばかりしていたシノが、珍しくお願いしてきた。だけど、そのお願いは聞けなかった。

メディが本性を出すきっかけになったのは俺だ。俺のせいで、こんなことになったのだから、一人だけ逃げて安全なところにいるわけにはいかない。

メディを逃がしてしまったことだってそうだ。シノが本気を出してメディを追いかければ、逃がすなんてありえなかっただろう。だけど、シノは俺を気遣い、メディの逃走を許して、戻ってきてくれた。全部、俺のせいだ。

「ラル、王宮に帰ってくれ」

「いやです。俺も行きます」

シノは迷っていたけど、目を伏せて溜息《ためいき》を吐《つ》いた。諦《あきら》めてくれたのだろうか。

「分かった。少し我慢しろ」

言いながら、俺の肩を掴むと、引き寄せ、キスをしてきた。目を閉じていなかったので、いきなりシノの顔が目の前に来て、一人で驚いてしまった。

俺のおかしな様子に気付いたシノが、薄く目を開いて笑った。そして離した。

「な、なんで」

もう魔力は十分貰《もら》ったのに。

「戦場に行くのなら、もっと魔力はあった方がいい。続けるぞ」

今度は深いキスをされた。

シノの舌が上顎《うわあご》をなぞり、体が震える。後ろに退《の》けぞろうとしたら、落ち着かせるように、シノの手が、甲の上に重ねられた。

「ん、ぁ」

声が漏れて恥ずかしくなっていたら、唇を覆うように重ねられ、更に深くなった。

まるで愛されていると錯覚しそうになるほど、優しいキスだった。

美しい水竜

竜の棲家《すみか》で目が覚めた時、既にあの人はいなくなっていた。

火竜は私を起こしてはくれなかった。置いていかれた悲しみの後、火竜に怒りが湧《わ》き上がった。そしたら雨の降る日が続いた。この怒りはちゃんと火竜に届いたかしら、なんて思った。

あの人の匂《にお》いを頼りに竜の棲家を出た。

隣で寝ていた風竜も起こそうとしたけど、何度呼びかけても目を覚まさなかった。しっかりした子だから、起きたら私と同じように匂いを辿《たど》って来るだろうと思った。

あの人の匂いは驚くほど薄くて、なかなか辿り着けなかった。迷いながら着いたところは魔法学校だった。魔法学校のどこかで、微《かす》かにあの人の匂いがしていた。

校舎に入ろうとしたら、途中で倒れてしまった。体が動かなくて、どうしてだろう？　と不思議に思っていたら、小さくお腹《なか》が鳴った。そういえば、起きてから何も食べていなかった。食べることも忘れて、夢中であの人を追い求めてしまった。

気付いたら、お腹が空《す》いて一歩も動けなくなっていた。空からお菓子とか降ってこないかな、と思っていたら足音が聞こえた。と、同時にあの人の匂いもした。だけど、あの人じゃない。足音が違う。

違うのに、どうして同じ匂いをさせているんだろう。

様子を窺《うかが》うために気絶したフリをしていたら、その人は、治癒術で私の体を治し始めた。大丈夫か、と声をかけながら、何度も、何度も。

かけられすぎてお肌がツヤツヤになっているのに、柔らかい光は、なかなかやまなかった。

おひとよしは、どんな顔をしているのだろうと思って目をあけたら、その人は心底嬉《うれ》しそうに、「良かった」と言って泣き笑いをした。

胸がきゅん、とした。なんて可愛い子だろう。素直で、とても良い子そうだった。

イルマと名乗ったその子からは、染み付いたようにあの人の匂いがしていた。どうしてイルマからあの人の匂いがするんだろう。関係があるのだろうか……。

散々迷い歩いて疲れていたし、休憩もかねて、イルマの傍にしばらくいることにした。

そして数日後、ラルと名乗りながら、あの人が魔法学校に来た。


イルマを抱えて深く潜っている人魚を見つけた。追いつき、尾ヒレを掴んで、ぐいっと引っ張った。人魚は驚き、暴れて、イルマを手放した。

イルマは意識をなくしていた。イルマは水の中で息ができない。急がなきゃ。

イルマの胴体をしっかり掴んで、水を蹴《け》って水面を目指した。上半身が裸の、人魚たちの幾つもの手が、イルマの服を掴んだ。

上に何も身に付けていないなんて、なんて破廉恥なのかしら。変態人魚、これでもくらえ。

爪を硬化させて、人魚を頭から尾ヒレまで真っ二つに切り裂いた。人魚は断末魔をあげて霧になった。周りの人魚が怯《ひる》んだ隙に、一気に泳いで水面から顔を出した。急いでイルマを池から引っ張り上げて、頬《ほお》をぺちぺち叩《たた》いた。

「イルマ、イルマ、起きて」

イルマの意識は戻らなかった。

どうしよう、お腹を叩けば水を吐くかな。昔、火竜が溺《おぼ》れた時も、このやり方で蘇生《そせい》に成功した気がする。

イルマのお腹を拳《こぶし》で叩くと、ごほっとイルマが咳《せ》き込んだ。目をあけたイルマは飲み込んだ水を吐きながら、「お腹が痛い」と呻《うめ》いた。

「イルマ、大丈夫？　ミミが分かる？」

「ああ。ミミ、世話をかけたな。ありがとう」

イルマは、自分がどういう状況に置かれて、誰《だれ》に助けられたのか分かっているようだった。息が止まっていた時間は短くない筈《はず》だけど、脳がおかしくなっていないようだったので安心した。

「ラルはどこだ？　大丈夫なのか」

「大丈夫だよ、きっと逃げられたよ」

ラルと火竜の気配は、校舎の中にあった。無事に逃げたのだと思う。火竜を信じているから心配はしていなかった。

まだ辛そうなイルマを見て、しばらくその場に留まり休んだ。イルマが落ち着いたら、ラルを追いかけよう。

「ミミ、ありがとう。私はもう大丈夫だ。行こう。ラルを助けねば」

「うん、そうだね。ラルは校舎にいると思うよ」

イルマは不思議そうに「なぜ分かるのだ？」と聞いてきた。


匂いがするから、なんて言ってもいいのかな。気味悪く思わないだろうか。うーん、と悩んで、「女のカン」と言った。そしたら笑われてしまった。

「そうだな、ミミはもう立派な女性だな」

「そうだよ」

私の小さな姿をそのまま受け取って、イルマはからかうように言ったけど、私の年がイルマよりも遥《はる》かに上だと知ったらどんな反応をされるのだろう。イルマの驚いた顔を想像して、もう少し黙っておこうと思った。

校舎の近くまで来た時、異様な気配を感じて足が止まった。

イルマは私が黙ったことを、怒ったのだと勘違いして、「ミミ、からかってすまぬ」って謝ってきた。だけど、そんなことはどうでも良かった。

校舎の中から、虚《うつ》ろな目をした教師が、次々と出てきた。揃《そろ》いも揃って、正気ではなさそうな目だった。入口にはメディが立っていて、「はーい、みなさんあっちですよー」と言いながら、外へ誘導していた。どこに向かわせているのだろう。

メディがこっちを振り向いたので、急いでしゃがんで草陰に隠れた。頭を出そうとしたイルマの頭頂部を押さえつける。

「ミミ、あれはなんだ」

「分かんないよ」

虚ろな教師の中には、初等部の担任のマリア先生の姿もあった。一週間ほど前、いきなり初等部に編入してきた私を、笑顔で受け入れてくれた優しい先生だった。

メディは教師たちをどこに誘導しているのだろう。全員外に出し終えたあと、メディは校舎の中に戻って行った。虚ろな教師たちの行き先も気になるけど、今はラルたちを見つけるのが先だった。校舎の中に入ろうとしたら、メディの使い魔に見つかって戦闘になった。

使い魔の心臓を狙《ねら》いながら確実に仕留めていたら、イルマを狙っている使い魔が目に入った。その使い魔は、槍《やり》を構えて、イルマ目掛けて投げた。

投げられた槍を素手で掴んで刃を折ったら、切れた皮膚から血が出てきた。するとイルマに手を奪われて「なんてことを！」と怒られた。

「刃を素手で掴むなど！　待ってろミミ。今治してやるから」

「舐《な》めとけば治るよ。大丈夫」

大丈夫だと言っているのに、イルマは私の手に治癒術をかけた。

「無理はするな」と言われた。刃を素手で触るのは無理をすることらしい。普通じゃないことがバレて、イルマに嫌われるのが怖かったから、次からは気を付けようと思った。

イルマは私の手に必死に治癒術をかけていた。なんだか申し訳なかった。さっきの槍は、手を硬化させて掴めば、皮膚を切ることはなかった。でも硬化したら爪は鋭くなって、強化された血管が醜く浮き出てくるから、見た目が可愛《かわい》くない。そんな手を見られるのが嫌で、硬化を避けた。

「ぐっ」

イルマがうめき声をあげた。使い魔に肩を噛《か》まれていた。鋭い歯がイルマの肩に食い込んでいるのを見て、怒りが湧き、力任せに使い魔を真っ二つに切り裂いた。叫び声をあげて、使い魔は消えた。

「ミミ、その手……」

イルマが私の手を見て驚いていた。いつの間にか手を硬化させていたことに気付いた。

すぐに隠したけど、一度見られた醜い手は、きっとイルマの目に焼き付けられた。なんと言われてしまうのだろう。

「また怪我《けが》したのか！」

私の思いとは裏腹に、イルマは私の醜い手を引っ張ってまじまじと見た。浮き出た血管が、血を流しているように思われたのかもしれない。

勘違いをし、イルマが私の手に治癒術をかけるのを見て、おかしくて笑ってしまった。

「ミミ、何を笑っておる」

イルマは自分の肩から流れる血に構わず、私を心配してくれた。優しいイルマ、なんて良い子なんだろう。これ以上、危ない目に遭わせたくない。

イルマの後ろには、まだ多くの使い魔がいた。今のままじゃ、怪我をせずに突破することは難しい。

もう、やるしかない。覚悟を決めて、硬化した手でイルマの手を握った。驚くイルマに微笑《ほほえ》んだ。

「イルマ、私の手を、放さないで」

イルマの返事を聞く前に、目の前が青くなっていく。肌が鱗《うろこ》で覆われて、視界がぐんと高くなった。

この姿を見ても、どうか嫌わないでほしい。

今の私にとっては小さな小さなイルマを、背中に乗せて空に上昇した。翼を持った使い魔たちが追いかけてきて、私たちの周りを取り囲んだ。

「ミ、ミミ、なのか……？」

この姿じゃ声を出せないから、首だけで頷《うなず》いた。

「凄《すご》いな。なんと美しい姿だ……。ミミは水竜だったのか」

イルマは私の姿を褒めてくれた。

イルマの小さな手が、背中の鱗を撫《な》でる。くすぐったくて気持ち良い。

周りを囲んでいた使い魔たちが、一斉にこっちへ向かってきた。

イルマには近づけさせない。私は威嚇するように、竜の咆哮《ほうこう》をあげた。

シノノメの戦い

生涯に一度しかないくらいの好機だった。それなのに、負けてしまった。悔しくて情けなかった。

オタニが僕のところに来て、「最後まで勝てませんでしたね」と嫌味を言って去っていった。

生徒たちに囲まれて困ったように微笑むユマを見ながら、きっともう僕のことは忘れているのだろうなと思った。

ユマはいつだってそうだ。先の未来しか見えていない。恐ろしいほど前だけ見てる。その視界には、誰も映っていない。ユマの世界は、狭くて広い。

僕はユマの世界に入りたかった。少しでいいから、見て欲しかった。それがどれだけ身の程知らずかは分かっている。ほんの少しだけでいいんだ。とてもささやかな願い。だけど、その願いは、とても難しい。

さっきの決闘授業は、とんでもない好機だった。勢いで言ってしまった友達になるという条件に、ユマが頷いてくれたのだ。

それなのに負けてしまった。自分が情けない。今までなんのために頑張っていたのだろう。

悔しい。

じっと見ていたら、ユマが僕の方を向いた。突然のことに一人で慌てたけど、ユマは僕じゃなくて、僕の後ろを見ていることに気が付いた。

後ろに何かあるのだろうか。

振り返ったら、初等部のマリア先生がいた。職員会議は終わったのだろうか。でも、なんだかマリア先生は様子がおかしかった。目が虚ろで、時々意味の分からないことを呟《つぶや》いている。

不意にマリア先生が腕をあげた。マリア先生が放った風魔法は、決闘授業を見に集まっていた生徒を巻き上げた。悲鳴が、そこら中から聞こえてくる。

「マリア先生！　どうしたんですか、やめてくださ
い！」

マリア先生の他にも、虚ろな目をした教師が集まってきて、全員で風魔法を使った。

地魔法で地面に足を埋め込み、吹き飛ばされるのをなんとか耐えた。けど、他の生徒たちはそうもいかない。悲鳴は続いていた。このままじゃだめだ。先生たちを止めなくちゃ。でもどうやって？

その時、先生たちの動きが鈍くなった。

「今だ、拘束しろ！」

後ろから聞こえた声に、体が弾かれたように動いた。地魔法で地面を掘り、先生たちの体を埋めた。特に抵抗されなかったから、楽に埋めることができた。首より上だけが外に出ている可哀想《かわいそう》な姿だったけど、拘束具なんてものは持ってないし、仕方なかった。

後ろを振り返ったら、ユマが大地魔法で、暴れる風魔法を打ち消していた。生徒は誰一人怪我することなく、地面に下ろされた。さすがユマだ。

ユマが振り返って僕を見た。

「良い動きだった。シノノメは地魔法も上手だな」

今、僕の名前を呼んだ？

信じられなくてしばらく呆然《ぼうぜん》としていたら、ユマは僕の横を通り過ぎて、埋められているマリア先生の前に屈《かが》んだ。

「操られているな。……セイレーンの愛の歌か」

ユマは呟いて、コムニを起動させた。どこにかけようとしているのだろう。だけど、コムニは真っ暗な画面のまま、何も映らなかった。

「ふむ、繋《つな》がらない」

ユマはコムニを閉じると、顎《あご》に手を当てて何か考え込んでいた。

「メディの仕業か」

そして、そう言った。

「え？　今なんて？　宮廷魔術師のメディさま？　メディさまが先生たちを操って生徒を襲わせたのかい？　まさか、そんなこと」

信じられるわけなかった。あの優しいメディさまが生徒に危害を加える筈《はず》がない。だけど、ユマは冷静に言った。

「セイレーンを呼び出せるほどの使役者が、メディ以外この魔法学校にいるだろうか？　それに、通信が一切繋がらない。標を管理しているのはメディだ。メディの仕業だと推理するのが一番適切だと思うが？」

「で、でもメディさまは」

まごまごしていたら、ユマが僕の横を通り過ぎて、混乱している生徒たちのところに行った。

「驚いただろう。だが大丈夫だ。私がついている。みんなで魔法学校を出て助けを呼ぼう。ついてきてくれ」

ユマが先導し、みんながついていった。

みんな何が起こっているか分からない様子だったけど、ユマが大丈夫と言ったから、ついていくのだろう。さすがユマだ。ぼうっとしていたら「シノノメ！」と呼ばれた。

「何をしている。置いて行くぞ、来い！」

また僕の名前を呼んだ？

信じられなかったけど、さっきも今も、ユマは僕の名前を呼んでいた。

魔法学校の正門まで来たら、列が進まなくなった。不思議に思って列の前に行ったら、侵入不可の結界がかけられていて進めなくなっていた。結界は、強い力でかけられていたから、僕とユマの力でも崩せなかった。

「メディめ。私たちを逃がさないつもりだな」

ユマはもうメディさまがやったことを確信しているようだった。確かに、こんなに強い結界をかけられる人物は限られてくる。だけど、僕はまだ信じられなかった。

ユマは結界を張って、生徒たちにそこから出ないように言った。そして、一人で結界を出て行った。

どうやら校舎へ戻ろうとしているようだ。だけどさっき、校舎の方では獣の咆哮のような轟《とどろ》きが聞こえた。危ないことが起こっているのかもしれない。それなのに行くなんて、いくらユマが強くても一人では危険だ。

急いでユマを追いかけて、肩を掴《つか》んで振り向かせた。

「何してるんだい、君もここに残った方がいい！一人で行くなんて、危ないよ！」

「私には、王子としての責任がある。邪魔をするな」

ユマは淡々と言った。怯《ひる》みそうになったけど、負けなかった。

「だ、だめだって！きっと王宮から宮廷魔術師が来て助けてくれるよ。それまでここでじっとしてた方がいいよ！」

「いつ来るんだ？私はすぐに来るとは思えない。王宮と魔法学校は遠く、侵入不可の結界を解除するのにも時間がかかるだろう。待ってはいられない。自分でメディを討ちに行く」

「討ちにって……君一人で宮廷魔術師のメディさまをなんとかできると思っているのかい？」

「さあ。分からないな、やってみないと」

　ユマは僕をじっと見ていた。気迫に押されて何も言えないでいると、ユマは目を伏せ、横をすりぬけてしまった。

　後できっと後悔するんだろうな、と思いながら、僕は叫んでいた。

「僕も行く！　一人じゃ危険だ、僕も行く！」

　ユマが振り向いて僕をじっと見た。

「ユマ……王子、僕も行くから、二人で一緒に行こう。一人よりはきっと良い」

　ユマと呼んでしまいそうになった。さっきの決闘授業での賭《か》けに負けてしまったから、もうユマと呼ぶことはできない。

　黙っていたユマは、いきなりにっこりと笑った。そして、馴《な》れ馴れしく僕の肩を叩《たた》いた。

「そうか！　シノノメならそう言ってくれると思っていた！　実はその言葉を待っていたのだ。一緒に来て欲しかったが無理強いはよくないからな！　良かった、シノノメが一緒なら心強い！　よろしくな！」

「え、え……ユマ王子？」

「ところで、そのユマ王子というのはなんだ？　今まで通り、ユマと呼んでくれて構わない。私たちは友達だろう？」

「は、はあ」

　友達？　いつの間に？　僕は決闘授業で負けたんじゃなかったっけ。いつ勝ったことになったんだろう。

　さっきの短い時間で、一生分の名前を呼ばれた気がした。ユマの口から僕の名前が一度に四回も出てくるなんて、信じられない。

「えっと、僕たちいつの間に友達になったんだい？」

「ん？　シノノメが言ったのだろう？　友達になりたいと。それで私は、いいぞ、友達になろうと言ったではないか」

「え、でもそれは僕が決闘授業に負けたから、ナシになったんじゃ……」

「なんだと？　シノノメは、友達になるかを決闘授業の勝ち負けで決めるのか？　それは本当の友達と呼べるのか？　私はシノノメから友達になりたいと言われ、そして頷《うなず》いた。それが全《すべ》てではないか？」

「え？　う、うん」

今までの僕の苦悩や努力はなんだろうと思うほど、あっけなく友達になってしまった。嬉《うれ》しいのだけど、なんだろう、この脱力感は。

こんなに簡単に友達になれたのなら、今までも素直に言えば友達になれたんじゃないか？　そう思いそうになって、思考を止めた。考えるのはやめよう。心が壊れる気がする。


僕とユマの出会いは、初等部の入学日だった。リオレア国の第一王子が、同じ年に魔法学校に入学するという噂《うわさ》は聞いていた。

初めてユマの赤髪を見た時、ああ、こいつだ、と思った。しっかりと前を見据えた赤い瞳《ひとみ》と、育ちの良さそうな顔つき。そして、同じ年とは思えないくらいのはっきりした喋《しゃべ》り方。神童と呼ばれていた僕の好敵手に足る人物だと、その日からユマを意識した。

最初は、ユマより僕の方が優秀だった。魔力操作も、僕の方が覚えるのが早かったし、魔術の知識量も僕の方が優《まさ》っていた。

ユマに勝つごとに僕は株をあげていたし、得意げにもなっていた。ユマの不甲斐《ふがい》なさを周囲に漏らしていたりもした。

僕は天狗《てんぐ》になっていた。授業が終わった後に、ユマが一人で魔力操作の練習をしていたのも知っていたし、魔術のことを熱心に教師に聞いていたのも気付いていた。けれど、ユマの努力を鼻で笑い、僕の後ろをよちよち歩きするかのような才能を見下していた。

ユマが一人で練習していた時、声をかけたことがあった。

その時の僕の言葉は、思い出したくもないくらい、嫌味にあふれたものだった。だけどユマは、意に介した様子も無く「誰だ?」と言った。ユマの最大の好敵手であったこの僕に、誰だと首をひねったのだ。

心底分からない様子のユマに衝撃を受けて、意味の成さない言葉をぶつけながら、その場を逃げるように立ち去った。

そろそろ中等部にあがるという頃《ころ》、ユマの才能が開花した。

ちょうどその頃、リオレア国では、史上最年少の宮廷魔術師が現れて、みんな喜んでいた。

僕たちとそう年の変わらない子供が、宮廷魔術師試験を通ったらしかった。その時から、ユマの魔術は急成長し、何もかも僕より一歩前に出ていた。

才能が開花したユマの人気に押されて、僕の取り巻きは少しずつ減っていった。そして、天狗だった僕に不満のあった生徒たちが、僕に意地悪するようになった。

自分の制服を隠されて探している時、ユマの声がした。

振り向くと、ユマが見たこともない満面の笑みで、誰かと話していた。相手は僕たちとそう年の変わらない少年だった。

その少年は、冷たい表情をしていたけど、それでもユマはにこにこと、楽しそうに笑っていた。

少年のことを、ユマが「シノ」と呼んでいた。シノという名前には覚えがあった。最年少で宮廷魔術師試験に合格した、真の天才の名前だった。

あいつがそうなのか。じっと見ていたら、冷たい眼差《まなざ》しのシノが、僕に気付いた。目が合った。

何故か対抗意識が湧《わ》き、視線を逸《そ》らさずにいると、シノはユマに「あいつは誰だ?」というように僕を指でさしてきた。ユマは僕を見て、不思議そうに首をかしげた。

二度目の衝撃だった。今でもユマは僕を覚えていないらしい。いや、覚える気がないんだろう。僕に興味がないんだろう。僕は逃げるように立ち去った。

あっという間に目標ができた。それは、ユマに勝つことだった。勝って、僕を認識させたかった。そして、宮廷魔術師試験で合格して、宮廷魔術師になる。シノに向けられたユマの笑顔を思い出して、二つ目の目標を立てた。

それからは、我武者羅に魔術の勉強をした。

周囲から嫌われると、教科書を破られたり制服を隠されたりして、勉強の妨げになるので、嫌われない努力もした。

それでもユマはぐんぐん前へ行った。ついていくのが必死なほどだった。僕とユマで、魔法学校での人気を二分にしても、ユマは僕を認識しなかった。

もしかしたら魔法学校では誰《だれ》も認識していないのかもしれない。ユマの世界は広く、けれどその入口は極めて狭かった。

卒業試験は、万全の準備で挑んだけれど、結果は散々だった。ユマは一人でさっさと魔法学校を卒業するし、僕はもう一年在学することになった。

でも、今は僕の名前を呼んで、隣で歩いている。今までのことを思えば奇跡のようだった。思わずユマをジロジロ見てしまう。

「なんだ、私の顔に何か付いているか？　それとも、何か言いたいことがあるのか？」

僕の視線に気付いていたユマは、くすくすと笑いながら言った。恥ずかしい。なんとか誤魔化《ごまか》そうとして話題を探した。

「え、えっと、本当にメディさまがセイレーンを操ったのかな？　ユマを疑っているわけじゃないけど、まだちょっと信じられなくて……」

ユマは顎《あご》に手を当てた。

「私はメディだと確信している。シノには言っていないが、昔メディはシノを陥れようとしたことがある。たまたまその現場を目撃し、やめさせることができたが、その時から、私はメディのことを信用していなかった」

あの優しいメディさまが誰かを陥れるなんて、なんだか信じられない。ユマが嘘《うそ》をつくなんて思っていないけど、今までの優しいメディさまを思えば、完全には信じきれない。

「もっと私がメディの危うさを訴えていれば、今回のことは防げたかもしれないな。私の責任もある、危険なことに巻き込んですまない」

「そ、そんな！　ユマのせいじゃないよ。こんなことをしてしまったメディさまが悪いに決まっているじゃないか。人を操るなんて、ひ、ひどいよ」

言っておきながら、僕はメディさまの優しさを忘れることができないでいた。

「大丈夫だよ。僕も手伝うから、メディさまを捕まえよう。僕たち二人なら、メディさまもなんとかなるよ。そして、なんでこんなことをしたのか、聞き出そうよ」

「ありがとう、シノノメ」

ユマが微笑《ほほえ》んで言った。顔が熱くなりそうになって、横に振って冷ました。今まで相手にされていなかったのに、微笑みからの名前呼びは、刺激が強すぎて困る。

「私の友達は頼りになるな」

ユマは楽しそうに歩いた。鼻唄《はなうた》でも歌いそうなほどだった。今から危険な場所に行こうとしているのを、ちゃんと分かっているのかな。

「危なくなっても私が守ってやるからな」

「なんだい、それ。自分の身くらい自分で守れるよ」

「そうか？」

「さっきの決闘授業で勝ったからって、調子に乗っていないかい？　言っておくけど、ユマ以外の生徒には負けていないんだからね。僕は優等生って呼ばれてるんだから」

「ほお、そうか。シノノメは凄《すご》いな」

僕の口はたまに素直じゃなくなって、生意気なことを言う。悪癖だ。言った後に後悔したけど、ユマは僕の悪癖を、くすくすと笑いながら流した。

校舎に近づくと、いきなり大型魔獣の咆哮《ほうこう》のようなものが聞こえた。

さっきも聞いた轟《とどろ》きだ。びりびりと、音の振動が体を叩《たた》く。怖くなって震えてしまった。校舎で一体どんな魔獣が暴れているんだろう。

「シノノメ、行こう」

ユマは怖くないのだろうか。先に行くユマの背中を見ながら、震える足を動かした。なにが優等生だ、しっかりしろ僕。このままじゃ、本当にユマに守られることになる。

咆哮の聞こえたところに行くと、水竜が大量の使い魔を蹴散《けち》らしながら戦っていた。

海色の鱗《うろこ》を持つ、美しい水竜だった。竜なんて本の絵の中でしか見たことない。なんで魔法学校に。

姿に見惚《みと》れてぼうっとしていたら、水竜が口から光線を出した。光線は水竜の周りにいる使い魔を一瞬で消したと同時に、風に靡《なび》いていた僕の横髪までも、この世から消滅させた。

じゅって音がした。じゅって。体中の血が底に落ちていったかのように、全身に寒気が走った。

この力強い水竜を従えている竜使いは誰だろうと思って、背中に乗っている小さな人を見たら、それはイルマ王子だった。水竜の背中に乗っているというよりは、しがみついているようだった。

「イルマ！」

ユマもイルマ王子に気付いたのだろう。叫んで、一目散に水竜へ向かっていった。たびたび出る光線に気を付けながら、僕も後を追った。

「イルマ、そこは危険だ！　こっちに来い！」

イルマ王子は僕たちに気付いた。真っ青な鱗を必死に掴《つか》んでいた。

「兄上、私は大丈夫です！　それより、近くにいたら危険です！　離れてください！」

「だめだ、イルマ、こっちに来るんだ！」

ユマがイルマ王子に手を伸ばそうとすると、その横を光線が駆け抜けていった。ゾクリとした。もう少し早く伸ばされていたら、ユマの手は消えていた。

「ユ、ユマ、危ないよ。下がろう」

水竜は暴れていたけど、いささか背中に乗っているイルマ王子に気を遣いながら戦っているようだった。じゃなきゃ、とっくに振り落とされているだろう。だから逃げた方がいい。こんな怖いところにいたら命がいくつあっても……。

当然、ユマは下がってくれると思っていたのだけど、その気配はなく、水竜の周りにいた使い魔を、大地魔法で押しつぶした。

「私は水竜を援護する！　イルマを救うには、使い魔を全《すべ》て倒すしかない！　シノノメも手伝ってくれるか？」

「え……う、うん！　もちろん！　手伝うよ！」

光線を撃ってくる水竜の傍で戦うなんて、本当は怖かった。だけど、ユマの隣に並ぶには、僕も頑張らなきゃダメだ。

ユマは躊躇《ためら》いなく使い魔を潰《つぶ》し回っていた。震えながらだったけど、僕も勇気を振り絞って水竜を援護した。

水竜の目を狙《ねら》おうとしていた使い魔に、いかずちを命中させたら、水竜と目が合って、お礼を言われたような気がした。

最後の使い魔を雷撃で仕留めたら、水竜は大人しくなって、地面に降り立った。

ユマはすぐに水竜の元へ飛んだ。

「イルマ！　大丈夫か？　怪我《けが》などしていないか？」

少し疲れた様子のイルマ王子は、足元に気を付けながら、水竜の背中から降りた。

「はい、ミミも私も無事です。助けていただきありがとうございました」

ミミ？

そのとき、水竜の全身が光り始めた。

驚いていると、光は収束して、やがて小さな女の子になった。この子、決闘授業のとき、イルマ王子の隣にいた気がする。

「助けてくれて、ありがとう」

女の子は、にっこりと笑ってお礼を言った。何がどうなっているのか分からなかった。

イルマ王子は今まであった出来事を、僕たちに説明してくれた。そして、さっきの水竜は、今目の前にいるミミという女の子だと言った。

竜が人に？　ちょっと信じられなくて唖然《あぜん》としていたら、ミミと目が合った。

「シノノメくん。さっきは助けてくれてありがとう。ミミの目、怪我するところだったわ。本当にありがとう」

「う、うん」

シノノメくん？　と思いながら頷《うなず》いた。

「ミミ、傷だらけではないか。今治すから、じっとしておれ」

「大丈夫だよ、ミミ、丈夫だから」

「いいから」

イルマ王子は丹念にミミの体から傷をなくした。

「やはり、メディの仕業だったか。それにしても、何故《なぜ》ラルを？」

ユマが言った。

さっき、イルマ王子はメディさまが初等部くんに襲いかかって本性をあらわしたと言った。だけど、どうしてメディさまがそんなことをするんだろう。みんな、何か勘違いしているんじゃないかな。僕は、イルマ王子の話を聞いても、やっぱりメディさまが悪い人だとは思えなかった。

メディさまは、いつも魔法学校の安全のために働いてくれていた。おかげで、メディさまがいる間、魔法学校は危険に晒《さら》されたことはない。メディさまは優しい人だ。魔法学校の生徒が大好きだけど、自分は変わり者だから、あまり話す機会がなくて寂しいといつも言っていた。だからか、たまに来る僕を歓迎してくれた。僕の話を全部聞いてくれて、宮廷魔術師になるという夢も、後押ししてくれた。

決闘授業でユマに負けた次の日には、悔しい思いを抑えきれず、メディさまのとこへ行って、泣きべそかいたりもした。そのたびに、メディさまは僕を励まして、元気にしてくれた。僕のことを優等生だと褒めて、自信を持たせてくれた。いつもメディさまは味方になってくれた。本当に優しい人なんだ。

「あのね、ラルは校舎の中にいるんだよ。ミミたち今から助けに行くところなの」

「そうか。では私とシノノメも同行しよう。シノノメ、それでいいか？」

「え？　あ、うん。いいよ」

返事をしたとき、ミミがいきなり上空を見上げた。そして素早い動きでイルマ王子の体を押し倒して、その上に覆いかぶさった。驚いていたら、僕たちの方を見て、「伏せて！」と言った。

獣の咆哮がした。真上の校舎の壁が崩れて、破片が降ってきた。崩れた壁は、四階の、図書室がある場所だった。

慌てて伏せると、ユマが風魔法で落ちてくる破片を蹴散らした。

何かが図書室から上空に飛び出してきた。火竜だった。水竜に火竜だなんて、いつから魔法学校は竜の棲家《すみか》になったんだろう。

火竜はひとしきり上空で暴れると、何かを追うように速度をあげた。追われている何かは、人間のようだった。よく見ると、その人間はメディさまだった。

メディさまと火竜は凄《すご》い速さで追いかけっこをしていた。そのまま勢いを止めることなく、こっちに向かってきた。

「ね、ねぇ、こっち来てない？」

火竜は大きな口をあけて、メディさまを飲み込もうとしていた。僕たちの方に飛んでくるメディさまを追いかけて、火竜までくっついてくる。このままじゃ、僕たちまで食べられるんじゃないか。

「逃げて！」

ミミが叫んだ。

逃げてと言われてもどこに逃げたら。

一人でおろおろしていたら、ユマに体を引っ張られた。

僕たちがさっきまで立っていた場所に火竜は激突し、バグッと顎《あご》を閉じた。でも、その強靭《きょうじん》な顎に、メディさまは挟まれていなかった。火竜から逃げ切ったメディさまは、すぐに上昇した。そのとき、メディさまと目が合った。メディさまと目が合うのは初めてだった。いつも前髪で目元を隠していたから。

メディさまの片目に驚いたけど、それよりもっと驚いたのは、メディさまが笑っていたことだった。

まさか、メディさまは僕たちがいることに気付きながら、巻き込もうとしていたのだろうか。

「こらー！　危ないでしょ！　ミミたちまで食べる気？」

ミミが火竜に近づいて、ぷりぷりと怒った。

火竜はふんと鼻をならした。反省なんかしていなそうな態度だった。火竜の目がぎょろっと動いて、僕を見た。睨《にら》まれた気がした。

突然火竜の体が光ったかと思うと、ミミの時のように収束して、赤髪の青年になった。こいつ、昨日《きのう》僕の足に虫を投げてきたやつじゃないか。こいつも竜だったのか。

「うるせぇな。危ないと思ったら逃げろよ。こいつみたいに、ちんたらしてると食っちまうぞ、おばさん」

人の姿になった火竜は、僕を指差して「こいつ」と言った。

「おばさんですってえええええ！　もう一度言ってみなさいよ！」

ミミは、声を低くして唸《うな》るように言った。

「ミミ？　どうした？」

イルマ王子が首をかしげた。ミミは、はっとしたように唸るのをやめて「イルマ、怖かったよぉ」と言ってイルマ王子の背中に隠れてしまった。さっきの勢いはどこへ行ったのだろう。

「おやおや。イルマ王子、生きていたのですか」

空からメディさまの声がした。メディさまはさっきと同じように、僕たちを見下ろしながら笑っていた。残酷そうな表情に衝撃を受けた。

「あばずれ女集団のマーメイドたちから逃げられるなんて、運の良い人だ。今頃《いまごろ》池の底で絞りつくされてると思っていたのに」

メディさまはとても下品な言葉でイルマ王子を煽《あお》った。

「メディさま？」

信じられなくて、思わず呼びかけた。メディさまは僕を見て、うふっと笑った。

「おやぁ？　劣等生のシノノメくん。どうしてここにいるのかな？　あなたは弱虫で泣き虫で臆病《おくびょう》だ。とっくに逃げていると思っていたのに」

酷《ひど》い言葉だった。

あの人は誰だ？　メディさまの筈《はず》がない。頭の中でメディさまがくれた優しさを、繰り返し思い出していた。

「メディ、私の友達を愚弄《ぐろう》するな」

ユマが言うと、メディさまは、うふっと笑った。

「おやおや？　どうやって憧《あこが》れのユマ王子と友達になったんだろう。貧相な劣等生のどこにそんな魅力があったんだろう。お気に入りのシノから、今度は簡単そうなシノノメくんに乗り換えたのかな？」

かっとなって、雷魔法を使った。これ以上酷い言葉を聞きたくなかった。だけど、僕の雷魔法はメディさまに命中せず、メディさまのすぐ横で破裂した。

メディさまは、僕の放った雷魔法が横で破裂して消えていったのを最後まで見た後、腹を抱えて笑い始めた。

「こ、この距離で、この距離で当たらないなんて。あはは、さすが劣等生だなあ」

そんな筈はない。僕は優等生だ。続けて、二発、三発と撃ったけど、僕の雷魔法は全部、メディさまの横で破裂した。

どうして当たらないんだ。どうして。

「おい、まともに相手にするな。お前さっきから手が震えてるぞ。怖いんじゃねぇか？　怖いなら後ろに下がってろ」

火竜が僕に言った。だけどここで下がったら、またメディさまに笑われる気がした。

「ヒーくん。おぬし、さっき校舎の中から出てきたな？　ラルは無事なのか？」

イルマ王子が火竜に聞いた。

「ああ、無事だぜ。今、転送魔法とかってのをシノと協力して作ってる。完成するまであいつを足止めさせたい。手伝ってくれ。それと、ヒーくんって呼ぶな」

火竜が光をまとって、人から竜になると、咆哮《ほうこう》をあげて、メディさまに襲いかかった。次はミミが水竜になって、あの鋭い光線をメディさまに浴びせた。

メディさまは、「うわっ増えた！」と言いながら挟み撃ちする竜から逃げた。二匹の竜は、上手《うま》く連携を組んで、メディさまを追い詰めていた。二匹の竜は強かった。

ミミの光線と、火竜が噴いた炎がメディさまを押しつぶしているのが見えた。なんとか結界で防いでいたけど、メディさま、あのままでは死んでしまうかもしれない。

「シノノメ」

ユマが、震えている僕の手を、手のひらで挟んだ。

「震えているな。怖いか、シノノメ。私が無理矢理連れてきてしまったようなものだ。怖いのなら戻ってもいい。今ならまだ引き返せる」

「じょ、冗談だろう？　ユマまでそんなことを言うのかい？　さっき攻撃が当たらなかったのは、ちょっと目が霞《かす》んだからで」

「本当にそうか？　ここで戻っても恨んだりしない。

私とシノノメは友達のままだ。それよりも、震えているシノノメを戦わせて、万が一のことがあったら嫌だ」

「大丈夫だって！　約束しただろう？　僕もメディさまを捕まえるのに協力するって。ユマ、僕のことは心配しないで。僕も戦えるよ」

「シノノメ……分かった、何かあったら守ってやるから」

　ユマが辛そうな表情をした。その時、いきなり上空がピカッと光って、巨大な召喚陣が現れた。

　そこから出てきたのは、巨大な蛇、ヨルムンガンドだった。ヨルムンガンドは、幻獣王オルドレイだけが召喚できたという逸話がある終焉《しゅうえん》の化け物だった。

　不意に現れたヨルムンガンドに、ミミと火竜の連携が崩れ、追い詰めていたメディさまを逃してしまった。二匹の竜から逃げ切ったメディさまは、校舎の方へ戻ろうとしていた。

「ラルのところに行く気だな。メディを止めなくては」

　ユマが言い、僕たち三人はメディさまのところまで飛んだ。行き先を阻むように先回りすると、メディさまは立ち止まり、うふっと笑った。

「おや、まだ劣等生がいる。いい加減にしてくれよ。劣等生の相手をしている暇はないんだ」

「シノノメ、まともに聞くな。メディは動揺させて、無力にしたいだけだ」

「おやおや？　本心から言っているのに、そんな解釈されたらたまりませんよ、ユマ王子。どれだけ俺が劣等生を鬱陶《うっとう》しく思っていたか知らないでしょう？　俺の妖精《ようせい》たちも、シノノメが来ると変な臭いがするから嫌だって言っていましたよ」

「へ、変な臭いって」

　僕の体臭は一体どんな臭いをさせていたのだろう。

「シノノメ、聞くな」

「えっと、劣等生は宮廷魔術師になりたいんだっけ？　残念だけど、劣等生は宮廷魔術師にはなれないよ。素質が違うんだ。俺たちとお前じゃ」

メディさまは僕のことを笑った。嘘《うそ》だと思いたかった。メディさまは、宮廷魔術師を目標にしていた僕を応援してくれていたのに。

「シノノメ。メディなんかに、心を乱さなくてもいい」

「え？　もしかして傷ついた？　ごめんね、だけどこれは本当のことなんだ」

僕は馬鹿だ。メディさまはずっと僕のことを嫌っていたのに、受け入れられているって勘違いをしていた。さっきから足元が揺れている。苦しい、座り込んでしまいそうだ。ユマが僕の肩を掴《つか》んだ。

「シノノメ、傷つくな。大丈夫だ、私を見ろ」

「ユマ」

「力を貸してくれ。私が奴《やつ》の動きを止める。シノノメは雷魔法で仕留めてくれ」

僕の手はさっきと同じように震えていた。ユマは僕の目をしっかり見て、もう一度「傷つくな」と言った。

「私がメディの動きをおさえる。雷魔法で仕留めてくれ」

ユマが動いた。宮廷魔術師にも引けを取らない素早い動きだった。メディさまはユマの大地魔法で動きを制限され、戦いにくそうだった。

メディさまが召喚したラミアを、ユマが氷の刃の一太刀《ひとたち》で斬り伏せる。メディさまは舌打ちをして、次の使い魔を召喚しようとした。ユマはメディさまの一瞬の隙をついて、大地魔法を使った。それは綺《き》麗《れい》に決まった。メディさまの動きが完璧《かんぺき》に防がれる。

「シノノメ、今だ！　やれ！」

絶好の好機だった。僕が雷魔法でメディさまを仕留めれば勝てる。その時、メディさまと目が合った。体を拘束されているのに、メディさまは余裕そうに笑っていた。

「さて今度は当たるかな？　ユマ王子の前で無様な

真似《まね》は見せられないからね。しっかりしなきゃ」

メディさまの言葉に惑わされちゃダメだ！

祈りをこめて雷撃を撃った。だけど雷撃は、メディさまに当たらず、遥《はる》か上の方でパンッと弾けた。

一瞬の静寂のあと、メディさまはうふっと笑って、次第に笑い声を高くしていった。

「当たらないね劣等生！　どうして当たらないのかな、これじゃお荷物だよ。後ろでブルブル震えていた方がまだマシだ！」

ユマの大地魔法の効果がなくなり、メディさまは体勢を直して、乱れた髪をかきあげた。

「ユマ王子の強さには驚きましたよ。ちょっと危なかったなぁ、ふぅ……。でもよかったよかった！シノノメくんがポンコツで！　本当によかった！」

メディさまの言う通り、僕はユマの足を引っ張っていた。この震える手が情けない。がりがりと引《ひ》っ掻《か》いたけど、震えは収まらなかった。

「ヨォシ、反撃だ！」

メディさまが風魔法を放った。それはイルマ王子に向かっていった。

イルマ王子は結界を使って打ち返しを行った。イルマ王子の打ち返しは見事だった。いけるか、と思ったけど、メディさまは余裕そうに、打ち返された風魔法を片手で止めた。

「うぅーん。なんて発展途上な魔力。しかし、見込みはあるなぁ。とても素直な魔力だね。教育者が良いのかな。なんてね」

メディさまはうふふと笑いながら、片手でイルマ王子の打ち返しを返した。返された魔術は、次の打ち返しを準備していたイルマ王子の体を吹き飛ばした。

ユマは飛ばされたイルマ王子を追いかけていった。

僕は二人に追い討ちをかけようとしていたメディさまの前に立ちはだかった。

震えはまだ収まっていないけど、牽制《けんせい》することならできる。手に持った雷の刃を、ぎゅっと持ち直した。

「どうしてこんなことをするのですか！　メディさまは、あんなに優しかったのに」

「どうして、だって？」

メディさまの顔から、抜け落ちたように表情が消えた。あまりにも急なことだったから、びっくりして刃を落としそうになった。

「毒を、飲んだことはあるかい？」

毒？　そんなものを飲んだら死んでしまう。僕は首を振った。

「では、肌に塗られたことは？　あるかい？　傷口にねじ込まれたことは？　目の中に入れられたことは？　ねぇ、ある？」

メディさまが手に持った風の刃で、僕の雷の刃を打ってきた。その動きはとても熾烈《しれつ》で、僕はメディさまの攻撃を受け止めるだけで精一杯だった。反撃なんてできない。

「育ちの良い劣等生には、分からないだろうね。暗《くら》闇《やみ》の中、生きる希望もないまま死ぬのを待つ日々なんて」

メディさまが何を言っているのか分からなかった。

「そんな中、突然現れた光だとしたら、すがりたくもなるだろう？　追いかけたくもなるだろう？　奪いたくもなるだろう？　どうしてこんなことをするのかだって？　シノノメなんかには分からないさ。分かるとしたら、シノだけかもしれないね。あいつと俺は一緒だよ。俺と同じ状況になったら、きっと同じことをする。忘れることなんてできないんだ、何をしても、手に入れたくなる！」

メディさまは僕の刃を打ち壊して、ひたりと首元に切っ先を当ててきた。

「死の恐怖を味わうかい？　いたぶりながら殺してあげようか。どう、怖い？」

冷たい目で見下ろされて、今まで我慢してきたものが崩れた。

「メディさま。どうして、僕、ずっと信じていたのに」

「は？」

「僕に優しくしてくれたメディさまを、ずっと信じていたのに」

「な、なに言ってるの？」

メディさまに攻撃を当てることができない理由なんて、本当は分かっていた。僕は優しかったメディさまを、忘れられずにいる。

ユマを振り向かせたくて戦っていた僕に、ずっと味方して、支えてくれた。悔しくて泣いていたら、頭を撫《な》でて、頑張ってと言ってくれた。メディさまはいつも優しかった。

自分が辛かった時に優しくしてくれた人のことを、忘れることなんてできない。たとえその時、僕のことを鬱陶しく思っていたとしても、今になって劣等生と蔑《さげす》まれても、僕はメディさまを攻撃できない。恩人のメディさまに、どうしても刃を向けることはできない。


「うわ……この期に及んで信じてたとか言うなんて……正直引く」

メディさまが手のひらを僕に向けた。魔力の匂《にお》いが濃くなっていく。

メディさまが僕を殺そうとしているのが分かった。今までの姿は本当に偽りだったのだろう。情の欠片《かけら》もなさそうな目で、魔力を集めていくメディさまを見てそう思った。

メディさまの手から、光魔法の光線が飛び出したとき、ユマが僕の体を押して、代わりに光線を受けた。光線はユマの肩を貫いた。

「ユ、ユマっ！」

ユマがよろめいて、僕の方へ倒れ掛かった。抱きとめたら、顔を上げて笑った。

「ユマ、どうして」

「危なくなったら私が守ると言っただろう？　シノノメは優しいから、メディを攻撃することができないのだな。もう大丈夫だ、シノノメを戦わせたりしなないから、私に任せよ」

「あ、兄上！」

イルマ王子がユマの体を僕から奪うようにとると、肩に治癒の光を当て始めた。

「兄上、なぜこんな無茶を」

「友達を守ったのだ。無茶なことではない。どうだ、イルマの長兄は、誇らしいだろう。お兄ちゃん大好きと言ってもいいのだぞ？」

「出血量が多いです。動かず、じっとしていてください。肩を貫かれているので、治すのに時間がかかります」

呆然《ぼうぜん》としていたら、メディさまがぶうっと吹き出し、腹を抱えて笑い始めた。

「あはは、ちょ、笑いすぎて腹がねじれる。劣等生、完全にお荷物じゃん。お荷物どころか重しじゃん。しっかりしなよ、ユマ王子の足を引っ張っちゃだめじゃないか」

「……っ」

「シノノメ、そんな顔をするな。私が勝手にやったことだから」

「大好きなユマ王子に怪我《けが》をさせてしまってどんな気持ちだい？　四文字で教えてくれよ。え？　〝死にたい〟だって？　じゃあ手伝ってあげよう」

「二人とも、伏せろ！」

ユマが大地魔法を使って、メディさまの風魔法の風圧を打ち消した。そして、僕とイルマ王子を引っ張って、メディさまから距離をとると、水魔法で霧を作って姿を隠した。

「おーい、どこだー？」

メディさまが僕たちを見失い、探す声が聞こえた。

「兄上、無茶は……」

「もう治癒術はいい。傷は塞《ふさ》がった」

「嘘《うそ》はつかないでください。まだ治っていません」

ユマの肩からは、さっきよりも血が流れていた。

動いたからだろう。何もできない僕のせいだった。

「ユマ、僕が戦って時間を稼ぐから、ユマはその間に傷を治して。僕のせいで、本当にごめん」

俯《うつむ》きながら言った。喉《のど》に石が詰まっているような声が出た。さっきから、息もうまくできていなかった。

「シノノメ、顔を上げてくれ」

ぎこちなく前を向いたら、ユマが苦笑していた。

「そんな顔をさせてすまない。体が勝手に動いたのだ。泣かせる気はなかった。私を許してくれ」

言われて気付いた。目のふちを触ったら、確かに涙がにじんでいた。

「戦えないなら戦わなくていいんだ。おいで、シノノメ」

ユマが怪我をしていない方の手を伸ばした。

何か言いたいことがあるのかと思って顔を寄せたら、手を回されてぎゅうと抱きしめられた。

「シノノメは綺麗《きれい》だな。心が傷つきやすく、純粋だ。まるで透明なガラスのよう。そんなシノノメを考えもなしに、戦場に連れてきてしまってすまない。友達になりたいと言われ、嬉《うれ》しかったのだ。一人で舞い上がり、ただ、私が一緒に戦いたいという理由で巻き込んだ。謝るのはこちらの方だ、すまないシノノメ」

「そんな、ユマ。ついていくと決めたのは僕だよ。謝らないで」

「ありがとう。私の初めての友達が良いやつで嬉しいな。でも、シノノメは戦わなくていい。自分に優しくしてくれたメディを攻撃できないのだろう？無理に戦おうとするな。愛にあふれたシノノメの心を大事にしたい」

ユマの肩からゴポリと音が鳴った。流れる血が多すぎる。さっきから怪我をした方の腕は、まったく動いていなかった。僕は覚悟を決めた。

「僕がメディを足止めするから、ユマはちゃんと傷を治して。動いちゃだめだ」

「だがシノノメ」

「僕は大丈夫だよ。もう戦える。さっきは足を引っ張ってごめん。大丈夫、そっちには近づけさせない」

見せかけで言っているのではなく、本当にそうだった。

ユマに抱きしめられた時から、手の震えが止まっていた。僕の気持ちを尊重してくれたユマのために、戦いたいと思う。

メディさまの優しかった思い出は、今は胸に仕舞った。

代わりにユマへの気持ちが僕を奮わせた。自分でも単純だと思うけど、恐れはなかった。

ユマをイルマ王子に任せて、霧の中から飛び出たら、メディが僕を見て目を丸くした。

「は？　なに、お前だけ来たの？　……つまらないな、なんだよその目は。もうおどおどしなくていいのかい？　劣等生」

「僕は優等生だ！」

メディは召喚陣を作り出し、陣から使い魔のヴァルキリーを出した。

ヴァルキリーは剣で僕を襲った。急いで雷の刃で受け止めたけど、力が強くて跳ね返されてしまった。何度か刃の撃ち合いをし、五回目でやっと斬り伏せたら、ヴァルキリーは霧になって消えた。

「……ん？　あれ？　ちょっと、なんか簡単そうに倒しちゃったけど、ヴァルキリーは一応上位使い魔だよ。その剣術、どこで習ったのかな？」

メディは更にサンダーバードを呼び出した。サンダーバードの雷は強力だった。一度は劣勢になりかけたけど、サンダーバードの力を上回る電撃を浴びせたら、霧になって消えていった。

メディは首をひねった。

「おかしいなぁ。サンダーバードも弱くないはずなんだけどなぁ」

僕は優等生だ。小さい頃《ころ》から神童と呼ばれ、周囲の期待に応《こた》え続けた。魔法学校に入ってからも、僕は努力し続けた。実家に帰ると、剣術の稽古《けいこ》をさせられる。稽古相手は父で、いつも容赦はなかった。

魔術師の優しい母と、剣士の厳格な父の間に挟まれながら受けた幼少期の英才教育は、確実に今の僕の力になっている。

メディの言葉も、もう振り切った。そうだ、本来の僕は強い。だって、僕はユマの次に強いんだ。

雷の刃を変形させて、鞭《むち》のようにしならせた電流を、メディに向かって振った。メディは鞭を余裕そうに素手で掴《つか》んだ。

メディと目が合って、ニヤリと笑われる。鞭は電流でできているのに、全く効いてなさそうだ。やっぱり力の差はある。だけど僕だって負けてばかりじゃない。

掴まれた鞭に魔力を送って、一気に電圧を膨らませた。鞭は爆発し、メディはそれを正面から喰《く》らった。

隙を逃さず、雷撃を呼び出し、横殴りにした。雷撃が当たったメディは、吹っ飛んで腕をおさえた。

どうやら雷撃は腕に当たったようだ。本当は脇腹《わきばら》を狙《ねら》ったのだけど防がれてしまった。

「ふ、ふふ、意外とやるね、劣等生。一瞬のうちに二度も変形させるなんて思わなかったよ」

メディは腕をおさえながら立ち上がった。

覆っていた霧が晴れた。メディの片目が、僕の後ろにいるユマとイルマ王子を見た。

「ふぅーん。劣等生がユマ王子のために戦っているんだね。さっきは劣等生がユマ王子を怪我させちゃったもんね。そりゃ頑張るしか、ないよね」

「ユマに怪我させたのは僕じゃない。お前だ、メディ。どうしてさっきから人のせいにしているんだ？すべての元凶はお前だろう？」

「……あ、そう。本当に立ち直ったんだ。つまらないなぁ。劣等生をからかうの面白かったのに。あ、ユマ王子の傷が治ったみたいだよ。ほら見てよ、すっかり元気になって」

「え？」

メディの指につられて、後ろにいるユマを見た。

その時ユマの下から、召喚陣が現れた。召喚陣に気付いたユマは、急いでイルマ王子を突き飛ばしたけど、ユマは召喚陣から現れた鋭い風の刃に、体を締め付けられ、切り裂かれた。

「ああっ。ユマ！」

飛ぶ力を無くして落ちていくユマの体を抱きとめた。ユマの体は血でぬるぬるしていて、今にも滑り落ちてしまいそうだった。

メディの笑い声が聞こえた。

「あはは、あははは、ぶぁーか！　敵の言うことを信じるなんて、なんて純粋で正直なんだろう！　願わくば、俺もそんなふうになりたかった！　羨《うらや》ましいよシノノメ。誰かを疑う狡猾《こうかつ》さなんて、シノノメには無いんだろうね！　まったく、羨ましいよ！」

「ユマ、ユマっ、あああっ。メディ！　ゆ、許さない、お前、なんでユマを……っ！　お前と戦っていたのは僕だろう!?」

「知るかばーか！　大事なものならしっかり守れ！」

ユマはかろうじて意識を保っていたけど、呼吸が荒かった。イルマ王子がすぐに来て、治癒術を使ったけど、効果は薄そうだった。

「シルフの風は痛いよ？　しかも、えぐるように切り裂くから血が止まらない。そんな癒《いや》しの力じゃ、まともに治せませんねぇ。イルマ王子、あなたはまだ発展途上だ。惜しいね、あと十年ほど修業が足りない。小さな頃からちゃんと、魔術の修業をしていれば治せたかもしれませんね。昔の怠惰が今になって響いている。残念だなぁ」

「う、うう、兄上。治します、治しますから」

ユマの血が手についたまま、イルマ王子は涙を拭《ふ》いた。

「そろそろ戻ろうかな。きっと待ちくたびれているだろうし。じゃあね、劣等生、今度会ったら、目ん玉えぐり出してやるよ」

メディがローブを翻したとき、空から炎弾が降ってきた。

火竜がメディを狙って、高いところから火を噴いていた。僕たちの状況を見に来てくれたのかもしれない。ヨルムンガンドの相手は、ミミが一人で踏ん張っていた。

「ああもうしつこい！　邪魔っ！」

メディが放った光魔法に目が眩《くら》んで、火竜がよろめいた。その間に、メディは壁の壊れた図書室に戻っていった。

メディを追いかけようとした火竜は、迷うように追うのをやめると、僕たちの方へ来た。火竜は傷だらけのユマを見ていた。心配しているのかもしれない。

「わ、私は大丈夫だ。行け、ラルが心配だ」

かろうじて意識のあるユマが言うと、火竜は頷《うなず》いて、メディを追いかけていった。

「ユマ、ユマ、ごめん。僕がしっかりしていないから」

「な、何を言う。シノノメはしっかりしていた。避《よ》けきれなかった私が悪いのだ。イルマ、泣くな。死ぬような傷じゃない」

ユマは気丈に言ったけど、さっきから血が止まらない。

獣の鳴き声が響いた。ヨルムンガンドがミミを校舎に押さえつけて、何度も体当たりをしていた。

ミミが咆哮《ほうこう》をあげて、ヨルムンガンドに噛《か》み付いた。ヨルムンガンドは悲鳴のような唸《うな》り声をあげて、自分に噛み付いたままのミミの体を、校舎にひと際強く叩《たた》きつけた。ミミはぐったりとし、動かなくなった。

ヨルムンガンドは勝《か》ち鬨《どき》をあげると、舌をちゅるちゅると出しながら、踊るように体をくねらせていた。ミミがやられてしまった。どうしよう、次は僕たちが狙われる。

「ヨルムンガンドが私たちに気付いていないうちに、ここから離れよう。人の手に負えるようなやつじゃない」

荒く息をしながらユマが言った。

「兄上、ミミが」

「まだ生きている。隙を見て助けるが、今は退く。……シノノメ、すまない、目眩《めまい》がするから肩を貸してくれ」

「う、うん」

辛そうなユマの肩に手を回して支えたら、やけに重かった。見たら、ユマは意識を失っていた。イルマ王子がユマの状態に気付いて、顔を青くさせた。

踊るのをやめたヨルムンガンドの目玉がぎょろぎょろと動き、不気味なほど、四方へ彷徨《さまよ》っていた。やがて、僕たちの方を睨《にら》みつけてぴたりと止まった。

動けなくなるほどの威圧感というのはこういうことだろうか。恐怖で汗が滲《にじ》み出《で》た。

その時、火竜が飛んできて、ヨルムンガンドに体当たりした。ヨルムンガンドの体が押される。

「大丈夫かい？」

火竜の背には人が乗っていた。その人は柔和な笑みで僕たちを気遣った。あれ、なんかこの人……顔がユマに似てる。

その人は、僕が支えているユマをちらりと見た。

「ユマ兄さん、大変なことになっているね。こんなになるまで無茶をするなんて兄さんらしくないなぁ。貸して」

その人は、僕が必死に支えていたユマを、ひょいと片手で受け取り、火竜の背中に乗せた。

「ソウマ兄上！　来てくれたのですか！」

イルマ王子が言った。ソウマ……兄上？　この人が、ユマとイルマ王子に挟まれた第二王子……？

そうか、転送魔法は完成したんだ。

「イルマは怪我《けが》してない？　大丈夫？」

「はい、私はなんとも……」

と言いかけたとき、体勢を直したヨルムンガンドが飛びかかってきた。火竜はヨルムンガンドを、前足でおさえ込み、噛み付いた。

「ああ、いいね。そのまま捕まえといて」

ソウマ王子は、背中に背負っていた槍《やり》を手に持ち、ヨルムンガンドの皮膚を狙った。槍は鋼のような皮膚を貫いて、ずぷずぷと刺さっていった。獣を貫く特殊な呪《のろ》いでもかけられているのだろうか。

ソウマ王子が槍をぐりっと回したら、バンバンと破裂音がし、ヨルムンガンドが悲鳴をあげた。

「おっと」

ヨルムンガンドが大暴れしたので、すぐさま火竜は距離をとった。

「これは、ちょっと大変かなぁ」

「あの、ユマを、ユマを助けてください！」

「ん？」

ソウマ王子が今気付いたかのように僕を見た。

「ヨルムンガンドは僕が止めます！　だから、ユマのことを頼みます！」

「え？　なに言ってるんだい？　一人で？　危ないよ」

でも早く治療しないとユマが。ユマの血は流れ続けていた。顔色が悪い。早く王宮の治癒術師に見てもらわないといけない。

「こっちだ！　僕を狙え！」

ソウマ王子から離れ、目立つように雷撃を撃った。雷撃が当たったヨルムンガンドは、目をぎょろぎょろと動かして僕に狙いを定めた。

ヨルムンガンドは僕に飛びかかってきた。目前にギザギザの刃が、ゆっくりと迫ってくる。死の直前というのは、時がゆっくりになるらしい。え？　まさか、僕、死……。

急いで結界を張ったけど、ヨルムンガンドの牙《きば》は、容赦なく僕の結界を壊した。衝撃で体が吹っ飛ぶ。変な方向に腕が折れ曲がり、自分のものではないように思えた。

ヨルムンガンドは、そのまま僕を丸呑《まるの》みしようとした。今度こそ死を覚悟した時、目の前に金色の塊が躍り出て、そいつは両手を前に突き出した。

そいつが作り上げた結界は強靭《きょうじん》で、ヨルムンガンドの牙を通さなかった。

「ううん、だめだ、強いな。止めるので精一杯だ」

僕たちを丸呑みしようとしているヨルムンガンドの喉《のど》の奥まで見えている状況だというのに、そいつは冷静だった。恐怖を感じていないのだろうか。

そいつは首を曲げて振り向いた。

「あ、大丈夫ですか、シノノメさん」

よく、イルマ王子の隣にいるのを見かけていた。

生徒の中でも特に落ちこぼれのはずなのに、上級生である僕に意見してくる生意気な初等部。ユマに名前を呼ばれていて、闘争本能を掻《か》き立てられたのを覚えている。ユマはそいつのことをラルと呼んでいた。

ラルは、僕の腕が変な方向に曲がっているのを見ると、ぽん、と手を置いた。触られた痛みで振り払うと、折れていた腕が治っていることに気が付いた。

今、治癒術を使ったのか？　それにしても、治るのが早すぎる。そんな治癒術聞いたことない。だけど、折れていた腕が治っているのは紛れもない事実だった。

「シノさん、いつまでも止めていられません。まだですか？」

ラルは上を見上げた。

上に何かあるのかと視線をあげると、いつの間にかもう一人、白いローブをはためかせた魔術師がいた。

一つに結ばれた薄い紫色の髪が、吹く風に合わせてぱたぱたと靡《なび》いていた。

「もういいぞ」

「はい」

突然ラルが結界を解いた。

思わず、「ちょっ」と声が出る。結界を解くなんて死ぬようなものだ。そんなことをしたら、ヨルムンガンドに一気に食われてしまう。

けれどラルは、僕の手を掴《つか》んで、ヨルムンガンドが動くよりも速く上昇した。自分でもこんな速度は出したことなくて、上手《うま》く息ができない。

一人取り残された魔術師は無事なのかと振り返ると、氷魔法でヨルムンガンドの頭を凍らせていた。

ヨルムンガンドはゆっくりと地面に倒れていった。

あまりのことに、呆然《ぼうぜん》とそれを見ていた。

あのヨルムンガンドを手玉にとるような力を目の当たりにして、言葉も出なかった。

最後の戦い

シノのお陰でだいぶ魔力は戻っていた。というか、有り余るほど貰《もら》ってしまっている。既に供給はいらないのだけど、唇が塞《ふさ》がっているから伝えることができなかった。

止《や》むを得ず、シノの肩を叩いて訴えた。だけど放される気配はなく、寧《むし》ろ背中に手を回され、グッと引き寄せられた。口づけが更に深くなり、舌の根を吸われて、ぞくぞくしてしまった。

このままじゃまずいと思って、シノの肌に爪を立てた。

「いたい」

やっと唇を離したシノは、眉《まゆ》を寄せて言った。

「あの、もう魔力量は十分です」

口からこぼれた唾液《だえき》を拭《ふ》きながら言ったら、何故《なぜ》だかじっと見られた。

「そのようだな」

立ち上がったシノを追いかけて、壊れた校舎の壁から外を見た。黒光りする蛇の形をしたヨルムンガンドが、変な音を鳴らしながら体をくねらせていた。あの踊りはなんだろう。

「あいつは何をしているんだ？」

シノが指差した方向に、ヨルムンガンドの近くを飛び回っているシノノメがいた。

ヨルムンガンドの目がぎょろぎょろと動いて、獲物を探していた。あのままじゃ見つかるのも時間の問題だった。

「ラル、お前も来るなら、俺の傍を離れるなよ」

「はい。シノさんが怪我した時は、すぐに治します」

「……俺がヨルムンガンドを凍らせる。少しの間だけ、奴《やつ》を止めておいてくれ」

壊れた壁から外へ出ると、シノは凄《すご》い速さで、ユマ王子たちのところに飛んだ。遅れないように続いた。

丸呑みされそうになっていたシノノメとヨルムンガンドとの間に割って入り、結界を作った。大きく口を開いたヨルムンガンドの喉の奥まで見えた。

結界が壊れないように集中しながら、ヨルムンガンドの牙を押し返そうとしたけど、それは無理のようだ。

だめだな、と一人で呟《つぶや》き、後ろにいるシノノメを振り返った。呆然としているシノノメに大丈夫かと尋ねたけど、彼は何も言えないようだった。

怪我《けが》でもしているのだろうかと視線を彷徨《さまよ》わせると、腕が折れているのが見えたので、治癒術で治した。驚いた顔をしながら腕を振り回していたので、もう大丈夫そうだ。

張っている結界に亀裂が走った。ヨルムンガンドの顎《あご》の力が強くて、長くは結界を保てない。シノはまだだろうか。

「シノさん、いつまでも止めていられません。まだですか？」

「もういいぞ」

シノノメの手を掴むと、結界を解除して、すぐにヨルムンガンドの攻撃が届かない位置に上昇した。

シノを振り返ると、氷魔法でヨルムンガンドの頭を凍らせているのが見えた。そのまま、大きな蛇は倒れていった。

ヒーくんに乗ったソウマ王子が来た。

ヒーくんの背中には、ユマ王子に治癒術をかけているイルマ王子が乗っていた。ユマ王子は酷《ひど》い怪我をしていて、意識が無さそうだった。とてもぐったりしているミミもいる。

俺たちがヨルムンガンドを相手にしている間に、ソウマ王子がみんなを集めてくれたらしい。殆《ほとん》どが傷だらけで気になったけど、一番ひどいのはユマ王子だ。一目で重体だと分かった。

「ユマ！」

俺の手を振りほどいたシノノメは、ユマ王子の元に飛んでいった。


「ラル、ユマ兄上に治癒術をかけてくれないか。悔しいが、私の力では癒せないのだ」

イルマ王子が血に濡《ぬ》れた指先で涙を拭《ぬぐ》いながら言った。

ユマ王子の傷を治すことは難しくない。光をかけると、血の気の無くなっていたユマ王子の頬《ほお》がゆっくりと色を取り戻した。

「ユマ、ユマ。ああよかった」

シノノメは泣いているのかと思うくらい声が震えていた。今までのことがよっぽど恐ろしかったのかもしれない。ユマ王子の様子を見るに、死闘を繰り広げたのだろう。あのヨルムンガンドにも対峙《たいじ》していたし、俺の知らないところで、シノノメは酷い目に遭ったのかもしれない。その恐怖は俺のせいで起こったのだと思うと心苦しかった。

「こんなになるまで無茶をするなんてユマ兄さんらしくないよね。こんな兄さん初めて見たよ」

ソウマ王子が場に似合わず、落ち着いた声を出した時、ヨルムンガンドが起き上がり、頭を振って氷を割った。

どうやら凍ったのは硬い皮膚の表面だけで、中身までは凍らなかったようだ。

「完全に倒すのは難しそうだね。シノ、どうする？」

ソウマ王子が言った。

「詠唱をもっと深く長くします。限界を超えれば、やつも凍らせることができる高位魔法を放てるでしょう」

「限界を超える？　危なそうだけど、それって平気？」

「平気です」

平気じゃない。限界を超えるということは、自分の魔力の許容量を超えるということだ。当然、体に支障をきたす。

「じゃあ、シノの詠唱が終わるまで、ヨルムンガンドをひきつけておけばいいかい？」

「負傷者の安全確保のため、ソウマ王子は皆を転送魔法で王宮に連れて帰ってください。それに詠唱後の氷魔法の範囲がどこまで及ぶか分かりませんし、近くにいたら危ないです」

「え？　一人で大丈夫かい？」

「シノさんを一人にはさせません。俺も残ります。俺がヨルムンガンドをひきつけます」

ソウマ王子が、え？　ラルが？　大丈夫？　という目で見てきた。自信は……ない、いや、ある。ないけどある。シノのためなら終焉《しゅうえん》の化け物だってひきつける。

「ラル、心配だから俺の槍《やり》を預けておくよ。あのね、突き刺したあと、ここをひねれば爆発するから」

などと言って、ソウマ王子が背中に背負っていた槍を貸してくれた。

「では今から詠唱に入る。ラル、詠唱が終わったら合図を出すから、聞こえたら俺の後ろまで来い。巻き込まれたら一瞬で氷漬けになるぞ」

シノは目をつむって精神を集中し始めた。

ソウマ王子がヒーくんに指示して、転送魔法陣のある校舎に向かった。ヨルムンガンドの目が、じぃとヒーくんを見つめていた。このままでは狙《ねら》われてしまう。ヨルムンガンドの目を逸《そ》らすために、わざと目の前を飛んだ。

予備動作なしでヨルムンガンドの尻尾《しっぽ》が俺を叩き落とそうとしたけど、間一髪結界を張ったので助かった。ソウマ王子が「ありがとう！」と言ったのが聞こえた。

俺の結界を壊そうとして、ヨルムンガンドがかじったり、体当たりしたりしてくる。ソウマ王子の槍でどうにかできないかなと思って色々いじっていたら、どこかをひねったみたいで、先端から火花が散った。ばん、ばん、と大きな音が鳴ったとき、ヨルムンガンドが一瞬硬直して動かなくなった。

そういえば、蛇は音は聞こえないけど、振動を知覚することはできると本で読んだことがあった。さっきの爆発音でびっくりしたのだろう。

指を鳴らしながら、音魔法の出力をどんどんあげていった。耳に痛いほどの音が鳴ったとき、ヨルムンガンドがビクリと反応した。このくらいでいいだろうか。ヨルムンガンドの近くで指を鳴らしたら、嫌がる素振りを見せた。

ヨルムンガンドの周りを付かず離れず飛び、指を鳴らして衝撃を与えていたら、口から紫色の毒霧を吐かれた。

毒は俺にはきかない。毒霧を吸ったそばから体内で浄化させた。

毒霧に体を隠しながら、ヨルムンガンドの皮膚にソウマ王子の槍を突き刺した。槍は硬い皮膚に負けることなく、ずぷずぷと入っていった。特殊な呪《のろ》いでもかけられているのだろうか。柄の部分をひねったら、ヨルムンガンドの中で槍の先端が爆発した。

ヨルムンガンドが悲鳴をあげて、仰《の》け反《ぞ》ったところで、シノの声がした。

「ラル！　来い！」

ソウマ王子の槍を抜いて、すぐにシノのところに帰った。

シノは額から大量の汗を流していた。

やっぱり限界を超えての詠唱は、体力を消耗してしまうみたいだ。シノの背中に回り、ローブにしがみついたとき、シノが掲げていた手を、ゆっくりと下ろした。

「終焉の蛇、お前が来るのはまだ早い」

シノが放った氷魔法は、勢いよくヨルムンガンドを呑《の》み込んだ。冷気が触れたところから、黒光りの体が、ピキピキと凍っていく。

間違いなくヨルムンガンドを異界に帰らせることができそうだと思った時、シノが咳《せき》をした。見ると、口から一筋血を流していた。

膨大な魔力量に、体がついていっていない。やっぱり、限界を超えての詠唱は危険だったんだ。

「シノさん！　大丈夫ですか、すぐに治癒術をかけます！」

シノの背中から治癒の光を流し込んだ。

「温かい……。やはり、そうか……。そうだったんだ」

シノは何か呟いていた。あまりに辛くて幻覚を見始めているのかもしれない。

「ラル、もう大丈夫だ、ありがとう」

シノは再び、冷気をヨルムンガンドに浴びせた。

シノから放たれた高位魔法は、完全にヨルムンガンドを覆い、その巨体を氷漬けにした。そして、終焉の化け物は霧になって異界へ帰っていった。

これで終わったと思ったとき、シノが放った氷魔法の冷気が、気流に乗って上昇してきた。体が凍るとまではいかないけど、周りの空気が冷たくなる。

シノのローブにしがみついて、なんとか耐えていたけど、容赦ない冷気に体温を奪われはじめた。

「ラル、大丈夫か」

「ん？　う、ん」

「大丈夫ではなさそうだな。もっと上にあがるか」

シノは俺を横向きに抱いて上昇した。膝裏《ひざうら》に当たるシノの手は大きかった。

昔は俺がシノを胸に抱いて魔物から逃げていた時もあったのに、本当に成長したなぁ。眠気に意識を奪われそうになりながらそう思った。

「シノ……大きくなった、ね」

殆どうわごとのように喋《しゃべ》っていたと思う。

俺を抱いているシノの腕が、ぴく、と動いた気がした。あとは眠くて、瞼《まぶた》を閉じてしまった。

出会いの記憶

朝と言うにはまだ早く、深夜と表現した方がよっぽど分かりやすい時間から、一日が始まる。

いつもと同じ時間に起きて、物置のような部屋を出た。今日も主人が起きるまでに朝の支度をしなくてはいけない。

掃除を終え、朝食の用意のために調理場へ向かうと、既に何人かが始めていた。

この屋敷に貰《もら》われた少年たちだ。俺が来ても誰《だれ》もこちらを見ようとはしない。少年たちは自分に割り当てられた仕事を黙々とこなしていた。

昨日《きのう》採っておいた山菜を茹《ゆ》でて汁物に入れる。塩を入れて味を調えた。味見をしてもう少し塩を足す。

隣の少年は、白飯を炊いていた。彼の目からは生気が感じられない。その少年が特別というわけではなく、ここでは誰もがこんな目をしている。

朝食を届けにいく者は順番で決まっていた。今日は俺の番だった。

「おはようございます、旦那《だんな》さま」

主人に挨拶《あいさつ》すると、ぎろりとこっちを睨《にら》んでから
「うるさい」とだけ言った。

主人の仕事机に朝食を置いた。朝食を届けた者は、主人が食べ終わった後の食器も片付けなくてはいけない。主人が食べ終わるまで、部屋の隅でじっとしていた。

「今日、米を炊いた者は誰だ」

主人が唐突に口を開いた。

「誰だ?」

ここで名前を出せば、確実にルアーは主人からの折檻《せっかん》を食らうだろう。米が硬かったか柔らかすぎたか分からないが、主人の声は鋭かった。

「……ルアーです」

ルアーには悪いが、庇《かば》えば俺が代わりに罰を受ける。

この屋敷の少年たちとは、友情と呼べるような絆《きずな》はない。ルアーを庇う理由は、俺にはなかった。

「ルアーを呼べ。お前はそのまま下がっていい」

部屋から出ると、言われた通り、ルアーに主人が呼んでいることを伝えた。ルアーはさっと顔色を変えて俺を睨んだあと、入れ替わるように主人のところへ行った。

庭を掃除していたら、フラフラのルアーがやって来て「シノ、呼ばれているよ」と笑いながら言った。今度は俺か、と溜息《ためいき》を吐《つ》いて主人のところへ行くと、身に覚えのないことを言われた。

「ルアーから聞いたが、この間お前を使いに出した時、小銭をごまかしてその分を盗んだそうだな。覚悟はできているか? 上を脱げ」

くそ、ルアーめ。自分が折檻を受けた腹いせに、俺まで巻き込んだらしい。

仕方なく上の服を脱いで壁に手をつくと、小一時間鞭《むち》で背中を叩《たた》かれた。服を着直すとき、血が張り

付いて痛かった。

主人は俺たちが嫌いだった。まるで大人しい俺たちを、いつも、うるさいからと言って折檻した。

主人はこの街で一番大きな屋敷に住んでいる。独り身で裕福なため、俺たちのような身寄りのない子供を押し付けられる。この前も「黄金竜の再来をお待ちする会」というわけの分からない慈善団体から、一人の少年が送られてきた。その少年は初日で主人の機嫌を損ね、きつい折檻を受け、次の日からは俺たちと同じ目をするようになった。

折檻が終わり、部屋を出ていこうとしたら、髪を掴《つか》まれ床に引き倒された。ぶちぶち、と髪の毛が抜ける音がする。恐れながら主人を見上げると、俺の顔を見て笑った。

「お前は鞭で打たれている時、少しも声を出さないな。少しくらい泣いて許しを請えば、可愛《かわい》げもあるというのに。ルアーはすぐに音をあげて、お前に罪を被せたぞ？　あれくらい素直であれば、どこでも生きていけるだろうに」

「ルアーが俺に濡《ぬ》れ衣《ぎぬ》を着せたことを、分かっていたのですか」

主人は笑って肩をすくめた。猛烈に腹が立ち、睨みつけたら、頬《ほお》をグーで殴られた。

「昨日、俺が言ったことを覚えているか？」

主人は殴った方の手を、プラプラさせながら言った。

「……はい」

「いいだろう。朝まで帰ってくるなよ」

ようやく主人の部屋から出ると、ルアーがくすくす笑いながらこっちを見ていた。相手をせずに通り過ぎると舌打ちが聞こえた。

主人は憂さ晴らしのように、たまに俺を追い出した。朝まで戻ってくるなと命じ、俺が凍えるのを見て嘲笑《あざわら》うのだ。そのような命令は、特に今のような寒い時期が多かった。

外はとても寒いが、我慢できない寒さではない。

少しでも暖をとるために、定食屋の裏に座った。調理場の換気をするために開けられた窓から湯気が出てきて、暖かい気がする。

「なあ、聞いてくれ。俺この前、仕事でへましちゃってさ、腕をざっくり切っちゃったんだよ」

客だろうか。大きな声で会話している男たちの話が聞こえた。

男は話を聞いて欲しいらしい。だったら俺も聞いてやろう。会話に耳を澄ました。

「そうしたらさ、黒いローブを着た若い魔術師がふらっと来て、すぐに治してくれたんだよ。けっこう切っちまってたんだ。腕の半分くらい。もう使い物にならないかもって思ったよ。だけど、そいつはすぐに治しちまったんだ。いやぁ、すごかったよ。さすが魔術師だな」

「俺の従兄弟《いとこ》が魔術師だから分かるけどよ。そいつはきっと治癒術師だ。治癒術師は、病や傷を魔法の力で治すんだと。そんで、きっとそいつはラウルっていう治癒術師だ。噂《うわさ》で聞いたんだよ、ラウルが少し前からこの街にいるって」

「ラウル？　噂になるくらい凄《すご》い奴《やつ》なのか？」

「知らないのか？　ラウルはどんな病や怪我《けが》もすぐに治しちまうんだよ。あっちこっちで治してまわるから有名になり、奇跡の治癒術師って呼ばれているそうだ。お前も運がいいな。いくら治癒術師でも一瞬で腕がくっつく筈《はず》がない。ラウルさまだったから、お前の腕は無事だったんだよ」

「へえ、そんな凄い人だったのか。見かけはすげぇ若いし、ヘラヘラふらふら歩いていたから、最初は警戒してきつく当たってしまったんだ。気を悪くされなくて良かった良かった」

魔術師なんて、俺には一生関係のない話だ。途中まで聞いていたが、すぐに飽きて眠くなってしまった。そのまま目を閉じた。

気付いたら、辺りは暗くなっていた。

体が震えた。さすがに寒い。どこか暖かい場所はないだろうか。

立ち上がり、通りに出ると、飲み歩く大人たちであふれ返っていた。

一人の男が、人目を忍ぶようにこっそり話しかけてきた。指が人差し指から薬指まで並び「これでどう？」と言ってくる。体を売る少年だと思われ、客を待っていると勘違いされてしまったらしい。無言で男の横を通り過ぎた。男は追いかけてこなかった。

このままここに居てもまた間違われそうだと思い、少し離れたところに移動した。じっと突っ立っていたら、黒いローブを着た魔術師の男が話しかけてきた。

またさっきの奴のように三本指を突き立ててきたら、股間《こかん》を蹴《け》り上げてやろうと思い身構えた。

「寒くない？　こんなところで何してるの？」

男は馴《な》れ馴れしく話しかけてきて、さも俺を心配しているような目で見てきた。童顔の男の、まん丸い黒目がパチリと瞬いた。

俺は騙《だま》されない、と思いながら男を睨んだ。大人はすぐに、子供を騙して自分のものにしようとする。気を抜いたら、すぐにでも指を三本突き立ててくる。いや、調子に乗って二本かもしれない。そうなったら最悪だ。

「頬を怪我しているね。大丈夫？」

警戒している雰囲気が分からないのか、男はずうずうしく俺の頬に触れた。そこは昼間、主人からグーで殴られたところだった。痣《あざ》にでもなっているのだろう。

触れられて痛かった。逃げるように数歩下がったけど、それでも男の手は追いかけてきた。

「ごめんね。気になるから治療だけさせてね」

男の手が金色に光り始める。驚いて、抵抗するのを一瞬躊躇《ためら》ってしまった。その隙に男の柔らかい手のひらが、頬にそっと触れてすぐに離れた。

「終わったよ。これからは怪我しないようにね」

手のひらの発光がやむと、男は微笑《ほほえ》んだ。そして、行ってしまった。

なんだったんだ、と呆然《ぼうぜん》とする。

さっきの温かい光を思い出して、もしかして、と頬に触れると、感じていた痛みが無くなっていた。

もしや、さっきのが治癒術だろうか。

昼間定食屋で盗み聞きしたのを思い出し、不思議な現象に感心した。


そのまま一晩を過ごし、朝になってから屋敷に戻った。

主人に呼ばれ、部屋に行き、戻りましたと報告をした。主人はわざわざ昨日の俺の様子を聞いてきた。

「凍えたか」

「寒くて死にそうでした」

主人はおかしくもなさそうに鼻で笑った。

下がっても良いと言われたので、部屋から出ようとしたら「待て」と言われた。主人は使いを頼んできた。再び俺を外に出すらしい。まだ体は凍えているというのに容赦がない。

金を持たされ、再び通りへ向かった。

主人は俺に花束を買って来いと言った。花なんて買うような人ではないのに一体どうしたのかと不思議に思っていた。その理由は、すぐに分かった。指定された花を買おうとしたら、花束の値段と、渡された金が足りなかった。

そういうことか、と思う。花屋の男は少年を愛していた。主人は俺への嫌がらせのためだけにおつかいを頼んだということを知り、おかしくて笑った。

金額が足りないと分かった花屋は「体で払うか？」と聞いてきた。俺は溜息《ためいき》を吐《つ》いて、その場から逃げ出した。

このまま屋敷に帰っても待っているのは折檻《せっかん》だ。花を買えなかったことで、主人は必ず俺を痛めつける。

一夜明ければ主人も忘れているかもしれない。今日は帰ることをやめ、街に留まった。夜を愛する大人たちが飲み屋に集まる横で、膝《ひざ》を抱えて震えていた。

昨日も何人か見かけたが、体を売っている少年は結構いる。少年たちは、大人に声をかけてまわっていた。暇ということもあり、様子を観察した。

「お兄さん、こんばんは」

一人の少年が、にこにこしながら、大人に声をかけた。手馴《てな》れたように、そっと腕を触って、上目遣いで見上げた。

声をかけられた男は、指を三本突き立てた。少年は、表情を崩さずに笑顔で四本指を突き立てた。男は、みっともなく鼻の下を伸ばし、まいったなぁ、などと笑いながら少年の肩を抱き寄せ、夜の闇《やみ》へと消えて行った。

なるほど、ああいうふうに媚《こ》びればいいのか。

媚びられていた男は、まんざらでもない顔をしていた。愛されるように振舞えば、三本も四本になるらしい。ルアーを素直だと笑った主人の言葉を思い出した。

一人の男が俺をじろじろと見てきた。この下品な視線……体を売る少年だと間違われている。知らないフリをし、この場を立ち去ろうとも思ったが、さっきのことを思い出し、試してみる気になった。

男に向かって、にっこりと笑ってみた。今までやったことのない表情だったので、自信はなかった。男が嬉《うれ》しそうな顔をして、近づいてきた。どうやら成功したようだった。

「かわいいね」

鼻の下を伸ばした男は、俺の笑顔を褒めた。

男が二本指を突き立ててきたので、思い切って五本全部広げた。

男の顔が引《ひ》き攣《つ》り「それはちょっと」と言いかけたので、さっきの少年を真似《まね》して男の腕に自分のを絡めたら、にやけながら五本を承諾した。

愛されるように振舞うというのは、案外簡単なものだ。こんなことで良いのか。

そろそろ男の股間を蹴り上げて逃げようと思っていた矢先だった。

「あの」と声をかけられた。

振り向いた先にいたのは、昨日俺の頬を治した黒いローブの魔術師だった。そいつは、相変わらずの大きな黒目をパチリと瞬かせて、もう一度「あのぉ」と言った。

「その子、俺の知り合いなんですが」

「は？」

俺を五本で買った男は掠《かす》れた声を出した。

「あの、だからですね、その手を放してもらってもいいですか？　俺の連れなんで。待ち合わせをしていたんですよ。多分、意味分かってないと思います。あの、だから」

童顔の魔術師の言葉に、俺を買った男は何か言いたそうにしていたが、やがてめんどくさそうに俺の腕を放し、行ってしまった。

童顔の魔術師は、ほっとしたように息を吐いた。

「よかったぁ。きみ、昨日の子だよね？　あのね、ここにいたら危ないんだよ。さっきどこに連れて行かれそうになったのか分かってる？」

「……」

別に助けてもらわずとも自分でどうにかできた。こいつはお節介が好きなのだろうか。

何も言わない俺に何を思ったのか、童顔の魔術師は「あのね、よく分からないと思うんだけど、ここは、きみみたいな綺麗《きれい》な男の子が好きな大人がね」と、顔を真《ま》っ赤《か》にして言い始めた。なんなんだ。

「ありがとうございました。僕、こういうところあんまり来ないからよく分からなくて。もう大丈夫です。助けていただいて、ありがとうございました」

にこっと笑って頭を下げた。さっきやったように、愛想よく、素直にしてみた。

童顔の魔術師は目を輝かせた。

「きみ、名前は？」

「……僕はシノといいます」

興味を持たれてしまった。まさかこいつ、無害に見せかけてさっきの男同様、俺を狙《ねら》っているのか？

「シノくんは、魔法学校には行かないの？」

魔法学校……？

「クシュッ」

くしゃみをしてしまった。言葉を続けようとしていた魔術師が、俺のクシャミに驚いて黙った。

さっきから我慢しているが、すごく寒い。体はとても冷えていた。だが、まだ屋敷に戻るわけにはいかない。戻るのは、主人が寝てしまった後だ。主人は深夜を回った時間に寝る。まだその時間ではないから帰れない。

「昨日も思ったけど、凄《すご》く薄着だね。そのままじゃ風邪をひくよ。これを羽織りなさい」

童顔の魔術師は、自分が来ていた羽織りものを脱いで、俺に着せた。陽《ひ》だまりのような匂《にお》いと、ホワンとした温かさを感じた。

「それはシノくんにあげるよ。体を温められるような光魔法や、火魔法を使えれば良かったな」

童顔の魔術師は微笑んだ。

「家はどこ？　送るよ。今日は月が出ていて明るいけれど、夜道は一人じゃ危ないから」

もしや送り狼になろうとしているのだろうか。ちゃっかり家の場所まで知ろうとしている。だが、それにしては本気で心配している顔だった。

目的が分からなかった。どうして俺に構おうとするのだろう。試しに屋敷の場所を告げてみたら、童顔の魔術師は正しく俺を送り届け、そのまま消えてしまった。

門の前で夜明けまで待ち、屋敷に帰った。すぐに主人にバレて、いつもより酷《ひど》い折檻をされた。花屋の男が、俺が逃げたことを告げたようだった。

出てきた膿《うみ》が服を着るときに張り付いて痛かった。そのまま朝の支度に入ろうとしたら、ルアーが俺をせせら笑った。

「あんまりあいつを怒らせるなよ。俺たちまで巻き込まれるだろ?」

無視したら、ルアーが舌打ちをした。

「お前、痛みに耐えてる自分を格好良いとでも思っているのか? このまま強情貫いてたら、いつか殺されるぞ!」

「なんだ、心配してくれているのか?」

足で蹴《け》られてしまった。だが、さっきの折檻に比べたらぜんぜん痛くなかった。いや、傷口をえぐるように蹴られたのでやっぱり痛かった。

その日からルアーは目に見えて俺に嫌がらせをしてきた。仕事を滞らせるために掃除用具を隠されたり、誰かが割った食器を俺のせいにされるたび、主人から折檻をくらった。

最近の主人の鞭《むち》の矛先は全部俺で、そろそろきついなと思うようになった。主人も、ルアーが嘘《うそ》をついているのを見破りながら俺を折檻するから、タチが悪い。

ルアーに触発された他の少年たちも、自分の失敗を俺のせいにするようになった。虚ろな目をしていた頃《ころ》とは違い、楽しそうで何よりだと思った。

人は誰かを貶《おとし》める時、みんな同じような顔をするらしい。元から興味がなく、見分けのつかなかった少年たちの顔が、最近はさらに全《すべ》て同じに見える。

「シノ、お前嫌われているなぁ。つらいか?」

屋敷に飾ってある絵画を俺が盗もうとしていた、とまったく身に覚えのない告げ口をされ、主人に呼び出されて、散々鞭で叩《たた》かれた。そのあと、主人は煙草《たばこ》をふかし、苦い煙を鼻から出しながら言った。

「貶められていると分かっているのなら、どうして僕を叩くのですか」

「最近はお前ばかり叩かれているな。つらいか?」

主人は俺の質問に答える気はなさそうだった。

つらいと聞かれるならば、そうだと言える。傷口が治る前に、叩かれるものだから、化膿《かのう》しまくって、最近は嫌な臭いがするようになった。背中の感覚は、もうない。いつか腐り落ちてしまうかもしれない。

「……つらいです」

素直に言えば、やめてくれるのだろうか。

主人は、はっと鼻で笑い、煙管《きせる》の吸い口を咥《くわ》えて、スパッと吸い込んだ。そして、目を細めながら、口から煙を吐いた。

「逃げたいか？　逃げてみるか？　ここには居たくないだろう？　良いことなどなにもない」

逃がしてくれるのだろうか。呆然《ぼうぜん》としながら頷《うなず》いた。

「花屋の主人に、以前からお前をどうしても欲しいと言われていてな」

体が固まった。花屋の主人といえば、少年を愛していることで有名だ。

「嫌なこともあるだろうが、ここよりは良いと思わないか」

花屋の主人を思い出した。だが、豚のような男だったということしか覚えていなかった。

「どうする、行くか」

「……行きます」

花屋の主人が望んでいることなんて、毎日の折檻《せっかん》に比べたら、なんてことのないように思えた。

引き渡しは簡潔に行われた。事前の話し合いは既に終わっていたのかもしれない。まるで家畜を渡すかのように、ひょいと手綱《たづな》を変えられた。

昨日《きのう》の夜、ルアーが俺に絡んだ。花屋の主人に貰《もら》われることを知っていたようだった。

もしかしたら、ルアーに俺をいじめるように言ったのは、屋敷の主人かもしれないと思った。俺を追い詰め、つらいと言わせ、自分から花屋の主人のところへ行かせるように。だが、確かめることはしなかった。今更知ったところで、どうにもならないからだ。

花屋の主人は俺の手を握り、自分のもののように遠慮なしに引っ張った。速い歩調でさっさと行こうとするので、ついていくのに精一杯だった。

「シノくんのことはずっと良いと思っていたんだ。たまにお使いで来るだろう？　冷めた表情と、一定にしか動かない紫の瞳《ひとみ》が、人とは思えなくてとても綺麗だった」

花屋の主人が歩きながら言った。それは酷い言い草だった。生きている価値もない俺だが、一応今も人として生きていた。

「あれ、シノくん。昼間に会うのは初めてだね。何をしているの？」

話しかけられた。話しかけてきたそいつは、いつか見た魔術師だった。

殴られた頰《ほお》を治癒術で治し、俺に暖かな羽織りものを着せた魔術師。そういえば、あの羽織りものは、ルアーに破かれて捨てられてしまったなぁ。

「誰だ、あなたは」

花屋の主人が俺の前に立ちはだかると、魔術師は困ったように頰をかいた。

「ああ、どうもすみません。以前、知り合った子だったので」

知り合いというほどでもない。

「そうですか。急いでいるので失礼します」

「あ、ちょっと待って」

「まだ何かありますか？」

呼び止められ、花屋の主人はイライラしたように振り返った。

「その子、怪我《けが》していませんか？」

「は？」

「ほら、よく見たら傷だらけですよ。私は治癒術師です。治させてください」

童顔の魔術師は俺の前に膝《ひざ》をつけ、両手から光をあふれさせると、傷を丁寧に治した。目に見える擦り傷は綺麗《きれい》に治ったが、何度も鞭で打たれた背中や腹あたりの痛みは消えなかった。見えないところは意識しないと治せないのかもしれない。

「治ったよ」

童顔の魔術師は微笑《ほほえ》むと、俺の頭を撫《な》でようとしてきた。だけど、反射的に恐怖を感じて後ずさってしまった。童顔の魔術師は驚いた顔をして手を引っ込めた。

「もうよろしいですか？　急いでいるので失礼します」

花屋の主人が俺の腕を引っ張った。

「あの」

童顔の魔術師は再び呼び止めた。

「なんです？　勝手に傷を治しておいて、金を要求しますか？」

「お金はいらないです。それよりも、その子の傷はどこで？」

「知りませんよ」

「でも、その傷の多さは普通じゃないですよ。ただ転んだとかじゃないと思うのですが」

「知らないです」

花屋の主人の言うことは事実だった。

花屋の主人は俺が屋敷の主人にされていた仕打ちなど知らないだろう。今のやりとりで気付いたかもしれないが。

「その子をどこに連れて行くんですか？　その子は、この街で一番大きな屋敷に住んでいる子ですよ。その子の家はそっちの道じゃありません」

「シノくんは私が買い上げました。もう私のものなのです。邪魔はしないでいただきたい」

花屋の主人は童顔の魔術師を睨《にら》みつけながら俺を再び引っ張り、後ろから制止を促す声が聞こえても今度は止まらなかった。

引きずられるように家の中に入れられ、上半身の服を脱がされた。

花屋の主人は、鞭で刻まれた膿《う》んだ背中の傷を見た後、舌打ちをした。

「なんて汚い体だ。美しい少年の芸術性が分からないとは、やはりあいつとは価値観が合わない。取引はこれきりにしよう」

花屋の主人は透明な液体が入った瓶を持ってきて、

中身を匙《さじ》で俺に食べさせた。それは甘くて美味《おい》しい水飴《みずあめ》だった。甘いものというのは日常では味わうことのできないご馳走《ちそう》だった。匙で差し出されたものを全て舐《な》め終わると、花屋の主人は笑った。

「美味しかったかな？　もっと欲しい？」

頷くと、花屋の主人はもう一すくいした。が、それを俺の口には入れず、目の前で匙を傾けた。トロトロと垂れていった水飴は俺の手のひらに落ちた。

「こぼれちゃったね。綺麗にしてあげよう」

わざとらしく笑って俺の手を舐め始めた花屋の主人の舌は、筆舌に尽くしがたいほどに気持ち悪かったが、何も言わずに我慢した。さっきまで美味しく舐めていた水飴の甘すぎる匂いがなんとも嫌な気持ちにさせた。気持ち悪い。吐きそうだ。

むせ返る甘い匂いの中に、花屋の主人の酸っぱい体臭まで漂ってきて、胃からの逆流物を必死に喉《のど》で押し返した。

吐き気を我慢し、眉《まゆ》をひそめていたら、勘違いした花屋の主人が満足そうに笑い「気持ちいいのかい？」と聞いてきた。

俺は今更ながらに後悔した。これならば、折檻の日々の方がまだましだったかもしれない。

見た目に反した甘い匂いが気持ち悪かった。次に甘い匂いを嗅《か》いだ時、このことを思い出して気持ち悪くなりそうだ。こいつのせいで、俺は今後一生甘いものを味わうことはできそうにないなと悟った。

ただ俺の手を舐めているだけだというのに、花屋の主人は勝手に息を荒らげ始めた。ひどく興奮しているようだ。気持ち悪い、しねばいいのに。

嫌悪感が増して思わず抵抗する素振りをしてしまった。素振りと言っても、身動きしただけだ。それだけなのに、手加減なしで頬を殴られた。

花屋の主人はハッとしたように手を止めた。

「殴ってしまってごめんねシノくん。でもこんな時は抵抗しないで」

そっと頬を触られた。痛かった。その瞬間、何もかもが嫌になった。今まで我慢していた枷《かせ》が外れ、思いっきり暴れた。

どこに行っても同じだ。殴られ、支配され、全員が自分の思うようにしようとしてくる。誰《だれ》も助けてくれない。この世にはきっと優しい人などいない。全員消えてしまえばいい。誰もが同じなら、みんな今すぐに消えてなくなれ。

また頬を殴られた。逃げようとしたら、床に転がされ、蹴《け》り飛ばされた。膿んだ背中に足を乗せられグリグリと踏まれる。

このまま足で心臓を押しつぶされ、死ぬようなものなら、きっとその亡骸《なきがら》はボロボロに腐らされ、道端に捨てられるのだろう。そうなれば、誰が俺を弔ってくれるのだろう。

ルアーはきっと、運の無い奴《やつ》だと俺を嘲笑《あざわら》うだろう。屋敷の主人は、憂さ晴らしのために、亡骸に鞭《むち》を打つかもしれない。酷《ひど》い人たちだった。

だが、環境が変わったところで、特に扱いは変わらなかった。こんな救いのない毎日を続けるくらいなら死んでも悔いはないが、せめて死んだあとくらいは安らかになりたい。

そうだ、あの人は、どうだろう。温かく俺の傷を治してくれた人は、俺の死を悼んでくれるだろうか。俺がダメにしてしまった羽織りものをくれたあの人は、可哀想《かわいそう》だと、亡骸を粗末に扱わずに、名残惜しそうな声を出してくれるだろうか。

その時、外側から、扉を叩《たた》く音がした。誰かが俺の名前を呼んでいる気がする。

花屋の主人は動揺して動かなくなった。扉が勢いよく開かれ、入ってきたのは童顔の魔術師だった。さっき俺がすがろうとしていた人だ。

童顔の魔術師は俺たちを見ると、突撃して花屋の主人から俺を奪い取った。花屋の主人は逆上して、近くにあった花鋏《はなばさみ》を掴《つか》み、振り下ろそうとした。童顔の魔術師は俺を庇《かば》い、腕に閉じ込めて、ぎゅうと抱いた。

陽《ひ》だまりのような優しい匂いがした。

花屋の主人の花鋏はどこにも届かなかった。いつの間にか、屋敷の主人が、鞭で花屋の主人を追い詰めていた。

「ありがとうございます、ニーカさん。あと、さっきのお話なのですが」

「ラウルさん、その話は後にしましょう。今はこの殺人者を、警備兵に突き出さなければいけません。私の可愛《かわい》いしもべを、殺されてしまうところでした。許せません」

「……ええ、そうですね」

体が動かなくなるほど、ぎゅうと抱きしめられた。背中の傷口が痛み、体を震わせたら、ラウルと呼ばれた童顔の魔術師は俺の背中を見た。そして、驚いた声を出した。

「これは、ひどい。これも彼がやったのでしょうか」

「そうですね。きっとそうでしょう。思えば花屋の主人は、シノに異常なほど執着していました。どうしてもと言われ譲ったのですが、間違っていましたね。ラウルさんから教えてもらわなければ、何もかも手遅れになるところでした」

憎いほど厚かましく、主人はとぼけ、俺にやってきた仕打ちを花屋の主人に擦《なす》りつけた。

「じっとしていてね」

ラウルは俺の背中に手を添えて温かい光を出した。不思議なことに、その一瞬で、あれだけ苛《さいな》まれていた痛みが消えてしまった。

「噂《うわさ》に違《たが》わず、素晴らしい腕ですね。シノ、よかったな」

主人は来客があった時にだけ見せる、外向きの顔で俺に微笑んだ。反吐《へど》が出そうだ。

花屋の主人は、屋敷の主人によって、警備兵に突き出された。最後まで何もやっていないと抵抗していたが、暴力をふるっていた場面をラウルに見られている。俺も擁護するようなことは言わなかったので、花屋の主人の言葉を誰も信じなかった。

「さて、では行きましょうか」

花屋の主人が連れて行かれるのを見送った後、屋敷の主人は外向きの顔でラウルを自分の屋敷へ案内した。

その間、ラウルはずっと俺の手を放さなかった。

光

「お前、生きてたんだな。死んだと思ってたよ」

出迎えたルアーがにやにやと笑いながら言った。俺の手を握っていたラウルが、ルアーの言葉に驚いていた。

「こら、ルアー」

主人がルアーを叱《しか》ると、ルアーは顔色を変えてどこかへ行ってしまった。馬鹿なやつだ、来客中に絡んでくるなんて。あとできつい折檻《せっかん》が待っているだろう。

装飾が豪華な部屋に、ラウルを、そして俺を丁重に招いて、主人は下座に座った。俺はラウルと一緒に上座に座らされた。一体何が起こっているんだと思った。

「さて、ラウルさん。さっきのお話ですが、私のシノを引き取りたいと」

「はい」

驚いてラウルの横顔を見たら、ラウルは真剣な表情のまま頷《うなず》いていた。

「私が見たところ、シノさんには魔力が備わっています。私の下で修業させれば、魔術師の道が開けるでしょう。私はシノさんを弟子にし、魔術師にするために育てたいです。そのために、シノさんを私に譲っていただけないでしょうか。もちろん、シノさんの気持ちが第一なのですけれども」

ラウルは不安そうに、ちらりと俺を見た。俺の気持ち？　どういうことだろうか。

「シノ、どうだ？　ラウルさんについていき、魔術師になることを望むか？」

俺の気持ちなど、何の役に立つのだろう。本気で言っているのだろうかと疑った。今まで踏みにじっていたことを、主人は忘れているのだろうか。

黙っていたら、ラウルが目を伏せた。

「シノさんは、生まれ育ったところを離れたくないのかもしれませんね。シノさんの気持ちが伴わないのなら、私も無理にとは言いません」

「ははは、まさか。シノは好奇心が旺盛《おうせい》な子です。すぐに外に出たがるやんちゃぶりに私も昔は手を焼きました。この子はいつでもこの街を出て行けますよ」

「ですが」

「ちょっと考えているだけですよ」

微笑《ほほえ》んでいた主人が、すっと目を細めて俺を見据えた。

「そうだな？　シノ」

殺されると思った。きっとここに残れば俺は殺されてしまう。主人が何を望んでいるか俺にはすぐに分かった。

「ラウルさんと一緒に行きます」

「本当にいいの？」

「はい。よろしくお願いします」

ラウルの顔がぱぁと明るくなった。俺の中に魔力があるなんて信じられないし、魔術師の弟子になるなんて突拍子もない話だったけど、とりあえず殺されないために行くしかない。それに、さっきから繋《つな》いでいるラウルの手は温かくて、嫌な気持ちはしなかった。

「では、さきほどの」

主人がにっこりと笑った。とても機嫌が良さそうだ。何だ、さっきから。人が変わったようだ。

ラウルは「ああ」と頷くと、懐から大きくて重そうな袋を取り出し、装飾された金色の台の上にそっと置いた。

チャリ、と音がし、袋の中のものがこぼれた。それは金貨だった。もしや、この袋全部に、金貨が詰まっているのだろうか。

「大変失礼ですが、他に方法が分からないので用意しました。このようなやり方で申し訳ありません」

「いえいえ」

主人は笑顔を貼り付けたまま、こぼれた金貨をつまんで、じっと眺めた。そして「本物ですね」と上機嫌に言った。

「それでは、シノさんを私に譲っていただけますね」

「ええ、ですが」

上機嫌だった主人は溜息《ためいき》を吐《つ》いて、金貨を戻した。

こういうときの主人はよからぬことを考えていることを、俺は知っていた。

たとえば、折檻する主人の手が止まり、やっと終わったと俺は安心する。そんな俺を見て、主人はにやりと笑うと、再び鞭で叩き出すのだ。

主人は顔を上げ、困ったように目を伏せた。

「すみません。シノは私にとって大事な息子のようなもの。さきほどの花屋のこともありますし、やはり、心配です。ラウルさんがどれほど高名な方だとしても、私の不安は募るばかり。せめて信用できる方だと証明していただければ、この不安も晴れるのですが」

胸糞悪《むなくそわる》くなった。この男は大事な息子を毎晩鞭で叩くというのか。

ラウルは「そうですか」と落胆の声を出した。

まさか俺を諦《あきら》めてしまうのだろうか。不安に思っていたら、目が合って微笑まれた。

ラウルはさっきから懐を探っていた。探し当てた袋を取り出すと、中身を主人の前に出した。

その袋には、小さな小瓶が入っていた。小瓶の中には白い粉が入っていて、それが十ほどある。主人は少し不満そうに「なんですかこれは」と言った。

「私が調合した薬で、特別なものです。ある人はこれを万能薬と呼びます。今まで誰《だれ》にも譲ったことはありません。重い病にかかった人々を、この薬で治してきました。全《すべ》て売れば、さっきのような袋があと二つ作れると思います。原材料はもう絶滅しているので、これが最後の薬になります。今の私にはこれしか差し出せるものはありません。ニーカさんにとって、大事なシノさんを譲っていただくのですから、不安もあるでしょう。これが私の誠意です。伝わりましたでしょうか」

「はい、はい、十分伝わりました」

主人は目を輝かせ、小瓶を奪うように掴《つか》みとった。

「聞いたことがあります。バロマの街の領主が、それを譲ってほしいと頼んでも、あなたは頑として譲らなかったそうですね。まさか、今になって私がそれを手にするとは。ラウルさん、あなたにでしたらシノを任せられます。どうぞ、貰《もら》ってください」

主人は顔を紅潮させ、小瓶と金貨を眺めながら言った。既に俺とラウルには興味がないようだった。

不安に思ってラウルを見上げた。俺の視線に気付いたラウルは微笑んだ。

「住み慣れた街を出るのは不安？　だったらしばらく滞在しよう。他にも嫌なことがあったら、遠慮せずに何でも言って。きみが不安に思うことは全部なくしたい」

そんなことを気にしているのではなかった。

さきほどの小瓶はとても大事なものではないのだ

ろうか。原材料は絶滅していると言っていた。もう手に入らないものなのだろう。

あの万能薬は、主人の手にあるより、ラウルの手にあった方が良い。主人はきっとあの小瓶を自分のためにしか使わないが、ラウルは次に出会った不治の病の人に使うことができた筈《はず》だ。

つまり、俺一人と交換に、ラウルは十人の病の人を助けないことに決めたのだ。

ラウルにここまでしてもらう価値が俺にはあるのだろうか。嬉《うれ》しくて、怖くて、喜びと不安を感じた。この気持ちに名前をつけるとしたら、なんだろうか。

「では、行ってもよろしいでしょうか。この屋敷に帰ってくることは、もうないと思います。シノさんに何か、かける言葉などは」

「え？　ああ、はい。シノ、達者でな」

こっちを見ようとしない主人を、ラウルはしばらく見つめていたが、やがて俺の手を引いて部屋を出た。

ルアーが扉の前にいた。もしや、ずっとここで俺たちの会話を聞いていたのだろうか。ルアーはラウルと繋がっている俺の手元を見てから、表情のない顔をこっちに向けた。

「逃げるのか。お前にそんなことが許されるのか」

何も言わずにいると、ルアーは苛立《いらだ》ったように足で床を叩いた。

「なんとか言えよ！　ここから逃げようってのか！　お前が逃げていい筈がない、なんでお前だけなんだ！　お前だって同じだろう！」

ルアーが激情を剥き出《むきだ》しにし、俺に掴みかかろうとしたが、ラウルが間に立ってそれを制止した。

「おい、逃げんなよ！　なんとか言え！　この汚いやつめ！　お前は愛されるようなやつじゃない！」

「きみは何か勘違いしているね。シノは逃げるんじゃない。俺が欲しくて連れ出すんだ。さっきから、シノに酷《ひど》い言葉を言っているね。シノはもう俺の弟子だ。弟子を侮辱されるのは、師匠として許せないな」

ルアーの顔が、泣きそうに歪《ゆが》んだ。

「どうやって騙《だま》したんだ？　俺は知ってるぞ、お前の本質は、暗いところで淀《よど》んで、芯《しん》から穢《けが》れている。ははは、俺たちと同じさ！　いくら愛されたところでお前の本質は何も変わらない！　予言してやろうか？　いつかその人は、お前の正体に気付いて、愛想を尽かす。その時お前はまた一人になる。きっとそうだ、お前が幸せなのは今だけだ！」

「きみが幸せになれることを、俺は願っているよ」

ラウルは悲しそうに囁《ささや》くと、俺の手を引いて歩き出した。後ろでルアーのすすり泣く声がずっと聞こえていた。

屋敷を出ると気が抜けて、ホッと息が出た。すると、ラウルに抱きしめられた。

「頑張ったね、シノ。挑発に乗らないで、よく我慢したよ。これからは、俺がシノを守るから。安心して」

触れ合う体と体温が気持ちいい。癒《いや》されて、自然と目をつむった。

「あの、ラウル……師匠」

呼び方はこれで合っているだろうか。自分の師匠なのだから、師匠と呼んでもいいはずだ。案の定、ラウルは「何？」と明るく返事をした。

「僕、今すぐにこの街を出たいです」

「え？　すぐ？　でも、今から出発しても次の街に着く頃《ころ》には暗くなっちゃうよ」

一秒だってこんな街に居たくはなかった。早くあいつらの面影を消してやりたい。

「僕、暗いの平気です。暗闇《くらやみ》なんて怖くない。だって、ラウル師匠が守ってくれるんですよね」

言った後で、何を甘えているんだ俺は、と後悔したが、そんな後悔を吹き飛ばすように、ラウルはにっこりと満面の笑みを浮かべた。

「うん、守ってあげる。幽霊が来ても俺がやっつけてあげるからね」

ラウルと一緒に、今まで出たことのなかった黒い街を出た。

既に暮れかかっていた日が消え、闇《やみ》になったが、何も怖くなかった。暗い山道を、眩《まばゆ》い月が照らしてくれていた。

あの街にいる間、月が綺麗《きれい》だなんて思う余裕すらなかったが、今はとても尊く思える。暗い道を照らしてくれる月は、こんなにも素敵なものだったのだ。

月を見上げる俺の視線に気付いたラウルが同じように夜空を見上げて「今日は、ついてるね。とても月が明るい」と言った。

「これはよくあることなんですか？　僕、こんなに月が道を明るくしてくれるなんて知りませんでした。これからも、沢山見られますか？」

「見られるよ。沢山！」

ラウルは、俺が今まで出会ったことのない人種なのだと思った。俺があの屋敷で毎日感じていた、侵食されていく穢れなど知らないのだろう。生気のない目で朝食の支度などしたことがないのだろう。

「シノ、これからのことなんだけど、俺と一緒に国中を旅しよう。シノはこれからたくさんのことを見ることができる。俺も一度しか行ったことがないんだけど、王都なんて、さっきの街の数倍大きいんだ。ねぇシノ、宮廷魔術師って知ってる？　王都に住んでるすごい魔術師なんだ。どれくらいすごいのかは後で教えてあげる」

笑顔を見せながら、これからのことを楽しそうに語るラウルが眩《まぶ》しかった。俺にとって、この人はとても眩しい。光のような人だった。

ルアーの言葉を思い出した。俺の本質は、暗いところで淀んで、芯から穢れている。まさにその通りだ。それはどうしようもない事実だ。ラウルを見ていると、さらに実感する。

いつかラウルにバレる時が来るのだろうか。演じきることにも限界がある。バレた時、この人は離れていってしまうのだろうか。

別にルアーの予言を信じているわけではなかった。

だけど、その日が来たら、一人で見上げる月など、どうでもいいと思うに違いない。

そして二年後に、その日は来たのだった。一人になった俺は、穢れの報いを受けたのだと思った。やはりルアーの予言は当たっていた。そう、思っていた。だが、光はまだ消えていなかった。

王宮の一室。

あの戦いの後、ずっと眠り続けている。

まだ開かない瞼《まぶた》の奥では、どんな夢を見ているのだろう。十年の間にすっかり変わってしまった金の髪を撫《な》でたら、むず痒《がゆ》そうに眉《まゆ》を寄せた。

昔とまったく同じ反応に、自然と笑みがこぼれた。

白い世界の少年

真っ白な世界に居た。

不思議な夢だった。

ここがどこか分からなかったけど、とりあえず前に進んだ。どこまでも続く白さに、果てはあるのかと思った。

しばらくしたら、前方に人影を見つけた。その人影は、地面に座り込んで何かを見上げていた。

見上げているのは、コムニの通信画面のようなものだった。だけどコムニよりも大きいその画面には、何も映っていなかった。

近くまで行くと、人影が振り向いた。人影の顔を見たとき、とても驚いた。

「ふふ。驚いた？　やあ、ラウル。初めまして」

その人は、味気ない白い世界に似合わず、華やかに微笑《ほほえ》んだ。

「どうして俺の名前……」

「そりゃ分かるよ。これでずっと見ていたんだから」

これ、と言ってその人は真っ黒な画面を指差した。どういうことだ？

「きみの目を通してね。ずっと見させてもらっていたんだ」

「？」

「ん？　分からない？　そうだね、いきなり言われても分からないよね。ねぇ、ここまでよく迷わずに来られたね。途中、転んだりしなかった？」

「し、しなかったけど」

「そう。もう完全に混ざったね。俺もそっちに行くかもしれないから、その時はよろしくね。俺がそっちに行ったら、ラウルがこっちに来るんだよ。迷わないようにね」

そっちとか、こっちとか、どういう意味だろう。さっきから何の話をしているのか分からない。

それに……この人は誰《だれ》だろう。どうして俺と同じ顔をしているんだろう。

少年の顔は、俺と同じだった。黄金の髪と、瞳孔《どうこう》まで金色の瞳《ひとみ》。同じ顔でも、戸惑っている俺なんかと違って、少年はとても落ち着いている。

「きみは誰……？」

悠然とした態度の少年は、質問には答えず、俺の手を握って、顔を近づけた。おでこがぴたりと合わさった。

「ラウル」

距離の近さに戸惑い、顔を引こうとしたけど、全《すべ》てが金色の瞳に見つめられたら、体が痺《しび》れたように動かなくなった。

「ラウル、俺は」

少年が言いかけたとき、耳鳴りがした。そして、地面から足が浮くような、心許《こころもと》ない感覚がした。

「そろそろきみは起きるね。ラウル、シノは気付いているよ。だから、気を付けてね」

シノ？　どうしてシノのことを知っているのだろ

う。少年は一度口を閉じた。そして、もう一度口を開いた時、少年は微笑んでいた。

「ミミとヒーアをよろしくね。あの二人は昔から喧《けん》嘩《か》ばかりだけど、仲は悪くないんだ。迷惑かけるかもだけど、二人とも良い子だから」

　少年は、空の果てを見るような、とても穏やかな瞳をさせながら言った。応《こた》える間もなく、目の前が砂のように消えてしまった。

　次に気付いたとき、うっすらと本をめくるような音が聞こえてきた。

　さっきのはなんだったんだろう。少年の他には人の気配がなさそうな、寂しい世界だった。

　目をあけたら、白い世界にはなかった鮮明な意識が蘇《よみがえ》った。再び本をめくる音が聞こえ、首を動かして音の出所を探った。

　近くで、椅子に座りながら本を読んでいたシノが、顔を上げた。

「起きたか。気分はどうだ？」

　シノは本を置くと立ち上がり、ベッドに寝ている俺に近づいて、首筋を触ってきた。

「体温は平常まで戻ったようだな。念のため、アドネを呼んだ方がいいか？」

　首を振った。俺はこの時、今までのことを思い出した。

　魔法学校で、シノの氷魔法の冷気で眠ってしまったんだ。あれから、どのくらい経《た》ったのだろう。シノはずっとここで、俺の意識が戻るのを待っていたのだろうか。

　よく見たら、ここは王宮の俺の部屋だった。見慣れた天井が見える。俺はどうやって魔法学校から帰ってきたのだろう。

　あのまま俺を横抱きにして王宮に帰ってきたシノを想像し、いや、そんな筈《はず》はないと思った。俺はシノに嫌われているから、大事に扱われる筈がない。

「あの、イルマ王子やミミは無事ですか？　あと、ユマ王子も。一応怪我《けが》は治したけど、まだ意識は戻っていなかったから」

「ユマ王子は王宮に帰ってきたあと、すぐに意識を取り戻した。一応療養中だが、積極的に今回の後始末に参加している。イルマ王子は掠《かす》り傷程度だったから心配はいらない。問題はミミという少女だが、臓器が傷ついていた。強い力で圧迫されたのだろう。奴《やつ》は一番長くヨルムンガンドを相手にしていたからな」

シノからミミが水竜だったことを告げられた。ミミはイルマ王子を守り、戦ってくれたらしい。

彼女が人じゃなかったことにとても驚いたけど、なるほどやっぱりと合点した。魔法学校でのミミは、他の生徒たちと一線を画した雰囲気を出していたから。

ミミは現在もアドネの治癒術で療養中だけど、回復力が凄《すさ》まじいらしく、元気に動き回ってアドネを怒らせてるらしい。

みんなが無事で良かった。安心していたら、シノが眉間《みけん》に皺《しわ》を寄せた。

「……まったく、人の心配をするよりも、自分の心配をしろ。お前が一番意識を取り戻すのが遅かったのだからな。あの日から、三日も経っている。アドネが怒っていたぞ。凍傷寸前まで冷気を我慢するなど、何を考えているのですか、と。俺もそう思う。どうせ遠慮をして言うのを躊躇《ためら》ったのだろう。お前は昔から、自分よりも人の心配ばかりしている」

「う……すみません」

怒られてしまった。シノは怖い顔から一転して表情を和らげると、踵《きびす》を返して部屋を出て行った。

シノはすぐに帰ってきた。手には、お椀《わん》を持っていて、その中には白い粥《かゆ》が入っていた。

「意識を取り戻した時、すぐに食べられるように作っていた。少し冷めてしまったから、さきほど温め直した。食べて元気になれ」

すぐに食べられるように作っていた？　今作ったわけじゃないようだから……まさかいつ意識を取り

戻すか分からないのに、毎日作ってくれていたのだろうか。

驚いていると、シノは匙《さじ》ですくって俺の口元まで寄せた。シノのまさかの行動に、しばらく固まった。

「シ、シノさん？」

「どうした」

「いや、あの」

「ああ、そうか。さっき温めたから、湯気が立ち、熱くなっているか。冷ましてやろう」

シノは、ふぅ、と息を吹きかけて、お粥を冷ました。そして、再び俺の口元に寄せた。

「シノさん、そうじゃなくて」

「なんだ？　そんなに熱いものが苦手だったか？　さっき冷ましただろう。適温になっている筈だが」

「じ、自分で食べます」

俯《うつむ》きながら小さな声で言ったら、シノは何も言わず、俺にお椀と匙を渡してきた。

「人に食べさせてもらうのが恥ずかしかったのか。自分はよくやっておきながら」

「え？」

「なんでもない」

シノが作ったお粥は塩加減がちょうど良く、美味《おい》しかった。久しぶりのシノの手料理を堪能したかったけど、手が止まらずにすぐに食べ終えてしまった。

「ごちそうさまでした」

「イルマ王子から、教育者の仕事はしばらく休んでいい、と言われている。お前が意識を取り戻したことは、俺から伝えておこう。気兼ねせず、たっぷり休むといい」

シノはお椀を持って部屋から出て行こうとしたけど、直前に振り返ってこっちを見た。

「ラル、お前は、俺に何か言うことはないか？」

「え？」

シノに言うこと？　あ、まだお礼を言ってなかった。

「美味しかったです。ありがとうございました」

シノはちょっと変な顔をした。なんだろう、ガッカリしたような顔？

「そうじゃないだろう」

「え……？」

「……黙っているからには、何か事情があるのだろう。無理に聞き出したりはしない。だが、俺はいつでも話を聞く。言ってくれると嬉《うれ》しい」

「？　はい」

何をだろうか。

「……それと、今回のことは誰のせいでもない。カウロの時のように、自分を責めたりするなよ」

シノは部屋を出て行った。

シノはああ言ってくれたけど、今回のことは俺のせいだった。メディは俺を追い詰めるためにあんな暴走をした。みんなを危険な目に遭わせてしまった。

自分を責めているうちに気が遠くなり、再び眠った。

月夜

目が覚めたら夜になっていた。

喉《のど》の渇きを覚え、部屋を出て水場に向かった。向かっている途中で、会話が聞こえてきた。

「絶対に嫌だからね」

「何故《なぜ》嫌がるのだ？」

シノノメとユマ王子だった。あれ、どうしてシノノメが王宮にいるんだろう？

「私の部屋で酒を酌み交わそうと言っているだけではないか」

「やだよ。僕、お酒飲むとすぐに眠くなっちゃうんだから」

「眠くなったらそのまま私のベッドで寝ればいいだろう。何が嫌なんだ」

「お酒を飲んだ状態で同じベッドに寝るのかい？　絶対に嫌だ」

「シノノメはわがままだな」

「……どっちがっ！」

顔を赤くしたシノノメの手首を引っ張りながら、ユマ王子がこっちに来た。俺に気付いたら、晴れ渡るような笑顔になった。

「ラル！　シノから意識を取り戻したと聞いていた。もう出歩いて平気なのか？」

「はい。すみません、心配をおかけしました。ユマ王子もお元気そうで何よりです」

「私の体はラルが治してくれたのだろう？　とても見事に治してくれたおかげで、この通り具合がいい。転送魔法で毎日魔法学校に通い、後片付けまでしている」

後片付け……？　そういえばシノは、ユマ王子は後始末に参加していると言っていた。

「ラルは起きたばかりで知らないか。魔法学校はしばらく休校になったのだ。メディの暴走で校舎が半壊したからな。ヨルムンガンドを異界に帰らせたシノの氷魔法もまだ解凍できていない。復旧は当分無理だろうな」

俺のせいで迷惑をかけてしまっている。俺がいなければメディは暴走なんてしなかった。俯いていたら、ユマ王子がいきなり笑い出した。

「どうしてそんなに申し訳なさそうな顔をする？　もしや自分のせいだと思っているのか？　ラルもだいぶ可愛《かわい》い性格をしているな」

「え？」

「ふふ、魔法学校を壊したのはメディであり、ラルではない。そんなに気に病むな。シノノメもな、私が怪我《けが》をしたのは自分のせいだと泣きそうになったことがあった。背負う必要はないのに、余計なものまで背負おうとする。優しいやつというのは、生きていくのが大変そうだな」

シノノメを見たら、気まずそうに目を逸《そ》らされた。

「それに、責任というのなら、私の方にある。メディの危うさを知っていたのに、放っておいてしまった。責められるべきは王子の立場の私だろう。だからラルは気にするな。あまり優しくいると、変なものに付け込まれるぞ」

「はあ」

ユマ王子は俺にも酒を酌み交わそうと提案してきたけど、体が本調子でないのを理由に断った。ユマ王子はシノノメを引っ張って去って行った。

先へ進んでいたら、今度は男女の声が聞こえてきた。ヒーくんとミミだった。

「……どうして起こしてくれなかったのよ」

「起こしたさ。だけど、お前ら全然起きなかったんだよ。それに、お前だってあいつのこと起こさなかっただろ。今頃《いまごろ》あいつ泣いてるぜ？」

「あの子は強いから泣かないわ」

あの子とは誰《だれ》だろう。

「ヒーくん、だったかしら？　ラルだけじゃなくて、ここの人は皆そう呼ぶのね。私たちが居ない間に随分ここに馴染《なじ》んだのね。いいわねぇ？　楽しそうだわ。魅了持ちにも囲われちゃって」

「楽しいだって？　おいおい、勘弁してくれ。お前さ、魅了持ちに本気で追いかけられたことあるか？　まじで怖いぞ。理性が本能に喰《く》われる」

「あらそう？　私は大丈夫よ。レイだってそうでしょう？　あんたが未熟なだけよ。理性を保てば魅了持ちも我慢できるわ」

「いや、ちげぇな。俺が未熟なんじゃなくてお前はもう涸《か》れてんだ。やっぱ五百年も生きているやつはすげぇな。お前の域になるために、俺はあとどれくらい生きなくちゃいけないんだ？　途方もねぇな」

「面白いこと言うのね。笑いが止まらないわ」

「いや、全然笑ってねぇじゃん。なぁ、可愛い冗談だろ？　本気で言ったわけじゃない。その手やめろって」

小さくて白かったミミの手が膨れ上がっていた。爪は鋭く伸び、血管が剥《む》き出《だ》しになっている。触っただけで切れてしまいそうだ。竜の特性だろうか？

少し驚いてしまった。

ミミの手が戻ると、ヒーくんは安心したように息を吐いた。

「今頃何を考えているのでしょうね」

「さぁな。でも、多分あいつはラウルの中にいる。まだ表には出てこられないみたいだけど」

俺？

ヒーくんが俺の名前を出した。

どうして俺の名前が出たのか気になるところだけど、そろそろ盗み聞きにも罪悪感が湧《わ》いてくる。声をかけよう。その時、後ろから肩を叩《たた》かれて振り向いた。目をぱちくりさせたイルマ王子がいた。

「ラル、こんなところで何を？　もう体はいいのか？」

ミミとヒーくんが驚いた様子で振り返った。俺たちに気付くと、明後日《あさって》の方向を見ながらじりじりと近づいてきた。

「ラル、体はもう大丈夫？」

ミミが俺の手を握り込んで心配そうに見上げた。海色の瞳《ひとみ》が揺れていた。頷《うなず》くと、ミミはホッと息を吐いた。

「ミミ、アドネがミミはどこに行ったのかと心配していたぞ。安静にしなさいと言われていただろう？　ウロウロしてアドネを困らせるな。私が怒られる」

「もう大丈夫って言ってるのに、アドネくんたら大《おお》袈裟《げさ》なんだもん。ミミはもう大丈夫だもん」

「もん、ではない。治癒術師の言うことはちゃんと聞くのだ」

「そうだ、もん、じゃない。可愛くないぜ」

「イルマ、ヒーアがいじめるよ」

え？

「ヒーア？」

イルマ王子に泣きついているミミを胡散臭《うさんくさ》そうに見ていたヒーくんは「俺のこと」と言った。

さっき夢で会った人が、ミミとヒーアをよろしくって言っていたのを思い出した。そうか、ヒーアってヒーくんのことだったんだ。

「ねぇ、ヒーくんはヒーくんって呼ばれるのを嫌がるけど、今まで通りヒーくんって呼んでいいかな。なんか馴染んじゃってさ」

「あーもう別にいいよ。今更お前がやめたところで王宮の人間どもは俺をそう呼ぶだろうし」

ヒーくんはめんどくさそうに言った。良かった。だけど、さっき夢で会った人はどうしてヒーくんとミミのことを知っていたんだろう。

ヒーくんたちと別れて、水場に向かっていたら、ソウマ王子に会った。

「ラル。体はもういいのかい？」

みんな同じようなことを聞いてくる。俺はどれだけ心配をかけてしまったんだろう。ソウマ王子に聞いたら、どっちともつかないような様子で首をかしげられた。

「いや、ていうか。シノがね」

「シノさん？」

「うん、シノが、こう、ラルを大事そうに抱えて、脇目《わきめ》も振らずに、王宮の治癒術師のところへ走っていったものだから、俺たちよっぽど危ない状態なのかと思って。ヨルムンガンドをひきつける役目をするって言ってたし、酷《ひど》い大怪我をしたと思ったんだ。そうじゃなかったのかい？」

「あ、いや」

凍傷になる寸前だったらしいけど、実際はただ眠くて寝ていただけです、とは言わない方がいいのだろうなと思い、曖昧《あいまい》に誤魔化《ごまか》した。

「あ、そういえばソウマ王子に貸してもらった槍《やり》、とても役立ちました。ありがとうございます。あれ、そういえば、あの槍、どこに」

俺の部屋にはなかった。まさか、失《な》くしてしまったのだろうか。

ソウマ王子の大事な槍を失くしてしまい、顔を強《こわ》張《ば》らせていたら、大丈夫と言われた。

「既に俺の手元に戻ってきているよ、大丈夫。それに、槍は失くしてもまた作れるからいいんだよ。それよりも、ラルが無事で良かった」

ソウマ王子は微笑《ほほえ》み、俺の頭を撫《な》でた。ソウマ王子に触れられると気持ちがいい。ふわふわした気分になる。

撫でられてふわふわしていたら、ソウマ王子はいきなり、ぐい、と俺の顔を上げた。ソウマ王子の真剣な瞳と目が合い、びっくりした。

「ラル？　よく見せてごらん。……ちょっと前と雰囲気が違うね。ずいぶん、混ざり合っている」

「……？　混ざ？」

「もともと、ラルの雰囲気は普通のものとは違っていたんだ。竜でもないし、人でもない。だけど、どちらでもある。前はそれが未熟な感じだったけど、今はよく混ざっている。ラル、体に変化はないかい？　違和感は？　何かおかしなことが起こっているのかもしれないね。ラルが三日も意識を戻さなかったのは、そのことも関係があるんじゃないかい？一度アドネに見てもらった方がいいかも。治癒術で治せるかは分からないけど」

「は、はあ」

「気を付けてね。あ、そういえば、俺の竜を見なかった？　近くにいるのは雰囲気で感じ取れるんだけど、正確な場所までは分からなくて……。さっきから探してるんだけど」

ここに来るまでに来た方向を指差して、あっちですと言ったらソウマ王子は上機嫌で歩いていった。

水場まで行って、ようやく喉《のど》の渇きを癒《いや》し、帰っていたら、夜の月を眺めている見知らぬ男がいた。

誰だろうと思いつつ、横を通り過ぎようとしたら、目が合ってしまった。

「こんばんは」

白銀の髪と目を持つその男は、穏やかに微笑んだ。いきなり話しかけられて戸惑いながら返事をした。

「こ、こんばんは」

「こんなところで何を？」

そっちこそ、こんな何もないところで何をしているのだろう。

黙っていたら、男は見事な白銀の髪を、月の光に反射させせながら近づいてきた。

「驚かないでくださいね。私はあなたを知っているのですよ。あなた、ラルさんでしょう。その髪色で分かりました」

「そうです、けど。あなたは、どなたですか？」

「ふふ」

男は微笑むだけで何も言わなかった。男の手が伸びて、俺の髪に触れた。重力に従って、指の間から流れる髪を、追うことなくサラサラと落とした。

断りもなく触られたことにびっくりしたし、こちらの反応をじっと窺うような視線に自然と不快感が生まれた。

男は俺の感情に気付いたのか、ぱっと手を放した。

「すみません。とても綺麗《きれい》だったので、つい」

男は目を細めた。

その様子が欠けていく月のようで綺麗だと思い、さっきの不快感も忘れてじっと見続けてしまった。

白銀の瞳と、金色の瞳が交わるなんて、銀と金の融合だなと思った。

「この国の歴史を、知っていますか？　あの月が、何度夜空に浮かび上がり、どれだけの人がそれを見上げたのか、ご存知ですか？　今この瞬間、同じように見上げている人がいることを、どれだけ実感したことがありますか？」

いきなり男は話し始めた。

「私にあなたのことを教えてください。あなたは、返り血を浴びながら突き進む人を、見たことがありますか？　血を吐きながら、なおも血を流そうとする人物をどう思いますか？　誰かに思いを託すという行いを、素晴らしいことだと思いますか？　託された方はどうなると思いますか？　託されながら生きていかなきゃいけないのは、地獄のような苦しみだと思いませんか」

「あ、あの……？」

そんなことを聞かれても、俺には分からない。一体何を思ってそんなことを言うのだろう。

「おや、戸惑わせてしまいましたね。すみません。さきほどのことは全《すべ》て忘れてください。なんでもありませんから」

なんでもないようには見えなかった。

男は意味深な言葉を吐き、俺を戸惑わせたまま去っていった。

変なシノ

二日後に、イルマ王子の教育者に復帰した。その際、シノから今までの監視が無くなることを言い渡された。王宮に帰ってきたユマ王子の側付きをするから、俺の監視をする暇なんてないそうだ。

シノがいなくなった代わりのように、ミミが遊びにくるようになった。といっても、ミミは何をするでもなく、俺たちの様子を静かに眺めて、欠伸《あくび》をしたり、昼寝したりしている。

一度魔術を教えてあげようかと誘ったことがあるけど「ミミ、魔力ないからいい」と可愛《かわい》く断られた。確かに、ミミからは魔力を感じなかった。だったら何故《なぜ》ここにいるんだろう、と疑問に思ったけど、大好きなイルマ王子の傍が落ち着くのかもしれない。

シノが俺の監視を外れたことで、ぐんと会う頻度が減った。シノはとても忙しいらしく、たまに見かけても、いつも急いでいるので話しかけづらかった。
最近見ていなかったリュースが、俺の部屋の前で待ち伏せしていた。攻め落としたレーヴェル国の後始末のため、しばらく帰ってこないと聞いていたけど、ここに居るということは、もう後始末とやらは終わったのだろうか。

とりあえず、嫌な予感しかしないから逃げよう。

来た道を戻ろうとしたら、リュースに腕を掴《つか》まれた。

「ちょっとちょっと〜、どこに行くのラルくん。しっかり目ぇ合ったよねぇ？　無視するなんて、傷つくなあ」

「放してください」

「僕さっき帰ってきたんだよ？　帰ってきてすぐ会いに来てあげたのに酷いなぁ」

「頼んでません」

「ラルくん魔法学校で大変だったんだって？　ずっと心配してたんだよ」

リュースに腰を引き寄せられた。

「ねぇラルくん、久しぶりに体洗わせてよ。いいよね？」

「嫌です」

「お尻《しり》の間も優しく洗ってあげるね」

言われた台詞《せりふ》にぞぞ、と鳥肌が立った。

リュースは俺を軽く持ち上げ、肩に担いだ。

「嫌だ、リュースさん」

担がれながら暴れたけど、どうにもならなかった。

湯場へ連行されそうになっていたら、角を曲がってきたシノと鉢合わせをした。担がれている俺を見たシノは、すぐにリュースを睨《にら》んだ。

「何をしている」

シノの声はとても低かった。

「何って別に？　シノには関係ないでしょ？」

「リュース、忘れたか。お前は、イルマ王子からラルに触ってはいけないと言われているんだぞ」

「違うよ、ラルくんがお腹《なか》痛いって言うから、僕の部屋で看病してあげようと思って」

リュースは嘘《うそ》をついた。嘘を暴こうとしたら、手のひらで口を塞《ふさ》がれて、もごもごと唸《うな》っただけだった。

「じゃ、そういうことだから」

リュースはシノの横を通り過ぎようとした。と、次の瞬間、シノはリュースに狙《ねら》いを定めて氷魔法を放った。リュースはそれを間一髪で避けたけど、冗談で済まされそうになかった出力の氷魔法に驚いていた。

「シノ？　さっきのはちょっと洒落《しゃれ》になってないよね。避けないと大怪我《けが》してたかもよ？　いきなりどうしたの？　僕、何かした？」

「ラルを放せ。もうこういうことはやめろ」

シノは低い声で脅すように言った。

シノがこれほどまでに俺を助けようとしてくれたことがあっただろうか。今までは、目撃してしまったから助けるしかない、という感じで、非常にめんどくさそうな助け方をしていた。シノが怒りをあらわにしてリュースに挑むということは初めてだった。

もしや、虫の居所が悪いのだろうか。こんな狭い場所で二人が衝突したら、王宮が壊れる。

「嫌だ、放さない。ラルくんはこれから僕と遊ぶんだから」

リュースも強情だ。シノの機嫌が悪いのだから、折れればいいのに。どうして俺がハラハラしなければいけないのだろう。

「お前はラルに触れてはいけないという令旨が出ているんだぞ」

「大丈夫だよ、ここにはイルマ王子居ないし」

「リュース、やめろと言っている。もう一発喰《く》らいたいか」

「脅し？　珍しいね。一体どうしたの？　あ、シノもラルくんと遊びたいの？　いいよ、混ざっても」

リュースが機嫌良さそうに言ったとたん、シノから放たれた氷塊が、リュースの腹に命中した。リュースの手から解放された俺は、地面に落ちて転がった。

　吹っ飛ばされ、口から血を吐いたリュースは「いったぁい。ええ？　もう、なんなの？」と言った。

「言い方が気に入らなかった？　うーん、でもラルくんは僕のだからなぁ。僕が一番最初に見つけたし、王宮に連れてきてあげたのも僕だし。シノがいくらラルくんと遊びたくなっても、それは変わらないよ？　だからシノに遠慮して、混ざらせてください、なんて言うのおかしいよね？」

　シノは無言でリュースに近づくと、大地魔法を使った。

「えっ、ちょ、ちょっと……ぐえっ」

　リュースは、重力《じゅうりょく》で体を押しつぶされ、苦しそうに呻《うめ》いた。

　すぐにやめるかと思ったけど、シノはなかなかやめようとしなかった。どこまでやり続けるのだろう。

　リュースの声が聞こえなくなった。シノはそれでも大地魔法を使うのをやめなかった。

　このままじゃダメだ。止めないと。

「シノさん！　これ以上はダメです」

　シノは大地魔法をやめず、無感情な目でリュースを見下ろし続けている。俺の声が聞こえていない様子だった。

「シノさん！　リュースさんが死にます、やめてください」

　腕を掴んで、ぐい、と引っ張った。シノはやっと大地魔法をやめてこっちを見た。気付いてくれたようだ。

「シノさん、やりすぎです」

「……大丈夫だったか？　何もされていないか？」

　この状況で俺の心配？　少し驚いた。

「はい。シノさんが助けてくれたので、何も」

「そうか。良かった」

「それよりも、シノさん……やりすぎです。助けてくれたのは嬉《うれ》しいですけど、ここまでするのはやめてください」

気を失っているリュースに治癒術をかけたら、シノが嫌そうに顔を歪《ゆが》めた。

「何故癒《いや》した」

「シノさんがやりすぎているからです」

「ラルは以前、リュースに何をされたか忘れているのか？　こいつは……」

シノはそこまで言うと言葉を切った。

「いや、俺もリュースのことを言えない側にいる。すまない。自分の行いを忘れ、リュースを責めるなど、俺は愚かだな」

「シノさんは愚かじゃないですよ」

「……」

シノは無言で俺の手を引っ張った。気絶しているリュースはそのままだけど、まあいずれ目を覚ますだろう。

歩いている間も、シノは無言だった。

部屋の前まで送ってもらったので、お礼を言って戻ろうとしたら、声をかけられた。

「待て。俺の部屋に来い。もしかしたら、リュースが懲りずにまた来るかもしれない」

「え？　でも」

「万が一を考えろ。何故《なぜ》そんなに無防備なんだ。簡単に連れて行かれるなんて備えがなさすぎる。短剣でも仕込み、何かあったら突き刺せ」

何やら怖いことを言ってきた。今日のシノはリュースに容赦がない。

シノは俺を自分の部屋に招き、後ろ手で扉を閉めた。

「すみません、お邪魔します。しばらくしたら、帰りますね」

「そんなに急いで帰らなくていい」

シノがそんなことを言うなんて珍しい。いつもなら、さっさと帰れ、とか、何しに来た、とか言われるのに。

「最近会ってなかったな。元気だったか？」

「はい」

元気だったか、などと聞かれるのも今までにないことだった。いつもなら、目が合うだけで嫌な顔をされていたのに。

「シノさんはずっと忙しそうにされていましたね」

「ああ、最近はレーヴェル国制圧の後処理に追われてしまっている。ユマ王子も王宮に戻ってきたので、教育者としての仕事もあるしな」

「そうですね。シノさんはユマ王子といらっしゃるのをよく見かけます」

この前、シノとユマ王子が一緒にいるところに通りかかった時、宮女が二人の仲を噂《うわさ》していたのを聞いてしまった。

ユマ王子本人の口から、シノとの関係はただの従者と主《あるじ》だということを聞いているけど、宮女たちが猛烈な速さで二人の実況をしていたからちょっと気になる。

「ラル、さっきから黙っているな。どうした?」

「いや、別になんでもありませんよ」

「何か聞きたいことがあるのだろう。遠慮せず、なんでも聞いていい」

なんでも聞いていいのか。シノは部屋に着いてからずっと機嫌が良い。だったら、ちょっとだけ聞いてみようか。

「シノさんはユマ王子と……」

「ユマ王子?」

いや、久しぶりに会えたというのに、そんなことを聞いてしまったらまた鬱陶《うっとう》しがられるかもしれない。やっぱりやめておこう。

「どうした、やめるのか？　難しい顔をしすぎて、眉間《みけん》に皺《しわ》が寄っているが」

シノの親指が、皺を伸ばすようにして俺の眉間を撫《な》でた。

今日のシノは何があったのだろう。こんなに俺に構うなんて今までにないことだ。

「さっき言いかけたことはなんだ？　ユマ王子が気になるのか？　もしかして俺とユマ王子に関する噂

でも聞いたか？」

　当てられてしまってどきりとした。シノは苦笑した。

「根も葉もないことだ。ユマ王子に面白いから訂正はするな、と言われているので、噂好きの宮女たちを好きにさせているが、俺は本意ではない」

「ユマ王子からそう聞いていたんですけど、やっぱり気になってしまって」

「ユマ王子にも聞いたのか？　ラルはよっぽど俺のことが気になるのだな」

　シノは微笑《ほほえ》み、俺の頬《ほお》に触れた。そしてそのまま、手のひら全体で撫でられた。

「シノさん？　今日はどうしたんですか？」

「どういう意味だ？」

　シノの指が下に落ちていく。そのまま唇を撫でようとしてきたので、驚いて後ずさった。空いた距離を眺めながら、シノが目を丸くした。

「あ、あの、俺、そろそろ帰りますね」

　小走りで扉の方へ向かい、取っ手を引こうとしたけど、思うように開かなかった。

　何故か焦ってしまい、ガチャガチャと押したり引いたりを繰り返していたら、シノが後ろから手を伸ばして内鍵《うちかぎ》を開けた。

「万が一リュースが来てもいいように、鍵をかけていた」

　そ、そうか。鍵がかかっていたんだ。開かなかった理由が分かり、何故かほっとした。

　小さな笑い声が聞こえて、振り向いたら思いのほかシノの顔が近くにあって、またもや驚いた。さっきから驚いてばかりだ。

「どうした？」

　目を逸らせずにいたら、シノが笑いながら言った。

「か、帰ります」

「ああ、気を付けて帰れ」

　シノの手が俺の代わりに取っ手を押して、扉を開けてくれた。

「またな、ラル」

別れ際、シノが俺の頭を撫でた。

自分の部屋に戻ったあと、さっきの出来事がしばらく脳裏から離れなかった。

ユルルクの魔法書

「ラル、ごめんね？」

ミミが申し訳なさそうに謝った。

俺は肌に張り付いたローブの裾《すそ》を持ち上げながら「大丈夫」と言った。

今より少し前、本を読んでいたら、ミミとヒーくんの喧嘩《けんか》に巻き込まれた。逃げるヒーくんをミミが追いかけていて、その時ミミの肘《ひじ》が俺の肩に当たり、そのまま後ろに倒れた。

中庭にある噴水のふちに座って本を読んでいたので、全身びしょ濡《ぬ》れになり今に至っている。

ちなみにヒーくんはさっさと逃げてしまい、ミミだけが俺に謝り続けている。

「本当にごめんなさい」

「いいってば、気にしないで」

今度ヒーくんに会ったら謝ってもらおうと思いな

がら、申し訳なさそうなミミをなだめ、自分の部屋に戻ることにした。濡れたローブを一旦《いったん》脱いで乾かそう。

部屋に戻っている途中、濡れたローブを着続けているのが気持ち悪くなったので上着だけ脱いだ。

ローブの上着を脱げば、袖《そで》の無い、二の腕が露出された上衣だけになる。そのままの状態で歩いていたら、前方からシノがやってきた。目が合うと、ぎょっとした顔をされた。

「ラル？　どうしてそんな格好で歩いているんだ？」

「水に濡れてしまったんです。肌に張り付いているのが気持ち悪かったので上着を脱ぎました」

シノが俺の髪に触った。そのまま梳《す》くように指を通された。

「ああ、濡れているな。だがどうしてそうなったんだ？」

「気にしないでください。部屋に戻って乾かします」

「待て、そんな姿で帰るな」

シノは自分のローブについているマントを脱ぐと、俺に被《かぶ》せてきた。清潔な石鹸《せっけん》の香りがした。

「人前で肌を見せるな」

シノはそう言いながらマントの結び目を結んだ。

親切にしてくれるのを不思議に思いながら顔を上げると、こっちをじっと見つめてくるシノと目が合った。逸らせなかった。

「肌が冷たくなっている」

シノの手が俺の腕を掴《つか》んでいた。そのまま撫でるように触られた。

「シノさん？」

声をかけると、シノは手を放した。

「風邪をひかないようにな」

シノは行ってしまった。

この間から戸惑うことばかりだ。どうして親切にしてくれるのだろう。俺に対する今までの厳しさを考えたら、戸惑わない筈《はず》がなかった。

部屋に戻り、ローブを乾かしたあと、再び中庭で本を読んだ。

さっき、びしょ濡れになる寸前まで読んでいた本は、ユルルクという昔の偉人が書いた本だった。彼は、禁忌と呼ばれるほどの危うい魔術ばかりを考案する魔術師だった。

ユルルクの本は、ずっと昔に国から規制が入ったため、現在市場に出回ることは殆《ほとん》どない。全《すべ》ての本を国が集め、保管しているという噂《うわさ》もある。

規制されているはずのユルルクの本を、どうして俺が読めているのかというと、王宮の書庫に紛れていたからだ。

管理の見落としだろうか。報告しなくちゃいけないのだけど、その前に見てみたかった。だいぶ前のもののようで、本の装丁は既にボロボロになっている。

本に書かれていた魔術は、魂を分離させる魔術だった。他人の魂を操ったり、死者の魂を呼び寄せることができる禁忌の術だ。

読んでみて分かったのだけど、この魔術は魔法書を読んだからといって誰《だれ》にでも使えるものじゃない。禁忌だからということではなく、この魔術はとても高度なものだ。あらゆる魔術を器用に扱える腕がなくては、魂なんて操作できない。これを会得するには、宮廷魔術師くらいの腕がないと無理だろう。

禁忌を生み出したユルルクを、悪の代名詞と言って嫌う人は多いけど、俺はユルルクを嫌いではなかった。正直、俺もこの魔法書を読むまでユルルクの印象は良くなかった。だけど、読んでからはガラリと印象は変わった。

魔法書からは、禁忌を生み出した悪意は感じられず、とても一生懸命に書いた純粋さのようなものが伝わってくる。

「これを、こうやります」とか「こうして、こう」という説明になってなさそうな表現が多くて微笑ましい。人に説明することが苦手な魔術師だったのかもしれない。読んでいる最中、可愛《かわい》らしさに何度も頬が緩んだ。

王宮の書庫にあることは、シノも知っているだろうか。今度、ユルルクの魔法書を読んだことがあるか聞いてみよう。

ユルルクの本に没頭していたら、近づいてくる人に気付かなかった。

目の前に人影ができて、顔を上げると、口の中に指を入れられた。

指と一緒に入れられた丸いものは、舌の上でころりと転がり、甘い味覚を伝えてきた。

「ラルくん、おいしい？」

「んっ！　リュースさ」

口の中に甘い飴玉《あめだま》を入れたのがリュースだと分かって、すぐに飴を吐き出した。

この飴は見覚えのあるものだった。王宮に来た日に食べさせられた、体をおかしくさせる飴だった。ぺっぺっと唾《つば》まで吐き出したけど、既に舌先から痺《しび》れを感じていた。

吐き出した飴は、地面に落ちて土まみれになったというのに、リュースはソレを躊躇《ためら》うことなく拾い、自分の口に入れてモゴモゴと動かした。

「ちょっと甘すぎるかな？　でもラルくん好きでしょ？　甘いの。前は美味《おい》しそうに食べてくれたじゃない。どうして吐き出しちゃうの？」

「リュースさん、やめてください。近寄らないでください」

じりじりと後退した。

「最近さぁ、ラルくんシノと仲良いよねぇ？　なんか妬《や》けちゃうなぁ。僕とも遊んでよ」

ダメだ、話が通じない。急いで逃げた。

こっちは全力で走っているのに、リュースは歩きながら俺を追いかけてきた。余裕そうに鼻歌までさせている。

「ラルくん待ってよ」

リュースはしつこかった。いつもなら、リュースは逃げたら追いかけてこない。だけど、今日は違った。どうやら本気のようだった。

「ほら、捕まえたよ。追いかけっこも楽しいけど、もう飽きちゃったなぁ」

壁に押さえつけられてキスをされた。リュースの口の中に入っていた飴を入れられる。

「今度は吐き出さないでね。自分で舐《な》めて？」

舌で押し出そうとしたけど、リュースの舌に邪魔されてできなかった。

リュースが本気になったら、体格でも腕力でも負けている俺は勝てない。シノの言う通り、短剣でも仕込んでおけば良かった。

体から力が抜けていく。リュースの部屋に連れて行かれた。リュースは俺をベッドに寝かせ、ローブを脱がせてきた。

「無理矢理してごめんね？　でもさ、ちゃんと気持ちよくさせるからいいでしょ？　ラルくんも好きだよね、気持ちいいこと」

俺の体を跨《また》いだリュースは、肌の手触りを楽しむようにスルスルと触ってきた。

指先が、乳首を触った。体が勝手に反応してしまう。この体になってから、自分で触ることをしなくなったからか、少しの刺激でも感じてしまう。

「前も思ったけどさ、ラルくんって乳首好きだよね。女の子みたい」

両手で乳首を揉《も》みながらリュースは笑った。

「気持ちいい？」

「んっ……全然気持ちよくない、乳首なんて、好きじゃないです」

「好きじゃないの？　じゃあ、もっと強くしても頑張れるよね」

リュースの指の動きが速くなった。

「あ、や、やめて」

「あれ？　やめてほしいの？　ラルくん腰ビクビクしてるよ。大丈夫？」

「ち、乳首、痛いから、やめて」

本当は痛くなかったけど、意地を張ってしまった。

「痛かったの？　ごめんね。じゃあ口で優しくしてあげるから」

じゅ、とリュースの口の中で片方の乳首を吸われる。両足に力が入り、びくびくと体が痙攣《けいれん》した。

「ふふ、気持ち良さそう。可愛《かわい》いなぁ、おっぱい好きだもんね？」

リュースは嬉《うれ》しそうに、俺の乳首を撫《な》でた。

「こっちも触ってあげるね」

リュースの手が性器を掴んでこすってきた。与えられる刺激に、口から声が漏れる。

「あっ、あ、うう」

もう限界に近かった。そんな時、俺の意識を引き戻すかのように、部屋の扉が二度叩《たた》かれた。

「リュース、俺だ。入ってもいいか。レーヴェル国の処遇について話がある」

シノの声だった。シノがリュースを訪ねてきたのだ。

快感に浮かされていた脳が一気に鮮明になった。すぐに口に手を当てて、声が漏れないようにした。

「んー、ちょっと待ってぇ」

リュースはのんびりした声で返事をした。

「シノが来ちゃった。ラルくん、ごめんね、少しだけ強引にするよ」

リュースの手の動きが速くなった。萎《な》えかかっていたものが元気を取り戻して、快感をひどく伝えてくる。ダメだ、壁の向こう側にはシノがいるのに。

両手でリュースの胸を押して抵抗した。

「あっ、や、やだ、リュースさん！　お願い、シノさんが」

「大丈夫だよ、ちゃんとイかせてあげるって」

「そ、そうじゃな」

快感は高まってくる。けれど、シノが近くにいるのに我を忘れて射精するなんてできない。

「なかなかイかないね。こっちも触ろうか？」

などと言って、尻《しり》の間に手を這《は》わせてきた。この状況でそこを触ろうとする思考が恐ろしい。

穴を撫でられながら、必死にリュースの手から逃れようと腰をくねらせた。

「まだか、リュース」

「もうちょっと待ってぇ。ほらラルくん、シノが待ってるから早くしようね」

この人本当におかしいかもしれない。

指が先の方だけ侵入してきて、驚いて大声を出してしまった。と、同時に射精してしまって呆然《ぼうぜん》とした。

「なんだ、今の声。まさか、ラルか！　リュース、入るぞ」

シノが扉を開けて入ってきた。

シノは、驚いたように目を見開いたあと、無言でずかずかと俺たちのところまで歩いてきた。そして、尻を触っていたリュースの手を乱暴に剥《は》がし、脱がされて放置されていたローブを拾うと、裸の俺を包んだ。

腕を引っ張られ、立たされたところで、リュースが抗議してきた。

「ちょっとシノ。勝手なことしないでよ。ラルくんは僕と遊んでたんだけどぉ」

「……黙れ」

「別に無理強いしたわけじゃないよ。本当に嫌そうだったら僕だってやめるさ。でもラルくん、気持ち良さそうだったよ？　ねぇラルくん、僕との遊び、楽しかったよね？　ちゃんとイけたもんね？」

二人から視線を向けられて、なんと言えばいいか分からず黙っていた。射精したのは事実だ。だけどそれを楽しく受け入れたかと聞かれれば違うと言える。

シノは俺から視線を外すと、再び腕を引っ張ってきた。

「連れて帰る。ラル、来い」

「ちょっと待ってよ。最近のシノおかしくない？　どうしてそんなにラルくんに構うの？　以前のシノは、僕が好きにしてても何も言わないことが多かっ

「――――たよね？　なんで今になって言ってくるの？」

シノは何も答えず、俺を連れてリュースの部屋から出た。後ろでリュースが「もぉ、シノのばかぁ」と叫んでいた。

シノの暴走

シノは俺を部屋まで送ってくれた。帰ろうとしたら「待て」と言われた。

「体を洗い流せ。あいつに触られて汚れただろう」

「え、でも」

「俺の部屋に来い」

シノの部屋に引っ張られた。俺の部屋には浴室がない。どうやらシノの浴室を貸してくれるようだ。この際、射精した時に体にかかった精液も洗い流させてもらおう。

「ラルは警戒心が無さすぎる。短剣を仕込めと言っただろう。今度襲われたら、コムニで俺に連絡してこい。すぐに駆けつけてやるから」

「でも、迷惑がかかります」

睨《にら》まれて何も言えなくなった。

浴室に入れられた。案内してくれたらすぐに出て行くかと思っていたのに、シノはなかなか出て行かなかった。ローブを脱がされ、腹に付いている精液を見られてしまった。

「じっとしていろ」

シノは、じょうろ状の魔法道具からお湯を出し、俺の体を洗い流し始めた。途中でシノの手が俺の体に触れたとき、思い出したように熱が浮かび上がった。

リュースに無理矢理舐《な》めさせられた飴玉の効果は、実はまだ残っていた。

このままじゃまずいな、と思って、シノに出て行って欲しいと言ったら、機嫌悪そうに眉《まゆ》を寄せられた。

「なんだ、リュースには許すくせに、俺に触られるのは嫌か？」

「な、何言って」

シノはわざとするように、俺の体を触りながら洗い始めた。振り払うことはできないので、シノの手を感じないように我慢していたら「随分嫌そうだな」と言われてしまった。どうすればいいんだ。

困り果てていたら、シノの動きが止《や》んだ。どうしたのかと思い見ると、ある一定の箇所を凝視していた。

嫌な予感がして、急いでシノの視線を辿《たど》ったら、自分の性器が立ち上がっているのが目に入ってしまった。

さっき出したというのに元気な体だ。

止める間もなく、シノの手が俺のものに触れた。

「っ、ちょっとシノさん。やめてください」

「リュースには触らせていたのに、俺となると嫌がるのだな。リュースが好きか？」

「へ？　そんな訳、あ、あん、やめて」

大きな勘違いをしたシノは、そのまま俺のものをこすってきた。立っていられなくなり、ずるずると座り込むと、追いかけるように覆いかぶさってきた。

そして、無理矢理唇を合わせられる。

シノは、出したままのお湯が、自分のローブを濡《ぬ》らすのも構わずに、俺の口内に舌を入れた。

驚いて、暴れそうになったけど、押さえつける力が強くて少しも動けなかった。魔法学校のときのキスよりも荒々しく舌を嬲《なぶ》られ、口内の隅々まで舐め尽くされた。性感を暴くような乱暴なキスだった。最中、声を出すことも出来なかった。

長い間キスをされたせいで、酸欠になり力が入らない。抵抗をやめると、シノは再び俺の性器をこすってきた。

「は、はぁ、はぁ……あ、んんっ」

キスで高められていた体は、余裕で射精してしまった。それを確認したシノは、俺の体を抱いて浴室を出た。

「リュースにはどこまで触られた」

シノは、体が濡れたままの俺をベッドに寝かせ、自分も濡れていたローブの上着を脱ぐと乗り上がってきた。

怖くなって後ずさりしたら、脚を引っ張られて元の位置に戻された。乱暴な行動が恐ろしかった。

シノの手が俺の脚を開かせ、その奥の尻を撫でた。

「俺が見た時はここまで触られていたな。どこまで許した？」

「やだ、シノさん、怖い」

「この奥まで触られたか？」

シノの指が、穴の周りを撫でた。

そこはさっき、リュースに先の方だけ指を入れられたけど、そんなことを言えば何をされるか分からなかった。

俺の無言をどう受け取ったのか、シノは一旦《いったん》ベッドを降りると、何かを持ってきた。それは潤滑油のようなものだった。恐ろしくて逃げようとしたら、腕を掴《つか》まれてベッドに押さえつけられた。

「や、シノさん、なにを」

シノは何も言わずに俺を見下ろしたまま、荒い息をこぼした。その様子は、興奮しすぎて、正気を保っていないように思えた。

このままでは俺もシノも危険だ。どうにか逃げたかったけど、押さえつけているシノの力が強すぎて、ビクともしなかった。その時、部屋の扉が叩かれ、アドネの声が聞こえてきた。

「シノ？　いますか？　リュースから、あなたが私に用があると聞いて、やって来たのですが」

シノの動きがぴたりと止まった。そして、ちっと舌打ちした。

「くそ、リュースめ」

悪態をつくと、潤滑油をベッドの上に放り投げて、扉に向かった。

「アドネ、俺はお前に用はない。お前はリュースにからかわれたんだ」

「はあ。なんだかニヤついていたのである程度予想はしていましたが、やはりそうですか。シノ、なんだか髪が濡れてませんか。お湯を浴びたのですか？」

「そうだ」

そんな二人の会話を後ろで聞きながら、急いで自分のローブを着込んだ。ベッドから降りて、部屋の窓を開けた。風がびゅうと吹いてきて、顔に当たった。

ちょっと前までまさかこんなことになるなんて思わなかった。あんな普通ではない様子のシノは初めてだ。

俺が窓を開けたことに気付いたシノは、驚いているアドネを放ったまま、こっちへ走ってきた。

「待て、ラルっ」

シノに捕まる前に、窓枠から身を乗り出して、手を放した。

落ちていく体にフロウを発動させて浮き上がると、振り返らずに空を飛んで逃げた。シノは追いかけてこなかった。

濡れたまま空を飛んでいるから、途中で寒くなってきた。けれど、部屋の前でシノが待ち伏せしている気がして戻れなかった。

王宮にはいられなかったので、王都へ向かった。

ぶるぶる震えながらリノさんのお店まで行くと、驚きながらも柔らかな毛布で包んでくれた。

「いったいどうしたのよラルくん。顔色悪いわよ」

「す、すみません」

「謝るんじゃなくて、何があったのか聞かせてちょうだい」

口を割らずにいたら、リノさんは途中で諦《あきら》めてくれた。まさかリュースから襲われ、助けてくれたシノにまた襲われたなんて、言えるわけがない。

リノさんは、温かいお茶を淹《い》れてくれた。リノさんと話しているとホッとする。俺を気遣いながら会話してくれているのが分かる。

「ラルくん、あなたが着ているローブ、随分古くなっちゃったわね。新しく作り直さない？」

そういえばそうかもしれない。リノさんから作ってもらったローブが凄《すご》く丈夫だったから、調子に乗ってこればかり着ていたら、知らない間に傷ませてしまったようだ。

「では、よろしくお願いします。あ、代金はリュースさんのツケで」

これくらいしてもいいだろう。今回の発端はリュースなのだから。

リノさんはクスクスと笑った。

「分かったわ。じゃあ、次に来るときまでに作っておくわね」

リノさんと話しているうちに心が安定していった。時間も経《た》ったので、今なら王宮に戻っても大丈夫だと思った。俺を迎え入れてくれたリノさんにお礼を言って、後日出来上がったローブを受け取る約束もして、お店を出た。

このまま王宮に戻っても良かったけど、その前に少し寄り道して買い物をした。初めて買うものだったから慎重に選び、迷いながらそれを買った。

王宮に戻ったら、シノが部屋の前に立っていた。

逃げようとしたけど、シノは昼間の時とは違い、だいぶ落ち着いた目をしていた。俺に気付いたら、話しかけるのを躊躇《ためら》うように唇を結んだ。じっと待っていたら、意を決したように足を一歩前に踏み出した。

「ラル……さっきはすまない」

「……」

「許してもらえるなんて思っていないが、聞いてくれ。俺は、お前が」

「シノさん」

王都で買ったものを、シノの前で見せつけた。

「こういうお店に入るのは初めてで恥ずかしかったですし、本当にお前がこの大きさか？　という顔を店員さんにされましたが、シノさんのために買ってきました」

シノは驚きすぎて何も言えないという様子だった。

俺の手にある妙にぶよぶよした素材でできた細長いそれは、男性用の性玩具《がんぐ》だった。先端に小さな穴があいていて、ここに性器を差し込めば、まるで女性を相手にしているような快感が得られる。

寂しい夜にはもってこいのおもちゃだ。俺は使ったことはないけど、良いものは女性のものよりも気持ちが良いらしい。

「昼間の様子から、普段の生活に満足されていないと思ったので、余計なお世話かと思いましたが買ってきました。大きさはとても迷いましたが、以前湯場でチラリとお見かけしたので、よく思い出しながら選びました。多分大丈夫だと思います」

「な、なにを言ってる……？　や、やめてくれ」

「シノさん、今回は俺だったから良かったですが、ところ構わず手を出せばそれは罪です。シノさんにはリュースさんのようになって欲しくないので、適度にこれで解消してください」

「ち、ちがう。誤解だ」

「シノさん、口答えはしないでください。どんな理由でもシノさんがしたことはいけないことです。我を忘れ、誰かを襲うなんて、しちゃいけないことです。いいですか？　次に暴れそうになったときは、これを使ってください」

シノの目の前にかざして、それを握ってみせた。弾力があり、中でぐちゅ、と音がした。

音と感触に驚いて、落としそうになった恥ずかしさと、熱くなった顔をごまかすようにシノを睨《にら》んだ。

「今回のことを許して欲しければ、俺の言うことを聞いてください。いいですか？」

「……ああ」

シノは顔を覆ってしまった。そして元気をなくしたまま「悪かった……本当にすまなかった」と言った。

良かった。もうこれで今回のようなことはないだろう。弟子の不始末は師匠の責任だ。道を外しそうになったら、正しく導いてあげなくてはいけない。

シノは俺に怒られて意気消沈しているけど、悪いことをしたならば怒られるのは仕方がない。シノは俺から性玩具を受け取ると部屋に帰っていった。


自分のベッドで寝ていた筈《はず》なのに、気付いたら真っ白な世界に一人で立っていた。

この世界に来たのは二回目だ。二度もあるということは、やっぱりただの夢ではないらしい。

とりあえず歩いていたら、前と同様、俺と同じ姿の少年のところに辿り着いた。目が合ったら、いきなり腹を抱えて笑われた。

「……え？　なに？　なんで笑ってるの？」

「あははは、ラウル面白すぎ、ラウルにおもちゃを渡されたときのシノの顔見た？　あのとき、俺思わず手を叩《たた》いて笑っちゃったんだよ？」

「ふ、ふーん。どうして？」

「分からない？　だよね、ラウルは何も知らないもんね。あーあ、あの時はちょっとシノに同情しちゃったなぁ。ラウルは残酷だね！」

とびっきりの良い笑顔で残酷だと言われた。いったい何が起こっているのだろう。

「ねぇラウル、ラウルはさ、シノに襲われたときのこと、〝今回は俺だったから良かったですが〟って言ってたよね？　それってどういうこと？　嫌じゃなかったの？　ラウルはシノを受け入れているの？」

言葉に困った。受け入れているとはどういう意味だろう。

シノのことは愛しているけど、あの時の正気でないシノは、何をするか分からず、とても怖かった。リュースのように、誰彼構《だれかれかま》わず襲うようなシノは嫌だと思う。

「誰だって乱暴なことをされたら嫌だよね？」

「ふぅん。でも許しちゃうんだ。ラウルは優しいね」

少年は近づいてきた。そして、目を細めて俺の頬《ほお》に触れた。

「ラウルは誰かを愛せる心を持っている。それはとても尊いよ。愛はね、どんどん相手の心に染み込んで、その人を救うんだ。そして救われた人は、違う誰かを愛せる。ラウル、俺、ラウルを選んでよかった。きみとなら、暗いところでも寂しくないと思うんだ」

暗いところにでも行く予定があるのだろうか。ここはとても明るいところなのに。

少年が優しく俺の体を抱きしめた。そして耳元で「ラウル」と囁《ささや》いた。

少年は、俺の首筋にキスをした。驚いていたら、探るように、じっと見つめられた。自然な動きで唇を合わせようとしてきたから、思い切り突き飛ばすと、気にした感じもなく微笑《ほほえ》まれた。

「ふふ、嫌だった？」

「嫌っていうか。だ、だっていきなりだったし」

「言い訳しようとしないでいいよ。嫌だったんだよね？　やっぱりラウルにとってシノは特別なんだね。だけど大丈夫、これからこれから」

何がこれからなんだろう。

耳鳴りがした。

少年が感づいたように「もっとラウルと話したか

った」と眉《まゆ》を下げながら言った。

その表情が寂しそうに見えた。少年は寂しいのだろうか。当たり前だ。こんな何もなさそうなところで、一人で居るのだから。一体この少年は誰だろう。どうしてここにいるのだろう。

今度会うことがあったら、寂しくはないのかと聞いてみよう。

シノと王都へ

シノが、俺を無理矢理襲ったことのお詫《わ》びをしたいと言ってきた。わざわざそんなことをしなくてもいいと断ったのだけど、それじゃシノの気が済まないそうだ。考え抜いた結果、シノと一緒に休日を過ごすことを望んでみた。

シノは驚きながら「そんなことでいいのか」と言ったけど、俺にとってそれは最高の贈り物だ。

シノは休みを取るために、仕事を詰めて、やっと一日の休みを取り、それを俺にくれた。そして二人で王都にやってきた。

以前、レミラの魔法書を見つけた古い魔法書店に行きたいと言ったら連れてきてくれた。どうやらシノの馴染《なじ》みの店のようだった。店の奥へ行くと、店主のお爺《じい》さんが俺たちに気付いた。

「よおシノ。……と、そっちの子は、前にレミラの魔法書を買ってくれた子だね」

正確に言えば、買ったのはシノだ。

「二人してどうした？　仲が良いね」

仲が良さそうに見えるのだろうか。少し嬉《うれ》しくなった。

「ラルが爺さんの店にまた行きたいと言うので連れてきた。どうやら気に入ったようなんだ」

「おお、それは嬉しいね。ラルくんっていうのかい。今回は何を探しにきたんだ？」

「あの、ユルルクの本って置いてますか？」

「ユルルク？」

シノもお爺さんも驚きながら俺を見た。

ユルルクの本は禁書だから、普通の店で扱っていないのは知っている。だけど、希少なレミラの本が置いてあったこの店なら、ユルルクの本もあるのではないかと思ったのだ。

王宮でたまたま見つけたユルルクの本を読んだ時から、他にも読んでみたいと思っていた。

「ユルルクねぇ」

お爺さんは、顎《あご》に手を当てて、考えながら奥の方へ引っ込んでいってしまった。

「なぜユルルクなんだ？」

「王宮の書庫でユルルクの本を読みました。面白かったです」

「あの意味不明で暗号のような魔法書を読んだのか」

あの、ということはシノも読んだことがあるらしい。

「面白かったです。文章自体は、あれ、とか、それ、とかが多くて分かりにくかったですが、書かれていることは高度でした。ただ人に説明するのが苦手な、意外と可愛《かわい》い人だったのかもしれません」

「俺はユルルクの魔法書を読むと苛々《いらいら》してくるな。いきなり文章が飛んだりする。言葉をよく知らない三歳児が書いたような文章だ。あんなものでも魔術の才能があれば偉人と呼ばれるのだな。同じ偉人ならば、闇《やみ》の魔術師ブダルの方がマシだ。ブダルの魔法書は気難しい本人の性格が表れているが、ユルルクよりは良い」

ブダルの魔法書は読むのが困難ということで有名だ。言い回しが独特で、小難しい言葉ばかり使っているので、解読から始めなくてはいけない。

眉間《みけん》に皺《しわ》のある顔を見て、確かにシノにとってはブダルの本の方が読みやすそうだと思った。笑っていたら「何を笑っているんだ」と怒られた。

お爺さんが奥から戻ってきた。

「ごめんよ、ユルルクの本は置いてないよ。ユルルクはなぁ、禁書だから、見かけたら国に報告しなきゃいけないんだ。店にあるのが見つかったら、通報されてしまうしねぇ。期待にそえなかったね、ごめんよ」

「い、いえ。そんな、いいんです。俺が無茶を言ったんですから」

普通はユルルクの本なんて出回っていない。もともと無いかもしれないと思いながら聞いたのだし、謝ってもらうほどのことではない。

お爺さんは、次にシノを見た。

「シノ、お前も期待して来たのだろうけど、今回もナシだよ。二人ともすまんなぁ。やっぱり、偉人の本なんて、そうそう出回らないんだよ」

シノは、偉人の誰かの本をお爺さんに探してもらっているのだろうか。今回も、ということは、けっこう長い間探しているのかもしれない。治癒術師じゃないからレミラじゃないだろうし、相性の悪いユルルクでもなさそうだ。オルドレイか、ブダルだろうか。

「そのことだが、もう必要なくなった。あの約束は忘れてもらっていい」

「え？　いいのか？　だって、ずっと探していただろう」

「もういいんだ」

言い切ったシノは、妙にスッキリした顔をしていた。

魔法書店を出たあと、菓子屋を見つけたので饅頭《まんじゆう》を注文した。甘いものが得意ではないシノは当然のようにお茶だけ注文した。

「相変わらず甘いものが嫌いだね」

饅頭を食べながら歩いている俺の横でシノがむっつりしているものだから、思わず昔を思い出して気安く話しかけてしまった。

あ、失言した。持っていた饅頭を一瞬で頰張《ほおば》り、手で口をおさえた。

「そうだな」

怪しまれるかと思ったけど、シノは普通に返事をして、饅頭を頰張る俺の顔を見たあと、おかしそうに笑った。

「どうしてそんなに頰を膨らませているんだ？　慌てて食べたら、喉《のど》に詰まらせるぞ」

笑われてしまった。

シノはもぐもぐしている俺の口元を眺めて、優しく微笑《ほほえ》んだ。いつまでも優しい表情に驚いて、なかなか口の中のものを飲み込めなかった。

「立ちながら食べるから慌てるんだ。座って食べた方が落ち着くだろう」

シノに手を引かれて、噴水広場に備えてある椅子に座らされた。

饅頭は一つだけでなく三つも買ってしまったけど、シノは俺が食べ終わるまでずっと待ってくれた。

食べ終わり、立ち上がろうとしたとき、饅頭を入れていた袋が風に飛ばされた。慌てて追いかけようとしたら、シノに腕を掴《つか》まれた。その間に袋は行ってしまった。

「あーあ、行っちゃった。もうシノさん、いきなり掴むなんて」

後ろを振り向いたとき、びっくりした。顔を強張らせたシノが、額に汗を浮かばせながら、俺の腕を掴んでいたからだ。

「シ、シノさん？　大丈夫ですか？　汗が」

「お、お前がいきなり走り始めたから、どこかへ行ってしまうんじゃないかと思って」

シノは俺の腕の血が止まり、肌が白くなるくらい強く掴んでいた。

「あの、俺、飛んだ袋を追いかけようとしただけなのですが」

「そうだな。すまない。驚かせてしまった」

シノはそっと手を放した。掴まれたところは痕《あと》になっていた。

シノは大丈夫だろうか。あんな風に、怯《おび》えたような顔を見たのは初めてだった。不安で呆然《ぼうぜん》としていたら、シノはもう一度「すまない」と言った。

「次はどこへ行く」

そういえば、リノさんに頼んでおいたローブは出来上がっているかな？　行ってみよう。

俺たち二人の来訪に、リノさんは驚いていた。仲良くなったのね、と嬉しそうに言いながら、既に出来上がっているローブを取りに店の奥に引っ込んでいった。

待っていたら、店の奥から、見知らぬ少年が出てきた。

少年は俺たちの前まで来ると、ぼうっとこっちを眺めた。

「……」

少年は何も言わなかった。

「こいつは誰だ」

「し、知りません」

シノが小声で聞いてきたので俺も小声で返した。

少年は、俺とシノの顔を交互に見ていた。

「あの、リノさんは……？」

問いかけたら、少年は思い出したように口を開いた。

「リノさんは、もうちょっと待ってくださいって……言ってました……。通信魔法で、お友達と……お話ししているそうです」

ゆっくりした喋《しゃべ》り方だった。この子が喋っている間に、建国神話を一章音読できそうだ。

「リノめ、客をほったらかしにしてお喋りか。相変わらずだなあいつは」

少年は悪態をついているシノを、ぼうっと見上げていた。

「それで、お前は誰だ？　ここに世話になっているのか？」

シノの問いかけに少年は反応せず、ぼーっとしていた。俺が控えめに「聞いている？」とできるだけ優しい印象を与えるように聞くと、少年は驚きながらこっちを見た。

「えっと、何か言いましたか……？」

「お前は、ここに、世話になっているのか、と聞いたんだ」

シノが苛々した様子で同じ質問を繰り返した。少年はうん、と頷《うなず》いた。

「良い匂《にお》いがしたから、ここまで来ました。お腹《なか》が空《す》いて、お店の前で動けなくなっていたら、リノさんが……おいでって言ってくれました」

「……？　そ、そう」

よく分からないけど、まだ若そうなのに行き倒れなんて、相当波乱万丈な人生を送っているようだ。

少年のくりくりした巻き毛は天然だろうか。芽吹いた若葉を思わせるような緑色の髪は、艶《つや》と清潔感があった。

さっきから人形のように表情は動いていないけど、眠そうな瞼《まぶた》の奥では、緑色の瞳《ひとみ》が覗《のぞ》くようにこっちを見ていた。

暇だったから少年をじろじろ見てしまったけど、向こうも俺を見ていた。金髪が珍しいのだろうか。

リノさんが「ごめんね、ちょっと話し込んでしまったわ」と謝りながら、奥から戻ってきた。

「客を放って話し込むな。お前は変わらないな。相変わらずだ」

「シノもその無愛想な話し方、ぜんぜん変わらないわね。相変わらずよ」

リノさんは俺をちらっと見ると、にっこり笑った。

「ラルくん、シノと仲良くなれて良かったわね。ねぇシノ、知ってる？　ラルくんは、シノに会いたくて、王宮まで行ったのよ」

　そのことはシノは知らない筈《はず》だ。俺一人で慌てていたら、意外にもシノは「知っている」と言った。

「あら、そうなの」

「リュースから聞いた」

　いつ知ったんだろう。シノ目当てに王宮に来た俺のことを、気持ち悪く思わなかっただろうか。

　シノの様子が気になって見上げたら目が合った。シノはずっと俺を見ていたようだ。驚いていたら、自然な動作で逸《そ》らされた。

「あら、フィル。まだ渡してくれていないの？　ラルくんにローブを渡しておいてって言ったのに」

　リノさんが少年に向かって言った。この少年はフィルというのか。俺もフィルが手に持っているローブが最初から気になってたけど、渡してくる気配が無かったので何も言わなかった。だけど、やっぱり俺のローブだったみたいだ。

「ラル……？」

「あ。俺がラルだよ」

　名乗ると、フィルははっとしたように、俺にローブを渡してきた。リノさんは、呆《あき》れたように溜息《ためいき》を吐《つ》いた。

「まったく、ぼうっとしてちゃだめでしょ？」

「リノ、こいつは誰《だれ》だ。こいつが話し終わる前に、昼夜が三回まわりそうだ」

「シノ。そんな言い方しないで。フィルは普段ぼうっとしているけど、意外と色々考えているのよ。ただ、言葉にするのが苦手なだけなの。フィルはね、ちょっと前にお店の前で倒れていたの。事情を聞いたら、行くところがないって話だったから一緒に生活して、たまにお店を手伝ってもらっているの。私、さっきみたいにお客さん放って話し込むことが多いでしょ？　だから、そんな時はフィルに相手をしてもらってるんだけど……」

「まったく相手にならなかったが」

リノさんは苦笑した。

「お前、行くところが無いのか？　だったらどこから来たんだ？」

フィルは首をかしげ、きょとんとした。言葉の意味が分かっていないのだろうか。シノは諦《あきら》めて「もういい」と切り上げた。

「行こうラル。ローブは受け取っただろう？」

シノとフィルの相性は良くないようだ。フィルは気にした様子もないけど、シノはさっきから苛々《いらいら》していた。

俺はフィルを可愛《かわい》いと思っていた。見ていて癒《いや》されるし、なんというか庇護《ひご》欲をそそられる。素直そうな表情は、子供の頃《ころ》のシノを思い出して懐かしくなった。

リノさんにお礼を言って店から出ようとしたとき、ぐいっとローブを引っ張られた。見ると、フィルが俺のローブを掴《つか》んでいた。


「ど、どうしたの？」

「ラル……また、会おうね」

「うん、またね」

上目遣いでこちらを見るフィルが可愛かった。思わず頭を撫《な》でようとしたら、シノから呼ばれて慌てて外に出た。

「遅かったな、何をしていた」

「フィルから、また会おうねって言われたんです。あの子、可愛かったですね。なんか、守りたくなるというか」

「俺も昔は可愛かった」

シノはそう言って、前を歩いた。一瞬だけ表情が見えたけど、なんだかむすっとしていた。もしかして、フィルに対抗心を燃やしたのだろうか。自分の可愛さを、少年のフィルと争ったのだろうか。

「くっ」

ダメだ、やられた。可愛さを争うってところがすでに可愛い。胸が締め付けられる。シノは俺をどうしたいんだ……！　くっ可愛い。胸をおさえて呻《うめ》き声を上げた俺を、シノはいぶかしげに見ていた。

「どうした」

「いえ、なんでも……。シノさんも昔は可愛かったでしょうね。小さな頃ってみんな可愛いですよ」

怪しまれないように、咳払《せきばら》いして取り繕った。けれど、シノは機嫌を悪くしてしまった。

「なんだそれは。俺の可愛さを、その他大勢と一緒にするのか？　ラルは誰にでも靡《なび》くのだな。ひどいやつだ」

更に機嫌が悪くなってしまった。せっかく二人で出かけることができたのだから、どうにかしたい。

「その他大勢なんかじゃないです。シノさんが一番可愛いです。シノさん以上に可愛い人は見たことないです。シノさんは今も可愛いです」

ベタベタに褒めてみたけど、これでどうだろう。機嫌を直してくれるだろうか。窺うように見上げたら、シノは苦笑していた。

「困らせてすまない、俺も大人気ないな」

シノは優しい表情をした。灰紫色の瞳と目が合う。逸らせなくて、しばらく見つめ合ってしまった。

「シノさん？」

「ん？　どうかしたか」

「えっと、なんでもないです……」

なんだか不思議な時間が流れた。どうすればいいか分からなくて、無理矢理視線を逸らした。

そういえば、こういう時、視線を逸らすのはシノの役目だった。以前のシノは、俺と目が合うと真っ先に逸らしていた。今はじっと見つめてくるから、どうしたらいいか分からなくなる。

今まで逸らされていた視線が交わり続けると、こんなことになってしまうのか。これからは少し自重した方がいいかもしれない。このところ頻繁に交わる視線に、なんだかちょっと焦っていた。

「ラル」

シノの方を見ないように下を向いていたら、不意に頬《ほお》を触られた。思わず見上げると、至近距離で視線が交わる。あ……どうしよう。

「あの、なんですか……？」

「別に、どうもしていないが」

「う……」

用もないのに名前を呼んで、顔を上げさせた理由はなんだろう。そんなに見られると緊張する。どうしよう。

「シ、シノさん、もう行きましょう」

流れている変な空気を無理矢理振り切って、人の多い通りに出た。それからは、シノの顔をまともに見ることができなくて、すぐに王宮へ帰ってきてしまった。

自分の部屋に戻る前に、名前を呼ばれた。

「ラル」

呼ばれただけなのに、大袈裟《おおげさ》に肩が跳ねた。

「俺はいつでも待っている。いつだって話を聞く」

はなし？　前も言われた気がするけど、一体なんのことだろう。シノは優しい目をしながら、自分の部屋に戻って行った。

今日は楽しかった。幸せだった。まるで昔のように、シノとあちこち回った。人の多い王都の中で、さりげなく人波から守ってくれたり、目が合うたびに微笑《ほほえ》んできたり、今日のシノはとても優しかった。だけど最後の方は、居心地《いごこち》が悪くてすぐに帰ってきてしまった。流れる変な空気に一人で焦っていた。

シノが優しいのは嬉《うれ》しいのだけど、あんなに顔を近づけられたら、どうしていいのか分からなくて困る。キスをしてしまいそうだと思った。あのままだったらどうなっていたのだろう。寝る間際になっても、考え続けてしまった。


白い世界にいた。

いつものように、俺と同じ姿の少年のところまで行った。

前回は目が合っただけで笑われたけど、今回の少年は笑っていなかった。無表情で、こっちをじっと見ていた。少しだけ怖かった。

「ラウル、今日は幸せそうだったね。大好きなシノと王都に出かけることができて楽しかった？」

少年は低い声で言った。

「どうしたの？　怖いよ」

「だめだよ。俺にはラウルが必要なんだ。シノは十年間ラウルがいなくても生きていられたんだ。俺はラウルがいてくれないとだめなんだ。ねぇ、分かって欲しい」

少年は取り乱していた。何があったのだろう。大丈夫だろうか。心配になって少年の頭を撫でた。少年は驚いたように顔を上げると、俺の背中に手を回して、ぎゅうと抱きついてきた。

「優しいね、俺を心配してくれているの？　ありがとう。俺、ラウルに嫌われたくないなぁ」

「嫌ってないよ。どうしてそう思ったの？　なにか嫌いになるようなことをされたっけ？」

少年は笑いながら俺を放した。

「うん、俺もラウルには酷《ひど》いことをしたくないんだ。だから、ラウルに嫌われるようなことを、俺にさせないでね」

嫌われるようなことをさせないで、とはどういうことだろう。俺が少年にそんなことを望むとでも思っているのだろうか。

少年は微笑んだ。

「……ラウル、シノより俺を選んで。ずっとずっと大事にするから」

前からだったけど、少年の言葉は掴めない。よく分からないことが多い。選ぶとか、大事にするとか、一体なんの話だろう。気になるけど、少年は詳しく話してくれる気配はないようだった。

霧がかかるように、少年の顔がぼやけていく。白い世界にいる時間はもう終わるようだ。

そういえば少年に、ここは寂しいかと聞くのを忘れてしまった。また次会ったときに聞こう。次は、いつ会えるのだろう。

揺れる大地

大地の揺れで目が覚めた。

十年前よりも、頻繁に地面が揺れる気がする。

揺れている時間は短いし、大きく揺れるわけではないけど、一日に何度も起こるので、ちょっとだけ不安に思っていた。いつか、大きい揺れが来なければいいけど。

朝食の時間まで余裕があるので、すこし歩くことにした。朝の散歩だ。

王宮は広いから、まだ行ったことのない場所は沢山あった。なので、ちょっと遠くまで来てしまった。そろそろ戻ろうかな、と思った時、近くの部屋の扉が開いた。

部屋から出てきたのはリュースだった。出てきたのはリュースだけど、その部屋はリュースの部屋ではない。

部屋の扉の装飾は豪華で、取っ手の部分は白銀色《しろがねいろ》だった。誰《だれ》の部屋だろう？

リュースは部屋の主と何か話していた。「うんうん」とか「はいはい」とか適当な感じで返して、扉を閉めた。そして振り返った。

「あれ、ラルくん？　こんなところでどうしたの？」

リュースは俺に気付いた。あ、しまった。逃げれば良かったのに、気になってじっと見てしまった。

「朝から会うなんて僕ってついてるね。この前の続きでもする？」

この前のことを詫《わ》びることなく、リュースは近づいてきた。

「ねぇ聞いてよ。この前ラルくんと遊んだ後さ、シノが来ていきなりボコボコにされたんだ。殺されるかと思ったよ。最近のシノって怖いよねぇ。僕何かしちゃったかなぁ？　まぁそれはともかく、遊ぼぉラルくん」

「あれ、ラル？　何してるの？」

迫られていたら、偶然ミミが通りかかった。

人のことを言えないけど、どうしてこんな朝早くから歩き回っているんだろう。ミミも、リュースも、俺と同じように大地の揺れで起きたのだろうか。

ミミは俺とリュースを見比べ、首をかしげた。

「ラル、大丈夫？　ミミが助太刀《すけだち》しようか？」

ミミの手がいきなり膨らんだと思うと、爪が鋭く伸びた。手の甲には血管の筋が浮き出ている。あどけない表情をしながらも、リュースを突き刺す気でいるようだった。

「うわぁミミちゃん怖いなぁ。それ、しまってよ。きみのような可愛《かわい》い子には似合わないよ」

「ミミだってこんな手したくないよ。リュースくんがラルを解放してくれたらすぐにしまうんだけど」

「うーん、ミミちゃんが見た目通りの年齢だったら、小さくて、可愛くて、すっごく好きなんだけどなぁ。でもミミちゃん、本当は五百歳なんでしょう？　そのボコボコした手も原理が分からなくてなんか怖いし、どんなに可愛くても、ちょっと引いちゃうなぁ。ミミちゃんは僕の好みじゃないよ、ごめんね？」

「大丈夫だよ、ミミもリュースくんのこと好みじゃないから。お相子さまだね」

ミミはにこりと笑うと、事前の動作もなしにリュースに向けて爪を突き出した。器用に体をひねって避けたリュースは、俺から離れて後ろに飛《と》び退《の》いた。

「喧嘩《けんか》っ早《ぱや》いなぁ。竜って感情的なんだね。人間みたい。人間の世界にずっと居たら、やっぱり似てくるものなの？」

「え？　ミミ、難しいことよく分かんない」

「あはは、そっかぁ」

二人はじゃれ合うように戦いを始めた。

今のうちに逃げてもいいのかなと思っていたら、さきほどリュースが出てきた部屋の扉が開いた。激しい戦いで奏でられた音が部屋の主に聞こえたのかもしれない。

白銀色の取っ手を押しながら出てきた男には見覚えがあった。以前、この国の歴史を知っているかと俺に問いかけた男だった。あの日見かけた銀髪は、右側に寄せて、丁寧に編んであった。

銀髪の男はしばらく唖然《あぜん》としていたけど、俺に気付いて銀色の目を凝らした。

「リュースさん、人の部屋の前で何をしているのですか。帰ったのでは？」

銀髪の男が言うと、リュースとミミはぴたりと戦いをやめた。

「あ、宰相。なにってミミちゃんがじゃれてきたから遊んであげてたんだよぉ」

「ちがうよ、ミミがリュースくんと遊んであげてたんだよ」

「まだ早朝ですよ。寝ている人もいます。遊ぶのはまた今度にして、大人しく帰りなさい」

リュースはつまらなそうに「はぁい」と言った。

さきほど、リュースが銀髪の男を宰相と呼んだ。

宰相は、王の次に地位があるといわれている役職だ。

俺になぞなぞのような質問をした銀髪の男の正体が分かったけど、まさかそんなに地位がある人だとは思わなかった。

この国の宰相は意外と若い男だった。ひょっとしたら、三十にも満たないのかもしれない。若いうちから宰相に上り詰めるからには、とても有能なのだろう。

リュースは先に戻った。俺もミミと一緒に戻ろうとした。

「あ、そういえば、イルマ王子にくっついている少女の姿をした水竜というのは、そこのあなたですよね。えっと、たしか名前は」

「ミミだよ」

ミミはくるりと振り向いた。

「ああ。そう、そんな名前でしたね。あなた、ちょっと私の部屋に来なさい。この王宮に住む間、慎むべき行動を教えてあげます。今回のように、いきなり戦闘などをしてはだめですよ。竜といえど、ここは人の世界なのですから」

「えへへ、ごめんなさい」

ミミは反省した様子もなく、舌を出しながら笑うと、宰相の部屋に入っていった。

「では、ラルさん。またゆっくりお話ししましょう」

宰相は何を考えているのか分からない表情をさせながら部屋の扉を閉めた。

朝食の時間になったので、食堂へ向かった。食堂にはシノがいて、一番乗りで食べていた。シノはこの時間に食堂で食べるのか。早いな。

シノは俺に気付くと微笑んだ。

「早いな」

「はい。今日の朝の揺れで起きてしまったので」

「そうか。実は俺もだ。最近、揺れることが多いな」

シノの正面に座って朝食をいただいた。

新鮮な野菜の中に、トマトが入っている。残すのはもったいない。けど残す。

トマトを避けながら食べていたら、俺の前からトマトが逃げていった。シノが当たり前のように俺のトマトを自分の口の中に入れた。

「食べられないのだろう？」

シノは俺がトマト嫌いということを覚えてくれていたようだ。嬉《うれ》しかった。

「シノさん、この国の宰相って随分若い人だったんですね。驚きました」

「宰相は若くないぞ」

「え、でも」

「姿か。確かに若く見えるな。俺が王宮に来た時からずっと変わっていない。だが、リノみたいなやつもいるから、そういうものだと思っている」

「え？　宰相は魔術師なのですか？」

魔術師は魔力の不思議な力で見た目の老いが遅い。そういう理由なら分かるけど、宰相からは魔力を感じただろうか……？

「知らない」

「知らないって」

「宰相に興味はない。どうして宰相のことを気にするんだ？」

シノは疑うような目で俺を見た。

初めて会ったときに意味深なことを言われたら、気にもなるだろう。

「姿といえば、ラルも王宮に来たときから変わらないな。俺がラルくらいの時には随分背が伸び、何度もリノにローブの調整をしてもらっていた。ラルが来て半年が経《た》ちそうだが、その背は伸びる気配がないな。少し前までイルマ王子と同じくらいの背丈だった筈《はず》なのに、今ではかなり差がついている。お前はもう伸びないのか？　何なんだ、その体は」

確かに、イルマ王子はぐんぐんと成長している。だけど、俺はちっとも伸びやしない。この体は何なんだろう。

「ラル」

そっと呼ばれた。じっと見つめられて、何事だろうと思った。この前のことを思い出し、見つめてくる視線から逃げるように目を逸《そ》らすと、シノがハァと息を吐《つ》くのが聞こえた。

「そういえば、さきほど宰相のことを言っていたが、どこで会ったんだ?」

シノは話題を変えるように宰相のことを聞いてきた。今朝《けさ》のことを言ったら、シノの顔が険しくなった。

「またリュースに襲われそうになったのか」

シノは俺を無防備だと怒った。

「どうしてなんだ?」

「どうしてって言われても……。リュースさんには勝てないので、向こうが本気になったら止めようがありません」

「襲われそうになったらコムニで通信してこいと言っただろう。俺がすぐに追い払ってやる」

「早朝でしたし、俺のためにシノさんの手を煩わせるわけには……」

シノはまた溜息《ためいき》を吐いた。

宰相のことを話していた筈なのに、いつの間にか話が違う方向にいっている。何故か俺が怒られている。どうしてだろう。

「ラルがそうだとリュースは調子に乗るばかりだ。なぜそうも自分を後回しにするんだ? もっと自分を大事にしてくれ。さもないと俺の気が休まらない」

「どうしてシノさんの気が休まらなくなるんですか」

少し前まで、俺がリュースに絡まれていたら、とても面倒くさそうに助けていたのに、最近は積極的に助けてくれるようになった。ちょうど、魔法学校から帰ってきたあたりくらいからシノは変わった気がする。

「どうしてだと? 相変わらず人の好意には疎《うと》いな。ラル、俺はどうでもいい奴《やつ》のことなど気にかけない」

シノは立ち上がると食堂を出て行った。慌てて後を追った。

「シノさん!」

後ろ姿に声をかけたら、振り向いて待ってくれた。

「なんだ」

「あの、さっきの、どういう意味ですか」

「そのままの意味だ。よく考えて欲しい」

「よく考えてしまうと、勘違いしそうになるんです」

「勘違い？」

「俺は自惚《うぬぼ》れてもいいんですか？　俺はシノさんにどう思われているんですか」

シノはどうでもいい奴は気にかけないと言った。もしや、俺はシノに嫌われていないのだろうか。

今まで俺はシノを散々怒らせてきたから、当然今も嫌われていると思っている。だけど、さっきの言葉は、まるでそうではないみたいに聞こえた。

考えろと言われたのに答えを聞いてしまうなんて怒られるかもしれない。だけど、シノは怒らなかった。何か考える素振りをしていた。

「ラル、こっちへ」

シノは近くにあった部屋を開けた。

「この部屋はなんですか？」

「ただの記録室だ。廊下で話していたら人目につくからな」

シノが言ったことは事実のようで、古い資料や、記録が本となって棚に置かれていた。部屋の中には誰《だれ》も居なかった。こんな静かなところに二人きりで、何を話すのだろう。

シノは俺の体を軽く壁に押し付けながら、両手で髪を梳《す》くように指を通した。優しい触り方だった。

「シノさん……？」

見上げたシノの灰紫色の瞳《ひとみ》が、眩《まぶ》しいものを見るように細くなった。

……どうしてそんな顔をするのだろう。

もしや、俺の金髪が光に反射して眩しいのだろうか。だけど俺は、それより眩しいものを見たことがあった。シノと別れた日に見た黄金竜には、どれだけ光を集めても敵《かな》わないだろう。

「視線がぼうっとしている。考えごとか？」

シノが小さく笑って俺の目元を撫《な》でた。くすぐったい。

「ふふ」

　俺が笑うと、シノも笑った。なんだか幸せな気分になった。

　資料が保管されている棚の中に、建国神話と書かれた本を見つけた。

　建国神話には、黄金竜がリオレア国に現れ、国を創っていくまでの物語が書かれてある。昔読んだだけだったので、内容は細かく覚えていない。また今度、読み直してもいいかもしれない。

　そういえば、シノも黄金竜を見たと言ったことがあった。リュースの部屋で酒を飲んだ日だ。

　あの時のシノは酔ってしまい、饒舌《じょうぜつ》になっていた。そして、俺に口移しで酒を飲ませてきた。俺だったから良かったものを、リュースにしていたら恨んでいたかもしれない。いや、アドネでも恨む。

　俺が居ない十年の間、シノは大丈夫だっただろうか。今では体格もしっかりしているけど、昔のシノはとても可愛《かわい》かった。酔ったらキスをするシノを良いことに、誰かに襲われたりしなかっただろうか。

　特にリュースなどは危ない。シノは昔、とっても可愛かったから、可愛いものが好きなリュースにとっては格好の餌食だったかもしれない。いや、今でも可愛いんだけど……。

「ラル、俺は」

「シノさん」

「な、なんだ？」

　何か言おうとしていたシノを遮って、乱暴に呼んでしまった。シノが戸惑っているのが分かる。自分の想像が間違っていたらいいと思った。

「シノさんってリュースさんに襲われたりしてないですよね？」

　シノの表情が戸惑いから一変して、なにか汚くまずいものを口にしたかのような顔をした。

「そんなわけあるか」

「本当ですか？」

「何故《なぜ》疑う」

シノは呆《あき》れた表情をした。

「どうしてそんなことを聞く」

「シノさんは酔うと口移しでお酒を飲ませてくるんですよ。知っていました？」

黙っていようかとも思ったけど、自覚の無さそうなシノには言ってあげた方がいいのかもしれない。これで自衛ができるだろう。シノは不思議そうに二回瞬《まばた》きした。

「なんだそれは。身に覚えがないな。俺はそんなことはしない」

「もう人前でお酒を飲まないようにしてくださいね」

「だから知らないと言っているだろう。というかそもそも、俺はラルの前で酒を飲んだことは……ああ、あの時か」

シノは思い出したみたいだ。

「俺はそんなことをしたのか。醜態を晒《さら》してしまったな。リュースにでもしてしまったのか？」

「違います、リュースさんじゃないです」

「では、アドネか。次会った時にでも謝っておこう」

シノは疲れたようにハァと息を吐いた。

「あ、えっと。アドネさんでもないです」

シノはゆっくりと俺の顔を見た。そして、凄《すご》く真面目《まじめ》な顔をした。鬼気迫るほどに真面目だった。なんだか怖かった。

「俺はお前にしたのか」

「は、はい」

「何も、覚えていない」

「そうだと思います。あの時のシノさんは酔ってましたから」

「どうして今まで黙っていたんだ？　言葉にするのもはばかられたか？　俺に口移しされたのがそんなに嫌だったのか？」

シノはなんだか怒っていた。なんで俺が怒られているんだろう。ただ、俺はシノが衝撃を受けると思って黙っていることにしただけだ。好きでもない人と口を合わせるのなんて嫌だろう。今のシノは特に嫌がりそうだ。

「シノさんが悲しむと思ったので黙っていました。だって、俺はシノさんに嫌われているから」

シノは面食らったような顔をして、しばらく黙った。というか、何も言えないようだった。黙っていたシノは、やがて慎重な口ぶりで言った。

「ラル、そんなことはない。魔法学校でだってしただろう」

あれは仕方なくやったことだ。

魔法学校の時のキスは、魔力の供給をするために必要なことだった。そして、この前乱暴にされたキスは、シノの欲求不満が爆発してしまったものだった。たまたま俺が近くにいたから対象にされただけのものだった。

思ったことをそのまま口にしたら、シノはまたもやしばらく黙った。

「……ずっとそう思っていたのか。……すまなかった。勝手に分かってくれていると思っていた。だが全《すべ》て、今までの俺のせいだな」

「どうして謝るんですか？」

「……ラル。俺はラルとの口づけを嫌がったりしない。魔法学校の時だって、ラルだからやったんだ」

シノの両手に頬《ほお》を撫でられ、上にあげさせられた。

「俺はラルを嫌ってなどいない」

「嘘《うそ》をつかなくてもいいです。シノさんは優しいから俺を放っておけなかったんですよね」

「俺は優しくなどない。目の前に魔力が枯渇したリュースが居たとしても、俺は何もしない。ラルだから魔力を分け与えたんだ」

シノは誰かを見殺しになんてしないだろう。最後には助けようとすると思う。誤解されやすいけど、優しい子だということを俺は知っている。

シノに嫌われているのは俺が悪いんだ。関わるなと言っていたシノに、しつこく構ってきたから。当然の報いだと思う。

「ラル、信じてほしい」

「信じていますよ」

シノは優しい子だ。

「これが報いか」

シノは呟《つぶや》くように言った。酷《ひど》く落ち込んでいるようだった。

「ラル、もう一度言う。俺は嫌っている奴《やつ》とは唇を合わせたりしない」

え、と思う間もなく、唇にシノのものが触れた。だけどそれは一瞬で、すぐに離れた。

驚いてしまった。この前、欲求不満解消用のおもちゃをあげたのにどうして。

唇に触ってみた。変なものがついていたから取ってくれたとか？　でも、唇で？　わざわざそんな面倒くさいこと……。

視線を感じて正面を向くと、シノが俺の口元を見ていた。ギクリとし、急いで指を離した。

「シノさん」

思ったよりも掠《かす》れた声が出てしまった。それがなんだか致命的に思えた。

「ラル」

シノは俺の肩に手を置いた。じっと見つめられる。

あ……ど……どうしよう。

二人で王都へ行った時の続きをしているみたいだった。リノさんの店から出た後、今のようにシノと見つめ合った。あの時は、無理矢理視線を逸らしてしまったけど、見つめ合い続けたら、どうなっていたのだろう、と何度も想像した。何度想像しても、最後はシノとキスをしていた。

シノは窺うような目をした。

「……いいか？」

撥《は》ね除《の》けることが出来なかった。ダメです、と言えば良い筈《はず》なのに。

そうこうしているうちに、ゆっくりと顔を近づけられた。唇が重なる。柔らかく食《は》まれて息が止まった。

動揺しているのが自分でも分かる。舌が入り込んできて、口の中を舐《な》められた。感触を味わうように舐められたあと、唇が離れた。目をあけたら、シノの灰紫色の瞳と交わった。

「ぁ、ん」

思わず甘い声が出ると、優しい目をしていたシノの表情が変わった。

体を抱えられて、シノの後ろにあった台の上に押し倒された。シノはすぐに覆いかぶさり、俺にキスをした。一瞬合った目は、ギラギラしていた。

「あ、む」

弄《もてあそ》ぶように耳を触られる。シノの手を感じてゾクゾクした。人が来たらどうしよう。

シノは俺を見下ろしながら唇を舐めた。それがなんだか官能的で凄く恥ずかしくなった。

どうして俺は弟子と味わうようなキスをしているのだろう。思考が正気に戻り、咄嗟《とっさ》に横を向いた。逃げた俺の顔を正面に向けさせたシノは、再びキスをしてきた。ダメなのに。

「ん、う」

なんでシノは俺にキスをしてくるのだろう。やはり、この見た目だろうか……。こんなキスをしている俺の正体がラウルだと知ったらどう思うだろう。美少年だと思っていたラルが、ただのラウルだと知られたら……。

ゾクリとした。言えない。見た目は美少年でも、中身はそうではない。騙《だま》しているみたいで罪悪感があった。

唇を離したシノは、俺を強く抱きしめてきた。力強い腕だった。

昔の可愛《かわい》かったシノが思い出せない。知らない人に見えた。俺の知っているシノは、こんなに力強い腕で誰かを抱きしめないし、切なそうな表情でキスをしたりしない。

シノは耳元で名前を呼ぶと、更に力を強くした。これ以上はどうにかなってしまいそうだった。

気付いてはいけないことに気付いてしまいそうな、不安な気持ちになった。奥まで行ったら、もう戻って来られなくなりそうだ。でも、怖いけど、招かれるままに行ってみたい気もする。不安もあるけど、幸せもあるかもしれない。

抱きしめられると心地《ここち》良い。どうしてなのかは、まだ分からない。このまま腕を伸ばして抱きしめ合ったら、何かが分かるかもしれない。

手を伸ばし、シノのローブを掴《つか》んだ。シノはそれを横目でじっと見ていた。

ゆっくりと、背中に腕を回そうとした時、頭の中で声が響いた。その声が、「だめだよ」と言った。

次の瞬間、後ろから背中を強く押された。

気が付くと、白い世界にいた。

あれ？　俺なんでここに来てしまったんだろう。

シノは……。

とりあえず、いつも通りにあの少年のところへ行こうとした。だけど、どれだけ歩いても辿《たど》り着けなかった。迷ってしまったのかもしれない。

諦《あきら》めずにひたすら歩いていたら、目の前が滲《にじ》んでいった。どうやら現実に戻るみたいだ。

知らない記憶

「あのさぁ」

意識が鮮明になった途端、声が聞こえた。

「なんで俺のところに来るんだよ。表に出られるようになったんなら、レイのところに行った方がいいんじゃないか？　嫌とか言ってないでさ。ていうか俺、レイにめちゃくちゃ怒られたんだからな」

声の主はヒーくんだった。ヒーくんは開け放たれた窓に向かって喋《しゃべ》っていた。外に友達でもいるのだろうか。だけど外には鳥しかいない。

ヒーくんはくるりと振り向いた。

「なぁ……先走るなよ？　どうせお前は俺たちの言うことなんて聞かないんだろうけどさ。……レイと話し合えよ。前も言っただろ？　聞いてるか？　ラ」

「レイって誰《だれ》？」

「ラ、ウル……か？　お前」

「そうだけど」

なんで今聞かれたんだろう。俺がラウルじゃなかったら、誰だというんだ。

「ああ……寝たのか」

「いや、起きたんだけど」

「え？　そ、そうだな」

ここは俺の部屋のようだった。どうしてヒーくんは俺の部屋にいるのだろう。そして、俺はいつの間に自分のベッドで寝たんだろう。白い世界に行く直前、シノと一緒にいたことは夢だったのだろうか。

「なんで俺の部屋にいるの？　俺、さっきまでシノと一緒にいた気がするんだけど。何か知らない？」

「え？　さあ。お前は今起きたんだぜ？　ほら見ろよ、気持ちの良い朝だなラウル。なにか良いことがありそうな気がしないか？」

ヒーくんはとても良い笑顔になった。こんな胡散《うさん》臭《くさ》いヒーくんは初めて見たかもしれない。

怪しいなと思ったけど、朝露の瑞々《みずみず》しい香りが窓の外から匂《にお》ってきてどうでも良くなった。ヒーくんの言う通り、気持ちの良い朝だった。

今起きたのなら、朝からミミとリュースが戦ったり、シノとキスをしたことは夢の中での出来事だったのか。俺はどうかしているんじゃないか。シノとあんな濃厚なキスをする夢を見てしまうなんて。

「じゃあもう行くから。ラウル、またな、さよなら、じゃあ、ばいばい」

ヒーくんは慌てた様子で部屋を出て行った。

どうして俺の部屋にいたのかを聞き忘れてしまった。まあ別にヒーくんだったらいいや。俺はヒーくんのことは信頼している。もちろんミミのことも。

顔を洗うために、部屋から出て水場へ向かった。

廊下を歩いていたら、目の前をシノノメが横切った。

魔法学校が休校になった後、シノノメは王宮にいる。どうやらユマ王子が客として王宮に招いたらしい。二人で仲良く魔術の訓練をしているのを、よく見かけることがあった。

「シノノメさん、おはようございます」

シノノメが俺に気付いてこっちを見た。

いつもだったら「やあラル。おはよう」と返してくれるのに、目が合った瞬間、嫌そうな表情をされた。そして、ぷいっと顔を背けられてしまった。

「ふん」

機嫌悪そうに去って行こうとしたので、慌ててローブを掴んだ。俺は何かしただろうか。

「シノノメさん、無視をしないでください。寂しいじゃないですか」

「ぐえ、絞まってる絞まってる。掴むところ間違ってる、そこだと僕の首が絞まるから」

「俺なにかしましたか？」

シノノメは俺からローブを奪い返すと、むっとした顔をした。

「なにかしたか、だって？　白々しいよ。昨日《きのう》は君の方が僕のことを無視したんじゃないか。どれだけ話しかけても君は全部聞こえていないフリをしたんだ。君がそんなに酷《ひど》い奴《やつ》だとは思わなかったよ」

「え？」

昨日、俺はシノノメと会っていないはずだけど。知らないうちにどこかで会っていたのだろうか。それを俺が気付かずにいただけなのだろうか。そうだとしたら俺が悪い。だけど、何度も話しかけられているのに気付かないなんて、そんなことあるのだろうか。

「僕を無視している間、君はぶつぶつ独り言を言っていたよ。かと思えば、いきなり走り出すし。昨日の君は、なんだか不気味でおかしかったよ。この際だから言うけど、ずっと思ってたんだよ。君はおかしいって。宮廷魔術師のシノならまだしも、あのヨルムンガンドを相手に立ち向かうなんて、とても同じ人間とは思えないね」

シノノメはそう言って去って行った。

それにしても、ずっとおかしいと思われていたのだろうか。

再び歩いていたら、リュースと遭遇してしまった。

近づいてきたらいつでも逃げられる準備をしたけど、リュースは俺の顔を見たとたん、何故か怯《おび》えたようにビクリと体を揺らした。

「……リュースさん？」

怯えるリュースなんて初めて見た。珍しく思っていたら、リュースはそろそろと近づいてきた。

「良かった、今日のラルくんは普通のラルくんだね」

「え？」

「昨日はどうしたんだい？　きみから不意に食らわせられた頭突きのせいで、まだ鳩尾《みぞおち》が痛いよ。ラルくん、僕に不満があったのなら、口で言ってくれないかなぁ。暴力は反対だよ」

リュースは腹の鳩尾部分をさすりながら言った。

リュースへの頭突きなんて、身に覚えが無かった。

やっていたとしたら、それはさすがに覚えている筈《はず》。

「あの、本当に俺がリュースさんに頭突きを？」

「そうだよ。あれはラルくんだよ。僕は歩いていただけなのに、いきなりこっちへ走ってきたかと思えば頭突きをして、ラルくんはそのまま走り去ってしまったんだよ。捕まえる暇もなかったよ。大好きなラルくんに頭突きをされて放っておかれた僕の気持ちが分かる？」

「わ、分かりません」

分からない。俺はそんなこと知らない。していない。

「きっと頭突きされたお腹《なか》は青くなっていると思うんだ。見せようか？　ここじゃ恥ずかしいから、僕の部屋に行こうよ。思う存分見せてあげる。その代わり、ラルくんも色んなところを見せてね」

などと言うリュースからギリギリで逃げて、一体何が起こっているんだと思いつつ、水場で顔を洗ったあとは、自分の部屋に戻ろうとした。

そしたらイルマ王子に会った。

「あ……ラル」

イルマ王子はいささか慎重に俺を呼んだ気がした。

「イルマ王子、おはようございます」

「う、うん。おはよう」

余所余所《よそよそ》しい感じで挨拶《あいさつ》をされた。どうしたのだろう。まさか、俺がまた知らないうちに何かをしたのだろうか。

「あの、わたし、昨日何かしましたか？」

「え？　き、昨日？」

分かりやすくイルマ王子は動揺した。やっぱり昨日の俺は、イルマ王子に何かをしたらしい。

「イルマ王子、あの、すみません。だけど」

何も覚えていなくて、と続けようとしたら、イルマ王子は優しく微笑《ほほえ》んだ。

「いいんだ、ラル、もう謝らないでくれ。私は大丈夫だから」

「え？」

「気付かれていないと思っていたのだが、ラルは鋭いな。だけど、見込みがないことは分かっていた。

気にしなくていいから」

イルマ王子は俺の横をするりと抜けて、笑顔のまま振り返った。

「昨日も言ったのだが、魔術の訓練は少しの間休ませてくれ。ちょっとだけ時間が必要なのだ」

「イルマ王子……？」

「ラル、私のことは気にしなくていい。だから、これからも私の傍にいてくれ」

イルマ王子は行ってしまった。

分からない。イルマ王子はどうされたのだろう。魔術の訓練を休みたいだなんて、今まで言われたことは一度もなかったのに。

不安になった。俺の知らないところで、何かが起きている気がした。

昨日の記憶がない。もしかして夢だと思っていたことは、夢じゃなかったのだろうか。やっぱり、リユースとミミの喧嘩《けんか》はあって、宰相はそこで姿を現し、俺はシノとキスをしたのだろうか。

俺の記憶が途切れたのはシノといた時だ。シノに聞けば分かるかもしれない。部屋を訪ねてみたけどいなかった。どこにいるのだろう。探すことにした。

前からユマ王子が来た。目が合うと、ニッコリされた。

「ラル、昨日は楽しそうだったな。それで、どちらが勝ったのだ？」

「え？　勝った？　何がですか？」

「シノと楽しそうに追いかけっこしていただろう？　最後まで逃げ切れたか？」

なんだそれは。俺とシノが追いかけっこ？　全く知らないことだった。

「何をポカンとしているのだ？」

不思議そうな顔をされた。

「あの、それってどんな様子でした？」

「自分の様子を人に聞くのか？　ラルはシノを挑発しながら逃げていたぞ。普段聞かないようなことを散々言っていた。ラル、呆《ほう》けているな。熱でもあるのか？」

　ユマ王子は俺のおでこに手を当てた。

「熱はないな。疲れているのなら安静にした方がいい。昨日全力疾走していたようだから、きっと体がバテたのだろう」

　ちゃんと休むのだぞ、と言ってユマ王子は行ってしまった。

　さっきよりも力を入れてシノを探していたら、中庭から声が聞こえてきた。それは小声で少し聞き取りにくかったけど、耳には入ってきた。

「私も会いたかったなぁ」

「運が悪かったな。お前、昨日はレイに会いに行ってただろ？　あいつ、レイとは会いたくないって言うから」

　どうやらミミとヒーくんが話しているようだった。

　ちょうど良い。今日の朝、様子が怪しかったヒーくんに聞けば何か分かるかもしれない。中庭に侵入して、声を頼りに二人を探した。


「私だけこっそり呼んでくれれば良かったのに」

「俺だってそんなに話してないんだぜ？　あいつ、すぐ寝たし」

「独り占めしようとしたのね、ずるいわ」

「は？　そんなこと考えてねぇよ。お前がそうだからって俺までそうだと思うなよ？」

　二人の会話に険悪さが混じる。それによって小声だった会話が聞こえやすくなり、場所が特定できた。

　案の定声を辿れば簡単に見つけることができた。

　二人は大きな声で喧嘩していた。

「私だって話したかったのに！」

「ちっ。うるせぇなぁ。なぁ知ってるか？　この前ソウマの弟に人の好みはあるかって聞いたんだ。そしたら、包容力があって、笑顔が可愛《かわい》い年下の子って言ってたぜ。残念だったな」

「なーにが残念なのよ。ミミは包容力があって笑顔も可愛いんだから。イルマの好みにピッタリじゃない」

「もう一つあるだろ。年下の子はどうした。惜しかったな、あと五百年遅く生まれてれば、望みもあったかもしれないな」

「なんですってえええ！」

声をかけようとしたら、後ろから肩を叩《たた》かれて振り向いた。宰相が立っていた。

いつの間に来たのだろうか、とびっくりした。気配が無かった。

「ラルさん、こんなところで何を？」

作りもののような笑顔で宰相は言った。

俺たちに気付いたミミとヒーくんがこっちを見た。

「今お時間はありますか？　良かったら、私の部屋に来て話しませんか？　ちょうどあなたに言っておかなくてはならないことがあったのです」

断るわけにもいかず、宰相の後についていった。

宰相は、昨日見た白銀色の取っ手を引き、扉を開いた。宰相の部屋は、宮廷魔術師のシノやリュースの部屋よりも広かった。

「好きなところにかけてください」

迷いながら、ふわふわした椅子の上に座らせてもらった。宰相はその間にお茶を淹れてくれた。

緊張して、目の前に置かれたお茶に手を付けられなかった。俺に話って……一体なんだろう。宰相は向かいの椅子に座って、自分で淹れたお茶を飲んだ。

「どうしました？　毒など入っていませんよ。飲んでください」

ぎこちなく、器を手にとって口に入れたら、息を吸うたびに花の香りがした。美味《おい》しかった。

「あの、話とは」

「昨日は王宮内を走り回ったそうですね。数人の目撃者が私に報告してきました」

宰相はくすくすと笑った。身に覚えがないことだったけど、ひとまずは頷《うなず》いた。

「災難でしたね」

「え？　はい」

話とは、そのことだろうか。俺は今から怒られるのだろうか。

「ああ、構えないでください。あなたには怒っていませんよ。それに私はそのことであなたを呼んだわけではありません。もっと別の話をしたいと思い、呼んだのです」

「別の話……？」

「ええ。では本題に入りましょう。ここからが、私が話したかったことです。あなたは、どうして王宮にいるのですか？」

「……え」

　何を聞かれているか分からなかった。いや、言葉は分かるのだけど、意味がよく分からなかった。俺は今、何を聞かれたのだろう。

「どうしてって」

「私はそれが知りたくてあなたを呼びました。あなたが王宮にいる目的は、何でしょうか？」

　目的とは何だろう。俺はイルマ王子の教育者だ。王宮にいる理由は、それで十分なのではないのだろうか。

「わたしは、イルマ王子の教育者です」

「そうですか。あなたはイルマ王子の教育者をするために、王宮にいるのですね。そういうことでよろしいのですよね？」

「……」

　黙ったら、宰相はつまらなそうに息を吐《つ》いて、お茶を一口含んだ。

「昨日の夜、私は王から呼び出されました。どんな用件だったと思いますか」

「分かりません」

「あなたを、イルマ王子の教育者から外せと言われました」

　驚いて、手に持っていた器を落としそうになってしまった。

「イルマ王子の教育者にはアドネさんを任命し、あなたのことはウィンブルという街の魔術士長にするように言われました。意味は分かりますね？　王はあなたに王宮から出て行って欲しいのですよ」

「ま、待ってください、それは」

「ですが、あなたにとっても悪い話ではないと思います。ウィンブルの街は大きなところです。そこの魔術士長に任命されるということは、名誉と地位が手に入るということです」

「でも」

「おや、嫌なのですか？　あなたはイルマ王子の教育者をするために王宮にいたのですよね。その任が解かれれば、あなたは王宮にいなくてもいいでしょう？」

「イルマ王子には魔術を教えている途中です。まだまだ教えることは沢山あります」

「安心しなさい。魔術など、誰《だれ》が教えても同じですよ。イルマ王子の教育者はあなたでなくとも良いのです」

「そうは思いません。魔術は教える人物によって習得率が変わります。シノさんに教えられたユマ王子は、国の宝とまで呼ばれるほど成長しましたよね？」

「あなたは知らないでしょうが、シノさんの前の教育者は、ユマ王子にわざと魔術を教えようとしませんでした。誰が教えようと、ユマ王子には才能がありましたから、シノさんが教育者でなくとも、いずれは国の宝と呼ばれていましたよ」

納得いかなかった。そんな筈《はず》はない。それに、イルマ王子だってついさっき、俺に傍にいてほしいと言ってくれた。俺はイルマ王子にもっと魔術を教えてあげたい。

魔術を誰が教えても一緒だなんて、それは宰相が魔術師でないから言えるのだろう。宰相からは魔力の匂《にお》いがまったく無かった。宰相は魔術師ではない。

「嫌です。イルマ王子の教育者を外さないでください。ウィンブルにも行きません。わたしに魔術士長なんて大役、務まる筈もありません」

「はあ、そうですか。ですが、もう決まったことなのですが。王に直訴でもしてみますか？」

宰相はやる気のない顔をしながら言った。

俺がイルマ王子の教育者を外されることは決定していて、ただそれを伝えているだけのようだった。

「言いたいことが百はありそうな顔をしていますね」

「当然です。一方的に教育者を外され、遠いところへ行かされるのは心外です。それにイルマ王子は、わたしが良いと言ってくれています」

「そういえば、今はイルマ王子の魔術の訓練の時間ではないのですか？　あなた、こんなところにいてもいいのですか？　何ノコノコ私の部屋までついてきているのですか？」

宰相はとぼけるように言った。

俺をここまで連れてきた本人が何を言っているのだろう。呆《あき》れそうになった。

「イルマ王子が、しばらく魔術の訓練をしたくないと拒否したらしいですね。イルマ王子は、あなたでなくとも良いのではありませんか？」

「そ、そんなこと」

今朝《けさ》、魔術の訓練を休みたいと言われたのは事実だった。そのせいで、うまく反論ができない。

宰相は目を細くして、くすくすと笑った。

「自信を失いましたか？　もういいのですか？」

何がいいというのだろう。さっき決定したと言っていたくせに。これ以上何か言ったとして、俺がウィンブルに行かない手はあるのだろうか。

「さっきあなたはイルマ王子のために王宮にいると言いましたね。イルマ王子の教育者でなければ、王宮にいる理由はないのでは？　王が望んでいるのです。さっさとウィンブルへ行きなさい」

「行きたくありません。俺は王宮に残りたいです」

「おや、イルマ王子の教育者である以外に、他に何か理由が？」

そんなこと、俺の中では明らかだった。

さっきから目の前の宰相は俺を試そうとしていた。それがなんなのか分からなかったけど、ここで言わなくてはいけないと思った。

「あなたの気持ちを聞かせてください。あなたが王宮に残りたい理由はなんですか？」

竜の棲家《すみか》で目が覚めて、長い間歩いてここまで来た理由は、一つだけだった。

途中で魔物に襲われても、シノを想《おも》えば苦しくなかった。王宮に来てからも、リュースにいいようにされていたのは、シノに会いたい一心からだった。シノに再び出会えるのなら、なんでも差し出そうと思った。出会えたシノは想像と違っていたけど、それでも良かった。シノの瞳《ひとみ》が、俺を映してくれるだけで良かった。体が変わり、ラウルとしての俺は何もかも失ってしまったけど、シノの名前を呼べる唇があるだけで良かった。

シノの傍にいるだけで、シノが生きてくれているだけで、俺は幸せだった。シノと出会った時から、シノが俺の全《すべ》てだった。

「俺はシノさんに会いに王宮に来ました。俺をシノさんと離さないでください。愛しているから傍に居たいんです。絶対に離れたくありません。俺の想いを無視して、勝手に王宮から追い出さないでください」

宰相は俺の目を見つめ、「そうですか」と言った。

「とても純粋で美しい気持ちですね。なんだか昔を思い出します。素敵ですね」

本当にそう思っているのか分からないような顔で言われた。目は笑っているけど、これは本当の表情なのだろうか。

「あなたの気持ちは分かりました。ラルさん、シノさんと離れたくないのなら、そのことだけを想っていなさい。誰が何を言っても流されずに、それだけを想い続けなさい。でないと、どうなっても知りませんよ」

「どういう意味ですか」

「あなたの想いを無視しているのは私ではありませんよ。私は王から言われた言葉をあなたに伝えただけです。私は宰相ですからね、王からの命令は絶対なのです。そういえばあなた、昨日《きのう》はどこにいたのですか？　報告によれば、あなたが王の私室に入っていく後ろ姿を見た者がいるらしいですよ」

それはどういうことなのか考える前に、もう帰っていいと言われた。帰り際、宰相は俺の目を見据えながら「もう一度、よく考えなさい」と言った。

結局、宰相は何を聞きたかったのだろう。そして、俺は何のためにシノへの愛を叫んだのだろう。おちょくられたのかもしれない。

シノの激昂《げきこう》

宰相の部屋から出た後、再びシノを探していたけど、宮女から「シノさまは昨日の夜に何処《どこ》かへ出かけて行きました」と言われて、帰ってくるのを大人しく待つことにした。

やることもなく、自分の部屋でぼうっと外を眺めていたら、見覚えのある姿を発見した。あのツヤツヤした緑色の巻き毛はもしや……。すぐに部屋を出た。

「フィル！」

リノさんの店で出会ったフィルが、王宮の中をうろうろしていた。迷子《まいご》ともとれるようなおぼつかない歩き方だった。声をかけると、フィルがこっちを向いて嬉《うれ》しそうにした。俺を覚えてくれていたようだ。

「ラル」

「フィル、どうして王宮に来たの？　リノさんにお使いでも頼まれた？」

フィルは頷《うなず》いて、持っていた袋を掲げた。

「アドネっていう人に、渡してきてって言われたんだ。でも、王宮の中……あんまり覚えてなくって。迷っていたんだ」

相変わらずゆっくりとした喋《しゃべ》り方だった。それに加えておっとりした声は、癒《いや》しの波動でも出ているのではないかと思うほど、気持ちを和やかにする。

「アドネさんにそれを届けたいの？」

「うん」

はぐれないように手を繋《つな》いで、一緒にアドネを探した。今日は人を探してばかりだ。

ソウマ王子が前から歩いて来た。俺たちに気付いて眉《まゆ》をあげた。

「やあ、ラル。昨日はなんだか暴れ回ったそうだね。噂《うわさ》になってるよ」

「うう、その件はすみません。あの、アドネさんを知りませんか？」

「アドネ？　そういえば三日間くらい休みをとって、ラウルに縁があるウルルってところに行くって言っていたよ。昨日出発していたから、明日まで帰ってこないかも。ラウル伝記第二弾の構想を、ウルルでまとめるとか言って張り切っていたなぁ」

「そうですか。フィル、入れ違いになっちゃったみたいだね」

フィルは眉を下げて頷いた。悲しそうな顔をされると、胸が痛む。

「あれ、その子は誰《だれ》？　ラル、可愛《かわい》い子を連れているね」

気付いたらソウマ王子がフィルの前にいて、にっこりと笑いかけていた。

「俺はソウマ。きみの名前は？」

「……みりょうもち？」

「ん？　餅《もち》？　お腹《なか》が空《す》いているのかい？」

ソウマ王子が首をかしげたら、フィルも不思議そうに首をかしげた。会話が噛《か》み合っていなそうだった。

「はは、可愛いね。また今度、時間がある時に話そうね。ラル、ヒーアを見ていない？　昨日の夜から姿を消してしまっているんだ」

中庭にいたことを伝えたら、意気揚々と行ってしまった。

「僕、どうしよう。リノさんに頼まれてたのに」

お使いを達成できなくて悲しむフィルを元気付けるため、俺の部屋に招いた。

部屋に入ると、フィルは台の上にあった本に気付いた。その本は、俺がラウルだった頃《ころ》に書き綴《か　つづ》った本だった。そういえば、この前読み返して出しっ放しにしたままだった。著者名に思いっきりラウルの名前が書いてあるから返してもらおうかとも思ったけど、ぼうっとしながら本をめくるフィルを見てやめた。

フィルはまだ若そうだし、十年前の人物なんて知らないかもしれない。思惑通りフィルは何も言わなかった。ただ、ずっとページをめくっていた。

それほど時間をかけずに読み終えたフィルは、本を閉じてこっちを見た。

「これ、ラルが書いたの？」

「ん？　うん、そうだよ」

一瞬迷ったけど、大丈夫だろうと思い、ラウルの本を俺が書いたことにした。

「へぇ、ラル、すごいね。天才だ」

「天才？　ふふ、フィルってば意味分かって言ってる？」

「もっと読みたいな、ラルの本」

「え？　でも」

「だめ？」

「うーん」

まぁ大丈夫だろうと思って、これまで俺が書いてきた本を、《異袋》から出してフィルに渡した。フィルはにこにこしながら本を読み始めた。

「ラルは治癒術師なんだね」

「ん？　うん。フィル、魔術師のこと分かるの？」

フィルは質問には答えず、集中しながら本を読み始めた。そういえばフィルからは微《かす》かに魔力の匂いがする。微量だから気付かなかったけど、フィルも魔術師のようだ。

一冊目はゆっくり読んでいたけど、二冊目からは凄《すご》い速さでページをめくり始めた。絵本じゃないんだから、と突っ込みたくなるほどだった。ちゃんと文字を追えているのだろうか。

「ラルの本、面白いね」

「そう？　ありがとう。フィル、ちゃんと読んでる？」

「読んでるよ。普通の治癒術は、傷を治す時、頑張れって応援するけど、ラルの治癒術は案内してあげているんだね。こっちだよ、ここくっついてって」

ちょっと簡略化しすぎな表現だけど、大体はそんなところだ。

フィルは目が回るような速さでページをめくりながらも、内容は把握しているらしい。よっぽど本を読み慣れていなくてはこうはならない。まだ若そうなのに、今までどれだけ大量の本を読んできたのだろう。

外が暗くなってきた。

これ以上暗くなると危ないので、フィルを帰らせようとしたのだけど、まだ俺の本を読み終わってないから帰れないと言われた。だけど、このままじゃ俺がリノさんに怒られそうだ。

「じゃあ、その本貸すから帰って読めばいいよ。その代わり、リノさんとかに見られないようにしてね。フィル以外に見られるのは恥ずかしいんだ」

「ほんとう？　ありがとう、ラル」

フィルは子犬のような目をした。相変わらず庇護《ひご》欲を刺激される。こんなに可愛いと帰るまでに襲われないか心配になる。王都まで送ることにした。

門まで来たら人影が見えた。シノだった。シノは今帰ってきた様子だった。どこに行っていたのだろう。

　俺に気付いたシノと目が合ったけど、キスのことを思い出して、反射的に顔を背けた。

「ラル、何をしているんだ？　……そいつはリノの店に居たやつだな」

　シノはカツカツと音をさせながら歩いてきた。フィルを見つけたシノの目が鋭くなったのを見て、そういえば二人の相性は良くなかったことを思い出した。シノはフィルのおっとりした行動に苛々《いらいら》するらしい。

「離れろ」

　シノがフィルの体を押した。よろけそうになったフィルの背中を支えると、シノは嫌そうな顔をした。いつも以上にピリピリした雰囲気を出していた。一体どうしたというのだろう。

「どうしたんですかシノさん。そんなに怒らないでください」

「お前こそどうしたというんだ？　よくそんな平気な顔で俺の前に現れることができたな。昨日《きのう》、なぜ俺を突き飛ばし拒んだ？」

　なんのことだ、と問いそうになって思い当たった。白い世界に行っている間の出来事なのだろう。

　昨日のキスの最中に、俺はシノを突き飛ばし、拒んだようだ。身に覚えのない話がまた一つ増えた。

「お前はいきなり俺から逃げた。捕まえようと思っても、ちょろちょろと動き回り、果てには見失ってしまった。あの後どこにいた？　なぜそいつと一緒にいるんだ？」

　そいつ、と言ってフィルのことを睨《にら》んだ。睨まれたフィルはわけが分からない様子で、首をかしげながら俺を見た。

「フィル、一人で帰れる？　ごめんね、送ろうと思っていたけど」

「大丈夫だよ。ラル、本を貸してくれてありがとう。また返しに来るね」

　フィルが横を通り過ぎようとした時、急にシノがフィルの腕を掴《つか》んだ。

腕を掴まれたフィルは、俺が書いた本を落とした。慌てて拾っていたけど、シノにはきっと見られてしまっただろう。どうしてラウルの本がここにあるのかと、思うだろうか。

「その本はどこで見つけた」

シノがフィルに聞いた。フィルは俺とシノの顔を交互に見ていた。言ってもいいのかと迷っているのかもしれない。誰にも見せないでと言った俺の言葉を覚えていて、約束を守ろうとしてくれているようだ。シノがこっちを見た。

「さっきお前が貸したと言っていたな」

シノの後ろでフィルがおろおろしていた。

「……昨日、アドネを追いかけてウルルへ行き、俺がカウロに仕込まれた毒で倒れた時のことを聞いてきた」

「え……？」

「アドネは最後まで口を割らなかったが、明らかに挙動が不審だった。お前なのだろう？　あの日、解毒をして俺を助けたのは」

「あの……どうしてそんなことを」

「とぼけるな。お前は俺に言っただろう。自分は俺が思っているようなやつではない、勘違い男め、いい加減にしろと。鬱陶《うっとう》しいから、今後近寄るなとも言った」

酷《ひど》い言葉だった。俺がシノにそんなことを言う筈《はず》がない。

「アドネ以上の治癒術師など、他にいない。お前の他には誰も」

シノは怒気を膨らませたまま、フィルが胸に抱えている本を見下ろした。

「あいつに本を見せたのか。俺には隠して、あいつには明かしたのか」

シノが何の話をしているのか分からなかった。ただ、怒っているのは伝わってくる。

「分からないふりをするな。俺は全《すべ》て分かっている。

もういいだろう」

「なんの話ですか」

「この期に及んでまだそんな態度を取るのか。俺が昨日、どんな気持ちでお前を追いかけたと思う！」

シノが俺の手を引っ張った。そのままキスをされそうになったので、慌てて突き飛ばした。ここにはフィルがいる。いくらなんでも、人前ですることじゃない。それでもシノが再び掴もうとしてきたから、思い切って逃げ出した。

「っ待て」

後ろからシノが追いかけてくるのが分かる。

最初は勢いよく逃げていたのだけど、だんだんと走るのが辛くなってきた。息を整えている間に、シノがすぐ後ろに迫ってきた。

「昨日の威勢はどうした？」

腕を掴まれて壁に押さえつけられた。頬《ほお》の横に手をつかれて、逃げられないように閉じ込められた。

「もう逃げなくていいのか？」

蔑《さげす》むように笑うシノの唇から血が滲《にじ》んでいるのを見つけた。乾燥しているのだろうか。いや、そんな感じではない。何かに傷つけられたような跡だった。

「シノさん、唇から血が」

「とぼけるな。昨日のキスの最中に、お前が俺の唇を酷く噛《か》んだのだろう。走っているうちに血が出てきたか」

睨まれながら言われた。

唇の血を袖《そで》で拭《ぬぐ》おうとしたシノを制して、治癒術で傷を治した。唇に触れて、治ったことを確認したら、何故か驚かれた。

「はい、治りましたよ」

「……っ」

シノは一瞬だけ泣きそうな顔をしたと思ったら、俺の手を引っ張って奪い取るようなキスをしてきた。いきなりで驚いたけど、抵抗はしなかった。されるがままでいたら、強く抱きしめられた。

「分からない。昨日はこっぴどく拒否してきたのに、どうして今は受け入れてくれるんだ？」

「さっきは、フィルがいたから、あ、ん」

「俺は昨日の話をしている」

シノは少し怒った顔をして、激しくキスをしてきた。最中、耳を指でなぞられてゾクゾクした。

「ふ、ぁ、気持ちいい……」

足に力が入らず、立てなくなってシノに寄りかかると、壁に押さえつけられた。余裕の無さそうなシノの瞳《ひとみ》と目が合う。喰《く》い殺されそうで思わず震えた。

俺の震えをどう思ったのか、シノは動きを一旦《いったん》止めて、はあと息を吐《つ》いた。そして次の瞬間には、平常を取り戻した目をしていた。

「自制が利かなくなる。酷くされたくなければ、煽《あお》るのをやめろ」

「あ、煽ってなんか」

さっきまで苛々していたシノは、嘘《うそ》みたいに機嫌が直っていた。なんだか知らないけど良かった。

二人で戻ると、イルマ王子が俺の部屋の前にいた。俺たちに気付くと不安そうに言った。

「ラル。私の教育者を外れるというのは本当か？もしや昨日のことが原因か。気にするなと言っただろう？」

イルマ王子にはどう伝わったのだろうか。外れる原因は俺が訴えたものではなく、王に言い渡されたものだった。それを伝えたらとても驚かれた。

「なぜ今更になって王はそんなことをなさるのだろう」

そういえば理由などは聞いていない。確かに今更な気がする。

「待て、なんだその話は。俺は知らないぞ」

外出していたシノにとっては初耳だろう。宰相から言われた内容を教えたら、怒ったように迫られた。

「なぜその場で拒否しなかった」

「しました。だけど、もう決定したことだと言われました」

「ラル、二人でもう一度行こう。宰相がだめならば、王へ直訴しよう。私はラルじゃないと嫌だ」

「お待ちくださいイルマ王子。私も行きます」

「シノは来なくていい。これは私とラルの問題だから二人で行く。ラル、行こう」

シノは難しい表情をしながら立ち止まった。その間にイルマ王子に手を引かれた。

宰相の部屋まで行く間、イルマ王子はずっと無言だったけど、着く直前で口を開いた。

「私と会う前、シノと何をしていたのだ？」

「……魔術のことについて語り合っていました」

本当はキスをしまくっていたのだけど、そんなことは言えなかった。イルマ王子は「そうか」と眉《まゆ》を下げながら笑った。

告白

宰相は部屋にいて、俺たちが訪ねてくるのを分かっていたかのように出迎えた。

昼間飲んだ花の香りのするお茶を再び出され、ふわふわした椅子に座らされた。

「宰相が聞いてくれないのなら、王にも直訴する勢いだ。ラルを教育者から外すのは許さない。当事者を無視して話を進めるとは何事だ」

宰相は花の香りのするお茶を味わっていたけど、やがて退屈そうに台の上に戻した。

「最近王都で流行《はや》っているお茶だそうですが、どうにも香りがきついですね。嗜《たしな》むことができれば面白いかと思いましたが、私には合わないようです。イルマ王子はこのお茶をどう思いますか」

「私の話を聞いているか？」

「聞いていますよ。教育者がラルさんではないと嫌なのですよね。では、どう致しましょう。金貨の表と裏で決めますか？　放り投げて掴《つか》んだ金貨が表だったらアドネさんで、裏だったらラルさん。……いや、王に怒られてしまうので、裏もアドネさんでいいですか？」

「おぬし、ふざけているだろう」

「私もね、板挟みで苦しいのですよ。王からの圧力もあり、こうしてイルマ王子にも睨まれている。宰相という役職は苦しいことばかりですね。そろそろ心労で倒れそうです」

笑っている宰相からは、とても倒れそうな雰囲気は感じられなかった。

「この状況に怒りを感じますね。私に心労をかけようとしているのはどこの誰《だれ》でしょうか。できることならば、そいつの頭を踏みつけて泣くまで土下座させたいですね」

宰相は目を細めながら俺を見つめた。

疲れが溜《た》まっているのか知らないけど、けっこう過激なことを言う人だ。最初に感じた清廉な印象とは、実は程遠いのかもしれない。

「レーヴェル国の問題も片付いていないというのに」

宰相はぼそりと呟《つぶや》いた。

「宰相にどうにもできないというのなら、王に言うまでだ」

「待ちなさい。王は覆しませんよ。お二人には悪いのですが、これはもう決まったことなのです。いくら言っても無駄なのですよ」

「なぜ勝手に決める？　なぜそこまで横暴なのだ。王は一度、ラルが教育者になることを許してくれた。今更変えることに疑問を抱く」

「あの頃《ころ》とは状況が違いますからね。横暴になるのはそれなりの理由があるからです。国のためだと言われれば、そりゃ王も言われた通りにするでしょう。王は国を存続させることが使命なのですから。そして私は王の決定に従うことがお仕事です。人には決められた使命や仕事があるのです。イルマ王子だって、王子としてこの国を支える責任があるでしょう？」

「意味が分からない。そんな話はしていない」

「突き詰めれば、そんな話になるのですよ。全《すべ》てお話ししましょうか？　となれば、王のように使命もなく、私のように仕事もないくせに、妙に思い込みの激しい馬鹿の話からしなくてはなりませんね」

「ラル、もう行こう。宰相は真面目《まじめ》に話をするつもりがない」

「おや、ようやく気付きました？　もう決まっていることを長々と話していても時間の無駄でしょう？　それよりも香りのきついお茶の話をしませんか。これが王都で流行っている理由が知りたいのです」

　イルマ王子は立ち上がった。俺もそれに続いて立ち上がったとき、大地がズゥンと揺れた。それはすぐに収まったけど、いきなりで驚いた。

「近頃は幾度も揺れますね」

　宰相に声をかけられた。

「私が言ったことを覚えていますか？　意志をしっかり持ち、流されないようにしてくださいね」

　宰相は肘置《ひじお》きに腕を置いて、尊大な態度で言った。前もそんなことを言っていた気がする。聞き返す前に、イルマ王子に呼ばれて部屋を出た。

　今度は王に直訴しようとイルマ王子が提案し、二人で会いに行ったのだけど、門前払いされてしまった。話すことはないそうだ。実の息子だというのに、話し合いもせず、理由も告げない姿勢に衝撃を受けた。

　イルマ王子は俺に謝ってきた。

「不甲斐《ふがい》なくてすまない。だけど、私の教育者はラルが良い。あの時、誰にも相手にされていなかった私を、ラルだけが救ってくれたのだ。私はラルを諦《あきら》めたくない。今日はもう遅いから、また明日手段を考えよう。お休み、ラル」

　イルマ王子は屈《かが》むと、俺の額に唇を乗せた。以前、シノに俺の体が成長していないと言われたことを思い出した。イルマ王子と半年前に出会った時は、同じくらいの背丈だった筈なのに、今では同じ視線になるためには、屈んでもらわなきゃならなくなっている。イルマ王子の背は、もう随分前から俺を追い越していた。俺の背は伸びていない。まるで、自分だけ時の流れが違っているようだ。イルマ王子は少年から大人に成長しようとしているのに、俺はこのままなのだろうか。

戻ったらシノが部屋の前にいた。まさかずっと待っていたのだろうか。

「どうだった。その顔では、どうやら駄目だったようだな」

「きっと王は俺のことが目障りなのでしょう。イルマ王子に魔術を教えるのが子供であってはいい筈ないのだと思います」

このままイルマ王子の教育者を外され、王宮にいられなくなり、シノの傍にもいられなくなってしまうのだと思うと、悲しくて俯《うつむ》いてしまった。イルマ王子は明日も手段を考えると言ってくれたけど、きっとどうにもならない気がする。

「ウィンブルに行くのか？」

「いえ、ウィンブルには行きません。魔術士長の件は辞退するつもりです。俺にはそんな大役できませんから」

「だったらどうする？　お前はどこに行くんだ」

「分かりません。王宮からは出ようと思っています。王は俺が残るのを許さないでしょう。イルマ王子にも迷惑をかけたくないので、ここを去ってどこかへ行きます」

「どこかとは？　お前は、俺の前から居なくなるのか？」

シノの瞳が今まで見たことのない光を宿した。俺にはそれが、はっとするほど美しいものに見えた。

シノの手のひらが、俺の首に触れた。様子がおかしくなり、不思議に思って名前を呼んだら、二、三回瞬きをした。その時には正気に戻っていた。

「シノさん、たまにコムニで通信を送ってもいいですか？　本当は毎日したいんですけど、鬱陶しいですよね。たまにでいいです。元気な姿を見せてもらいたいです」

気持ちが重くなりすぎないように、へらへらと笑いながら言ったら、強く抱きしめられた。息が苦しくなるほど抱きしめられて、体が熱くなった。

「シノさん？」

「どこかへ行くというのなら、俺も共に行こう」

「え？　だめですよ、だってシノさん、宮廷魔術師じゃないですか。王宮にいないと」

「ならば宮廷魔術師は辞める。元々、宮廷魔術師など手段に過ぎなかった。こんな肩書き、いつだって捨てていい」

「シノさん、何言ってるんですか」

驚いて大きな声を出してしまった。今は夜中だったことを思い出して、慌てて声を潜めた。

「だめですよ。最難関の試験を合格して、やっと宮廷魔術師になったのでしょう？　そんな簡単に捨てるなんて」

「さきほども言ったが、宮廷魔術師は俺にとってただの手段だ。お前と共に行くことの障害になるのなら、情もなく捨てることができる」

「なんで、そんな、俺のために宮廷魔術師を辞めるって言うんですか？　どうして」

シノの手が頬《ほお》を触った。両手で柔らかく挟まれて、目を見られる。灰紫色の光に捉《とら》えられて、体が動かなくなった。

「愛している。俺はお前さえいればいい。人も、国も、世界も、どうだっていい。お前さえいれば、他のものなど全く惜しくない」

上手《うま》く息ができなかった。シノの言葉に嘘《うそ》がないことは、灰紫色の瞳が雄弁に語っていた。

「もう俺を置いていかないでくれ。一緒に行こう、どこへでも。好きなんだ、愛しているんだ」

周りの時が止まったように思えた。

愛しているとは、好きとは、シノはそういう意味で俺に告白をしているのだろうか。

葉っぱのこすれるささやかな音や、近くで鳴いている虫の声などが一切聞こえなくなった。シノの息遣いと心臓の音だけが、感覚を占めていた。

黙っていたら、シノの体が微《かす》かに震えた。寒いのだろうか、それとも緊張しているのだろうか。シノは俺のどこを好きになってくれたのだろう。やはりこの美しい見た目だろうか。もし、俺がラウルだと知ったとき、どんな反応をされるのだろう。それは怖いと思った。だけど、愛《いと》しいシノの想《おも》いを受け入れない選択肢はなかった。

「分かりました。一緒に行きましょう」

シノが顔を上げた。潤んだ目の奥がきらきらと光っていて、吸い込まれそうになった。なんて愛しいんだろう。可愛《かわい》い俺の弟子。全てきみにあげたい。

シノの背中を抱きしめ返そうとした時、襟首を掴まれて後ろに引き倒された。

背中を地面に打ち付けた。突然のことに驚いていたら、足音がした。いまだ天を向いて倒れている俺の視界の中に、あの少年が入ってきた。

俺と同じ姿の少年は、にっこりと笑いながら言った。

「驚かせてごめんね。ラウル、いきなりで悪いんだけど話があるんだ。交渉しよう」

交渉

交渉？　そういえばシノがいなくなっていた。

ここは白い世界の中だ。俺をこの世界に引っ張ったのは少年なのだろうか。

「ほら、いつまで寝転がってるの？　立って立って」

そう言って少年は俺の手を引っ張った。

「俺、なんで。さっきまでシノと」

「ラウル」

呼ばれて顔を上げた。

「あのままシノと一緒に行こうとしていたでしょう。だめだよ、言ったじゃない。シノよりも俺を選んでって。ラウルはシノを選んじゃいけないんだ。そんなことをすれば国が滅ぶよ？」

……国が、滅ぶ？

「なんの話をしているの？　もう隠さずに、いい加減教えてよ」


少年は胸を張り、そこに自分の手を当てた。そして金色の瞳《ひとみ》を輝かせ、悠然と微笑《ほほえ》んだ。

「そうだね、まずは自己紹介をしよう。俺はラドゥル。きみたち人間が、建国神話を作り上げ、黄金竜と呼んでいる生き物さ。きみよりも、随分長生きで、この国にずっと寄り添って生きてきた」

俺は少年の正体に薄々気付いていたのかもしれない。その証拠に、あまり驚かなかった。ああ、やっぱりそうなのか、と思った程度だ。

「やっぱりきみが、この国の神だったんだね」

「神？　この国にそんなものはいないよ。俺は神じゃない、ただの竜だ。神なんていない。もしいたとしたら、そいつは凄《すご》く怠け者だ。全然役に立たない」

ラドゥルは吐き捨てるように言った。

「ラウル、十年前シノと一緒に山を下っていたきみを連れ去ったのは俺だよ。ラウルが必要だったからそうしたんだ。理由はこれから話すから、最後まで聞いて欲しい」

一瞬頷《うなず》きかけて止めた。

うっすらと濡《ぬ》れて光っていた灰紫色の瞳を思い出した。思えば、どうしてラドゥルはこの瞬間に俺を引きずり込んだのだろう。偶然？　わざと？

「ラウル、お願い」

不穏な気持ちにもなったけど、ラドゥルの悲しそうな顔を見てしまったら、頷くしかなかった。こんな何もない世界に一人でいるラドゥルを突き放すことはできない。

「まず初めに……俺には願いがあるんだ。そしてそれはラウルにしか叶《かな》えられない。並外れた癒《いや》しの力を持つラウルにしか。俺の願いがなんなのか、知ってもらうために、昔話をしよう」

少し長くなるから座って、と俺を地べたに座らせたラドゥルは、自分も向かい側に座った。

「建国神話は読んだことある？　あそこに書かれてあることは、ほぼ事実と言ってもいい。建国神話は、きみたちの王が作ったものなんだ。今の王ではないよ。昔の王で、その人はあることを除いて、建国神話を事実の通りに作った。あることというのは、俺が、黄金竜が、死んだということ」

どうして昔の王は、ラドゥルの死を作り上げたのだろう。

「あ、話の本筋に行く前に白状しておくよ。昨日《きのう》、ラウルと入れ替わって王宮を走り回ったのは俺だよ。シノがしつこく追ってくるから大変だったよー。あ、途中でリュースにも一撃入れておいたからね」

ラドゥルは悪びれもなく言った。

どうしてわざわざ通りすがりのリュースに頭突きしたのだろうと思ったけど、なんとなく理由は分かる。そして、イルマ王子に何か言ったのもラドゥルなのだろう。

「いや、ちょっと待って。入れ替わるってなに？」

「あれ？　言ったよね？　俺もそっちに行くかもしれないから、その時はよろしくねって」

言われたっけ？　というか、そんな抽象的な言葉で意味が分かるわけない。そっちってなんだ。

ラドゥルは自分の手のひらと、俺の手のひらを合わせてきた。ぴったりと重なって、余分も余白もなかった。

「この体は半分竜で、半分人間なんだ。ラウル、俺たちは二人で一人。十年前、きみをさらった俺は、きみが気絶している間に融合させてもらった。人と竜は種族が違うから、融合することはとても大変だったよ。けっこう無茶なことだったんだ。だから、十年もかかってしまった」

「え」

融合？　昔、本で読んだことがあった。力の弱い魔物同士は、融合して合体することにより、力を高める方法があるのだと。それを、人と竜でやったというのだろうか。というか、本で読んだ魔物同士の融合のやり方は今思い出しても吐き気がしてくる。ラドゥルはどういうやり方で俺と融合を果たしたのだろうか。

「ん、その顔、知りたい？　俺がどうやってラウルと融合したのか」

「いや、知りたくない。知りたいと思わない」

「そう。俺もあまり言いたくなかったから良かったよ」

ラドゥルはにっこりと笑った。言いたくない融合のやり方とは一体……。

「うーん、あんまり驚かないんだね。今まで見てきたけど、ラウルってシノ以外は自分すらどうでもいいって感じだよね。最初に目を覚ました時も、とりあえずシノに会うためにウルルに戻ろうって崖《がけ》を登り始めたし。普通は、自分の体が変わっていたら、もっと驚いて取り乱すよね。だけど、それよりもシノのことを想って帰ろうとしていた。あの時、シノは本当にラウルの大事な人なんだなぁって思ったよ。シノに会うために王宮にまで行っちゃうし。王宮には近づいてほしくなかったなぁ」

そういえば、この融合っていつまで有効なんだろう。いつ解除されるのだろう。本で読んだ魔物の融合は一定の期間後には元に戻っていた。

俺の体は融合した後どうなったのだろう。そもそもどうして融合したのだろう。

「ねぇラドゥル」

「じゃあ話を戻すよ」

融合した理由と、いつ俺の体を返してくれるのか聞こうと思ったけど、遮られてしまった。

「建国神話には、リオレアの大地が敵の侵攻を受ける場面があるんだ。実際にそれはあった。俺はみんなを守るために戦って、勝った」

みんな、とは誰《だれ》だろう。気になったけど、話の腰を折らずに黙っていた。

「勝ったけど、当時魔術も使えず、弱かった人間の数は減った。そのことで、俺は焦った。今回は勝てたけど、再び侵攻があった時には、もっと死んでしまうかもしれない。だから、俺は力を分け与えることにしたんだ」

ラドゥルはいきなり自分の腕を引《ひ》っ掻《か》いた。傷口から流れた真《ま》っ赤《か》な血が、ボタボタと落ちて、白い地面を染めた。

ラドゥルは腕から血を流したまま、ずいと俺の目の前に持ってきた。

「舐《な》めて」

血を舐めろというのだろうか。

迷っていると強引に押し当てられた。仕方なく、舌を出して舐めとった。

「飲んで」

血のついた舌を口の中に入れて、ごくんと飲み込んだら、急に喉《のど》の奥から熱いものがこみ上げてきた。内側から暴走しそうなほどに魔力があふれて漲《みなぎ》ってくる。急に来たので苦しかった。我慢ができず、喉に手を当てて咳《せ》き込んだ。

「ごめんね、苦しかった？　俺の体を流れる血には、きみたち人間が魔力と呼ぶ強い力があるんだ。俺は当時、この強い力をきみたちに与えようとした。だけど、直接飲ませると、さっきのように内側から暴走してしまう。なんとか和らげて、人間に与える方法はないかと試行錯誤した時、閃《ひらめ》いたんだ」

白い地面に流れ落ちた血を、ラドゥルは手のひらで擦り込ませるように撫《な》でた。

「こうしようと思ったんだ。大地に染み渡らせ、俺の血が染み込んだ土で作られた食べ物を人間に食べさせる。試しにやってみたら上手《うま》くいったんだよ。次々に不思議な力を持つ人間が生まれ始めた。それをきみたちは魔術師と名付けていたよ。俺は嬉《うれ》しかった。強くなった人間は、魔物なんかに負けないし、やたらと魔術を駆使して国を発展させた。だから、調子に乗って俺も血を流し続けたんだ。何も、気付かずに」

建国神話には、黄金竜の奇跡の力で、魔術師が生まれたのだと記述されている。

奇跡の力というのは、ラドゥルの血のことだったのだ。ラドゥルの話は、建国神話が事実だということを裏付けているようだった。

「最近、大地が頻繁に揺れるだろう？　あれはね、大地が怒ってしまったんだよ」

「大地が、怒った？」

「さっきも言ったように、俺の血は大量に飲めば劇薬だ。人間を内側から破壊させてしまうほど、力が強い。そんなものを、大地はずっと飲んでくれていた。だけど、十年前、もう我慢できないって怒られてしまった。俺の血のせいで、根っこの部分が荒れ腐り、限界だと言われた」

言われたとはどういうことだろう。大地は人のように話すのだろうか。

「俺のせいなんだ。俺の血が原因で、大地が怒ってしまったんだ。だから、本当は俺が一人で解決しなきゃいけない。でも、いっぱい考えたけど、一人ではどうにもできなかった。怒りをおさめるためには、腐ってしまった根っこを癒す必要があるけど、巨大な大地の根を癒せる治癒術師なんていないと思っていた。そうしたら、ラウルの噂《うわさ》を聞いたんだ。どんな病も傷も、すぐに癒してしまう凄《すご》い治癒術師がいるって」

ラドゥルの願いが分かった気がした。腐った大地の根というものがどんなのか分からなかったけど、大して難しくないもののように思えた。

「ラドゥルの願いは分かったよ。それを叶《かな》えるのはきっと難しいことじゃない」

「うん、ありがとう。俺もラウルなら簡単にやってしまえると思う」

ラドゥルの願いは簡単なものだった。俺に腐った大地の根を癒してもらいたいだけのようだ。

今までシノよりも自分を選べとか、ラウルがいないと生きていけないとか、そういうことを言われていたから、拍子抜けしてしまった。なんだ、すぐに済むことじゃないかと思った。わざわざ十年かけてまで融合したことに、なんの意味があったのだろう。

ラドゥルは目をつむって、息を吐《つ》いた。そして俺の名を呼んでまっすぐに見つめてきた。どうしたんだろう、そんな、真剣な目をして。

「ラウル、俺は今から大事なことを言うよ」

ラドゥルは、一度言葉を区切った。

「大地の根は、とても深いところにあるんだ。根だからね、そこは、地上の光が少しも届かない、暗いところだよ。昼や夜の時間感覚も何もない。ただひたすらに暗くて闇《やみ》が深いところ」

ぞっとした。大地の根というのはそんなところにあるのか。俺は今からそんなところに行かなきゃいけないのか。

「そして……大地の根がある深いところまで潜り込めば、もう戻ってこられない。二度と地上には出られない」

二度と、出られない？

「出られないって……大地の根を癒すために大地の底へ行ったら、もう二度と地上には戻れないってこと？」

「そうだよ」

「ちょ、ちょっと待ってよ」

混乱しかけた。

「ラドゥルは二度と地上に戻れないことを知ってい
て、それでも行こうとしているの？」

「うん。この国を救うにはそれしかないから。ラウ
ル、大丈夫だよ落ち着いて。俺はそのために融合し
たんだ。ね、今いる世界はね、俺たちの精神の世界
なんだ。この世界は明るいでしょう？　ここにいれ
ば、大地の底でも明るいんだ。だから、大地の根を
癒したあとは、ずっと二人で生きていこう」
何が大丈夫なのか、どの口が落ち着けと言ってい
るのか。俺には何も大丈夫に思えなかった。
「ど、どうしてラドゥルと一緒にいなきゃいけない
の？　そんなのおかしいよ」
思わずラドゥルを責める言葉が口から出た。
「大地の根は治すよ。だけど、俺はラドゥルと暗闇
の底で生きていくことはできない。俺には大切な人
がいるんだ。離れることなんてできない。大地の底
に行けば二度と戻ってこられないというのなら、俺
は大地の底には行けない。大地の根も治さない」
「だけどラウル。もう俺とラウルは融合してしまっ
たよ。竜の俺と融合したんだ。人間と竜では生きて
いくところが違う。人間のシノとは生きていけない
と思う」
「だったら、早く融合を解除してよ！」
気が立っていた。シノと生きていけないというラ
ドゥルの言葉が信じられなかった。大きな声をあげ
たら、ラドゥルが驚いたように目を見開いた。
「解除はできない」
「……え？」
「人間と竜の融合には無茶があって、普通に融合す
ることでは果たせなかった。だから、無理矢理にで
もするしかなかった。その結果、俺たちはひとつに
なったんだ。ラウルはもう、俺と混ざり合ってしま
っている。だからもうラウルは人間じゃない。竜だ。

ラウルはこっち側にいる」

「でも、そんな」

「驚かせてごめん。だけど大丈夫。俺が一緒にいるよ」

イルマ王子の背が随分伸びたのを思い出した。だけど俺は、時間が止まってしまったかのように成長しない。どうしてなのか分かってしまった。全《すべ》てが繋《つな》がり、言葉が出なかった。

竜の寿命は長い。俺はこれからどれだけ生きていかなきゃいけないのだろう。

「ラ、ラウル」

長く放心していたら、ラドゥルの心配する声がした。

俺はあと数十年したら、死ぬと思っていた。天寿を全うし、普通に死んでいくのだと思っていた。

「ごめん、ラウル。俺が一緒にいるから、いつまでも。傍にいるから」

「いつまでもって、一体いつまで？　俺はいつまで生きなくちゃいけないの？　俺はきみと違って普通の人間なんだ。ずっと生きていくなんて、おかしくなりそうだよ」

ラドゥルが傷ついたような表情をしたけど、構う余裕はなかった。下手《へた》したら千年は余裕で生きてしまうかもしれない。そんなことを考えてしまった。

「普通の人間に、竜の寿命なんて背負えると思う？　耐えられないよ。ラドゥル、無理だよ」

「あ、ラウル……」

ラドゥルは狼狽《うろた》えて、俺の前に両膝《りょうひざ》をついた。

大層なことを言ってラドゥルを責めたけど、俺の頭に今浮かんでいるのはたった一つのことだった。

俺はシノとは生きられないのか。

シノが死んでいくのを、この姿のまま看取《みと》り、シノとの思い出を背負ったまま生きていくのか。そんなのは悲しすぎる。

もしかしたら永遠とも思える寿命のどこかで、生きることにも慣れて、シノへの想《おも》いも薄れて楽になれるかもしれない。だけど、それを考えることは辛かった。俺はきっと生きていくことができない。

「ごめん、ラウル。本当にごめんなさい。罵《ののし》ってくれて構わないんだ。俺はそれだけのことをしたんだから。融合すると決めたときから覚悟していたんだ。巻き込んでごめんね。でも、俺にはラウルが必要なんだ。大事にするから。ずっと大事にするよ。俺と生きてくれるのなら、なんだってするから。俺が許せないのなら、ずっと殴り続けてくれても構わない。気が済むならそうして、痛めつけて。怒っていいんだ。酷《ひど》い俺になんて、何をしてもいい。だけど、俺と一緒に生きて欲しい」

　俺の手を握ったラドゥルは、正気を失った目をしていて、少し怖かった。

　思えば、ラドゥルは弱い人間のために自分の血を注いで魔術師を生み出してくれていたのだ。一体どうしてそこまでしてくれるんだろう。ラドゥルが人間を生かそうとする理由はなんだろう。どうして大地に自分の血を流し続けたのだろう。ラドゥルが世界の裏で血を流し続けてくれたことなんて、人間は誰一人知らずに生きているのに。大地を鎮めるために悩んでいたことなんて、誰も知らないのに。感謝なんかされないのに。

「俺はラウルのためなら、どんなことでもするよ。ラウルの望む俺になる。殴りたい時には黙って殴られるし、喋《しゃべ》りたい気分の時には、友達のようになろう。愛が欲しい時は愛してあげる。ラウルは俺のことをどれだけ好きにしてもいい。乱暴に扱っても俺は何も言わない。俺の願いは一つだけ。一緒に生きて欲しいんだ」

　言い方は悪いけど、気が狂っているとしか思えなかった。人間のために、ここまでする理由が分からない。

「ラウルには本当に悪いことをしたと思っている。十年前、シノと無理矢理離れさせたこともそうだ。とても酷いことをした。全部俺が悪いんだ。だけど、こうするしかなかったんだ。ラウル、泣かないで。暗い大地の底でも、二人の世界ならきっと明るい。地の底で、俺と永遠に暮らそう」

ラドゥルは袖《そで》でぐいぐいと俺の目元を拭《ぬぐ》った。愚痴を言い、心が荒れたけど、別に泣いてなんていなかった。

目の前のラドゥルのことを考えた。大地の底から二度と出られないのはラドゥルも同じ筈《はず》だ。分かっていて行こうとするなんて正気だとは思えない。だけどさっきから、ラドゥルは落ち着いていた。俺なんかよりもよっぽど。それがまさに恐ろしい。

「俺なんて、ラウルが大事にしているシノの代わりにはなれないかもしれないけど、精一杯ラウルを大事にするから。愛して守るから。ラウルには不安な思いをさせないように頑張るから」

恐ろしい願いを頼まれているのは分かっていたけど、ラドゥルのことを考えたらどうしても憎むことはできなかった。

ラドゥルは優しい。さっきから自分のことしか考えていない俺のことをずっと思いやってくれている。ラドゥルにだって心があるのだから、暗い大地の底なんて行きたくない筈なのに、そんな気持ちを微塵《みじん》も出さずに、ひたすら俺の不安を取り除こうとしてくれている。何に突き動かされているか分からないけど、どこまでも献身的な姿は眩《まぶ》しく見える。

この人が、リオレア国の神と呼ばれている人なのだ。

「ラウル、俺の願いを叶《かな》えてくれる？」

ラドゥルの気持ちは眩しいほど尊いものだけど、やっぱり頷《うなず》くことなんてできなかった。だって、暗い大地の底で死ぬまで生きていくなんて考えただけでも恐ろしい。俺が薄情なのではなく、ラドゥルがおかしいのだ。

「そう……。できれば、最後の手段は使いたくなかった。俺を好きになって、シノよりも俺を選んで欲しかった。だけど、そう簡単になんていかないよね。

ラウルとシノの間に付け入る隙がないってことは、改めて分かったよ。だから、話を最初に戻すよ。ラウル、俺と交渉をして。そして、交渉の条件に頷いたら、大地の底で永遠に生きてくれると約束して。これが俺に残された最後の手段だ」

誰《だれ》が何を言っても流されずにシノを想え、という宰相の言葉を思い出した。何故《なぜ》だか、この時のために言われた言葉だと思った。嫌な予感がして、首を横に振ろうとしたけど、ラドゥルは返事を待たずに喋りだした。

「ラウルと交渉できるものなんて一つしかない。シノだ。もう自分でも分かっているよね？　ラウルにとってシノは、強みでもあるけど弱みでもある。自覚はあるでしょう？」

それは事実だった。俺はシノを巡って色々な無茶をした。大事にしていた薬も手放したし、人さらいから取り戻すために、無抵抗で犯されることも受け入れた。運が良く、未遂に終わったけど。

「シノを交渉条件に出すなんて卑怯《ひきょう》かい？　ごめんね、俺も必死なんだ。ねぇラウル、さっき俺の血を飲んだ時、どんな気分だった？　力があふれて止まらなかったでしょう？　更に血の量を多くしたら、人間は内側から壊れるんだ。そろそろ俺の言いたいことが分かってきたかな。ラウルが頷いてくれないのなら、シノに血を飲ませて壊してしまうと言っているんだよ」

今までラドゥルの真摯《しんし》な想いを聞いてきて、この交渉が冗談だと思うほど、俺は愚かじゃなかった。ここで頷かなければ、ラドゥルは必ず実行するのだろう。

「用心深いシノに血を飲ませるのは困難だろうね。だけど俺は絶対にやるよ。寝ている時や、食事に混ぜたり……やり方は色々ある。この体ならシノも油断しているだろうから、案外簡単かもしれないね。トマトジュースが飲めないから代わりに飲んでとか言えば、勝手に飲んでくれるかも。熱烈なキスをしかけて、その時に飲ませてもいいかもね。ねぇラウル、どうする？　目の前で力があふれてバラバラになるシノを見てみたい？　ねぇ、ラウル」

この国最強の魔術師と呼ばれているシノなら、黄金竜のラドゥルにも負けないかもしれない。シノに話をして、ラドゥルに気を付けてと警告をすれば……。

その時、唇を紫色にさせながら横たわったシノの姿が、脳裏を掠《かす》めた。それは、以前シノがカウロに毒を飲ませられた時の光景だった。

あの時、シノの元へ急ごうとしたけど、王都が魔物に襲われていたからすぐには行けず、結果的に危ない目に遭わせた。最強の魔術師と呼ばれているシノなら大丈夫だと信じ、王都を優先してしまったせいだった。

シノがいくら強いからといって、大丈夫だという保証なんてどこにもない。シノを守れるのは俺だけだ。もう、あの時のような間違いをしてはいけない。


「ごめんね」

ラドゥルは俺の決意が分かったかのように、目を伏せて謝った。

ラドゥルは交渉だと言って、俺を脅している間、ずっと心臓を抉《えぐ》られているかのような悲痛な表情をしていた。

脅されていたのは俺だけど、これではどっちが脅しているのか分からない。それに、やろうと思えば、俺の意思を無視して大地の底にも行けた筈だろう。だけど、こうして交渉を持ちかけ、俺にどうするかを決めさせた。確かに選択の余地はなかったけど、自分で決めたことによって混乱していた気持ちはいくらかましになっていた。

誰だか知らない人たちのために果てない未来を生きるよりも、シノのために生きると思えば、途方もない日々も耐えていけると思った。

俺はただ一人のシノのために生きていくと決めたけど、ラドゥルは逆なのだろう。顔も合わせたことのない、名前も知らない大勢の人たちのために生きていくのだろう。

ラドゥルは自分のことを神ではないと言ったけど、公平に人間を愛し、見守っていくことをしているラドゥルはやはり、リオレア国の神だと思った。

だからこそ昔の人は、黄金竜の物語を、建国神話と名付けたのだろう。

「ラウル、最後にもう一つお願いがあるんだ。ミミやヒーアには、大地の底に行くことを言わないでほしい。彼らは、俺がラウルと融合した理由を知らない。大地の底へ行ったら二度と戻ってこられないということを、教えていないんだ。知ったらきっと止められるから。これは俺とラウルだけの秘密だよ」

それでいいのだろうか。教えずに行ったら、ミミもヒーくんも凄《すご》く悲しむんじゃないだろうか。

寿命の長いミミやヒーくんは、生きている限りラドゥルを待ち続けるんじゃないだろうか。もう帰ってこないラドゥルを。

俺もシノにお別れを言わなきゃいけない。このまま行くことはできない。

「ラドゥル、俺、最後にシノにお別れを言いたい」

「うん。そうだね、もう二度と会えないから、ラウルの大事な人たちとの別れを済ませるといいよ。だけど、もう戻ってくる気がないと悟られちゃいけないよ。特にシノは危険だからね。本当に、シノにだけは知られないようにしてね」

「大丈夫だよ」

「本当に分かっているのかな。愛していると言われていたけど、それも断らなくちゃね」

ああ、そうか。俺はシノの想いに応《こた》えられないから断らなきゃいけないんだ。

愛していると言ってもらったばかりなのに、置いていってしまうなんて酷いことしたくなかった。シノの気持ちを拒否しなきゃいけないなんて、今からとても気が重い。ちゃんとできるだろうか。

「流されちゃだめだからね」

「……うん」

「今返事するの遅くなかった？」

「大丈夫、ちゃんとするから」

ふわ、と足が浮いた。現実に戻るのだろうか。

「ラウル」

ラドゥルの手に頬を引き寄せられて、おでこ同士がくっついた。

「ごめんね、恨んでいいから。一生恨んでいい。わがままを聞いてくれて本当にありがとう。好きだよ、ラウル、大好き」

泣きそうな顔で言うので、可哀想《かわいそう》になった。きっと俺への罪悪感が溜《た》まりに溜まっているのだろう。そんなラドゥルを見るのは辛い。

俺の一番大切な人はシノだ。それはずっと変わらない。だけどこれから一緒に生きていくと決めたラドゥルのことも考えずにはいられない。泣きそうな顔を可哀想だと、不安を取り除いてあげたいと思う。


気付いたらベッドの上で横になっていた。時刻はまだ夜中のようだ。あれからそんなに経《た》っていないのだろうか。

見慣れぬ天井だった。ここは俺の部屋ではない。起き上がろうとしたら、体が拘束されていることに気が付いた。隣で寝ているシノに抱きしめられていた。

「……ん」

動いたせいで、シノの目が薄く開いた。

「シノ、さん」

「さっき、いきなり倒れたから、どうしたらいいか分からず俺の部屋で寝かせた」

シノは眠そうに目を閉じたりしながら言った。

「あの、俺、自分の部屋に戻ります」

「いい。ここで寝ろ」

「でも」

「なんだ、疑っているのか。何もしないから……安心しろ」

別にそういうことを疑ったわけではないのに、わざわざ言ったシノに驚いた。

寝息が聞こえてくる。再び起こすことも可哀想だったので、大人しく抱かれて眠った。

昔話

昔は、ユルルクと呼ばれていたこともあった。僕のお母さんは、僕が小さい頃に亡くなった。

お母さんを亡くした悲しみを紛らわせたくて、魔術でお母さんの魂を呼び寄せて一緒に暮らしていた。すると、僕と同じように、大事な人を亡くしたという人がいたから、やり方を教えてあげた。

しばらくして、「きんき」だと叫ぶ人たちがやってきて、お母さんを消してしまった。二度もお母さんを亡くしたことが悲しくて泣いていたら、僕と同じ年くらいの美しい少年が来て、一緒に行こうと言った。その少年は他にも、銀髪の男と、僕より小さな青い髪の女の子と一緒に居た。

少年はラドゥルと名乗った。

僕は昔から喋《しゃべ》るのが下手《へた》で、それをよくからかわれたりしていたけど、ラドゥルはからかったりせずに僕の話を辛抱強く聞いてくれた。

青い髪の女の子の名前はミミと言った。ミミは僕よりも小さいのに、お姉さんぶって、あれこれ世話をしてくれた。

銀髪の男はラドゥルから「レイ」と呼ばれていた。レイはミミやラドゥルのように優しく話しかけてくることはなかったけど、目が合ったりした時は、瞳《ひとみ》が優しかった。兄がいたらこんな感じかと思った。

ラドゥルの隣は心地《ここち》が良かったし、他の二人も優しかったので、四人で暮らすことは楽しかった。お母さんが死んでしまった悲しみを和らげてくれた。

たまに、レイとラドゥルが喧嘩《けんか》するのを見かけることがあった。

レイはラドゥルを怒鳴りつけていた。ラドゥルの右手からは血が流れていた。いつもは優しいラドゥルも、こんな時だけは、レイに凄い勢いで言い返していた。

二人の言い合いは増していき、レイは我慢がならないかのように、ラドゥルを乱暴に引っ張って、どこかへ連れて行ってしまった。僕もついていこうとしたら、決まってミミに「だめ」と止められていた。

「もう夜も遅いし、先に寝ていましょう」

「なんでレイは、ラドゥルを、怒るの？　ラドゥルは、悪いこと、したの？」

「ううん、何もしてないわ。だけどレイは、血を流すラドゥルに我慢できないのよ」

「なんで、ラドゥルは、血を流すの？」

「それはラドゥルがそうしたいから。さぁ、寝ましょう」

ミミは不思議に思う僕に添い寝して、寝かしつけてくれた。こんな日はいつもそうで、そしてミミが寝かしつける時に話す昔話は、いつも同じものだった。

ラドゥルが倒れていた。それは、レイとラドゥルが言い合いをした日から数日後のことだった。

両腕から血を流し、倒れていたラドゥルの顔は真っ青だった。急いで揺さぶると、ラドゥルは目を覚ましました。ぼんやりしながら「ああ、気絶したのか」と呟《つぶや》くと、いきなり自分の足を傷つけて血を流し始めた。やめてと言ったけどやめてくれなかった。

僕の叫び声を聞いてレイが走ってきた。レイは惨状を見ると、いきなりラドゥルの顔を殴りつけた。なんでそんなことをするのか分からず、怖くて泣いていたら、ミミが来た。

ミミは最初、地面に流れているラドゥルの大量の血を見て、顔を真っ青にしていた。そして、ハッと息を呑《の》むと、ラドゥルを殴っているレイを止めようとした。

自分の体を斬りつけて、血を流すラドゥル。ラドゥルを殴るレイ。二人を止めようとするミミ。何もできない僕。

ミミは拳《こぶし》を握ると、レイの顔を殴った。ミミは強いから、レイは吹っ飛んだ。ミミはその隙にラドゥルを起こし、肩を貸して、どこかへ行ってしまった。

「次にラドゥルが血を流しているのを見たら、殴ってでも止めろ」

レイは殴られた拍子に、口の中が切れたみたいで、溜まった血をぺっと地面に吐くと、どこかへ行ってしまった。

次の日、ラドゥルは元気になっていた。昨日《きのう》見せていた酷《ひど》い顔色ではなくなっていたからほっとした。

「そろそろ落ち着いただろうから、ユルルクを返そうと思うんだけど」

夜ごはんを食べている時、唐突にラドゥルがそう言った。

四人で暮らし始めて、一年が経とうとしていた。返すってどういうことだろうと思っていたら団子汁をよそっていたミミが「そうね」と言った。

「お前を、あの村へ返すんだよ」

レイが言った。あの村とは、お母さんと二人で暮らしていた村だった。

僕は、ずっと四人で暮らせるのだと思っていた。

そうか、お母さんを二度失った悲しい思い出のある村に戻らなければいけないんだ。

「ユルルク、あなたを禁忌だと断罪した人たちは、もうあの村にはいないわ。安心して戻っていいのよ」

ミミは優しく言ったけど、あの村に戻っても、お母さんはもういない。優しい人はいない。

「ラドゥルたちは、どうするの？　一緒に村に、行くの？」

ラドゥルは困ったような顔をした。

「俺たちは、きみを村に届けたら、ここから遠いところに行こうと思っているんだ」

「僕も行きたい。村には戻らなくていい。ラドゥルたちが行くところに、ついていっちゃダメ？」

「ダメだよ」

ラドゥルは優しく、けれどはっきりと言った。

後日、僕を村に残して、ラドゥルたちは行ってしまった。別れはあっさりしたものだった。

それからしばらくの間、自分で書いた魔法書を売りながら、生活をしていた。すると、周りがざわざわし始めた。嫌な感じだなと思いながらも、人の目に耐えながら家にこもっていた。

数日後、知らない魔術師が訪ねてきた。その人は王の国から来たと言っていた。

王の国から来たその人は、いつか聞いた「きんき」を叫んだ。わけも分からず泣いていると、遠くで竜の咆哮《ほうこう》のようなものが聞こえてきた。

「ユルルク！」

気付いたら、ラドゥルに抱きしめられていた。王の国から来た魔術師は、気絶していた。

「ごめんねユルルク。俺の見通しが甘かった。この国はいまだ発展途上だ。まだまだ、秩序が足りない。きみのような力のある魔術師は標的にされて、巻き込まれる。一緒に行こうユルルク。もう一人にしないから」

「ラドゥル、急げ」

レイが扉口に立っていた。ラドゥルは僕の手を繋《つな》ぐと、家を出た。村の外れの森まで行ったら、美しい水竜が待ち構えていた。水竜は大人しそうに僕たちを見つめていた。

「ありがとう、ミミ」

水竜は、僕たちが乗りやすいように首を曲げてくれた。お礼を言ったラドゥルは、背中によじ登ると僕に手を伸ばしてきた。

レイが僕の脇《わき》に手を差し込んで、ラドゥルに献上するみたいに持ち上げた。ラドゥルに手を引っ張られて、水竜の背中に乗ると、後ろでレイがひらりと飛び乗った。

「いいよ。ミミ、行って」

ラドゥルが合図を出したら、水竜が透き通る声で鳴いて、翼を広げて大空に躍り出た。さっきまで僕たちが居た村が、ちっぽけになる。初めて見た光景に感動した。

村から遠く離れた場所で僕たちを降ろした水竜は、光と共にミミに変わった。そういえば、ラドゥルが水竜をミミと呼んでいた。水竜はミミだったんだ。ミミは目に涙を溜《た》めて、僕が無事で良かったと言ってくれた。

それから、ラドゥルに名前を与えられ、ユルルクから風竜フィルになった僕は、大好きなラドゥルたちと一緒に居た。

仲間が増えた。仲間になったばかりの赤い髪の男は、最初とても冷たい目をしていたけど、根気よく話しかけていたら、次第に仲良くなった。

赤い髪の男は「ヒーア」とラドゥルが名付けた。ヒーアと入れ替わるように、レイが王宮に行った。

ラドゥルは、レイが居なくなると、無茶することが多くなってしまった。大地に飲ませる血の量を多くして、倒れることが頻繁になった。

異変は結構前から生じていて、時々大地が揺れることがあった。

そして、僕たちの前に、口から泡を吹いた、虚ろな様子の男が現れた。男はラドゥルに向かって「黄金の竜よ」と厳かに言った。

「お前の血を飲まされ続けてだいぶ経《た》つ。もはや限界だ。お前が人間を愛し、そしてその愛を尊いものだと思えばこそ、我らは何も言わずに劇薬を飲み、甘く変換したものを人間に与えてきた。けれど、最近になり根が腐り始めてきてしまった。申し訳ないが、もう終わりにしてくれないか」

男の喋っている言葉で、大地が人間を操っているのだと気付いた。ラドゥルは表情を変えなかった。

「もしも、嫌だと言ったら」

「なんだと！」

大地に操られた男は、虚ろだった目を真っ黒に染めて、まばらに生えている髪を振り乱した。

「今までお前の非道な行いを断罪せず、耐え忍んでいた我らに、これ以上耐えろというのか！」

「だけど、この国にはまだ魔術師が必要なんだ」

ラドゥルは冷静に言った。

「ならぬ。あと一度でもお前が血を落とせば、我らはその激痛により体を揺らして全《すべ》てを滅ぼすだろう。お前の愛している人間を滅ぼされたくなければ、大人しくしていろ」

操られていた男から、何かが抜け落ち、男はそのまま倒れた。倒れた男の耳から血が流れた。どうやら、既に死んでいたようだった。

ラドゥルは悩んでいたけど、大地の言う通り、大人しくすることにしたらしい。血を流さなくなったラドゥルに、僕とミミは内心喜んでいた。

それからしばらくして、ラドゥルの血の恩恵がなくなった人間の世界では、魔術師が少なくなり、力も弱くなっていった。そんな時、再び大地に操られた女の人がやってきて、高い声で喋り始めた。

「我らの警告を守っているようだな。それは素晴らしいことだ。だが、今更やめても遅かった。もう既に、根は腐りきっていた。人間は何も知らぬまま、のうのうと生きていくのに、我らは腐りの痛みをずっと抱えて生きていかねばならぬと思ったら、腹が立ってきた。お前には悪いが、この怒りは収まるところを知らない」

「約束が違うじゃないか。俺が血を流さなかったら、人間には何もしないって言ったじゃない」

「そんな約束はしていない。我らは地上の魔物を操り、人間を襲うだろう」

「待ってよ。きみたちの根の腐りは俺のせいだ。怒りの矛先なら、俺に向けて」

ラドゥルがそんなことを言い始めたので、僕はびっくりした。もし、本当に大地がラドゥルを攻撃してきたら、僕は全力で戦う気でいた。

「我らはお前に恨みはない。友よ、お前のことは好きだ。だが、人間は滅ぼす。邪魔をするな」

抜け殻になった女の人はそのまま倒れ、溶けて消えてしまった。

ラドゥルの顔色は、真っ青だった。まるで、血が足りなくなって倒れた時みたいだった。

「ラドゥル、どうするんだ？」

ヒーアが聞いた。

もしラドゥルが大地と全面戦争しようとしたら、僕は絶対にラドゥルを守るけど、何故かラドゥルが生きている姿が思い浮かばない。どうか戦うなんて言わないでほしいと思った。

「考える。しばらく一人にして」

ぼうっとしながら、ラドゥルは行ってしまった。

残された僕たちは、顔を見合わせた。

「ラドゥルがどんな選択をしても、私はついていく。たとえ、大地と戦うことになっても。それがラドゥルに拾ってもらった恩返しだから」

ミミが言うと、ヒーアが「いやいや」と呆《あき》れたように言った。

「大地だぜ、大地。戦うって……。どうやって勝つんだよ。無理だって」

ヒーアの言う通りだった。大地と戦うなんて途方もない。

「じゃあどうすればいいの？　大地にラドゥルが奪

われるのを、黙って見ていろとでも言うの？」

「そうならないように、頭を使って止めるんだよ。お前は暴力的で、すぐに戦おうとする。野蛮な考えしかできないのか？」

「おバカなヒーアにまさかそんなことを言われるとは思わなかったわ。じゃあ教えてくれる？　どうやって止めるのか」

「それはこれから考える」

「あらそう。百年経っても答えは出なそうね」

「なんだと」

ミミとヒーアは相性が悪いようで、衝突することが多かった。僕にとっては、どちらも良い人だから、喧嘩《けんか》はやめて欲しかった。結局、ミミとヒーアの喧嘩が勃発《ぼっぱつ》して、話し合いはうやむやになった。そして、ラドゥルはずっと帰ってこなかった。

このまま戻ってこないのだろうかと不安になっていたら、一人の魔術師を連れて戻ってきた。新しい仲間かと思っていたら「この人と融合する」と言ったものだから、驚いてしまった。

「融合？　なんで？」

ヒーアが眉《まゆ》をひそめて聞いた。融合なんて、魔物がする行いだった。どうしてラドゥルがしなければいけないのか分からない。

「この人、とても強い治癒術の才能を持った魔術師なんだ。この人に、腐った大地の根を癒《いや》してもらう」

「ふぅん。で？　それと融合とどういう関係があるんだよ」

ラドゥルは答えなかった。

「人と竜の融合なんて自信がないんだ。上手《うま》くやれるかは分からないけど」

「ラドゥル？　何を言っているの？」

震えた声でミミは言った。信じられないという表情でラドゥルを見ている。

ラドゥルは優しく微笑《ほほえ》むと、ミミを抱きしめた。

「ミミ、心配しないで。融合は、ちゃんと成功させるから」

抱きしめられたミミはかぶりを振った。

「ラドゥル、ダメよ」

「大丈夫、全部上手くいくから」

根拠のないことを上手くいくと言うラドゥルが信じられなかった。思い詰めているとしか思えない。だからこそ、ミミは止めようとしているのかもしれない。

「ラドゥル、融合なんてやめましょう。それに、この魔術師は気絶しているようだけど、ちゃんと協力してくれるの？」

「分からないけど、きっとしてくれるよ。この人には大事な人がいるようだから、いざという時は盾にとればいい」

「ラドゥル」

ミミは嘆くように「やめて」と言った。僕もまさかラドゥルがそんなことを言い出すとは思わなかった。

「ラドゥル、あなたは疲れているのよ。一度落ち着きましょう。ミミの知っているラドゥルはそんなこと言わないわ」

「ごめん、俺はミミの知っている俺ではなくなってしまったようだね」

「ラドゥル違うの、ごめんなさい。そんなことを言いたいんじゃないの。心配なのよ。このままだと、ラドゥルの心がいつか壊れてしまう。ラドゥルの苦悩は分かるわ、だってずっと一緒に居たんだもの。あなたがどれだけこの国を大事に思っているのかも知っているわ。ミミはそれに救われたもの。でもラドゥル、もういいじゃない。ラドゥルは今までとても頑張ったわ。限界がきたのよ。少し休みましょう？　大丈夫よ、どんなことになっても、私たちはずっと一緒に生きていくから」

「ありがとう、ミミは優しいね。大好きだよ」

ラドゥルは嬉《うれ》しそうに、ミミに向かって微笑んだ。

そして、ゆっくりとミミの額に手のひらを当てた。

当てた手のひらから金色の光があふれる。

「おやすみ、ミミ」

ラドゥルが言うと、ミミは一瞬だけ驚いたように目を開き、悲しそうに目を伏せながら、ゆっくりと瞼《まぶた》を閉じた。

静かに意識を失ったミミを、ラドゥルの腕が抱きとめた。まるで、おやすみと言われて本当に寝てしまったようだと思った。

僕の隣でそれを見ていたヒーアが「ははっ」と乾いた笑いを漏らした。

「おいおいなんだそれ。そんなこと、できるのか」

ラドゥルは何も言わずに、ミミの体を地面に横たえると、今度は僕たちのところに来た。

「俺が融合すること、二人も反対?」

「待てよ、脅すなよ。反対すればあいつみたいに眠らされるのか?」

ラドゥルは笑っただけだった。ヒーアは溜息《ためいき》を吐《つ》いた。

「分かったよ。何も言わないから、お前の好きにしろ」

ヒーアはそう言いながら、後ろ手で僕の腕を叩《たた》いて、合図をした。人差し指が、まっすぐ伸びて、一定の方向を指した。ヒーアが指差した方向は、王宮のある方だった。

きっと、レイのところに行けと言われているに違いないと察した僕は、ヒーアとラドゥルが話しているのを聞きながら後ろに後退した。

ラドゥルは気絶している魔術師のことを説明しているようだった。ラウル、とかシノ、とか聞こえてくる。だけど、それどころじゃない僕は、ラドゥルに気付かれないように、じりじりと下がり続けた。

十分下がったと思って一気に走った。竜化するとラドゥルに気付かれるので、人間の姿のまま走った。ああ、こんな時、魔術で空が飛べたらいいのに。

後ろでヒーアの声が聞こえた。行けと鼓舞されている気がする。

「フィル」

耳元でラドゥルの声がした。いつの間にか追いついてきたラドゥルは、僕の体を抱きとめて「悪戯《いたずら》しちゃだめじゃないか」と笑いながら言った。ああ、失敗してしまった。

ヒーアを見ると、彼はひっくり返っていた。ラドゥルにされたのだろうか。

「ラドゥル、僕、難しいことはよく分からないけど、一度、レイに会った方がいいと思うんだ」

「フィルは可愛《かわい》いね。大好きだよ、おやすみ」

ラドゥルは僕の額にキスをした。その瞬間、凄《すご》く眠くなって、目を閉じてしまった。

嘘《うそ》つきラウル

シノよりも早くに目覚めて、寝顔を眺めていた。

朝になっても俺を抱くシノの腕は緩んでいなかった。抱きしめられながら寝ることに慣れていないから、違和感がある。昔のシノは俺の抱き枕状態だったのに、よく文句も言わずにさせてくれていたなと思う。

こうしていると、昔のことを思い出す。先に一緒に寝たいと言ったのはシノの方からだった。

とても寒い夜に寄り添って眠った翌日、シノは再び添い寝を求めてきた。その日は薄い生地でも越せそうな気温だったけど、腕の中に潜り込んでくる可愛い体が愛《いと》しくて、抱きしめて眠った。

次の日も、またその次の日も、シノは一緒に寝たいと言った。気付いたら一緒に寝ることが当たり前になっていた。蒸し暑い夜は苦しくもあったけど、甘えてきてくれるのが嬉しくてやめようとは思わなかった。

まさか十年後、今度は俺が抱きしめられながら寝ているなんて、そんな日がくるとは思わなかった。

俺の小さな体はシノの腕の中にすっぽりと埋まってしまっている。まるで昔の日々の再現のようだ。今は立場が逆転してしまっているけど。

シノはこんなに大きくなったのだから、俺なんて既に必要ないんだ。だけどわがままを通し、今までシノの傍に居続けた。

もうすぐ俺はシノにお別れを言わなくてはならない。好きだと言ったシノの気持ちを断り、ひっそりと王宮を出なくてはならない。シノの背中に腕を回し、ぎゅうと抱きしめた。

本当は行きたくない。離れたくない。

「シノ」

「なんだ」

顔をシノの胸に埋《うず》め、名前を呟《つぶや》いたら、返事が返ってきた。

驚いて体を放したら、シノはいつの間にか起きていて、頬杖《ほおづえ》をつきながらこっちを見ていた。にやにやとしていた。にやにやと。

「お、起きたのなら声くらいかけてください」

シノはにやにやするのをやめなかった。

「な、なんですかその顔。ちょっと、シノさん」

「起きたらラルが必死に抱きついて俺にすりすりしていたものだから、驚いて声をかけるのを忘れてしまった」

「なっ」

恥ずかしかった。思いっきり鼻を胸に埋めて、匂《にお》いを嗅《か》いでいるところを見られてしまった。

「まさか寝込みを襲われるとは」

「襲っていません」

シノは目を細くして笑った。

「昨日《きのう》はどうしたんだ。話している途中で倒れるから、何かあったのかと心配した」

俺は昨日、ラドゥルに白い世界に引きずり込まれた。その時、シノの目の前で、突然眠ったようになったのだろう。驚かせてしまった。

「大丈夫です。なんでもありません。疲れて寝てしまったのかも」

悟られないように嘘をついた。シノは納得していないような顔でふぅんと言った。

「まあいい。それで？　俺への返事をどうする？」

「え？」

「え？　じゃないだろう。俺はお前が好きだと言った。お前はどう思っているんだ？　聞かせてほしい」

好きだと言われた返事を聞かれている。だけど俺は大地の底に行くから応《こた》えることはできない。ここは固い意志を持って断らなくては。

「お、俺は、シノさんの気持ちに応えることは、で、できません」

絞り出すような声でシノの気持ちを断った。言いにくくて、途中何度も噛《か》みそうになった。

断るのが辛すぎる、という気持ちが前面にあらわれた結果だった。

「……それはどういう意味だ」

俺がうまく言えなかったせいで、鋭い目で見られた。

「どういう意味って……。お、俺が、シノさんのことを好きではないという意味です」

「ラルは好きではない男の寝込みを襲い、抱きついて身を寄せるのか」

「そっそれは」

「昨日、共に王宮を出ることを承諾してくれただろう。俺はそれを、ラルも同じ気持ちでいてくれているからだと、思っていたのだが」

「ち、違います。あれは、嘘です。や、やっぱり俺は一人で行きます」

シノは俺を囲むように両手をついた。上から見下ろされる。

「ラル、お前、何を考えている？」

シノは真剣な目をしながら言った。ぐっと言葉に詰まる。考えを見透かされそうで横を向いた。ラドゥルから、特にシノには悟られてはいけないと言われている。

「なにも、考えていません。シノさんのことも、なんにも」

シノの厳しい視線を感じて、うろうろと目を動かした。

「俺に隠していることはないだろうな？　最近のお前はおかしい。言動がぶれていたり、突然倒れたり」

「な、ないです。隠していることなんて、なんにも」

「俺の目を見て言え」

「ど、どいてください」

焦りが出てきて、シノの胸をぐいぐい押した。

シノは俺の手を煩わしそうに掴《つか》んで、ベッドに押し付けた。身動きが取れなくなってしまう。

「さきほど、からかってしまったから拗《す》ねているのか？　逃げようだなんてせず、素直になってくれ。俺は愛している人には意外にも一途《いちず》だ。これからは、うんと優しくする」

シノは穏やかに微笑《ほほえ》んだ。シノが……愛している人が、俺を愛していると言ってくれている。本当だったら、最高の愛の物語になる予感しかない。

だけど俺にはやらなきゃいけないことがあるから、この物語は幸せな結末にはならないのだろう。

「俺はシノさんのことを好きではありま……んっ！」

言い終わる前にキスをされた。

「あ、やめ、やめてくださっ、ん」

舌が入ってきて、口の中を舐《な》められる。逃げるために顔を横に向けたら、正面を向かされて、またキスをされた。力が抜けてくる。

「ぁ、んん……」

気付いたら、シノのローブが皺《しわ》になりそうなくらい掴んでいた。シノのキスは気持ち良い。男同士なのに、全然嫌じゃないのは何故《なぜ》だろう。だけどそのことを考えるのは勇気がいる。

「どうした？　やめてほしいんじゃなかったのか？」

「や、やめてほしいです」

「嘘つきだな」

シノは笑ってキスを再開させた。

ラドゥルは俺の目を通してこれを見ているのだろう。シノを拒めない俺に怒っているのかもしれない。

気持ちを断れと言われたのに、キスをされ、しかも、しがみついてしまうなんて。こんな状態では、お別れを言うのに時間がかかりそうだった。

朝食が始まる時間までキスをしまくってしまった。一緒に行こうと誘われたけど、恥ずかしくて断った。分かったと言ったシノは少しにやにやしていた。

昼になってイルマ王子が訪ねてきた。イルマ王子は、もう一度宰相のところに行こうと言ってくれたけど、俺はそれを断った。大地の底へ行くから、イルマ王子の教育者も続けられない。むしろこの時に外されたのは、ちょうど良かったのかもしれない。

「イルマ王子、このまま言い続けていれば、お立場も危うくなるかもしれません。わたしのことはもういいのです。わたしは王宮を去ります」

「だめだ。私が嫌なのだ。ラルには傍にいてほしい」

イルマ王子はそう言って、俺の手を引っ張り再び宰相の部屋へ行った。宰相は尊大な態度で出迎えてくれた。

「また来たのですね。王には会えなかったでしょう。だから私のところへ来たのでしょう？」

「王は……我が父は、昔から宰相の言うことなら耳を傾ける。私とは会ってくださらなかった。宰相から言ってほしい」

「そうですねぇ。まあ良いでしょう。その熱意に免じて、一度だけあなたの思いを伝えてあげましょう」

「え」

驚いて声が出てしまった。慌てて口を閉じたけど、宰相とイルマ王子がこっちを見た。

宰相の心変わりに驚いてしまった。何故なのだろう。今更そんなことを言われても、俺は大地の底へ行かなきゃいけないのだから困ってしまう。

驚いて声が出てしまった俺を、イルマ王子は不思議そうに、そして宰相はいぶかしげに見た。

「喜んでくださると思っていたのですが」

「嬉《うれ》しくないはずがありません」

「ふぅん」

ふぅんと言ったのは宰相だった。一体なにがふぅんなのだろう。

それに、どうしてこんなに圧力を感じるのだろう。宰相の目は鋭く俺を睨《にら》んでいるようだった。

「宰相。それではよろしく頼む」

「はい、いいですよ」

イルマ王子が立ち上がり、俺も続いた。

「ラルさん」

宰相に声をかけられた。

「私の忠告は無駄でしたか？」

どきりとした。言葉一つで、何もかも見透かされている気持ちになった。

「個別に話があります。侍従に呼ばせるので、後で私の部屋に来なさい」

「え……」

イルマ王子が俺の名前を呼んだので、頭を下げて部屋を出た。個別の話ってなんだろう。何を言われるのだろう。

崩れる均衡

イルマ王子と別れた後、本を読みながら自分の部屋で待機していた。侍従はなかなか現れず、夕暮れになってしまった。

一日中本を読んでいたので、ちょっと休憩をしようと、重くなった瞼《まぶた》を閉じた瞬間、俺の意識は白い世界に入っていた。

目の前にはラドゥルがいた。腰に手を当てて、仁王立ちしていた。

「ラウル、シノからの告白を断れなかったね。大丈夫なの？」

「う、うーん。大丈夫だよ。ちょっと時間はかかりそうだけど、ちゃんと断ってお別れを言うよ」

「ラウルが言いづらいのなら、俺が代わりに断ってあげるよ」

「いい。それはいい。本当にやめて」

また王宮を全力疾走されたら困る。

「本当はすぐにでも大地の底へ行きたいのに」

「そうなの？　そんなに危ない状況なの？」

「うん、まあね」

ラドゥルは俺の目を見ずに、プイッとそっぽを向いた。嘘《うそ》をついてそうだった。

「嘘つかないでよ。本当はまだ大丈夫なんでしょ？」

「そんなことない。全然大丈夫じゃない」

目を逸《そ》らしながら言われた。嘘をついていると思った。どうしてそんな嘘をつくのだろう。

「ラドゥルが早く行きたいのは分かったよ。だけど、もうちょっと待って欲しい」

ラドゥルは、むぅとしていた。

そういえば、この白い世界に入ってきてどれくらい経《た》ったのだろう。表の体の意識がない時に、侍従が呼びにきたらどうしよう。早く戻らなくちゃいけないと思った。

「ラドゥル、宰相の侍従が呼びにくるかもしれないから、そろそろ戻らなきゃ」

ラドゥルは突然、怯《おび》えたようにビクリと震えた。

驚いて「どうしたの」と声をかけた。

「行かない方がいいよ」

「え？　宰相のところ？」

「うん。行かないでよ」

そういうわけにもいかないだろう。

「だめだよ、行くよ。呼ばれたら行かないと」

「そっか……」

ラドゥルは俯《うつむ》いてしまった。不安なことでもあるのだろうか。

「不安に思わないで。俺は大地の底に行くよ。約束は、ちゃんと守るから」

「ラウル、ありがとう……。ごめんね」

抱きしめて、不安な様子のラドゥルをなだめるために、背中を撫《な》で続けた。

いつの間にか白い世界は終わり、自分の部屋に戻っていた。ちょうどその時、侍従が呼びにきた。


外は暗くなっていた。侍従に案内されて宰相の部屋の前に来た時、中から誰かが出てきた。リュースだった。

「あれ、ラルくん。どうしたの？　こんなところに何の用事？」

「こんなところとは随分失礼な言い方ですね。私が呼んだのですよ。ラルさん、お入りなさい」

リュースは不思議そうに宰相の部屋に入っていく俺を見ていた。

「どうして宰相がラルくんを？」

「イルマ王子の教育者を辞める件で話があるのです」

「え？　何それ聞いてないんだけど。ラルくん教育者辞めるの？　どうして？」

「うるさいですね。用が終わったのなら準備をしてはどうですか？　あなたは明日発《た》つのですから」

リュースはつまらなそうに返事をして行ってしまった。

「あの、明日発ってどういうことですか？　どこかへ行くのですか？」

「攻め落としたレーヴェル国で暴動が起こっているのですよ。王族たちに人体実験の玩具《おもちゃ》にされていた国民の怒りが、国中に広がり、生き残った王族を皆殺しにしろと騒ぎ立てているのです。私たちはレーヴェル国を攻め落とした立場から、暴動を収めなければいけません。今日から多数の宮廷魔術師と兵士にレーヴェル国に行ってもらっています。明日はリユースさんにも行ってもらうつもりです」

「暴動……。それはシノさんも行かなくてはいけないのですか」

「シノさんは、王都に結界を張っているので残ってもらわなくてはいけません。あんまり離れると結界が解除されてしまうので」

だから今日の王宮はこんなにも静かなのか。人が少ないからだったんだ。

宰相は部屋に入った後、机に座った。机の上には大量の書類が並んでいた。もしかしたら仕事の途中だったのだろうか。

「こちらからお呼びしたのにこんな状態ですみませんね。この書類仕事は今日中に終わらせなければいけないのです。失礼を承知であなたとはこのまま話させてもらいますが、どうか気を悪くしないでくださいね」

そう言いながら書類に押印した。そして次の書類を眺めた。忙しそうだった。

「あなたは行くのですか」

宰相はこっちを見ずに呟《つぶや》くように言った。

「行く？　俺はウィンブルには行きませんよ」

「はは、ウィンブルの話などしていませんよ」

万年筆をクルクルと回して、書類に何かを書き込んでいた。そして、判を捺《お》した。

宰相は押印を終えた書類を綺麗《きれい》に揃《そろ》えて、隅に避けた。

「腐った根を治しに行くのでしょう？」

「……え」

「シノさんを使って脅されましたか？　あんなにシノさんと離れたくないと言っていたあなたが心変わりをするなんて不自然ですからね。今日の昼間のあなたの態度は、イルマ王子の教育者にしがみつくでもなく、むしろ外れたがっているように見えました。私が王に再考を促すと言った時、驚いていましたね」

　書類の一枚が、床に落ちた。宰相はそれを拾い、折れ曲がった紙の端を丁寧に伸ばした。曲がった癖はなかなか直らず、何度も伸ばしていた。

「どうして宰相が腐った根のことを知っているのですか」

「知っているに決まっているでしょう。リュースさんがあなたを王宮に連れてきた時、とても驚きました。どうしてそうなっているのか分からず、沈黙していましたが、ヒーアから事情を聞きました。あなたにはとても迷惑をかけてしまっていますね。申し訳ありません」

「え？　……あの、何を？」

「おや、分かりませんか。私は、あなたが親しみを込めてヒーくんと呼んでいるものと同じ存在ですよ」

　まさか宰相は竜だというのだろうか。だけど、どうして竜が書類仕事などしているのだろう。宰相は丁寧に伸ばした紙に判を捺した。

「宰相は竜なのですか？」

「そう言ったつもりですが？　なぜ竜が書類仕事を、など思っていますか？　竜でも書類仕事くらいします。私には理由がありますからね。宰相なのですよ」

　宰相が宰相なのは知っているけど、どうして竜が宰相という役職についているのだろう。

　宰相は書類を手に持ち、綺麗に一枚一枚揃えていた。不揃いを見逃さない慎重な手際だった。この書類は、大事なものなのだろう。

「さて、ここまで言えば分かりますね。私が話をしたいのは、ラルさんではなく、その体の中にもう一人いる思い込みの激しい馬鹿なのです。言いたいことがあるのでそろそろ代わってくれませんか？」

馬鹿とは、ラドゥルのことだろうか。随分酷《ひど》い言い方をしている。代われと言われても、俺の意思では代われない。それをできるのはラドゥルだけだった。俺に変化がないことが分かると、宰相は一旦《いったん》書類を眺めるのをやめて、顔を上げた。

「あなたの中にいるもう一人は、どうやら出てきたくないようですね」

宰相は溜息《ためいき》を吐《つ》くと、丁寧に編んである髪を邪魔そうに後ろに払い、乱暴に頬杖《ほおづえ》をついた。その動作に違和感を覚えた。宰相はこんな粗雑に動く人だっただろうか。

頬杖をついたまま、大きく口をあけて、欠伸《あくび》をした宰相は、「ああ、眠い」と言った。

「急ぎの仕事が立て続けにやってきたので、満足に眠れていないのですよ。どうして私はこんなことをせっせと真面目《まじめ》にやっているのでしょうね。なんだか全《すべ》てが面倒くさくなってきました」

宰相はそう言うと、さっきまで大事そうに揃えていた書類を、いきなり全部投げ捨てた。

俺は、ばらばらと地面に散らばる書類を唖然《あぜん》としながら見ていた。丁寧に伸ばしていた皺《しわ》も、これでは元に戻ってしまうだろう。

乱暴な行いはそれで終わらず、長い足を机の上に乗せて、尊大な態度をとった。足が乗った面積分の書類が、床にバラバラと落ちていった。

「怒りを通り越して呆《あき》れてしまう。どうしてこんなことをした？　ただの人と竜を混ぜ合わすなんて、危険だと思わなかったのか？　その際、ミミたちを眠らせ、ヒーアを無理に従わせたらしいな。お前がやったのは裏切り行為だ。出てきてきちんと説明しやがれ、ラドゥル」

宰相の銀色の目が鋭く俺を睨《にら》んでいた。目が合っただけで、体が震えそうになるほど迫力があった。

「何も言わないのか？　いや、それとも言えないか？　どちらにしろ、ここらが潮時だ。諦《あきら》めろ」

宰相は立ち上がり、近づいてきた。逃げようとしたら、手首を掴《つか》まれ、壁に押さえつけられてしまった。

「痛い、放してください」

「ラドゥル、出てこい」

骨が軋《きし》んで、このままでは折れてしまうと思ったとき、白い世界に落とされた。ラドゥルと体が入れ替わったのだと悟った。

目の前に画面が現れる。以前見た時は真っ暗だったけど、今は外の様子が映し出されていた。

その画面には、ラドゥルを押さえつけている宰相の姿があった。

俺では敵わなかった宰相の握力に抵抗したラドゥルは、宰相の体を突き飛ばした。

彼の回想

レーヴェル国は、決して豊かとは言えない国で、国力は無いにもかかわらず、現国王は戦好きのトチ狂った奴《やつ》だった。

他国にちょっかいを出しては、やり返され、元々無い国力は更に減っていった。

リオレア国のように、強い魔術師にも恵まれず、このままでは滅びの道しか見えないと焦った国王は、人体実験に手を出し始めた。

孤児だった俺は、すぐに捕まって施設のようなところに連れて行かれた。施設の大人は全員冷たい目をしていた。

まずは体を調べられた。身長、体重、視力、聴力、持久力、調べられるものは全て調べられた。奴らは、俺がどれだけの実験に耐えられる体なのかを調べていた。

一日目は、水を飲ませられた。何もせずに綺麗な水が飲めることが嬉《うれ》しくて最初はどんどん飲んだ。

次第に飲めなくなってきて、もう無理だと告げたら、休まずに飲めと言われた。反抗して水の入った容器を投げ捨てたら、無理矢理飲ませられた。

本当にそれ以上飲めなくて、胃の中の水を鼻から出したらやっと終わった。

二日目は、ずっと立っていろと言われた。それくらい簡単だと思っていた。

少し疲れてきた。座りたいと訴えたけど許されなかった。足が疲れ、眠くなり、苦しかった。どれくらい時間が経《た》ったのか分からなかったけど、目眩《めまい》がして倒れたら、もう良いと言われた。

そのようなことを何日間も続けていたら、ある日青色の水を差し出された。

果実水かなと思って飲んだら、とても不味《まず》くて吐き出した。怒られることはなかったけど、ひりひりと痛む口の中や、喉《のど》の奥をずっと見られた。

次の日には、青色の粘液を肌に塗られた。最初は気持ち悪いだけで何も感じなかったけど、じわじわと痛みだした。塗られたところは、変色して痕《あと》になっていた。

その次の日、指先を少しだけ切られ、傷口に昨日《きのう》と同じ青色の粘液を塗り込められた。激痛が走り、取って欲しくて叫んだけど、じっと観察されただけだった。

変色した痕は、なかなか治らなかったし、傷口に粘液を塗られたところは、日が経っても痛みが続いた。

恐怖を感じ始めていた時、また青色の水を飲ませられた。以前飲んだ時は、口の中がヒリヒリしただけだったのに、今回は焼け付くような激痛を感じた。奴らは、俺の口の中を見て成功だと言っていた。こいつら全員死ねばいいのに、と思った。

俺たちで実験して作っていたものは、どうやら毒のようだった。

日が経つにつれ、毒の精度は増していき、肌に塗られたところから出血が止まらなくなっていた。目の中に毒を入れられた。たまらず暴れ回り、奴らが怯《ひる》んだ隙に施設から逃げ出した。

毒を入れられた片目から血の涙を流しながら走り続け、とある街に辿《たど》り着いた。

奴らは俺を見失ったらしい。誰《だれ》も追ってこなかった。痛む片目をおさえながら民家に入った時、異変に気付いた。

街全体から異臭がしていた。とても臭かった。民家で腐乱死体を見つけた時、原因が分かった。街の人たちは全員死んでいる。腐り具合からも分かるように、街が死んでから日が経っているようだった。

レーヴェル国の王は、人体実験を自国の民で行っていた。この街は多分、実験場にされたのだろう。こういう街はレーヴェル国では珍しくなかった。貧しくて、人口の少ない街は、目をつけられて廃墟《はいきょ》にされていく。

きっとこの国は滅ぶだろう。いつか、レーヴェル国の国民は実験の末にいなくなってしまうのだろう。笑いがこみ上げる。さっさと滅んでしまえばいい。俺の運はこの国に生まれた時から尽きていたのだ。

道にたくさんある死体を蹴《け》り飛ばしながら歩いていたら、前方から男がやってきた。片目が見えなかったから気付くのが遅れた。

驚いた顔をした男と目が合う。炭みたいな真っ黒な瞳《ひとみ》だった。俺はすぐに逃げ出した。

「あ……ま、待って！」

男が慌てたように言ったけど俺の足は止まらなかった。人体実験の被験者が逃げたことがバレれば、国に通報されてしまう。

「待って、待ってってば！」

男は諦めず、しつこく追いかけてきた。後ろでドサッという重い音が聞こえた。

振り返ったら、男が死体につまずいて転んでいた。その間に逃げることもできたけど、あまりのそいつの間抜けさにポカンとしてしまった。男は急いで起き上がると、つまずいた死体に謝っていた。バカだと思った。

「ね、ねえ、きみ、この街の子?」

男が話しかけてきた。警戒しながら首を振った。

「そうなんだ。俺はさっきこの街に来たんだ。いったいこの街はどうしてしまったんだろう。きみ、何か知ってる?」

こいつは何を言っているんだろう。廃墟の街なんて、この国にはそこら中にあるっていうのに。

「あれ? なんかきみ、怪我《けが》してない? ちょっと見せて」

こっちに近づいてくる男の足元を見ながら、近づかれた分だけ離れた。

「きみは警戒心が強いね。何も怖いことはしないから、見せてごらん」

手を伸ばした男から逃げた。再び後ろで重い音がしたから、また死体につまずいて転んだのかもしれない。今度は振り返らなかった。

俺は誰も信じない。今まで一人で生きてこられたのは、誰も信じなかったおかげだ。

帰るところなんてないから、街には留まった。相変わらず腐臭はしたけど、施設も負けないくらい臭かったからどうでもよかった。知らない民家に勝手に入ってベッドを使った。一晩中、土を掘るような音が聞こえていた。

翌日になると、目から入れられた毒が、体を侵し始めていた。血の涙はずっと流れ続けて、咳《せき》をしたら口から血が出てきた。どうにかできないかと自分で色々試してみたけど、どうにもできなかった。

外から、ザクザクという土を掘るような音がしていたから、気になって窓の外を見た。

昨日の男が、土を掘って街にあふれている腐乱死体を埋めていた。そして埋めるたびに、律儀に手を合わせて祈っていた。

まさか、夜通しで土を掘り続けていたのだろうか。

民家を出て、隠れながら男を覗《のぞ》き見《み》た。俺よりも小さな死体を埋めた男は、悲痛な面持ちで手を合わせていた。誰かも知らない死者のために祈るのか。

その姿は俺にとって衝撃だった。

男が俺に気付いてこっちを見た。

「わ、わ！　ちょっと待って！　逃げないで！」

俺が逃げる前に、男は素早く話しかけてきた。

「きみ、昨日の子だよね？　昨夜はどこで寝ていたの？」

黙っていたら男は困ったような顔をした。

「話せないとかじゃないよね？」

「……」

「その目の傷も気になるから治療させて欲しいんだけどな。俺、治癒術師なんだ」

治癒術師？　そういえば聞いたことがあった。魔術師の中には治癒術師と呼ばれる人がいて、傷を治すことができるのだ。

魔術師なんて貴重な人間、今まで見たことなかった。珍しく思って男をジロジロ見た。

喉に異変を感じて、口を手でおさえたら、指の間から流れた血が、地面に染みをつくった。

「大丈夫!?　見せて！」

男が近づいてきたから、すぐさま全力で逃げた。

民家に入って、ベッドの上でうずくまっていたら、視界が赤くなってきた。まるで血の色だ。俺はこのまま死ぬかもしれない。いずれ街にあふれかえる死体に俺も加わるのだろう。

外では、男が土を掘る音がしていた。死体になったらあの男は俺を埋めるのだろうか。埋めたあと、さっきのように手を合わせてくれるだろうか。

眩《まぶ》しくて目が覚めた。光が何度も現れては消えていた。それはとても温かい光だった。

「あ、気が付いた？」

「……っ！」

男が手のひらから光を出して、それを俺にかけていた。びっくりして起き上がったら、「あまり急な動きをしないで」と冷静に言われた。

「どうしてあの時治療させてくれなかったの？　危うくきみは死ぬところだったんだよ」

体中の傷が綺麗《きれい》に治っていた。ズキズキと痛んでいた目も、楽になっている。

「きみの片目なんだけどね、傷は塞《ふさ》いだけど、毒は取り除けなかったんだ。力不足でごめん。だけど絶対に治療するから、もう少し時間をちょうだい。あとここは不衛生だから外に行こう。外の方がまだ良い」

民家の住人の腐乱死体には虫がたかり、その虫を食べにきた害虫がそこら中にいた。俺が寝ていたベッドも血にまみれ、乾いてカピカピになっていた。

男に手をとられて、大人しく外に出た。だけど男を信じたわけではなかった。警戒は怠らなかった。

「俺はラウルっていうんだ。きみは？」

「……ナナ」

「ナナ？　ナナくんっていうんだね」

俺には名前なんてものはなかった。ナナは施設での呼び方だった。被験者七番。それが俺の名前だ。

「ナナくんはどうしてあんなに傷だらけだったの？　ベッドが血だらけになるなんて尋常じゃないよ。目の毒はどこで混入したの？」

「……」

「あ、でも言いたくないなら無理に聞かないよ？」

ラウルは焦ったように言った。俺に気を遣っているのが透けて見える。

「お腹空《なかす》いてない？　一応持っていたもので料理をしてみたんだけど、食べる？」

さっきから皿の上に載っていた炭は、ラウルの手作り料理だったみたいだ。

腹は減っていたので、この際炭でもいいかと思い食べてみた。見た目は炭でも滅茶苦茶《めちゃくちゃ》おいしいかもしれないと思いながら。

目論見《もくろみ》は外れて、一口齧《かじ》ったとたんに吐きそうになった。口の中でじゃりじゃりと炭が鳴る。空腹に代わるものはないと、根性で全部食べたら、ラウルの目が輝いた。

「おいしかった？」

おいしいわけがない。

ラウルの持っていた布を借り、廃墟の街の外で寝た。ラウルが寝息を立てている横で、じっと起きていた。

俺は人を信じない。信じるなんて愚かな行為だ。俺が今まで生きてこられたのは、誰も信じなかったおかげだ。

人は自分だけが可愛《かわい》い。どんなに良い人そうでも、優しいふりをした悪人かもしれない。裏切られてからじゃ遅いのだ。ただ一度助けられたくらいで、俺は簡単に誰かを信じない。

立ち去る前にラウルの懐を探った。何か持っていないかと探したけど、何も持っていなくてがっかりした。

もういいや、行こう。

歩き出そうとしたら腕を掴《つか》まれた。振り返ると、ラウルがにっこり笑って俺の腕を掴んでいた。

「どこ行くの？　もう夜は遅いよ。今出歩けば魔物が出るかも」

寝ぼけた様子も無かったので、今起きたというわけではなさそうだ。一体いつから起きていたのだろう。俺がラウルの懐を探っている時も起きていたのだろうか。ただのおひとよしのメシマズ野郎と思っていたけど、見落としていた部分もありそうだった。

「きみの目の毒を治療するから待っていてと言ったでしょう？　どうして勝手に行こうとするの。このまま行けば、目の毒がまわり、きみは死ぬよ」

「……ちがう」

「なにが違うの？」

「別に盗もうとしたわけじゃない。ただ、寒かっただけだ」

「寒い？」

咄嗟《とっさ》についた嘘《うそ》だった。ラウルは俺が盗もうとしたことを何も言わなかったけど、絶対にばれている。それを誤魔化《ごまか》すための嘘をついてしまった。俺は、盗もうとしたことを隠したいと思った。どうして隠そうとしたのか、自分でも驚いた。盗もうとしていたのがバレたところで、何も言われないのならそれで良いじゃないか。

ラウルはきょとんとした。

「寒かった？」

「布が薄くて」

いくら薄いといっても火も焚《た》いているし、今の気候はそれほど寒いというわけではなかった。

ラウルは俺の嘘を見抜いただろうに、そっかと微《ほほ》笑《え》んだ。

「じゃあくっついて寝る？　こっちにおいで」

「行かない」

ラウルは眉《まゆ》を下げて笑った。

「俺の布をあげる。二枚重ねれば寒くないよ」

ラウルは自分が被っていた布を俺の体にかけた。そんなことをしたら、ラウルが被るものが無くなってしまうのに、俺は頷《うなず》くだけで何も言えなかった。かけてもらった布は暖かかった。夜中、ラウルは何度かくしゃみをしていた。

朝、異臭がして目が覚めた。今まで嗅《か》いだことのない強烈な臭いだった。辺りを警戒していたら、鼻歌が聞こえてきた。黒い煙をもくもくさせながらラウルが朝食を用意していた。

「朝ごはんもうすぐできるからね」

ラウルの手元で炭がパチパチと爆《は》ぜていて、げんなりした。

炭で腹を満たした後、ラウルは気合を入れるように立ち上がった。

「ナナくんの毒を浄化できるように、今日から調べ物をするよ」

それからラウルは昼も夜も本を読んでいた。なんの本を読んでいるのか気になったけど、字が読めない俺には分からなかった。

俺の毒の症状は、少しずつ進んでいった。

経過が見られると、ラウルは気休めのように治癒術をかけてくれた。だけど、それで毒の進行が止まることもなく、俺の耳からは血が流れ、胸元の皮膚は青と黒のまだら模様になり、そこからは生臭い臭いがした。視界はどんどん赤くなってきている。一日に吐血する量も増えてきて、五日後くらいにはふらふらになっていた。

ラウルはその間も俺の体を調べ、臭いを嗅いだり触ったりしていた。唾液《だえき》を飲まれた時はとてもびっくりした。

十日目になり、ラウルは俺の指先から血をとった。

「その血……どうするの？」

ラウルは止める間もなく俺の血を飲んだ。

そんなことをしたらラウルまで毒に侵されるかもしれないのに。血を飲んだ後、ラウルはふぅと息を吐《つ》いた。

「この毒はまるで呪《のろ》いのようだね。様々な成分が複雑に重なって、絶対に浄化されないようになっている。一度かかれば、もう二度と助かりそうもない。こんな毒をきみの目の中に入れたのは誰《だれ》？　俺はその人を絶対に許さないよ」

「それよりも、さっき飲んだ俺の血……ラウルも毒にかかるかもしれないよ」

「大丈夫。呪いのような毒を消し去る方法はこれしかない。もう少しだから、あとちょっと我慢してね」

次の日、ラウルの両目から血の涙が出てきた。

「凄《すご》いな、視界が真《ま》っ赤《か》だ。これは苦しかったでしょう。よく今まで耐えていたね」

「……」

俺には分からなかった。この人はおかしいのかもしれない。どうして俺の血なんか飲んでしまったのだろう。

その日のうちにラウルは吐血し、耳から血を流した。俺よりも毒の巡りが早かった。

「この毒はどうやら魔力に反応しているね。対魔術師用に作られているのかもしれない。だけど、巡りが良いということは俺にとって好都合だ。明日には、きっと解毒できるよ」

その日の夜、朝起きたらラウルが死んでいるんじゃないかと怖くなり、いつまでも起きていた。そしたらラウルが睡眠薬をくれた。それはどうやらレミラの薬というものらしかった。

良い夢を見ながら眠れるとラウルは言ったけど、その日は何も見なかった。俺には良い夢というものがどういうものか分からない。

次の日、ラウルは口から血を流しながらぶつぶつと呟《つぶや》いていた。そして呟きながら、本に何かを書いていた。

「こんなものまで入っていたのか。本当に見境がない」

ラウルは書くのをやめて本を閉じた。

「ナナくん。やっと解毒ができるよ。体の中に取り込んだ毒の成分を治癒術で解析したんだ」

ラウルの体が光に包まれた後、流れていた血の涙が止まった。吐血がおさまった口をグイと拭《ぬぐ》ったラウルは「今度はきみの番だ」と言った。

何をするのかと思いきや、ラウルは指先で俺の瞼《まぶた》に触れ、すっと離した。ラウルの指先に青色の糸がくっついて、やがてそれは霧散した。そして嘘のように、体から辛さが抜けた。

「毒は取り除いたよ。体はなんともない？」

毒が抜けても変わらず片目は見えなかった。もう諦《あきら》めていたから悲しくはなかった。

「ナナくんはこれからどうする？」

どうする、とはどういう意味だろう。

「帰るところはある？」

帰るところはなかった。俺は生きていくだけだ。

「俺はそろそろ国に帰ろうと思っているのだけど、よかったら一緒に来る？」

「国？」

ラウルは魔術師大国で有名な、リオレア国から来たと言った。そして、俺に一緒に来ないかと誘ってきた。国を渡るのには多額の金が必要だ。ラウルについていくと言えば、こんなクソみたいな国から出られる。逆に言わなければ、俺は一生レーヴェル国暮らしだ。

クソみたいな国に留まるか、豊かなリオレア国に行くか。どこに幸せがあるのかなんて分かっていた。誰がどう見たってそうだ。

「行かない」

俺は人を信じることができない。たとえ優しそうな人でも、とんでもない悪人かもしれない。誰かを信じることは自分を殺すことと一緒だ。今まで俺が生きてこられたのは、誰も信じなかったおかげだった。

ラウルを信じて国を渡るなんて勇気は無かった。裏切られてからじゃ遅いのだ。俺はずっとこうして生きていく。

行かないと言った時、ラウルは悲しそうな顔をした。俺がラウルを信じていないことを悟ったのかもしれない。だけどすぐに笑顔を作り「分かった」と言った。

「国に帰る前に、まだ途中だった街の人たちを埋めてあげなきゃ。ナナくんも手伝ってくれる？」

断ろうと思ったのだけど、なんだか従ってしまった。ふにゃふにゃした笑顔を見たら断れなかった。

全員を埋め終えた後、ラウルが手を合わせたから、真似《まね》して俺も祈るフリをした。祈るという気持ちが分からない。祈りなんて生まれてから一度もやったことなどない。だから、俺の祈りはフリだった。

「日が暮れてしまったね。明日発つことにするよ。ナナくんもそうしなさい。夜は魔物が出るから」

最後の炭をかじって飲み込んだ。最初よりもラウルの炭に慣れていた。俺は日頃《ひごろ》から良くないものばかり食べているから胃が丈夫だけど、普通の人だったら完食なんてできないし、腹を壊す。

「ナナくんは毎回全部食べてくれるよね？　やっぱりおいしいんでしょ？」

食べるものがないから炭を食べているだけだ。おいしいわけがない。

ラウルの寝息が聞こえた後、立ち上がり、この前のように、嘘寝をしていないか十分に確認して傍を離れた。

俺は誰も信じない。明日の朝、ラウルが俺を通報するとも限らない。すぐにここを離れよう。

だいぶ進んだところで振り返った。そういえば、助けてもらったお礼を言っていない。いや、あいつが勝手にやったことだ。俺は頼んでいない。

再び歩き始めた後、また振り返った。足が動かなくなった。風が吹いて、涙が出そうになった。

俺だって、助けてくれた人を信じたい。心の底からありがとうとお礼を言いたい。ラウルと一緒にリオレア国へ行きたい。だけど、どうしても信じることができない。信じることは、俺の今までの生き方を否定するのと同じだ。

信じたら死んでしまう。どうしたら信じられる？　そんなことできる奴《やつ》が、心底羨《うらや》ましい。願わくば、そんな人間になりたかった。

俺は穢《けが》れてしまっているから、信じる心を持っていないのだ。片目が熱くなり、そこから涙があふれた。

もたもたしていたら、口をおさえられて、体を縛られた。施設の奴らは逃げた俺を諦めていなかったようだった。こうして捕まり、俺は施設に逆戻りになった。

どうやって毒を浄化したのか、散々聞かれたけど口を割らなかった。

しばらくして、何かの血を飲ませられた。動物の血だろうか。とても濃い赤で、濃厚な味がした。

瓶一本分を飲ませられたあと、体中の血管が破裂しそうなほど熱くなった。胃の中を掻《か》き回《まわ》されているような気持ち悪さに加え、高熱と冷や汗が止まらなくなった。

それらの症状は一晩中あり、朝方になって意識を失った。死ぬんだと思った。


次に起きた時、不思議な気分になっていた。まるで自分が新しく生まれ変わったような清々《すがすが》しさだった。

施設の奴らは大喜びで俺をどこかに連れて行った。とても広い部屋に通され、偉そうな男が俺の前に現れた。そいつは自分はこの国の王だと名乗った。

王は素晴らしいと俺を褒めた。血を飲んで生き残ったのは俺だけだと言った。あの血は「黄金竜の再来をお待ちする会」というわけの分からない団体から買った血らしい。

そんな危なそうな血を飲ませられた結果、俺は力の強い魔術師として生まれ変わった。王は俺を側近にし、可愛《かわい》がるための名前をつけた。その名前はメディといった。


ヨルムンガンドと契約した日、王は俺をリオレア国に忍びこませ、内部から崩壊させるように命令してきた。この期に及んでまだリオレア国を諦めていないらしい。相変わらずトチ狂っている王だった。

内部崩壊なんて面倒くさいことする気がないままリオレア国へ赴いた。そしてラウルの噂《うわさ》を耳にした。ラウルはすごい魔術師だったらしい。会いたいと思った。宮廷魔術師になった俺を見たらどう思うだろう。びっくりした顔を思い浮かべ、ワクワクした。ラウルはすぐに居所を変えてしまうため、なかなか見つからなかった。しばらくしているうちにラウルが死んだという噂が流れてきた。もう何もかもどうでも良くなった。

魔法学校で再会できた時はとても嬉《うれ》しかった。だけどラウルは俺のことなんて忘れて、シノのことばかり考えていた。俺はずっと探していたというのに、ラウルは俺よりもシノに夢中だった。

腹が立ち、問答無用で襲撃し、最終的にさらっていこうとしたけど、最後はシノに邪魔をされてしまった。

ラウルの奪還に失敗した後、やり残したことがあったからレーヴェル国に戻った。

レーヴェル国は面白いことになっていた。リオレア国に攻め落とされたことを機に、国民の怒りが爆発し、生き残った王族を皆殺しにしろと暴動が起きているようだった。

城に戻ると、王族が俺に詰め寄った。

「内部崩壊させろと命令したのに何故《なぜ》やらなかった？　この現状はお前のせいだ、なんとかしろ」と言われた。

俺は最初から王の命令を守る気などさらさらなかった。むしろこいつらは正気か？　国の実験台にされていた子供に愛国心があると思う方が狂っていないか？

詰め寄ってくる王族の首を一人残らずはねた。いずれレーヴェル国王族の滅亡が公表されて、本当にこの国は終わるだろう。俺の知ったことではないけど。

やり残したことを終えて、リオレア国に戻った。

ラウルに会うために王宮に忍びこんだけど、妙に王宮の中が静かなことに気付いた。いや、いつも王宮は静かだったけど、今日は人が少なすぎる。

「リュース、ラルを知らないか？」

声が聞こえて急いで隠れた。シノだった。

王宮に来たとたんにシノと遭遇してしまうなんて運がない。しかもシノと一緒にいるやつはリュースだ。

リュースはシノの次に嫌いな同僚だった。全《すべ》てが異常な変態野郎。あいつの性癖は理解ができないし、あの間延びした喋《しゃべ》り方も嫌いだった。聞いているだけでぶん殴りたくなる。

「ラルくん？　ラルくんなら……」

二人と遭遇したことは不運だったけど、ラウルの居場所を知れるのは幸運だった。だけど声が聞こえてこない。もうちょっと近づいたら聞こえるだろうか。

「ねぇ」

忍び足で二人に近づいた。

「ねぇってば」

まだ会話が聞こえてこない。苛々《いらいら》した。

「ねぇ、何してるの？」

くい、と袖《そで》をひかれた。ああもううるさいな、静かにしろよ。誰《だれ》だよ。

振り向いたら、緑色の巻き毛をつやつやさせた子供が俺を見上げていた。え、ほんとに誰だよ。こんなやつ王宮にいたっけ？

「フィルー？　どこに行ったの？　あまりウロウロしちゃだめよ。王宮は広いんだから」

「あ、ミミが呼んでる」

子供は、テテッと効果音がつきそうな軽い足取りで行ってしまった。

「もうフィルったら、どこに行ってたの？」

「知らない人がいたから声をかけていたんだ。迷子《まいご》だったら道を教えてあげようと思って」

「そう。迷子の子を助けてあげようとしたのね、フィルは偉いわ」

迷子じゃない。

気付いたらシノとリュースはいなくなっていた。あの巻き毛の子供に気を取られていたせいで、ラウルの居場所を聞き逃してしまった。

「おーい。フィルは見つかったか？　ああ、見つかったみたいだな。ったくお前何してんだよ」

もう一つ声が増えた。

「迷子の子に道を教えてあげようとしていたんだ」

だから迷子じゃない。

「突然いなくなるから探したぜ。思いつきの行動はよしてくれよ。探すのも大変なんだからな」

「フィルは迷子の子を助けてあげていたのよ。ヒーア、もっと優しい言葉を言ってちょうだい」

「は？　俺のどこが優しくないってんだよ」

「二人とも喧嘩《けんか》はやめてよ」

奴らは巻き毛の子供を間に挟んで言い争いを始めた。ていうか迷子じゃないっつの。

「僕が悪いんだよ。ごめんねヒーア。ミミ、怒らないで。僕が悪いんだから」

巻き毛は間に挟まれてオロオロしていた。

「ね、ねぇ！　三人でレイのところに行くんでしょ？　喧嘩をやめて早く行こうよ」

「……ああ、そうだったな。レイに呼び出されたラウルが心配だから、様子を見に行くんだったな」

「そうね。怒ったレイは何をするか分からないものね」

「うん。早く行こう」

「ってかそもそもフィルがどっか行かなきゃ今頃はレイのところに着いていたんだけどな」

「またそんなこと言って。フィル、ちょっと待ってね。この口の減らない乱暴者をこらしめるから」

「やめてよぉ、もう行こうよぉ」

ラウルはレイという人物に呼び出されたらしい。

レイという名前はどこかで聞いたことがあった。そういえば、レイは宰相の名前ではなかっただろうか。リオレアの王が、昔そう呼んでいたのを覚えている。

レイという宰相は、一見優男に見えるけど、まったくそんなことはなかった。丁寧な物言いの奥に隠されているのは、徹底的に人を働かせる掌握能力と、それを実行してしまえる性格の悪さだ。

激務でもギリギリ処理できる量の仕事を振ってこちらを管理するものだから、一時は宮廷魔術師になったことを後悔したものだった。

これから行く場所が決まった。巻き毛とその他二名に感謝して、宰相の部屋を目指した。

廊下を歩いていたら、角を曲がってきた人物と鉢合わせになった。そいつは、俺の姿を見ると目を丸くして豆鉄砲を食らったような顔になった。

「あれ、メディ？」

「ぐ」

鉢合わせしてしまったリュースは、首をかしげて不思議そうに「ん？」と言った。

「どうしてここにいるの？　メディって確か魔法学校を滅茶苦茶にして逃げたんだよね？　あれ？　帰ってきたの？」

「リュ、リュース……。元気でしたか？　久しぶりですね」

「うん。元気だよぉ。メディも元気そうだね。なんか雰囲気変わった？　ああそっか。前髪切ったんだ。すっきりしているね。そっちの方がいいんじゃない？　あ、その眼帯は何？　目ぇどうかしたの？」

「ちょっと怪我《けが》をしまして」

「へぇ」

話をしながら時間を稼いで、指で召喚陣を繋《つな》いだ。陣から使い魔を出してリュースを襲わせた。だけどリュースはまるで分かっていたかのように、動じることなく使い魔を燃やした。

「いきなり攻撃するなんて酷《ひど》いなぁ。メディは王宮に何しに来たの？　色々聞いているよ。またラルくんを狙《ねら》いに来たのかな？　ラルくんは僕のなんだから、ちょっかい出さないでよね」

「そんなことしませんよ。もう帰るから見逃してくれませんか？」

「う～ん、だめだよ、見逃してなんてあげないよ」

「昔は散々使い魔を貸してあげたでしょう？　その借りを返してください。それに、シノのことは大嫌いでしたが、リュースのことはシノよりも好きでしたよ」

「え？　僕のこと好きなの？　でも僕、メディは好みじゃないなぁ。知ってるでしょ？　僕は可愛《かわい》い子が好きなんだ」

リュースは困ったように言った。

こいつの言葉はいつも異常で気持ちが悪い。

「じゃあもういいよ、変態野郎」

使い魔を二体召喚してリュースにけしかけた。だがすぐに、二体とも燃やされてしまった。

「え？　変態野郎って何？　それって僕のこと？」

俺ではこいつの火力に敵わない。強い使い魔を召喚するのは時間がかかる。相手をするのは得策じゃない。

「ラルくんにまた酷いことしに来たのなら容赦はしないよ。友達だったけど仕方がないよね。大人しくしてね」

誰が友達だ。この異常者め。

「チッ、お前気持ち悪いんだよ！　来んな！」

こうなったらこのまま宰相の部屋へ行き、ラウルを連れ去るしかない。リュースは後ろから追いかけてきていたけど、ラウルを連れて逃げられそうな余裕はあった。

逃げまくって、やっと宰相の部屋にまで着いた時、騒ぎ声が聞こえた。

シノとラウルがいた。ラウルは相変わらず金髪頭の子供の姿だった。

シノはラウルの腕を掴《つか》み、必死な顔で何か言っている。ラウルはシノの手をふりほどこうと、何度も腕を振っていた。

なにが起こっているのか分からなかった。争っているのだろうか。あんなに取り乱したシノは初めて見たかもしれない。いや、そういえば以前にも、シノが取り乱しているところを見たことがあった。

シノがラウルの弟子だったと知った時、死んだという噂《うわさ》は本当なのか聞いてみたことがあった。弟子だったならば、何か知っているだろうと思い聞いただけなのに、シノは凄《すさ》まじく取り乱した。

いつも冷静だったシノの取り乱した姿を哀れんで、思わず無茶苦茶優しく慰めた。こいつも俺と一緒なのかもしれないと思った。ラウルのことが忘れられないないのだろう。可哀想《かわいそう》なやつだと思った。

まぁでも、シノのことは嫌いだった。俺の方が先に会っていたのに、シノはラウルを横取りした。あの時、俺がラウルと共に行くことを選んでおけば、ラウルは俺のものだった。シノじゃなく、俺のことを考えてくれていた筈《はず》だ。

　目の前のシノとラウルは、相変わらず争っていたから、今なら殺《や》れると思った。

　シノには今大きな隙がある。ラウルを連れ去るにはシノは邪魔だ。ラウルをめがけてどこまでも追いかけてきそうだ。ここで殺しておこう。

　シノに風魔法を放った。

　最初に気付いたのはラウルだった。

　ラウルが動き、シノの前に躍り出た。シノを守るように両手を広げ、腹や胸に風の刃を受けた。

　血飛沫《ちしぶき》をあげながら、ラウルの小さな体が倒れていった。

シノ

　ラウルへの異常な執着心と、狂おしいほどの恋心を自覚したのはいつだっただろうか。一応きっかけがあった筈だ。

　ラウルに執着していると自覚できたのは比較的最初の頃《ころ》だったが、恋心に気付いたのは出会って半年ほど経《た》ってからだった。裸を見てドキドキしていたのもその頃だった。最初、この胸の高鳴りはなんだろうと不思議だった。

　出会ってすぐの頃、川で水浴びをする時や、着替えをする時に、ラウルの裸を見ることがあり、その時の俺は、筋肉がついていないから柔らかそうだなと思うことはあったが、特に気にしていなかった。

　ある日、川からあがった後、寒そうにしているラウルの乳首がローブ越しでも分かるくらい尖《とが》っていたのを見た時、あれ？　と思った。水浴び後の湿ったうなじと、濡《ぬ》れた黒髪が肌に張り付いているのが見えた時、あれあれ？　と思った。

何故かそういうところばかり目に入る。自分でも分かるくらいラウルの体をねっとりと見てしまう日が続いた。

大股《おおまた》広げてラウルがこけるという変な夢を見た日、朝起きると夢精をしてしまっていた。俺を抱いて寝ていたラウルのローブにまで染みており、起こさないようにそうっと拭《ふ》かなければならなかった。

気持ちよさそうに寝ているラウルの口から、寝言で俺の名前が出てきた時、ものすごく反省した。半泣きになりながら精液を拭いた。

あの時は、ラウルに恋心を抱いてしまっているなんて思わなかったから、どうして夢精をしたのかなんて分からなかった。その夢が原因などとは露にも思わなかった。

そしてその日は訪れた。その日はいつもの川の水ではなく、天然のお湯が湧《わ》いている温泉に入った。

山の奥で偶然見つけたその温泉に、ラウルは嬉《うれ》しそうにいつまでも入っていた。俺も一緒に入っていたら、己の下半身に違和感があることに気付いた。完全に立ち上がっていた。

「あー気持ち良かった。俺はもうあがるね。シノはどうする？」

「ぼ、僕、もうちょっと入っています」

「そう？　長居してのぼせないようにね」

ラウルが居なくなった後、下半身の状態に混乱しながら、治まるまで待っていた。だいぶ時間はかかったが、なんとか治まってくれた。その時にはすっかりのぼせてしまっていた。

戻った時、ラウルは先に寝ていた。山歩きで疲れてしまったのだろう。

ラウルが寝言で俺の名前を言う。嬉しくて思わず表情が緩んだ。と、その時、ラウルが寝返りを打った。

ゴロンと転がったラウルがローブを乱し、その胸元から鎖骨が見えた時、思わず屈《かが》んだ。

またもや完全に立ち上がっていた。

「な、なんで」

半泣きになりながら草陰に行き、自分の立ち上がっているものを取り出して夢中でこすった。こすっている時も白い精液を出した時も、頭の中を占めているのは今まで見たラウルの裸だった。

その日から、ラウルとは別々に水浴びをするようにした。ラウルは俺の変化を思春期がどうのこうの言って勘違いしてくれた。

水浴びの順番はいつもラウルを先にした。水浴び後の濡れたままのラウルの姿は、恋心を自覚したばかりの俺にとって目に毒だ。順番を後にしていれば下半身が反応しても逃げることができる。

ラウルは体を十分に拭かずにローブを着てしまうおろそかなところがあり、水分で肌に張り付くローブや、張り付いたローブのせいで尖る乳首の形などが見える時もあって、俺は怒りのままに、立ち上がってしまった己を川の中で抜く日もあった。

先日、王宮を出ると言ったラウルを逃さないために、長年の想《おも》いを打ち明けた。積もり続けた想いはもはや、恋などでは表せないような重い気持ちだった。こんな気持ちを否定されたら俺はどう行動するか分からない。あの時、己の恐ろしさを感じて体が震えた。

「シノ」

声をかけてきたのはリュースだった。

そういえば殆《ほとん》どの宮廷魔術師はレーヴェル国へ行ったのに、リュースだけはまだ行っていなかった。宰相に頼まれごとをされて昨日《きのう》はどこかへ行っていたようだった。

「リュース、昨日は何をしていたんだ？　宰相に何か頼まれていたな」

「ああ。ウィンブルの街の近くに、魔物の巣になっている洞窟《どうくつ》があるらしくて、その偵察に行っていたんだ」

「ふぅん」

あまり興味のない話題だった。

「殆どの人がレーヴェル国へ行っているからちょっと寂しいね。明日から僕もいなくなるけど大丈夫？」

「まったく寂しくない。それより、レーヴェル国を平定した後、お前に話がある。できるだけ早く戻ってきてくれ」

「シノから早く戻ってきて欲しいなんて言われるとは思わなかったなぁ。やっぱり寂しいの？」

「寂しくないと言っているだろう」

今やっている仕事をリュースに引き継いだ後、ラウルに合わせて王宮から去る予定を立てていた。

宮廷魔術師になった理由は、いなくなったラウルに会いにきてもらうためだったから、それが叶《かな》ったた今、なんの未練もない。

「寂しくはないが、お前に頼みたいことがあるんだ」

「え？　なんだろう？　ラルくんを譲るとかはダメだよ？」

「別にお前のものじゃないだろう」

「あ、そうだ。ラルくんがイルマ王子の教育者を辞めるって話聞いた？　僕驚いちゃった。だけど、これで前みたいにラルくんを僕だけのものにできるから嬉しいな。シノ、邪魔しないでね」

「ああ、分かった」

ラウルが王宮を去ることは知らないらしい。面倒なので言わないでおこう。そこまで愚かではないと信じたいが、僕も行くと言い出しかねない。

これからのことを考えると心が弾んだ。誰《だれ》にも邪魔されずにラウルを独占できる。子供じみていると我ながら思うが、俺は今まで散々我慢してきた。衝動的にリュースを殺さなかったことを褒めてやりたいくらいだ。

二人きりの旅の中で、いつ正体を知っていたと明かそうか。なぜラウルが俺に何も言わないのか分からないが、もういいだろうと思っていた。俺は随分待ったんだ。そろそろ種明かししても良い筈《はず》だ。

ラウルの驚いた顔を想像して頬が緩む。これからの日々に期待が膨らんだと同時に、今日の朝のラウルの様子が気になった。朝のラウルはおかしかった。始終目を泳がせ、何かを耐えるように言葉を吐き出していた。

そんな様子だったから、ラウルが俺の気持ちを断った時、嘘《うそ》をついていると思った。何かに迷っているような素振りだった。男同士だということに戸惑っているのだろうか。

それだけならば、懐柔の余地はある。だが、本当にそうだろうか？　キスを受け入れておきながら矛盾する言動のラウルに、妙な胸騒ぎがする。

少し前の、ラウルが暗いところでひっそりと死んでいく夢を思い出して、ぞわぞわと悪寒がした。

「リュース、ラルを知らないか」

今日はラウルの傍にいよう。なんだか心が落ち着かない。

「ラルくん？　ラルくんなら一人で宰相の部屋に入っていくのを見たよ。僕と入れ替わりでね。でもなんでシノがラルくんを気にするの？」

「気にすることは悪いことか？」

「悪いことに決まってるじゃん。あのねぇ、これはみんなに言いたいことなんだけど、ラルくんを王宮に連れてきたのは僕なんだよ？」

リュースは度々このようなことを言い、ラウルを自分のものだと主張するが、リュースに連れてこられなくても、俺に会いに来るために必ず王宮に来ていただろう。だから、リュースの主張には何も意味がない。ラウルは最初から俺しか愛していない。ラウルは俺のものだ。

先にリュースと出会ってしまったがために、最悪の再会になってしまったことは今でも後悔している。一度目はレーヴェル国の密偵と勘違いし、脅しをかけ、二度目は、湯場でリュースに襲われていた時に出くわした。

あの時の俺は酷《ひど》かった。気が立っていたんだ。

ユマ王子の忘れ癖に「またか」と呆《あき》れていたし、リュースが懲りずにお気に入りを連れてきたことにも苛立《いらだ》ちを感じていた。それに、ラウルは自分からリュースに頼んで連れてきてもらったと言っていた。俺はその言葉をそのまま受け取り、こいつはなんと強欲なやつかとまたイライラさせられた。あの時のことはずっと後悔している。

もしかすると、ラウルが俺に何もかも話そうとしないのは、最初の印象のせいかもしれない。あの時の愚かな自分をぶち殺してやりたかった。

リュースと別れて宰相の部屋の前まで来た。何故《なぜ》宰相はラウルを呼び出したりしたのだろう。教育者の件だろうか。だが、イルマ王子と一緒でないということが引っかかる。

伺いを立てるために扉を叩《たた》こうとしたら、中から話し声が聞こえた。

声はだんだんと大きくなった。どちらも熾烈《しれつ》な争いをしているような、激しさのある声だった。本当にこの中にいるのはラウルなのだろうか。この喚《わめ》くような声は、本当にラウルか？

確かめるために、少しだけ扉を開いて隙間に目を寄せた。

盗み聞きなど良くないと思うが、中で争っている声が誰なのかを確かめるだけだ。ラウルでなければすぐに帰ろうと思った。

「放して！」

宰相の部屋の中にいたのは確かにラウルだった。あの金髪の後ろ姿にももう見慣れた。だが、様子がおかしい。あのように迫力のある声など今まで聞いたことがない。

「答えろラドゥル。どうして融合なんてした？」

「レイには関係ないだろう!?　放せってば！　触るな！」

「関係あるだろう。答えろ、ラドゥル」

ラウルは宰相に腕を掴《つか》まれ、逃れようとしていた。いつもと雰囲気の違う宰相は、目の前のラウルをまっすぐに見据えながら、諭すように言っていた。

ラドゥルとは誰のことだろうか。

「嫌だ、答えない」

「言え。へし折るぞ」

宰相がラウルの腕を掴んでいる方の手にぐっと力を込めた。ラウルは痛みを感じたのか、表情を歪《ゆが》めていた。

「折るなら折ってもらっていい。だけど、俺は何も言わない。レイなんて嫌いだ。どうして今更になって邪魔をするの？　ずっと、ずっと放っておいたくせに！　放してよ！」

宰相が更に力を込めた。ラウルの表情がさらに歪む。

ラウルが危ない。助けなければ。……いや、待て。あれは本当にラウルか？

何かがおかしいと思い、何もせずに見ていた。胸騒ぎがどんどん大きくなっていく。

「……ぅ、ぐ」

「ラドゥル、言え」

「もう……戻ってこられないんだ」

金髪の少年は、呟《つぶや》くように言った。宰相は呟きに応《こた》えるように耳を寄せた。

「なんだって？」

「ラウルと俺は大地の底に行くんだ。大地の底は一度行ったら戻ってこられない。それでも行くんだ、だってもうそれしかない！」

金髪の少年は吠《ほ》えるように叫んだ。

「言っただろう!?　いい加減放せよ！　触るな！」

金髪の少年は、宰相の拘束から力ずくで逃れると、拳《こぶし》で殴りかかろうとした。宰相はそれを避けると、逆に少年の頬を殴った。殴られて吹っ飛ばされた少年が、頬をおさえて呻《うめ》く。

「……そういうことか。……ハア。そんな馬鹿みたいなことはもうやめろ」

「馬鹿みたいなこと？　俺が覚悟を持って決心したことを、馬鹿みたいなことだって!?」

「馬鹿だろう？　融合して、人を巻き込んで、もう戻れないところに連れて行こうとするなんて、馬鹿じゃなきゃ思いつかない」

宰相は少年の腕を引っ張った。

「行くな。大地の底なんて暗いところ、人一倍寂しいと思うお前が行くところじゃない」

「寂しくなんてない。だってラウルは俺と一緒にいるって約束してくれたんだ。ラウルは優しいんだ。俺のことを心配してくれる。頭を撫《な》でて、大丈夫？って聞いてくれるんだ。レイとは違うよ、全然違う。レイは俺を置いていった。行かないでって言ったのに。レイはいつも俺に優しくないよね。優しくないレイなんて大嫌いだ」

少年は俯《うつむ》いたまま、絞るように、ぽつりぽつりと言った。

「置いていったってなんのことだ？　もしかして俺が王宮入りしたことを、お前は置いていかれたと思っているのか？　置いていかれた腹いせに、今度は俺を置いていくのか。拗《す》ねるなんて可愛《かわい》いところもあるもんだ」

「違う、自惚《うぬぼ》れるな！」

宰相は物腰の柔らかい優男の印象だが、それは見せかけだと、俺は知っている。奴《やつ》の本性は違う。

宰相は決して俺たち宮廷魔術師に無理なことはさせず、どうしてそんなに人の許容量を見抜けるのかと問いたくなるほど、激務でも何とかできてしまう仕事を振ってくる。休みが欲しいと言えば休みもくれるが、だからといって仕事の量は減らない。休みの後は、休んだ分だけ仕事を振られる。管理されるとはこういうことなのだろうと思う。

掌握されていることに嫌気が差し、意見したことがある。その時奴は終始人を見透かすような態度でかわし、こっちが少しでも怯《ひる》めば、値踏みが終了したように反論してきた。

そんなこともあり、柔らかい雰囲気は見せかけで、奴は優しくない男だと知っている。

宰相は俯いたままの少年の首元を鷲掴《わしづか》みにし、乱暴に持ち上げた。やはり奴の本性は別にあり、今まさにそれを晒《さら》している。

「俺がなんのために今まで窮屈な王宮で宰相という仕事をしていたと思っているんだ？　こんな日がきても良いように、俺はこの国を支えてきた。魔術師がいなくなっても保てるように基盤を作ってきたつもりだ。お前は俺の成果をふいにするつもりか？　ふざけるな、そんなことは許さない」

「ハッ！　どうして王宮に行ったのかと思っていたけど、まさかそんなことを考えてたとはね！　馬鹿はそっちだろ？　魔術師がいないこの国なんて成り立つわけがない」

少年は首を絞められながらも、蔑《さげす》むように笑った。

「もう少しかかる。確かにまだ力は足りない。が、いずれ、魔術に頼らなくても生きていけるようにする。この国は変わる」

「変わらないよ！　人間は弱いんだ、魔術師がいなくなったら皆死んでしまう！　俺から離れて王宮に行った理由がそれ？　ねぇ、なんでそんなことするの？　やめてよ、そんなことしないで！」

「ラドゥル、お前はもう、血を流さなくていいんだ」

「ねぇレイ、嫌だよ。俺から役目を奪わないで。だって、俺には血を流すことだけしか能がないんだ」

「なぁラドゥル……もう自分を傷つけるな。全部俺に任せてお前は休め。何もかも、俺がどうにかしてやるから」

少年は静かになった。大人しくなった少年を、宰相は床に降ろした。

「ラドゥル、今まで辛かったな。こんなことになったのは放っておいた俺のせいだ。ごめんな」

「もう遅い」

顔を近づけようとした宰相の頬を、少年が思い切り殴り、吐き捨てるように言った。

宰相が怯んでいるうちに少年はこっちへ来た。扉を開けて俺に気付くと、そのまま逃げようとしたので、腕を捕まえ引っ張った。

「いたっ」

少年が表情を苦痛に歪めても、拘束を緩めようとは思わなかった。

「ねぇ、痛いよシノさん、放してよ」

俺を見上げ、挑発するように少年は言った。

こいつとは、以前一度だけ会ったことがあった。記録室でラウルといた時、いきなり現れて俺の唇を噛《か》み切《き》り、そして王宮のどこかへ消えていった。

あの時、俺から逃げたのはラウルではなく、この少年だったのだ。

同じ体で人格が入れ替わるなど、どういうことか分からなかったが、絶対にここで逃してはならないと思った。

「お前は誰だ、ラウルじゃないな」

「そうだよラウルじゃないよ。俺はラルだよどうしたのシノさん、ついに気でもおかしくなった？　ねぇ痛いってば、そんなに強く掴まないでくれない？」

「戯言《ざれごと》はいい。お前は誰だ？　不安と迷いをラウルに与えているのはお前か？」

「不安？　迷い？　そんなわけないよ。だってラウルは俺と約束してくれたんだ。迷うわけがない」

「約束？　お前はラウルと何を約束した？　分かるように話せ」

金髪の少年は、綺麗《きれい》な顔に似合わず皮肉な表情をした。同じ顔でも、俺の愛しているラウルとは別物に見える。

「きみの出る幕なんてないよ。俺とラウルは既に話し合いを終えてしまっているんだから。ラウル、もう時間切れだ。残念だけど、こうなってしまったら俺は今すぐ大地の底へ行くよ。シノとはこのままお別れだ」

「なんだ、いきなり何を言っている」

「シノ、ラウルからの伝言を伝えてあげるよ。ばいばい、だってさ。じゃあね」

少年の腕を力任せに引っ張った。

「行かせない」

少年の目が、憎そうに俺を睨《にら》んで、強い怒気を孕《はら》んだ。

「放せよ！　ラウルは俺と約束したんだ！　きみがどんなに駄々をこねても、行くことになっているんだ！　どうしてもきみが邪魔をするというのなら、俺はきみを壊さなくちゃいけなくなる！　そんなことになればラウルは悲しむよ？　ラウルはきみのために行くと決めたのに、きみが邪魔してどうするんだ！」

ラウルの不安そうだった瞳《ひとみ》を思い出した。まだ何が起こっているのか分からなかったが、少年の言葉を認めてはならないと思った。

「そんなこと、望んでいない」

俺を睨んでくる少年の瞳を見つめながら言った。

ラウルがこの中にいるような気がした。

「ラウル、俺はそんなこと望んでいないんだ。俺の意思を無視して勝手に決めないでくれ。居なくなったりしないでくれ。俺を壊すと脅されたのなら、やってみろと言ってくれれば良かった。俺は誰《だれ》にも壊されない。奇跡と謳《うた》われたラウルの弟子で、リオレア国の最強の魔術師と呼ばれている俺が、簡単に壊れると思うのか？　俺を守ろうとせず、もっと信じて欲しかった。今からでも遅くないだろう？　そんな約束断って、俺と一緒に生きてくれ」

ラウルが王宮に来て再会したとき、どうして俺はすぐに気付くことができなかったのだろう。

ラウルは俺に会いに来てくれたというのに。十年後の俺を見て、ラウルはどう思っただろう。最初はきっと驚いたのではないか。その酷《ひど》さに何も思わないはずはない。俺は辛くあたった。何度も何度も酷いことを言ってしまった。だが、それでもラウルはずっと俺の傍に居てくれた。

「今からでも遅くない、だって？　もう遅いんだよ！　あの夜から、もう始まっていたんだ。融合してしまった俺とラウルを止めることは誰にもできない。あの夜から、こうなることは決まっていたんだ！」

少年が取り乱しながら叫んだ時、風の音が聞こえた。

ごぉぉと凄《すさ》まじい音に気付いたその時には、風の刃が目前まで迫っていた。驚いた表情をした少年が、俺を庇《かば》うように目の前で両腕を広げた。

次の瞬間、少年の体は風の刃に切り裂かれ、血《ち》飛沫《しぶき》をあげた。背中から倒れる体を支えたら、胸を抉《えぐ》られた少年の口から、血がゴポリと流れた。

少年はぼんやりとした目を天に向けた。

「う、酷いよ、ラウル。体を操って、俺にシノを守らせるなんて」

少年は囁《ささや》き声で言い、目を閉じた。そしてその目が次に開いた時、人物が変わっていた。

美しい露を、こぼれそうなほど目の中に溜《た》めたラウルは、微笑《ほほえ》んで俺に手を伸ばした。

「シノ」

ラウルの伸ばされた手が、頬に触れた。その手を掴《つか》むと、ラウルは嬉《うれ》しそうに目を細めた。

「シノ、大きくなったね」

今までの想《おも》いが全《すべ》てこみ上げてきて、鼻の奥がつんと痛くなった。

「ラウル……っ」

十年ぶりにその名前を呼ぶ。十年間の辛くて長い暗闇《くらやみ》が晴れていくようだった。

「シノに、ラウルと呼んでもらえて嬉しい」

ラウルは涙を浮かべて囁くように言った。

顔を青くし、口から血を流しながらも、誰より幸せそうな表情をするので、愛《いと》しくて思わずその体を抱きしめた。

「い、いたい。シノ、ちょっと待って。俺、怪我《けが》しているから」

痛いと言いながらも、ラウルは嬉しそうに笑って、全身を治癒の光で覆い始めた。その恩恵を俺も受け、体が温かくなる。ラウルの治癒術はいつも温かい。

俺の大好きなものだ。

「全部聞いていたよ。シノのこと信じてあげられなくてごめん。ラドゥルは黄金竜なんだ。だから、いくらシノでも敵わないと思っていた」

「俺があいつに負けるわけないだろう。どう考えても俺の方が強い」

ラウルはおかしそうにくすくすと笑った。

「シノに好きだと言われて嬉しかった。愛していると言われて幸せだった」

言われた言葉に、俺も幸せな気持ちになった。やっと気持ちが通じ合ったのだ。

それなのに、ラウルは涙を浮かべたままだった。

「俺が臆病《おくびょう》だったからいけないいんだ。全部、俺のせいだ。気付いたらこんなことになってしまっていた。ごめんね、シノ」

ラウルは悲しそうな顔をした。あふれた涙が頬に流れる。嫌な予感がした。

「どうして謝るんだ？　そんな悲しそうな顔をしないでくれ」

ラウルの手を強く握り直した。ラウルは今、何を言おうとしている？

「シノ、俺は行かなくちゃいけない。大地の底へ行くんだ。そこは一度行ったらもう戻ってこられない。だから、俺はシノとお別れしなきゃいけない。ずっと言おうとしていたんだけど、言い出せなくてごめん。シノに愛してもらえて嬉しかった。俺はそれを頼りに、これから大地の底へ行くよ」

ラウルは微笑んでいた。悲しみの中に浮かべた気丈な笑みだった。一瞬、何を言われたのか分からなかった。信じられない思いだった。

「……ラウル？　俺を置いてどこへ行くと言った？」

「……ごめんね。だけどもう、ラドゥルと約束しちゃったんだ。だから、俺は行かなくちゃ。自分だけ幸せになることはできない」

おかしくて、思わず鼻で笑った。

なんだそれは。約束？　それはそんなに大事なものなのか？　そんなもののために俺を置いて行くと

いうのか？

「……シノ？」

ラウルがぎくりとしたように俺の名を呼んだ。

俺は出来るだけ優しく、ラウルを諭すように言った。

「ラウル、大丈夫だ。だから、俺と一緒にいてくれないか？　俺はラウルと生きていきたい。どこかに行くなんて言わないでくれ。ラウルは難しいことなど何も考えなくていい。俺が全部守るから」

「だめだよ」

ラウルは微笑んで俺をたしなめた。

「ラドゥルには叶《かな》えたい願いがあるんだ。そしてそれは俺にしかできない。頼まれたんだよ」

絶句してしまった。ラウルは本気で俺と決別し、大地の底というわけの分からないところへ行こうとしているのだ。

その時、奥の方で炎があがった。いつの間にかメディとリュースが戦っていた。さっきの風の刃はメディのものだろうか。だが何故《なぜ》リュースまでここにいるのだろう。

「シノさん、そろそろラウルさんを放してやりなさい。怪我人をそうも強く抱くものじゃありませんよ」

宰相が部屋から出てきた。こいつは俺たちが話しているのをずっと聞いていたのだろう。

宰相はメディとリュースが戦っているのを見て、やれやれと溜息《ためいき》を吐《つ》いた。

「あまり王宮を荒らさないで欲しいのですが」

「宰相、お前は何を知っている？　全て話せ」

「何を、とは？　私は蚊帳の外にされていたので、シノさんの期待には応《こた》えられないと思いますが？」

飄々《ひょうひょう》と言った。

「シノさん、変なことを考えたらいけませんよ。あなたの目は今危ない光を宿している。ラウルさんが怯《おび》えています」

「変なこととは？　俺は何も考えていないが？　ラウルのこと以外、何も」

「それが危ないと言っているのですよ。下手《へた》をすればあなたに衛兵を差し向けなくてはならなくなる」

「衛兵ごときが俺に敵うと思っているのか？　面白い、何人でも呼べ」

「……あなた、自分が何を言っているのか分かっているのですか？　その言葉は反逆行為と見なされますよ」

「宰相こそ、自分が何を言っているのか分かっているのか？　俺を敵に回すというのなら、王宮を血に染めてもいいのだぞ」

ラウルの体を強く抱いた。

今ならばラウルを抱えて逃げられるだろうか。王宮は雑音があり、ラウルを惑わすものが多い。今すぐにでもここを出て、闇魔法の檻《おり》でラウルを閉じ込めなくてはならない。

「愚かですね。あなたはもっと賢いと思っていた」

「何が愚かなんだ？　ラウルを愛することが愚かというのなら、俺はそう呼ばれたっていい」

宰相は怯《ひる》んだように何も言わなくなった。

その隙を狙《ねら》ったように、白い羽を生やした使い魔が、宰相を光の檻に閉じ込めた。その檻は頑丈そうで、半端な力ではビクともしなそうだった。

宰相を拘束した使い魔は、メディの使い魔だった。リュースを使い魔に足止めさせたメディがこっちに来て、俺を眺め、にこりと笑った。

「やあシノ、久しぶり。なんか緊迫した雰囲気だね。もしかして、逃げようとしてる？　奇遇だね、俺も逃げたいんだ。だけど、見ての通り逃げられなくて。そっちの事情は分からないけど、ラウルを連れて逃げるのなら俺も手伝うよ。一緒に組まない？」

「お前はさっき、俺を殺そうとしたな」

「え？　やだな、そんな昔のこと覚えてるなんて何がしたいの？　古い記憶は消した方がいいと思うよ。なぁシノ、一緒に逃げようじゃないか」

メディと組む気はなかった。こいつは魔法学校でラウルに手を出した。俺は許していない。それに、こいつの言葉は信用ならない。メディのような人種が考えることなど、手に取るように分かる。

ソウマ王子の火竜が、子供二人を連れてこっちに歩いてくるのが見えた。両脇《りょうわき》にいる子供は、ミミと、あと、リノの店で出会った何もかもがゆっくりなフィルという少年だった。三人はこっちを見て驚いた表情をした。

拘束されている宰相を見て、一番先に飛び出したのはミミだった。右手を鋭くさせると、子供らしくない速さで走り、踏み込んで、メディめがけて飛びかかってきた。視線を彼女の足元にやり、急いで氷塊を作り上げると、ミミは素早い動きでとんぼ返りをし、すぐさま距離を取られた。

「ちょ、ちょっとシノくん！　危ないじゃない！」

ミミは驚いていた。

「あれ？　シノ、もしかして俺のこと庇《かば》ってくれたの？」

メディがヘラヘラと笑いながら言った。

メディを庇ったわけではなかった。こいつなどいつ死んでもいいと思っている。だが、今宰相を解放させるのは得策ではない。

「シノくん、やる相手が違うわよ？」

ミミはやれやれと首をすくめながら言った。俺は何も言わず黙っていた。

「……」

「え？　あなたまさか、わざと……？」

ミミの気配が変わった気がした。

「待って、ミミ待ってよ。これは誤解なんだ」

ラウルが慌てて俺たちの間に壁をつくった。

「シノがそんなことするわけないじゃない。ねぇシノ？　……シノ？」

ラウルの瞳《ひとみ》をじっと見つめていると、だんだんと不安そうに、ラウルの眉《まゆ》が下がっていくのが分かった。

「シノ？　何を考えているの？」

「安心してくれ。俺は何も考えていない。ラウルのこと以外、なにも」

俺はずっと前から決めていることがある。

俺からラウルを奪おうとするものは、すべて許さない。

「ラウル、行こう。俺が全部守るから」

「い、行こうってどこへ……」

「約束しただろう？　二人でどこへでも行くと。今こそ果たしてくれ」

ラウルの瞳が信じられないものを見たかのように見開かれた。

「シノ、無理だよ、だって俺は大地の底に行くってさっき、言ったでしょう……？」

「さぁ、知らないな。そんなこと言っていたか？」

「な、何言って……なんで……シノ……？」

ラウルの顔色が悪くなった。口から血がこぼれ、辛そうに咳《せ》き込んだ。可哀想《かわいそう》な姿だった。

「ラウル、無理をするな。余計なことは考えず、治療に専念しろ」

ラウルの額に浮き出る汗をゆっくりと拭《ふ》いてやった。

「シノ。逃げるなら手を組もうってば。二人なら逃げられるさ」

メディがヘラヘラと笑いながら言った。

「うるさい。お前のような下衆《げす》とは手を組まない」

「あ……あのさ。一度落ち着いて話し合おうぜ。お前、ちょっと混乱してるぜ。ラウルを連れて逃げるなんて、極端すぎるだろ？」

言ったのはソウマ王子の火竜だった。窺うように言われた。俺は反論するように、早口でまくし立てた。

「お前たちには感謝していた。以前、魔法学校ではラウルを随分助けてくれたからな。だが、今となっては聞きたいことが山ほどある。あれはどういう気持ちで助けていたんだ？　いずれ、大地の根を癒《いや》す道具として助けていたのか？　ラウルは俺を置いて、もう二度と戻ってこられないという大地の底とやらに行こうとしている。こんなことになってしまい、どうしてくれるんだ？　お前はさっき話し合おうと言ったな？　信用できない者たちと、話し合いなどすると思うか？」

　ソウマ王子の火竜は怯んだように何も言わなくなった。

「シノ、やめてよ。ヒーくんたちは何も知らなかったんだ。ラドゥルはわざと黙っていたんだ」

　ラウルが悲痛な声で俺をたしなめてきたが、聞く耳は持てなかった。何も気付けなかった自分の不甲《ふが》斐《い》なさにも怒りが湧《わ》く。

　火竜を庇うように介入したのは宰相だった。

「そうですね。あなたの言う通り、巻き込んだ私たちに非があります。あなたの考えも仕方ないのでしょう。しかし、あなたは恐ろしい目をしていますね。あなたのような恐ろしい人に執着されてしまって、ラウルさんは可哀想だ。あなたはそうやって何一つ許さないと言いますが、自分の考えだけに固執していませんか？」

　宰相は諭すように言ったが、俺にはまるで響かなかった。

　ラウルが本当に大地の底へと行きたいと思っているのなら、こんな悲しい顔はしない。ラウルは迷っている。迷っているのなら、強い力で捕らえてあげなくてはならない。

「ねぇシノ、こう囲まれてちゃ逃げにくいね。そこでさ、俺からとっておきの提案があるんだけど」

　メディはケラケラと笑いながら言った。

「結界を解除して」

「……なに？」

「なに、じゃないだろう？　結界はシノが張ってるじゃないか。今まで馬鹿みたいに毎日毎日一人で結界を張り続けてきたのは、こういう日のためだろう？　王都の結界はシノが管理している。シノの思うままさ！　俺が管理していた魔法学校で思うままにできたように、シノなら王都をどうにだってできる！　ねぇ、今まで王都を守ってきたのは誰《だれ》？　誰のおかげで王都は守られていたんだ？　シノが一人で結界を張っていたおかげさ！　今こそ利用する時がきたんだ。さぁやろう！　遠慮はするなよ？」

メディはいやらしく笑った。

「このままじゃ逃げられない。分かるだろ？」

確かに、この状況は良いとは思えない。

だが、結界を解除すれば、関係のない王都の人々を危険に晒《さら》すことになるだろう。

以前、俺が毒を飲んで倒れた時のような騒ぎになる。すぐに決めることはできなかった。

「シノ、ダメだからね」

ラウルが言った。俺をまっすぐ見ていた。

「シノさん、やめなさい。たった一人のために、王都を危険に晒すのですか？」

次は宰相が言った。

「シノ、早く」

メディが言った。


「ねぇシノ。そんなことしないよね？」

ラウルがもう一度言った。

「結界を解除すると、王都の人々に被害が出ますよ。メディさんの口車に乗るのはよしなさい」

宰相が言った。

「早くしろって」

メディが苛立《いらだ》った様子で言った。

「シノ……ねぇシノ、どうしてずっと黙っているの？」

ラウルが不安そうに瞳を揺らした。

「シノさん、やめなさい」

宰相が言った。

「はーやーくー」

メディが舌打ちするのが聞こえた。

「シノ、信じているよ」

ラウルが言った。

矢継ぎ早に何度も声をかけられる。俺はまだ決めかねていた。

メディが大きく息を吐き「あのさぁ」と呆《あき》れたように言った。

「早く決断しろって。それとも俺がヨルムンガンドを召喚した方がいい？　別にそれでもいいけど」

不安そうなラウルと目が合った。

そうだ、俺はずっと前から決めていることがある。俺は、躊躇《ためら》ったりなどしない。

魔力の回路を切り、王都を覆っていた巨大な結界を解除した。今はまだ静かだが、いずれ結界が解除されたことに気付いた人々が騒ぎ始めるだろう。現に王宮の方では慌ただしい足音が聞こえてきた。

結界の無くなった夜空を見上げ、メディが笑い声をあげた。こいつにヨルムンガンドを召喚させるよりも結界を解除した方がいくらかマシだろう。竜もいる。大した被害にはならない筈《はず》だ……。願うように思った。

「シノ、どうして」

ラウルが悲しそうな声を出した。今にも倒れそうな顔色と、悲痛な表情が可哀想で、ラウルの頬を愛《あい》撫《ぶ》するように撫《な》でた。

「ラウル、俺を見くびるな。俺はラウルのためならなんだって捨てられる。自分の心も、王都に住んでいる誰かの命でも。ラウルが居なくなってしまうと知って、何もせずに行かせると思っていたのか？俺が許すと思っていたのか？　そんなわけ、ないだろう」

「ああ、シノ……」

ラウルは顔を覆い、誰かに謝り始めた。俺にではなさそうだった。

俺はラウルを守るためには何を捨ててでも、ラウルを最優先にしなければならないことを知っていた。ラウルは自分をおろそかにする悪癖があり、自分よりも他人を優先してしまうからだ。そのせいで、昔は何度も泣かされてきた。

王都を覆うほど巨大な結界を張れる俺の力は、ラウルを守るために身につけたものだ。だからその力をラウルのために使うことは不条理ではない筈だ。

「恐ろしい人だ。あなたは今、王都に住んでいるたくさんの命よりも、ラウルさんただ一人を選んだのですよ。一人のために多数を犠牲にしたのです。その罪を自覚し、醜く生きていきなさい」

宰相は光の檻《おり》を、腰に差していた剣で斬り、抵抗しようとしたメディの使い魔をも一瞬で斬り捨てたあと、俺を断罪するかのような台詞《せりふ》を吐いた。

重い迫力があったが、怯《ひる》みはしなかった。元からそのつもりだ。今更怯むはずがない。ラウルのためなら、犠牲など超えていける。

「ねぇ！　結界が解除されちゃったよ！　どうして？」

リュースが走ってきて、慌てながら言った。

リュースは状況を把握していなかった。ただメディを捕まえようとしていただけのようだ。

俺は何も言わなかった。動いたのは宰相だった。

「リュースさん、あなたが王都の結界を張りなさい」

「え？　なんで？」

「今シノさんは結界を張れない状況にいて、代わりにそれができるのはリュースさんしかいないのですよ」

「シノはどうして結界を張らないの？」

リュースが俺をじっと見た。

「結界を張れないほど体調が悪いの？」

リュースは勘違いをした。

「だったら最初からそう言っておいてよ。もっと早く宰相にシノを休ませるように言えたのに。一人で結界を張るなんて凄《すご》く大変なことなんだよ？　僕が代わりにやっておくけど、すぐに復帰して結界を張る役目を交代してね。一人で結界を張るって本当に大変なことだから」

リュースはあっさりと去っていった。結界を張るには精神を集中しなければいけないから、瞑想《めいそう》できる場所に行ったのだろう。

俺が自発的に結界を解除したのだと、少しも疑わないのだろうか。思ったより俺はリュースに信頼されていたようで、その信頼を損ねたことを、少しだけ申し訳なく思った。

慌ただしく王宮の兵が宰相の部屋に集まってきた。結界が解除されたことに気付いた彼らは、事態に備えて指示を求めにきたのだろう。

宰相は慣れた様子で兵を編成し、王都へ送り出した。その間ずっと逃げる隙を見計らっていたが、ミミたちは俺たちを逃さなかった。

せっかく結界を解いたというのに奴らはまったく動じていない様子だった。

宰相は兵を送り出した後、俺たちの睨《にら》み合《あ》いを見て溜息《ためいき》を吐《つ》いた。

「まったく……シノさんには呆れます」

宰相は頭痛に苛《さいな》まれているような顔をしていた。

「分かりました、一度あなたの好きにさせましょう。逃げてもいいですよ」

宰相が言ったとたん、場がざわめいた。

「レイ、何を言ってるの？　ラドゥルはどうなるの？」

ミミが信じられないという様子で言った。

「このままだとリオレア国最強といわれている魔術師と争うことになります。シノさんは強い。ただ強いだけではなく、今のシノさんには不退転の強さがある。逃げるためなら、王宮を血の海にしても逃げるでしょうね」

宰相はよく分かっていた。

「ミミ、フィル、ヒーア。この場は私に任せ、あなたたちは王都に入り込んだ魔物を倒しに行ってください。ヒーア、さっき兵からソウマ王子があなたを探していたと聞きました。すぐにソウマ王子の元へ行きなさい」

ソウマ王子の火竜は頷《うなず》くと、踵《きびす》を返して去っていった。

「ミミとフィルも行きなさい。シノさんのことは私に任せなさい」

ミミは少し躊躇っていたが、やがて頷くと走り去っていった。

フィルと目が合った。そういえば、こいつも竜だったのか。

「……いずれ迎えに行くから、それまでラドゥルのこと、いじめないでね」

フィルは俺をじっと見ながら言った。そしてミミを追いかけるように去っていった。

残ったのは宰相だけだった。

「シノさん、あなたの覚悟は分かりました。猶予をあげましょう。現在暴動が起こっているレーヴェル国の平定にはひと月ほどかかる予定です。その間だけ、あなたを自由にさせましょう。だけどひと月経《た》ったら戻ってきてください。戻らなかった時は、私たちはあなたたちを地の果てまで追うでしょう」

宰相の銀色の目が光ったように見えた。

ひと月？　そんなもの守る気などない。地の果てまで追うだと？　面白い、やってみろ。

「考えていることが分からないな。いずれ取り返しに来るのなら、今ここで決着をつける方がいいはずだ。なぜわざわざ見逃す？」

「私は竜ですが、この国の宰相でもあります。宰相である以上は、この国のことを考えなくてはなりません。あなたを王宮で暴れさせるわけにはいかないのですよ」

「難儀な仕事だな」

「言っておきますが、あなたも本来この国のことを考えて動かなくてはならない宮廷魔術師なのですよ。他人事《ひとごと》のように言わないでください」

「宮廷魔術師は辞める。遅くなったが、元々そう言うつもりだった」

「そんな簡単に辞められると思っているのですか。最高に呆《あき》れますね」

絶対に戻ってきなさい、と念を押す宰相から逃げるように、夜の空を飛び上がった。

「なんだか拍子抜け。歴史に残る惨《むご》い逃亡劇になるかもしれないと思っていたのに。リオレア国最強の魔術師、一夜にして王宮を血に染める、とか。シノの名前が天才魔術師から一転して、悪の魔術師として広まることを期待したのにさぁ。あぁ残念」

　言い方には苛々させられたが、俺もメディと同意見だった。必要ならば、王すらも盾にして逃げようと思っていた。だから、肩透かしを喰《く》らった気分だった。

　そうならなかったのは、宰相が俺たちを見逃したからだ。俺はなんでもするつもりだったが、そんなことになればラウルが悲しむだろうから、これで良かったのかもしれない。

　ラウルの胸の傷は治り、もう支えはいらなかったが、さっきから大人しく俺の腕に抱かれていた。

　ラウルは小さい体を更に丸め、ずっと黙り込んでいた。たまに目が合うと、逸《そ》らされる。

　こんなことになり、怒っているのかもしれない。だがラウルだって悪い。俺に黙って居なくなってしまおうとしていたのだから。

「おーい、王宮出てからずっと飛びっ放しじゃね？　疲れたから降りて休もうぜ」

　メディが訴えてきた。

「疲れたのなら一人で休め。というか、どうしてお前はついてくるんだ。王都はとっくに脱出できただろう。俺とラウルの前から消えろ。どこかへ行ってしまえ」

「ひどいなぁ！　少しの間だけど一緒に組んだ仲じゃないか！　仲良くしようって」

「組んだ覚えなどない。それに、お前は仲良くしようなどと言いながら、頭の中ではどうやって俺からラウルを奪おうかと目論んでいるのだろう。下衆の考えることなど、そのようなものだ」

「ええっ！　すっごぉーい！　俺のような下衆の考えが分かるなんて、それはやっぱりシノが同じように下衆な人間だから？」

　挑発してくるメディを無視して舌打ちをした。

せっかくのラウルとの夜間飛行だというのに、お邪魔虫がどこまでもついてきそうで、まさしく虫唾《むしず》が走る。

だいぶ王都から離れた。いまだうるさいメディを相手にせず、居ないものとして振舞っていると、腕の中の小さな体がもぞもぞと動いた。

「シノ、俺も疲れた。どこかで休もう」

王都を離れた後、やっとまともに口を開いた気がする。

「分かった。もう少し行くとウィンブルの街があるから、そこで宿をとろう」

「俺が言っても賛同してくれなかったのに、ラウルの言うことは聞くのかよ。あーあ、差別しないで欲しいなぁ」

「うるさい、おまえはレーヴェル国へ帰れ。ついてくるな」

メディは相変わらず耳障りな鼻歌を歌いながらついてきた。

そういえば宿に泊まるには金がいるが、身一つで王宮を飛び出したため、金目の物など持っていない。

まぁいざという時はメディからせしめればいいか。

街の灯りを頼りに、ゆっくりと下降した。

ウィンブルの夜

王宮を出て、休み無しで飛んでいたシノは、自分では気付いていなそうだったけど、少し疲れているようだった。色々あったから無理もないかもしれない。

シノを休ませなければと考えて、街へ降りてもらったけど、その後の宿探しは難航した。シノもメディも無一文だったからだ。

少しなら俺も持ち歩いていたけど、宿で三人部屋を借りるには、あと少し足りなかった。

悩む俺の横で「あんな忙しく状況が変わる中、金の準備までできるものか」とシノは何故《なぜ》か偉そうに言った。逃げると決めたのはシノなのだから、そういうところまで気を配って欲しかった。

期待したメディからは「レーヴェル国からリオレア国に来るまでに全部使っちゃった」とへらへら笑いながら言われた。

野宿を提案したらメディが駄々をこね始めたので、仕方なく俺の持っている魔法書を売ろうとしたら、シノから厳しく止められた。どうしろっていうんだ。

この街一番の安い宿を探し歩き、やっと見つけて、現在持ち合わせているお金の計算をした。

何故王都で一番稼ぐと言われている宮廷魔術師二人を抱えながら、お金の計算をしなければいけないのか。思わず真顔になってしまうのも仕方のないことだった。

一番安い部屋でも足りなくて、二人部屋を三人で使うことになった。メディが「昔居た施設の方がまだ広かった」と言ったけど、文句があるなら出て行って欲しかった。

「こんなことになり、怒っているか？」

シノが二つあるうちの、一つのベッドに座り、ローブの締めつけを緩めながら言った。

怒ってはいなかった。ラドゥルと約束を交わし、シノの前から勝手に消えようとしたのは俺なのに、それを棚にあげてシノを怒れる筈《はず》がなかった。

ただ、シノが王都の結界を解除し、それでも平然としながら「ラウルのためならなんだって捨てられる」と言った時、少しだけ恐ろしさを感じてしまった。

このままシノの前から消えてしまってはだめだと思った。シノは何を犠牲にしても、どこまでも俺を追いかけて来るだろう。

それではシノがボロボロになってしまう。シノのためにも、俺が居なくなってはだめだった。

何か解決策を見つけなくてはと思った。少なくとも今すぐ大地の底へ行ってはだめだ。だから宰相が時間をくれたことに安堵《あんど》した。

シノに怒っていないことを伝えると、安心したように「そうか、よかった」と言われた。

「ラウルの胸の傷が治ったら、すぐにあの小僧が出てくると思ったが、いまだに出てこないな」

小僧とはラドゥルのことだろうか。

小僧はともかく、俺もシノの言った通り、ラドゥルがすぐに出てきて抵抗するかと思っていたけど、そうはならなかった。王宮を出てからずっと、ラドゥルからの反応はない。

ラドゥルの存在がシノにばれた時、ラドゥルはすぐに大地の底へ行くと言った。俺は白い世界でそれを聞いていたから絶望した。これは内緒だけど、再びシノに会えた時、少しだけメディに感謝してしまった。

胸にあいた風穴が回復すればすぐにラドゥルが出てくると思ったので、そうならないようにわざと回復速度を遅くしたりもしていた。

ラドゥルには悪いと思っている。

シノに全《すべ》てばれた時、シノは俺に行くなと言ってくれたけど、それでもラドゥルとの約束を守り、決別しようと思っていた。けれど、シノが結界を解除し、俺に対して強い執着を見せた時、シノを置いて行けないことを悟ってしまった。

だからラドゥルへ何度も謝り、許しを請うたけど、ラドゥルはそれを聞いて何を思っただろう。悲しみ、傷ついてはいないだろうか。

ラドゥルからの音沙汰《おとさた》がない。あの一人だけの世界で、俺の裏切りに傷つき、瞼《まぶた》を泣き腫《は》らしているかもしれない。考えれば考えるほど気に病んだ。だけど、俺はこのままではどこにも行けない。破滅すると分かっているシノを置いて行きたくない。

ラドゥルの願いは、切実な願いだと思った。自分すら犠牲にしようとしていた。俺はそれを知っていたのに、シノただ一人のために、約束を破ってしまった。

ラドゥルの願いが、全ての人間のためなら、俺の願いは、目の前のシノ一人だけが、何ものからも守られて生きていけるように、それだけだ。

一人だけを助けたい俺と、全ての人を助けようとするラドゥル、どちらが善か問われたら、殆《ほとん》どの人はラドゥルを指すだろう。だけど、俺はそっちを選べない。そんな高尚なことはできない。俺の大切な人は、いつだってシノだけなんだから。

「ベッドどうする？　二つしかないから一人余るけど」

二つ並んだベッドのうち、シノが座っているものとは別のベッドに座ったメディが言った。

「余らない。お前が床で寝るんだ」

「うっわ、ひどいなあ！　最低だね！　よくそんなことが言えるよ。やっぱりシノは血も涙もないなぁ！　ラウル、そう思わない？」

「うるさい奴《やつ》だ、黙れ」

「ねぇラウルもそう思うよね？」

メディはしつこく聞いてきた。今でも信じられないのだけど、本当にメディがレーヴェル国で出会った少年なのだろうか。やっぱり雰囲気が全然違う。あの時は、警戒心が強い猫みたいにこちらを威嚇していたのに、今ではシノと俺をからかうようにヘラヘラと笑っている。

「ラウル、見てたでしょ？　シノが王都の結界を解除するところ。あれさ、どう思った？　結界を解除したら、魔物が王都を襲うって分かっててシノはやったんだぜ。もちろん失望したよね？　シノのこと嫌いになったんじゃない？」

「……」

シノと目が合うと、俺から逃げるように目を伏せた。

「嫌いになんてなってないよ」

「は？　何それ。ラウルは肯定するっていうの？　シノは人殺しだよ？　いくら弟子だからってそれはまずいでしょ！」

「失望したりもしない」

「目ぇ覚ました方がいいって！」

メディは苛々《いらいら》した様子で爪を噛《か》んだ。

「なぁラウル、ラウルはシノに何か特別な想《おも》いを持っているのか？　じゃないとおかしいだろ。こいつと俺のどこに違いがあるんだ？　人殺しだぜ？　ラウルの隣にいる資格なんてない」

「もうやめてよ。全部俺が悪かったんだ」

「ラウルは悪くないさ！　悪いのはシノだ！」

「やめてってば」

「メディ、いい加減にしろ。そもそもお前は何故まだついてくるんだ。出て行け」

「そんなこと言うなよ。一人は寂しいんだ。仲間に入れてくれよ。一緒に王宮を飛び出した仲だろう？」

メディにグイと腕を引っ張られて後ろから抱きしめられた。肩口に頬をすり寄せられる。

「ベッドが二つしかないから、ラウルは俺と一緒に寝ようよ。シノは疲れてるから一人で寝かせてあげた方がいいって」

「え、でも……」

「あれれ、まさか断る気？　俺、寒いの苦手なんだ。一人で寝たら風邪ひいちゃうかも」

「そうか、それは大変だ。俺が一緒に寝てやろう」

シノはメディから俺を引き離しながら言った。

「は、はぁ……？　何言ってんの、嘘《うそ》だろ？　気持ち悪いんだけど……」

「嘘ではない。俺が入るように端にいけ、詰めろ」

「詰めろったって、これ以上詰められないんだけど。こんなボロボロのベッドにでっかい男二人で寝るなんて、いくらなんでも負担が大きいっての。普通は子供姿のラウルと一緒に寝るだろうが。お前頭沸いてんのかよ」

「お前は俺が見張る。縛られないだけマシと思え。早くしろ、床で寝たいのか」

シノに睨《にら》まれ、メディはぶつぶつと文句を言いながらも端に寄った。

「ラウルはそっちのベッドを使ってくれ」

部屋の灯《あか》りが消される。メディがお休み、と言った。

しばらくすると、足音がした。音は俺の近くで止まった。

「ラウル、起きてる？」

メディだった。小声で囁《ささや》くように問いかけてきた。

「起きてる……けど」

「やっぱりさ、シノと二人で寝るのきついから、そっちに入れてくれない？　一枚しかない布をシノが取っていくんだ。これじゃあ寒くて寝られないよ。いいよね？」

「……うん、いいよ」

「やった、ありがとう」

体をどかしてメディが入れる隙間を作ったら、いきなり部屋が明るくなった。シノがこっちを睨みながら灯りをつけていた。

「何をしている。ラウルもラウルだ。メディを許すな」

「なんだよ、いいだろ。今にも壊れそうなベッドにでかい男二人で寝てもぜんぜん休まらねぇっての」

「……それもそうだな」

シノが突然意見を変えてこっちへ来た。

「では俺がラウルと寝る。メディ、お前は一人で寝られるぞ。良かったな」

「え？　あ、おい」

「さあ、夜も遅い。そろそろ静かにしろ」

シノが俺の作った隙間に体を入れてくる。慌てて距離を取った。

「メディ、お前は自分のベッドへ戻れ。縛られたいか」

メディはぶつぶつ言いながら部屋の灯りを消して、自分のベッドに戻った。

隣のシノの重みでベッドが揺れる。顔が目の前に来たので急いで背けた。

「眠れないのか？」

シノの声が耳元でした。返事をできずにいたら、後ろから抱きしめられた。

「っ」

「ラウル、メディが言ったことは確かだ。俺は王都の人間とラウルを天秤《てんびん》にかけ、ラウルを選んだ。俺がやった事実は変わらない。俺が怖いか？　嫌いになったか？」

「……なってないよ」

シノの腕にそっと触れた。

「さっきも言ったけど、俺はシノを嫌いにならない。失望したりもしない。……俺だって、シノを選んだ。シノを選んだら、国が滅ぶって知っていたのに」

シノの腕の力が強くなった気がした。

「……後悔しているか？　強行に及んですまなかった」

首を振った。後悔なんてしていない。

「ラウル、さっきの俺を選んだという言葉は、特別な好意だと思ってもいいのか？」

しばらくしてシノが言った。

「え？」

「いや、こんな時にすまないのだが、ラウルは俺のことをどう思っているんだ？」

「ど、どうって」

その時、メディの方から、壁を叩《たた》く音が聞こえてきた。

「おい、うるさくて眠れないんだけど。静かにしろよ」

「チッ、相変わらず邪魔な奴だ」

シノはそれ以上何も言わなかった。さっきメディが介入してこなかったらどうなっていたのだろう。

俺はずっと勘違いしていた。これまでシノは、ラルの外見の美しさに魅力を感じていたと思っていた。だけど、そうじゃなかった。シノは俺のことをずっと前からラウルだと知っていた。知っていて、告白をしたのだ。

王宮を出てから今に至るまで、あまり考えないようにしていたけど、シノはそういう意味で俺に執着しているのだろう。

今まで何度もキスをされてきたけど、あれも俺だと分かってやっていた。美しい外見のラルじゃなくて、シノは俺を見ていた。ずっと、俺にキスをしていたのだ。ラルに言っていると思っていた愛の言葉も、キスをした時の切ない表情も全部。

後ろからシノの寝息が聞こえてきた。寝付きが良い。やっぱり疲れていたのだろう。

シノに背中を向けていた体を振り向かせ、両腕で包むように抱きしめた。

魔術師派遣所

朝の身支度を終えた後、宿を出た。

とりあえず、しばらくの路銀を稼ぐために、シノの提案で魔術師派遣所に行くことにした。魔術師派遣所は、ウィンブルのような大きな街には必ずと言っていいほど存在する、魔術師の生活を補助してくれる施設だった。

魔術師の力を欲している人が、派遣所で魔術師を募集すれば、依頼内容に適した魔術師が派遣される。無事に魔術師が依頼を完遂したら、依頼者が派遣所を通して魔術師に報酬を支払うという仕組みになっている。

魔術師派遣所は、魔術士長という偉い人が管理しているのだけど、前任の魔術士長は魔物に襲われて亡くなってしまったらしい。急遽《きゅうきょ》穴埋めで、俺が宰相からウィンブルの魔術士長に任命されそうになっていたことを思い出した。

魔術師派遣所へ行くとシノが手馴《てな》れた様子で受付を済ませた。利用したことがあるのだろうか。俺はあまり魔術師派遣所を利用したことはなかった。

「すぐにできる仕事があるらしい」

シノがとってきた仕事は街の清掃だった。

手分けして歩き回り、街中の落ちているゴミを拾い終わったときには日が暮れていた。清掃といっても馬鹿にはできず、一日中腰をかがめて歩いていたから体がきつい。クタクタになったにもかかわらず、稼げた金額は一人銅貨十枚だった。

合計すると銅貨三十枚だ。今日の夕食と宿代がやっと払える程度だった。

「おい、なあ。嘘《うそ》だろ、これ。汗水垂らした成果が銅貨十枚？　もっとまともな仕事無かったのかよ。元宮廷魔術師二人と、教科書にも載っている偉人が街の清掃活動で必死にお金集めているなんて知られたら指差されまくりだってての」

「汗水垂らしただと？　お前はろくに拾いもせず、休憩ばかりしていたではないか。お前が拾ったゴミの量は、俺の半分以下だった」

「ゴミの量競うとかやめようぜ。とにかく明日はもっとまともな仕事とってこいよ」

「文句があるなら自分で登録して仕事を選べ」

「やだね、めんどくさい。それに、分かる奴《やつ》がやった方が早いし。俺はレーヴェル国の重鎮だったから、派遣所なんかで小銭稼ぎとかしたことないんだ」

「知るか」

　次の日は魔術師らしい仕事ができるかと期待したけど、シノがとってきた仕事は街の除草作業だった。夕暮れまで雑草を抜きまくって、土まみれになった両手を見せながらメディが言った。

「シノはウィンブルを綺麗《きれい》な街にしようとか思ってる？　どういう気持ちで仕事とってくんの？　報酬は昨日《きのう》と同じ銅貨十枚だし」

「俺だってもっと稼げる仕事をしたいが、魔術師派遣所の仕事は信用と信頼で得られる。まずは小さなものをコツコツと積み重ねなければ大きな仕事を任せてもらえない」

「それじゃあ明日も街の清掃活動をするかもしれないってことかよ。自分の部屋を掃除するのも嫌なのに、どうして他人のために街を綺麗にしなきゃいけないわけ」

「文句を言うな。金を稼ぐとはそういうことだ」

　だけど次の日シノがとってきた仕事は街の清掃だけではなかった。

「魔物の巣になっている北の洞窟《どうくつ》の掃討だ。誰《だれ》もやりたがらないから、やってみるかと聞かれた。どっかの金持ちが莫大《ばくだい》な依頼料で魔術師を雇おうとしているらしいが、相当な数の魔物が住み着いてるらしく、魔術師の多くはこの話を避けているらしい」

「ふぅん、ちなみに莫大な依頼料ってどのくらい？」

「依頼者は、報酬として金貨十枚出すと言っているらしい」

「へぇ、すごいな！　そんなにあればあんなボロ宿ともおさらばできるじゃないか！　あのボロボロベッドがいつか壊れるんじゃないかって気にしながら眠る夜がなくなるのかあ。嬉《うれ》しいなあ！」

　メディとシノはやる気のようだった。だけど誰もやりたがらないような危険な依頼をホイホイ受けて大丈夫なのだろうか。

「依頼者は忙しいらしく、三日間くらいはここに来られないらしい。なのでとりあえず今日は他の仕事をとってきた。下水の処理だ」

「はああああ!?　結局それかよ!?」

　一日中下水道にいたので、臭いが移ってしまった。宿の主人に入室を止められてしまい、近くの湯場を教えてもらった。その湯場は、ウィンブルの憩いの場として開設されているから、入浴してもお金がかからないらしい。

　行ってみたら、岩を切って作られた綺麗な湯場だった。しかも男湯と女湯で仕切られていて、衛生的だ。

　服を脱いで湯に浸《つ》かると疲れがとれていった。メディを見ると肩まで湯に浸かり、眠ってしまいそうな勢いで癒《いや》されていた。

　目をつむって動かなくなったメディを眺めながらシノが言った。

「こいつはいつまで俺たちと行動する気だ」

「まあまあ。今のところ害はないし、無理に追い払おうとして暴れられたら大変だから、気が済むまで好きにさせておこうよ」

「害は無い？　それは信用しすぎだ。忘れたか？　こいつの演技力は目を見張るものがある。魔法学校で初めて会った時は、善良な人間だと思わされていただろう。無害を装っているようだが、心では何を考えているか分からないんだ」

　そういうシノも、十年前は随分可愛《かわい》かった。眠っているメディへ忌々しそうに目を向けるシノをじっと見つめていたら「なんだ？」と言われた。

「いや、別に……。ただ、シノも十年の間に随分と変わったなーって思って」

気軽に言っただけなのに、シノは何故か顔色を悪くしてしまった。

「騙《だま》していたことは本当に悪かったと思う。がっかりさせてすまない。今が俺の本当の姿だ。リノに言わせると、無愛想で冷たくて生意気なシノが本当の俺だ」

シノのその言い方だと、昔のシノはわざと天使を演じていたということになる。俺は今まで、離れていた十年の間に性格が変わったと思っていたのだけど、違うのだろうか？

「シノの言い方だと、最初から偽ってたってことになるのだけど……？　そうなの？」

別に責めてるわけではないのに、シノはすまなそうに目を伏せた。

「ラウルは子供の頃《ころ》の俺を、素直で可愛いといつも褒めてくれた。俺はそれが嬉しくて、ラウルに可愛がられるように振舞っていたんだ」

俺が可愛いと言ったから演じていたなんて、驚いてしまった。

シノは窺うように俺を見た。なんだか愛《いと》しいな、と思って自然と顔が緩んだけど、真剣な顔で話しているシノの前で口元を緩ませることはできなくて、急いで手のひらで隠した。

「今更だが、ラウルはこんな俺で満足しているか？　ラウルが求めるなら、今から昔のように振舞ってもいい」

俺は今のシノに慣れてしまっているから、今更昔のようにされても違和感が拭《ぬぐ》えない。それに、無理して演じて欲しいとも思わない。

だけど一応想像してみた。「夜は寒いから一緒に寝て欲しい」と言いながら、甘えるように俺の腕に潜り込んでくるシノを。あれ？　悪くない。悪くないかもしれない。大きくなった姿で甘えられるのも悪くない。むしろ昔よりもちょっと興奮するかもしれない。

「ラウル？」

妄想が捗《はかど》ってしまった。気が付けばシノがいぶかしんだようにこっちを見ていた。

「どうした。さっきから黙っているが」

「え？　いや、なんでもないよ。無理をして昔のようにはしなくていいよ」

さっきの妄想で生み出したシノに永遠のさようならを告げた。

良い機会だから、シノのことをもっと知りたい。王宮を出てからこんなにゆっくりした時間を過ごすのは初めてだし、もっと話をしたい。なんだかんだでメディが間に入ってくるから、シノとまともに話ができていなかった。

「シノは俺が居なかった十年をどういうふうに過ごしていたの？」

「いきなりどうした？　あまり言いたくないな。長くなるだろう。それに、聞いたら驚くかもしれない」

「驚くって何を？」

「色々なことだ」

その色々なことを知りたくて、更に突っ込もうとしたら「俺のことはいいんだ」と会話を切り上げられてしまった。シノは自分のことを話したがらない。俺はもっと聞きたいのに。

「ラウルこそ教えて欲しい。ラウルは十年間どこで何をしていたんだ？　今までのことを全部知りたい」

確かにシノにはまだ何も言っていない。こんなに巻き込んでしまったのだから、全《すべ》て話さなくちゃいけない。

俺はできるだけ分かりやすく、全部話した。今まで辿《たど》ってきた出来事をシノに打ち明けた。シノは最後まで黙って聞いていた。全て話し終えた頃には、もともとまばらだった人もさらに減り、湯場には眠っているメディとシノと俺だけになっていた。

「ずっと竜の棲家《すみか》に居たのか。竜の棲家は王の許可がなくては入れない。十年間探しても見つからないわけだ」

「へぇ、魔術師が生まれる正体が、黄金竜の血？　ねぇそれってどんな味？　ラウルは飲んだんだろう？　美味《おい》しかった？」

　いきなり別の声がしたかと思うと、さっきまで眠っていたはずのメディが、はっきりと目をあけていた。内容を把握しているということは、まさかずっと起きていたのだろうか。

「狸《たぬき》寝入りか。小賢《こざか》しいやつだ。お前、いい加減にしておけよ」

「え？　なんで怒ってんの？　勝手に勘違いしたのはそっちだろ？　俺が寝てるって誰かが言った？　俺はただ目をつむっていただけだぜ？　シノもラウルも王宮を出た理由をなかなか話してくれないから、聞けて良かったよ。黄金竜の血ね。ふぅん」

　メディは口元に手を当てて、考えるような素振りをした。

「ねぇ、黄金竜のラドゥルってどんなやつ？」

「あいつは生意気なやつだ。今度会ったらただじゃおかない」

　シノが忌々しそうに言った。ラドゥルとシノの仲は良くないみたいだ。

　でもどうしてメディはラドゥルに興味を持ったのだろう。メディは「一応提供者を知っておきたいだろ？」と言った。わけが分からなかった。

意外な依頼者

三日後、今日は北の洞窟の依頼者が来る日だ。

依頼内容は、北の洞窟に巣食った魔物の討伐を手伝うこと。これに成功すれば、俺たちは報酬として金貨を手に入れられる。いつもはだるそうに起きるメディも、今日は張り切っていた。

朝早く魔術師派遣所へ向かったけど、依頼者がまだ来ていないから、しばらく待つようにと受付のお姉さんから言われた。俺たちは併設されている酒場で、ゆっくり待つことにした。

依頼者は昼を過ぎても姿を現さなかった。待ち続けてとうとう夕暮れになってしまった。どうしよう、このまま現れなかったら今日の宿代が払えない。

不機嫌を纏《まと》うシノはさっきから苛立《いらだ》ちを隠していない。メディは待ちくたびれて随分前に爆睡している。俺も朝から座っている椅子とお尻《しり》がくっつきそうだった。

併設されている酒場で、水を頼みながら粘り続けているけど、そろそろ店の人に怒られそうな気がする。

受付のお姉さんからやっと依頼者が到着したと連絡が入った。

ここまで待たせた依頼者に、何か一言いってやろうと思って振り向いた時、体が固まった。それは隣に座っているシノも同じだった。

「あなたたち、どうしてまだこんなところに？　とっくに遠くへ逃げたものと思っていました」

ほんの数日前に別れたばかりの宰相が、目を丸くしていた。

依頼者のお金持ちって、宰相のことだったんだ。そりゃ一国の宰相なら、金貨十枚くらいポンと出せてしまうだろう。

俺とシノは急いで席を立った。爆睡しているメディを置いて逃げようとした。

宰相は俺たちが逃げようとしていることに気付いて引き止めてきた。

「お待ちなさい。私は何もしませんよ。あなたたち相手に私一人でどうにかできるなんて思いません。約束した期間中は、あなたたちを邪魔することはしませんよ」

半信半疑だったけど、ひとまずは逃げるのをやめた。

「警戒されていますね。シノさん、依頼者をそのような目で見るのはおやめなさい。私を目で殺す気ですか、あなた。念のため言っておきますが、依頼を受けてくれたのがあなたたちであることは知りませんでした。この出来事はただの偶然なのですよ」

宰相はゆっくりとこっちに近づいてきた。

「依頼の件ですが、今日はもう遅いので明日から行動しましょう」

宰相はそう言って、爆睡しているメディの横に座った。

メディは起きて、しばらく目をパチパチさせた後、横に宰相が座っていることに驚いていたけど、依頼者だったことを知ると、特に気にした様子もなく「あ、そうなんだ」と言った。

「依頼者なのは分かったけど、どうして俺の横に座ってるんだ？　北の洞窟には行かねぇの？」

「もう遅い時間なので明日にしましょう。お待たせしてすみません。王宮での仕事がなかなか片付かなかったので、こんな時間になってしまいました。みなさん夕食はとりましたか？　私はまだなのです。今ここでとってもよろしいですか？」

返事を聞かずに、通りかかった女給に声をかけていくつか注文していた。

「ていうかなんで宰相が魔術師派遣所に依頼してまで魔物の巣を潰《つぶ》してんの？　宮廷魔術師にやらせればよくね？」

「もう忘れましたか？　今、レーヴェル国を平定するために多数の宮廷魔術師がかの国へ行っているのですよ。こちらに割けるような人員はありません。ですが、北の洞窟から届く魔物の被害報告は、随分前から聞いていました。人手が足りないとはいえ無視はできません。なので、私が直々にやってやることにしました」

「やってやるって……こういうのも宰相の仕事なのかよ」

「実は私、心労が溜《た》まると、思いっきり体を動かしたくなる性分なのです。なのでたまに、こうやって自ら魔物の巣などを潰したりしているのですよ。最近も宮廷魔術師が二人居なくなり、大きな心労がかかりましたからね。思いっきり体を動かしたくなる私の気持ち、分かっていただけますよね？」

宰相は瞬きひとつしなかった。銀色の目でじっとりと見られるのは結構こたえる。

「あの、俺たちがいなくなった後、王都は大丈夫でしたか？」

「おや？　気になりますか？　それもそうですよね。シノさんが王都の結界を解除した原因はあなただ。気にもなりますよね？」

「そういう言い方はやめろ。俺が勝手にやったことだ」

「はいはい。王都は少しだけの被害で済みましたよ。リュースさんの結界が早かったですからね。一角が崩された程度の被害でした。大した被害ではなくて安心しましたか？　シノさんが結界を解除した時、あなた死にそうな顔をしてましたものね」

実際死にかけていたのだけど、宰相が言いたいのはそういうことじゃないらしい。

「リュースさんは今もお一人で頑張っていますよ。シノさんの勝手な都合で解除した結界を紡ぎ、立派に宮廷魔術師としての務めを果たしております。リュースさんはシノさんの不在を疑問に思っていたので、休養で実家に帰っていると伝えておきました」

「俺には実家などない。ふざけるな」

「え？　そうでしたっけ、どうもすみません。物覚えが悪くて」

　宰相はすまし顔で言って、女給が運んできた料理に手をつけた。宰相は骨のついた肉を、丁寧に箸《はし》でほぐしていたけど、次第にめんどくさくなったのか、骨の端を手で持ち上げて豪快にかぶりついた。その食べ方は、宰相の持つ雰囲気と違っていたので、びっくりしてしまった。思わずじっと見ていたら、視線に気付いた宰相がニヤリと笑った。

「人の食べ方にケチをつけるのですか？　そんなに見られていたら食べづらいです。それともあなたもお腹《なか》が空《す》いていますか？　よかったら食べさせてあげましょう」

「必要ない。こっちはこっちで料理を頼む」

　シノは女給を呼び止めて料理を注文した。

　黙って見ていた宰相は、思いついたように「ラドゥルは元気ですか？」と聞いてきた。

　ラドゥルはあの日から姿を現していない。首を振ると宰相は察したように頷《うなず》いた。

「俺がラドゥルを裏切ってしまったから、きっと怒っているんです」

「怒っているのではなく、拗《す》ねているのでしょう。私が宰相としての役割を優先し、あなたとシノさんを逃がしたから。あのような馬鹿は放っておけばいいのですよ。そのうち機嫌を直してひょっこり顔を出すでしょう」

　宰相は肉にかぶりついて、もしゃもしゃと口を動かした。

　宰相とラドゥルはどういう仲なのだろう。さっきのは出来の悪い弟を語っているかのような気安さだった。

「それはそうと、あなたたちは何故《なぜ》ウィンブルにいるのですか？　まさかこんな近くにいるとは思っていませんでした」

　俺もシノも何も言わなかったけど、女給を軟派して断られたメディが、つまらなそうに「お金ないんだ、俺たち」と唇を尖《とが》らせた。宰相は驚いていた。

「シノが無計画に王宮を出るから今日の宿代だって危ないんだ。だから、いくらかお金貸してよ宰相」

メディは甘えるように言った。

「物乞《ものご》いのような真似《まね》をするな、みっともない。それにお前だって無計画に金を使い果たしただろう？　俺ばかりを責めるな」

「……はあ、なんとも間抜けな」

宮廷魔術師二人が揃《そろ》いも揃ってお金に困っているなど、王都の人々が知ったらどう思うだろうか。

「あなたたちが魔術師派遣所なんてところを使っていたのを不思議に思っていましたが、そんな事情があったのですね。あなたも苦労なさいますね」

宰相が俺を見ながら気の毒そうに言った。

「ですがそのお陰であなたたちを雇えるのですから、私にとっては幸運でした。あなたたちはどこに泊まっているのですか？　今日の宿代くらい私が払いましょう。こんな時間まで待たせてしまったので、謝罪の気持ちです」

「たぶん宰相が今まで見たこともないようなボロ宿だから、びっくりするかもしれないぜ。心の準備しておけよ？」

メディはからかうような口調で、自虐する言葉を言った。

「ボロ宿？」

「……あとで案内する」

シノは静かに言って、女給が持ってきた料理を食べ始めた。俺はスープをすくいながら、そういえばここのご飯代は、誰《だれ》が払うんだろうと思った。

結局ご飯代も宰相に払ってもらって、泊まっている宿に案内すると、宰相はおかしそうに笑った。

「宮廷魔術師がいつ傾くかも分からない宿に泊まり、しかもその代金さえも払えないとは、本当におかしな人たちだ」

宰相は宿の主人に、俺たちが数日泊まれそうな代金を払ってくれた。そして、その際に追加でひと部屋借りていた。

宰相もこの宿で一夜を明かすようだった。宰相ならばもっと良い宿に泊まれるだろうに、わざわざこの宿に泊まるなんて。

俺と同じ意見のメディが、宰相に正気を問いかけていた。

北の洞窟《どうくつ》へ

朝起きて支度を終わらせ、宰相を待っていた。だけどいつまで経《た》っても来ない。

シノはイラつきはじめ、メディは二度寝しようとしている。俺は宰相の様子を窺うために、隣の部屋を叩《たた》いた。何度か叩いたけど、返事はなかった。

「宰相、起きてますか。もう朝ですよ」

いきなり扉が開いて、ちょうど今起きました、という顔の宰相が姿を見せた。着ている寝巻きは乱れ、胸元が大きく開いている。いつも綺麗《きれい》に編まれている銀髪は、四方に癖がついていた。

一言でいえばだらしない。機嫌悪そうに頭をかいた宰相は、大きく口をあけて欠伸《あくび》をした後、俺を見下ろした。

「うっさい。そんな叩かなくても分かってるから」

俺は部屋を間違えただろうか。この人は誰だろう。

だけど昨日《きのう》の夜、すまし顔で「お休みなさい」とこの部屋に入っていった宰相を見ていた。

「あ、あの。俺たちもう準備できています。宰相の準備が終わったら声をかけてください。いつでも行けるので」

「んー」

宰相は適当な返事をしながら部屋の奥に戻っていった。

大丈夫だろうか。二度寝とかしないだろうか。心配になってすぐに帰らずに様子を見ていると、宰相は寝巻きを脱ぎ始めた。

あ、良かった。支度してくれてる。

戻ろうと思った矢先、宰相は俺の方を向くと、口の端をにや、と上げて言った。

「いつまで見てんだよ、変態」

すぐに扉を閉めて、部屋へと戻った。シノにどうだったかを聞かれて真顔のまま大丈夫だと告げた。

それからしばらくして宰相がやってきた。さっきまでの姿が嘘《うそ》のように綺麗に身支度を整えた宰相は、俺をチラリと見たけど何も言わずに宿を出た。

準備のために街でいくつか買い物をし、昼頃には洞窟へ着いた。

洞窟の中は生臭かった。これは魔物の臭いだ。とても臭いから、かなりの数が巣食っているのかもしれない。

宰相が街で購入した地図を広げながら言った。

「このカルカッサ洞窟は、以前、ウィンブルの魔術士長が、掃討に多数の魔術師を引き連れ乗り込みました。しかし洞窟内の魔物に隙を突かれ、亡くなり、生き残った魔術師たちも大怪我《けが》を負いました。報告では、いつのまにか奥深くに誘い込まれ、帰る道がなくなっていたそうです。生き残った魔術師たちはだいぶ錯乱し、それだけしか聞き出せませんでした。この中では何か特別なことが起こっているかもしれません。慎重に行きましょう。自分の身は自分で守ってくださいね。私のことも守らなくていいです。

自分のことは自分でできますから」

宰相は腰に差した長剣をクイと上げながら言った。

「へぇ宰相って剣を使えるんだ。でも、ちゃんとまともに使えんの？　危なくなっても助けてあげないぜ？」

メディがからかうように言った。

「私はもともと猟師だったので、剣を扱うことはできます」

「へぇ、猟師だったんだ！　猟師から宰相になる経緯って何だろう？　気になるなあ！」

「教えません。中は入り組んで迷路のようになっているので、私から離れずについて来てくださいね」

洞窟の中は真っ暗で何も見えなかったけど、シノとメディが光魔法で辺りを照らしてくれて明るくなった。四人分の影が、洞窟内でゆらゆらと揺れている。

「魔術師とは便利ですね。暗闇《くらやみ》でも一瞬で明るくしてしまう。私が生まれた時は、魔術師なんて存在しておらず、こういう暗いところは木の棒の先に油を浸した布を巻き、炎を灯《とも》して進んでいました。そんなことをせずとも暗い道を歩けるあなたたちが羨《うらや》ましいです」

宰相が言った道具とは松明《たいまつ》のことだろうか。昔の人が使っていた道具を集めた本に載っていたと思う。昔の人は油を使って火をつけていたらしいけど、今じゃ魔術や魔法道具があるから油で火をつける人は少ない。

メディがいきなり笑いだした。

「魔術師が存在していないなんて、どれだけ昔を遡《さかのぼ》ってんだよ、ウケる。宰相も冗談言うんだ？　でもちょっと度を超えてるかもよ。純粋な俺でもさすがに信じないって！」

メディは笑っているけど、あながち冗談でもなさそうだ。宰相は竜だからそれくらい生きていても不思議はない。

隣のシノも何か考えている様子だった。俺の視線に気付いたシノは、こっちを見て微笑《ほほえ》んだ。不意の表情に、どきりとしてしまった。心臓の鼓動がなかなか鳴り止《や》まず、無理矢理止めようとして深呼吸をする。いきなり腹式呼吸をした俺をシノが不思議そうに見ていた。

前を歩いているメディが、明るい声で宰相に話しかけた。

「俺たち、宰相の依頼を受けるまでずっとゴミ拾いしてたんだ。シノが馬鹿だから、そういう仕事しかとってこなくてさ。他人のために何かをしてあげるなんて俺の性分じゃないからずっと辛かったなぁ。でも宰相の依頼を完遂したら、草抜きも、下水の処理もしなくて済むようになるから嬉《うれ》しいのさ」

「あなたは随分変わりましたね。昔のあなたは誰に対しても公平に接する人格者で、だからこそ私は、あなたを魔法学校と王宮の仲介役に推薦しましたのに」

「あっそ。どうでもいいけどさ、本当の人格者ってのは、他人を助けるために毒入りの血を躊躇《ためら》いもなく飲むような奴《やつ》のことだと思うけど。俺は自分の性格が残念なことくらい知っているから、シノみたいにならないようにしてたのさ」

「俺を引き合いに出すな」

「シノはさ、どうしてアドネとリュースくらいしか友達がいないのかとか、考えたことある？」

機嫌悪そうにシノはメディの言葉を無視した。

出てくる魔物を倒しながら先を進んだ。戦闘になれば、常にシノが前に出て戦った。

俺は攻撃魔法が使えないから、後ろの方で周囲を警戒した。宰相はシノの氷魔法をかいくぐってきた魔物を剣で薙《な》ぎ払《はら》った。メディは何もせずに俺に話しかけてばかりいた。

だいぶ進んだので、少し休憩することにした。火を起こして、炙《あぶ》った干し肉を食べていたら、シノが戦闘での不満をメディに言った。

「おい、メディ、いい加減にしろよ。ふざけてばかりいるな」

「は？　なに？　もしかして俺とラウルが仲良いからやきもち妬《や》いてんの？」

「違う。俺にばかり戦わせて自分は怠けようとするな。次からはお前も戦え」

「失礼だなぁ。俺はシノの大事なラウルが怪我しないように守ってあげてるんだぜ？」

「メディ。俺に構わないで前に出て戦っていいんだよ？」

「え、やだよ。疲れるじゃん」

あっけらかんと本音を言ったメディを、シノは睨《にら》んだ。

「わあ！　怖いなあ！　分かった、分かったよ。戦えばいいんだろ？」

メディは早々に降参して、次の戦闘からは参加することを約束した。

休憩を終えて先へ進んだ。しばらくすると、魔物が現れて戦闘になった。

さっきの約束通り、メディはシノと並んで戦った。メディの使役したラミアが魔物の心臓を止めていく。良い調子だったけど、メディは突然ラミアを異界に帰してしまった。歩きながら俺のところまで来ると、のんびりした声で「疲れたから休憩」と言った。俺は驚いて声も出なかった。

はっとしてシノを見た。メディの抜けた穴から回り込まれ、既に魔物に取り囲まれてしまっていた。

シノは群がる魔物を吹き飛ばしていたけど、数の多い魔物は、すぐにシノの退路を塞《ふさ》いだ。俺はいても立ってもいられず、シノの元へ走った。

「ラウルさん、どこに行くのですか！　待ちなさい！」

宰相が俺を呼んだけど、振り返らなかった。

必死に走りながら、途中で掴《つか》んだ石を、シノに群がる魔物に向かって投げた。

石は一匹の魔物の額に当たり、軽い音を立てて、地面に転がった。

煩わしそうに頭を振った魔物がこっちを見た。目が合って、ゴクリと唾《つば》を飲み込む。次の瞬間、魔物が牙《きば》をむいて襲いかかってきたので、衝撃に備えて体を丸くした。

衝撃は来なかった。代わりにひんやりした冷気を感じて目をあけると、俺に襲いかかろうとしていた魔物が氷像になっていた。

後ろから追いかけてきた宰相に「お怪我はありませんか？」と言われて、傷一つ負っていないのを確かめて頷《うなず》いた。

「ラウル、大丈夫か！」

シノは自分を囲む無数の氷像を打ち壊しながら俺のところまで来て、怪我がないことが分かると、緊張から解き放たれたように、ふうと息を吐いた。

「ラウル、何故《なぜ》無茶をした」

シノが責めるような厳しい口調で言った。

「ごめんなさい、シノが危ないと思ったら、体が勝手に動いたんだ」

「俺は昔よりも強くなった。ラウルに守ってもらわなくてもいい」

「でも」

「戦えないラウルが出てきても、何も解決しない。危険を冒してまで助けに来るな、迷惑だ」

確かに無謀だったかもしれないけど、そんな風に言わなくてもいいのに。なんだか責められていることが理不尽に感じて、言い返したくなった。

「ちょっとくらいなら俺の方へ引きつけることができると思ったんだ。だってあのまま囲まれていたら、いくらシノでも」

「俺を見くびるな。あれくらい自力でなんとかできる」

「だけど、でも」

「今回のようなことが再びあったとしても、俺のことは放っておいてくれ。ラウルに出てこられると、自分の身だけでなくラウルも守らなくてはいけなくなる。結果として前よりも良い状況にはならない」

「それなら大丈夫。俺は治癒術で治せるから守ってもらわなくていい。もしも俺が魔物に襲われていたとしても、気にしなくていいから」

「ラウル、まだそんなことを言うのか。俺はラウルを大事に思っているんだ。そろそろ自覚をしてくれ。すぐ治るから自分は怪我しても良いなど、二度と言わないでくれ」

「どうして？　シノだって俺の治癒術のことは知ってるでしょ？　奇跡と呼ばれるくらいだ。どんな傷でもすぐに治せる。だから俺のことは大事にしなくていい。放っておいていいから」

「ラウル、いい加減にしてくれ」

「シノこそ俺の言い分を聞いてよ」

シノの苛々《いらいら》が伝わって、俺も感情を制御できなくなってきた。

その時、後ろから後頭部を硬いもので小突かれた。振り返ると、宰相が呆《あき》れたような目でこっちを見ていた。

「こら」

「？」

俺を小突いたのは宰相の剣が収まる鞘《さや》だった。鞘の先端で、ぽんぽんと頭を軽く叩《たた》かれた。さっき「こら」と言われた気がする。俺は怒られたのだろうか。

宰相はめんどくさそうに後ろ頭をかきながら「あー」と言った。

「こういう奴って、あいつの他にもいるんだな……。ラウルさん、シノさんを大切にしたいのなら、まずは自分を愛しなさい。でなきゃ、あなたにシノさんを愛する資格はありませんよ。あなたはそれができていませんね。だからシノさんは、王都の結界を解除したのではないのですか？　あなたが分からず屋だから」

いきなり介入してきた宰相を呆然《ぼうぜん》と見ていたら、宰相は続けて言った。

「シノさんは、自分をおざなりにするあなたを守るためには、誰《だれ》よりもあなたを優先させなくてはいけないことを知っているのでしょう。私にも似たような覚えがあります。その人は何度言っても言うことを聞かなくて、今も苦労をかけられていますが」

宰相の目が皮肉っぽく細くなった。俺は自然と、ラドゥルのことかなと思った。

「シノさんは、あなたのために結界を解除し、そのせいで王都の人々は眠れぬ夜を過ごしたのですよ。それが分かっていれば、大事にしなくていい、などというふざけた言葉は出ないと思いますが？」

「わ、分かっています。そんなこと」

「本当に？　本当に分かっているのですか？　愛され、大事にされている自覚はありますか？　シノさんにとって、王都に住んでいる数万の人々よりも、あなたの方に価値があるのです。あなたのためにシノさんは王都の人々を切り捨てたのですよ。そんな決断をした人の前で、大事にしなくていいから放っておけ、などとよく言えますね。あなたの自己満足の自傷行為が、どれだけシノさんを傷つけているのか分かっていますか？」

俺が、シノを傷つけている？　信じられない気持ちだった。そんなことあってはならないのに。

「宰相、もういい。何も言うな。ラウルが悲しい顔をしている」

「ダメですよ。分からない人にはちゃんと言わないと。有耶無耶《うやむや》にすると、もっとこじれて大変なことになるのですから。ラウルさん、ちゃんと考えなくてはいけませんよ。あなたを愛しているシノさんは、あなたが傷ついたらどう思うでしょうか。自分に置き換えてみるとよく分かるかもしれませんね。あなたを庇《かば》い、シノさんが怪我《けが》をしたら、あなたはどんな気持ちになりますか？」

俺が傷ついたら、シノがどう思うか……。今まで考えたこともなかった。自分が傷ついてもいいから、シノを守りたいと思っていた。だけど、それはシノにとって嬉《うれ》しくないことだったんだ。

宰相の言う通り、自分に置き換えてみたらよく分かる。シノが自分を犠牲にして俺を助けようと思っても全然嬉しくない。むしろ、どうしてそんな酷《ひど》いことをするのだろうと思う。

そうなると、俺には思い当たる節がたくさんある。今回の件だってそうだ。俺はラドゥルの脅しに屈し、大地の底へ行くと約束した。その時俺は、シノを守れるのなら俺などどうなったっていいと思った。置いていかれたシノのことなど、何も考えていなかった。

シノが俺のために、人知れずもう二度と戻ってこられないところへ行ってしまったら凄《すご》く悲しい。どうしていなくなってしまったのかと思い悩んでしまうだろう。

俺は今までシノを守ることばかりで、シノの気持ちをちゃんと考えてあげていなかった。

再会した時だって、シノは十年前の俺のことなんて何とも思っていないだろうと勝手に決めつけて、ちゃんと話そうとしなかった。俺がシノと一緒にいられたらそれで満足なのだと、勝手に自分だけ幸せになっていた。シノは俺のことを、十年間探してくれていたというのに。

何も言えなくなった。恐る恐る目を合わせたら、シノは宰相の言葉を肯定するように目を伏せた。

俺は守りたいという自分の気持ちに満足するだけで、シノ自身のことを考えていなかった。だから、シノは結界を解除したんだ。

「シノ、今までごめん。シノは俺のことを大事に思ってくれていたのに、俺はちゃんと考えていなかったね」

謝った俺に、シノは微笑んだ。

「分かってくれたのならいいんだ。これからは俺を助けるために無茶なことはしないでくれ」

次に宰相に頭を下げた。

「宰相、陣形を乱してすみません。あと、ありがとうございました」

「お礼を言われるようなことはしていません。むしろ、無礼な言葉を連ねてすみませんでした。つい熱が入ってしまいました。許してくださいね」

「なぁ、早く先へ進もうぜ」

黙っていたメディが言った。メディは手をぶらぶらさせながら先を歩き始めた。

元はと言えばメディのせいでシノが危険な状態になったというのに、反省している様子が全く無かった。

「メディさん、今度さっきのようなことをしでかしたら、あなたにだけ報酬を払わないようにしますよ」

宰相が呆れた様子で言った。

「え？　さっきって何？　俺なんかしたっけ。あんまり覚えてないなぁ。それよりも、もう戻れないんだから早く行こうぜ」

メディは冷めた目をしながら言った。

というか、戻れないってどういうことだろう。

「あれれ？　どうしたの、その顔。あ、もしかして気付いてない？　愛がどうのこうのとか、くっだらないこと言ってたもんな。そりゃ気付かないか」

メディが後ろを指差した。見ると、俺たちが辿《たど》ってきた道に、魔物同士が融合しあってできた粘膜のような壁があった。

しっかりとくっつきあっていて、ちょっとくらいの力じゃ、どうにもならなそうだった。加えて見た目が気持ち悪くて近寄りたくない。

「いきなり小さな魔物が集まって融合を始めたんだ。まるで俺たちを逃さないようにしてさ。教えてあげようと思ったけど、なんか言うに言えない雰囲気だったじゃん？　愛なんてもの語る暇があるなら、あれどうにかして欲しかったなあ」

「おい、お前はそれを見ていたのか？」

「ああ、見てたさ。だからこうして一部始終を教えてやってんだろ？」

「だったら何故何もせずにただ見ていただけなんだ」

「は？　俺のせいにすんなよ。周りの様子に気付かないくらい話し込む方が悪くない？　ここ、どういう場所か分かってて言ってんのか？　魔物が出る洞《どう》窟《くつ》なんだけど」

　メディは睨《にら》むようにシノを見上げた。剣呑《けんのん》な雰囲気だった。いつ争いが始まるのかとヒヤヒヤしたけど、シノは何も言わずに歩き出した。

「退路を断たれたのなら、先へ進むしかない。行くぞ」

「はいはい、それ俺がさっき言った台詞《せりふ》ね。取らないでね」

「俺はもう、お前には何も期待しない」

「は？　今までは期待してたの？　ウケる」

「お二人とも、喧嘩《けんか》はよしなさい。メディさん、どうしてそんなに苛立《いらだ》っているのですか。シノさんに突っかからず、こっちへ来なさい」

「引っ張んなよ」

　宰相はシノから引き離すように、メディを連れて先を歩いた。

　シノとメディの雰囲気が悪いのが分かったから、俺も出来るだけ二人を近づけさせないように、歩調をゆっくりにした。シノは俺の歩みに合わせてゆっくり歩いてくれる。

　先の方で、宰相がメディをなだめているのが見えた。

「シノ、怒るのも分かるけど、喧嘩しちゃダメだよ」

「俺は喧嘩しようとしていない。あいつが突っかかってきただけだ。だが俺にはあいつの気持ちが分からんでもない」

　それはどういうことなのか聞く前に、小さな魔物の群れが現れた。シノが俺を後ろに庇い、魔物を蹴《け》散《ち》らしていく。

　先を行っている宰相たちは、俺たちの戦闘に気付いていないようだった。シノが魔物を全滅させた頃《ころ》には、既に宰相たちの姿は見えなくなっていた。

「仕方ない。ここで待っていよう。少し経《た》てば、俺たちがついてきていないことに気付いて戻ってくるだろう」

地図を持っているのは宰相だから、道を知らない俺たちが下手《へた》に動けば迷ってしまうかもしれない。動かずに座って待っていようと決めた。

待っている間、少し話をすることにした。

「さっきシノはメディの気持ちが分かるって言ったよね。どういうこと？」

「ラウルは相変わらず人の好意には疎《うと》いな。別にそれでもいいが、たまに歯痒《はがゆ》くもある。ラウルは、いまだに分かっていないのか？　メディがどうして魔法学校で暴れたのか。さっきのも同じ理由だろう」

「メディが魔法学校で暴れた理由は、俺のせい、だよね？　俺がメディを怒らせたから。だけど、どうしてあんなに怒らせてしまったのか分からないんだ。だから、謝ることもできない」

「そうか。あいつは馬鹿だな。何も伝わっていない。俺も器用ではないが、あいつも相当な不器用だ」

「シノ？」

「いいんだ、ラウルは何も知らなくて。俺にあいつを助けてやる義理はない」

微笑《ほほえ》まれてどきりとした。空気が変わった気がする。シノはそのままの雰囲気で、俺の目をじっと見ながら言った。

「ラウル、俺はラウルが好きだ。誰にも取られたくない。分かっているとは思うが、俺の気持ちは、普通の好意などではない」

「わ、分かってるよ」

「そうか、良かった。だったら、ラウルの気持ちを聞いてもいいか？　ラウルも俺と同じ気持ちでいてくれていると思ってもいいのか？」

「……シノ、でも俺は」

これからどうなるか分からない。この国が本当に危機的状況になり、大地の根を癒《いや》すしか回避できる方法がないのなら、考えなくてはいけない。

「ラウル……？」

シノは何も言わない俺を不思議そうに見ていたけど、やがて見当がついたのか、目を見開いた。

「まさか、行こうとしているのか？」

シノは絶望を目の中に映した。

「ラウルは俺を選んでくれたんじゃなかったのか？　もう大地の底には行かないと思っていた」

「シノ、あのね、落ち着いて話を聞いて欲しいんだけど」

「俺は昔からずっとラウルを独占したかった。だけどそんなことは無理だったのかもしれない。俺はラウルがいればそれだけで良いと思うが、ラウルはこんな時にも俺以外を想《おも》っている。ラウルを独占したいだなんて、所詮《しょせん》は無理な話だったんだ」

「違うんだ、シノ。そうじゃない」

俯《うつむ》いたシノに触れようとしたら、その前に肩を掴《つか》まれた。

「行かせない」

シノは俺に執着心がある時に見せる目をした。今までも何度も見てきた。一見理性的にも見えるけど、中は暗く淀《よど》んで、それでもはっとするほど切なくて、美しい目をしている。見つめられたら囚《とら》われそうになり、ぞくぞくとした感覚を味わう。

「たとえラウルが行きたいと泣いて頼んでも、行かせることはできない。それでも行くというのなら、闇魔法の檻《おり》に閉じ込め、弱らせて一歩も動けなくさせなくてはならない」

「待ってシノ、落ち着いて話し合おう」

「魔力を吸い取る術でも考案しようか？　キスをされる度、ラウルは魔力を吸い取られて何もできなくなるんだ。俺なら容易《たやす》く考案できるだろう」

シノの顔が歪《ゆが》んで恐ろしいことを言った。

「ラウルを困らせたくはない。だが、俺の考えは変わらない。宮廷魔術師は辞める。王宮には戻らない。もちろんラウルもだ。ひと月後、レーヴェル国が平定されて、竜たちが迎えに来たとしても、ラウルを渡すつもりはないから、そのつもりでいてくれ」

射抜くような瞳《ひとみ》に、ひるみそうになった。

「シノ、話を聞いて欲しい」

「ラウルは俺よりも竜たちと関わり、きっと情を持っているのだろうな。だが、それは全《すべ》て捨ててくれ。宰相があの夜俺を逃がさなければ、俺は王宮を血に染め上げていた。朝起きて、隣にラウルがいない生活を再び繰り返すくらいなら、迎えに来た竜たちにラウルがついていくというのならば、俺は絶望し、王宮を襲う。ラウルはそれでも良いのか？」

脅しのような台詞を、執着の混じった瞳と共に言われる。逸《そ》らしてしまいたくなったけど、耐えながらじっと見つめた。

「お願い、怖いことを言わないで」

「ラウルが俺のことを選択してくれるというのならば俺もこんなことを言わずに済む。だから、俺と共に生きると約束してほしい」

シノの目が、静かに淀んでいく。決心し、淀んだ瞳を再び見返すと、シノは緊張したように顔を強張らせた。

「今まで俺は何も知らずに生きてきた。世界の裏で、誰《だれ》が何をやっているかも知らず、ただ日々を過ごすだけでよかった。今では多くのことを知り、考えなくちゃいけないことが多くなってしまった。自分だけの幸せを追うことはもう無理なんだ」

「二人で幸せになろう。誰にも邪魔はさせない。俺はそのために強くなったのだから。どこか遠くへ行こう。この国を出てしまってもいい」

「そんなことをすれば、この国は滅んでしまうよ」

「ラウル、もう考えるのはやめよう。二人で生きていこう。昔のように、二人だけで」

「シノ……」

「俺はもう、ラウルが一緒にいてくれればそれだけで良いんだ」

シノはすがりつくように俺を抱きしめた。

「宰相は地の果てまで追いかけるって言っていたよ。ずっと逃げ続けるの？　そんなのは無理だよ」

「無理じゃないんだ。ラウルは俺が守るから。竜が来ても追い払う」

「そんなことさせられないよ。シノがボロボロになってしまう」

「ラウルは俺が今まで何をしてきたか知らないからそう言うんだ。今更戦うことなど怖くない。もう慣れてしまった。ラウルのためならば、ボロボロになっても戦い続けられる」

「……俺は知らない内に、シノに守られてきたんだね。長い間苦しい思いをさせてしまってごめん」

「違う、そんなことを言わせたいんじゃない」

「ずっと一緒にいたのに、俺はシノのこと、何も気付いてあげられなかった。シノ、今後は俺の知らないところで自分の手を汚さないで」

シノの吐いた息が、首筋に当たった。吐息は震えていた気がした。

シノは何も言わなくなった。背中をゆっくりと抱きしめ返し、落ち着かせるように撫《な》でていたら、やがて呟《つぶや》くように言った。

「いつも不安なんだ。十年前のように、また急に居なくなったらという考えが消えない。俺はいつだって怯《おび》えている」

十年前の出来事は、シノに深い心の傷を負わせてしまっているようだ。

「シノ、さっきのことだけど、俺は大地の底へ行くと決めたわけじゃない。ただ、何かできることを考えようとしているだけなんだ」

「できること？」

「うん。俺たちは魔術師だ。きっと何かできることがあるはずなんだ。大地の根を治すこともできて、シノとも離れない方法が、きっとあるはずなんだ」

「……」

シノは何も言わなかった。

遠くの方で喧騒《けんそう》が聞こえてきた。誰かが魔物と戦っている。

次の瞬間、意識が遠のいて、白い世界に俺はいた。俺がこの世界にいるということは、ラドゥルと入れ替わったんだ。

ラドゥルはシノの体を押しのけて、走り出した。

メディと宰相が魔物と戦闘している場所まで辿り着いたラドゥルは、宰相に乗りかかっていた魔物を爪で切り裂いた。魔物は断末魔をあげて絶命した。

「あ、ありがとうございます。ラウルさん、お強いですね……」

宰相はラドゥルを見上げて、呆然《ぼうぜん》としたように言った。後から追いついたシノが、氷魔法を使って魔物を全滅させた。

「ったくよぉ！　ちゃんとついてこいよな！　シノがちんたらしているせいで、宰相がおっ死《ち》ぬところだったただろ!?」

足元に転がった魔物の氷像を蹴飛ばしながらメディが言った。その様子を見ていた宰相が、はあと溜《ため》息《いき》を吐《つ》いた。

「なんだか疲れましたね。少し休憩しましょう」

衝突

火を起こし、簡単な食事も済ませてひと息吐いた。

宰相がみんなに水の入った筒を渡してくれている。宰相はシノに渡し、ラドゥルにも渡そうとした。ラドゥルが受け取ろうとしたら、宰相は手を引っ込め、にこりと笑った。

「はい、どうぞ、ラウルさん」

宰相は引っ込めた手をまた差し出した。ラドゥルは無言で筒を受け取った。

「シノたちさ、俺たちが迎えに行くまで何してた？」

「別に何もしてないが。座って話をしていただけだ」

「ふぅん。ところでどうしてそんなに離れて座ってんの？　シノはいつもラウルにべったりなのに変だなぁ。それにあまり話そうとしないから、喧嘩《けんか》でもしたのかと思った」

「……」

シノは何も言わず、筒を傾けて水を飲んだ。

「喧嘩したのならラウルの隣は俺がもらおーっと」

メディは返事を聞かずにラドゥルの隣に座り、ラドゥルに話しかけた。シノは興味なさそうに目を逸らした。

「ラウル、さっきから全然話そうとしないよな。どうした？　やっぱりシノと喧嘩した？」

「メディさん、ラウルさんも疲れているのですよ」

「え？　そうなの？　じゃあ俺が癒《いや》してあげようか？」

「メディさん、人の嫌がることはやめなさい」

宰相がたしなめたけど、メディは気にしていないようだった。

「なんか、さっきからラウル怖くない？　俺のこと睨《にら》んでる？」

俺には分からないけど、ラドゥルはメディを睨んでいるみたいだ。メディがたじろいでいたら、宰相がはぁと大きな溜息を吐いた。

「ラウルさん。あっちで体を綺麗《きれい》にしましょうか。あなた、さっき私を助けてくれた時に魔物の体液がかかったでしょう」

「……」

「今のところ支障は無さそうですが、念のため洗い流しておきましょう。来なさい」

「あ、俺も手伝おうか」

「ありがとうございます。ですが、私一人で大丈夫です」

宰相は、一緒に来ようとするメディを優しく断った。

宰相は、後ろからついてくるラドゥルを確かめながら、シノとメディの姿が見えない場所まで来ると立ち止まった。

「久しぶりだな、元気だったかラドゥル」

宰相は俺とラドゥルが入れ替わったことに気付いていたみたいだ。メディに悟られないようにここまで連れてきたのだろうか。

ラドゥルは宰相に話しかけられても返事をしなかった。

「おい、返事くらいしろよ。ったく」

宰相は筒を傾けて、流れる水でラドゥルの体についた魔物の体液を洗い始めた。

慣れた手つきでラドゥルの体に触れていく宰相を見ながら俺は、「あれ？　宰相ってこんな雰囲気だったっけ」と思った。

いや、宰相はよく雰囲気が変わる。今までもそうだった。もしかして、丁寧な物言いの宰相は演じているだけで、こっちが彼の本来の性格なのだろうか。

体を洗ってもらっている間も、ラドゥルは何も言わなかった。宰相は、首を傾けて困ったように微笑《ほほえ》んだ。

「何か言ってくれよ。これでも心配していたんだ」

「……」

「……さっきはありがとな。お前のおかげで助かった」

「宰相なんてやってるから、腕が鈍《なま》ったんじゃない？」

「やっと話したと思ったら憎まれ口かよ。可愛《かわい》くないな」

宰相の手を振り払ったラドゥルは、ふんと鼻を鳴らした。機嫌が悪そうだ。

「裏切り者。どうしてあの時王宮からシノを逃がしたの？　レイは俺と仕事どっちが大事なの？」

「うわ、まだ拗《す》ねてんのか」

「レイがシノとラウルを逃がさなければ、俺は今頃《いまごろ》大地の底へ行けてたんだ。あと少しだったのに、レイのせいで」

「俺は宰相だ。あの時は国のことを考えなくてはいけなかった。あの時のシノは何をするか分からなかったからな。お前だってシノに王宮を荒らされたら困るだろう？　あいつはきっと、王すら盾にしようとしていたぞ」

「……分かったよ。もういい。じゃあ、今から協力してほしい」

「おいおい、まだ言ってんのか。いい加減にしろ。ミミとフィルとヒーアはどうするつもりだったんだ？　何も言わずに置いていくのか？」

宰相の目は瞬きしなかった。今まで優しく諭すように言っていたけど、相当怒っている顔だった。

ラドゥルは黙った。

「ヒーアはお前を止められなかった自分を責めてる。ミミはお前のことばかりだ。フィルはとても寂しそうにしている。そんで、いつも尻拭《しりぬぐ》いさせられる俺の身にもなれよ」

「もう時間がないんだ。レイも気付いているでしょ？　この洞窟《どうくつ》は、大地が作り上げた魔物の巣だ。ここの魔物は大地に操られてる。さっき小さな魔物が融合して退路を塞《ふさ》いだのだって、ここに入った人間を逃さないために大地がやったことだ。このまま大地を放っておいたらここみたいな洞窟が次々に生まれて脅威になる」

「だからこうやって討伐に乗り込んだんだろう。一つ一つ潰《つぶ》していけばいい」

「一つ一つ潰すよりも、俺とラウルが大地の底へ行って、大地の根を癒した方が早い。レイも協力してよ」

宰相はすぐに首を振った。

「協力はできない」

「なんでレイはいつも俺の言うことを聞いてくれないの？」

「……分からないか？」

その時、後ろから足音をさせながらシノがやってきた。

「話しているところをすまない。俺も加わっていいか？」

「いやだ。きみと話すことなんて何も無い」

シノは灰紫色の目で、冷ややかにラドゥルを見た。

「お前がラウルを騙《だま》して連れて行こうとしたこと、俺は許していない」

「それはこっちの台詞《せりふ》だよ。情に訴えてラウルの意志を曲げたこと、俺だって許さない。ラウルは俺と約束していたのに！」

「ちょっと待ちなさい。二人とも、喧嘩はよしなさい」

間にいる宰相が、二人の険悪な雰囲気を止めようとしている。けれど言い合いは止まりそうになかった。

「さっきだって、脅すようなこと言ってたよね。心底軽蔑《けいべつ》するよ。そもそも何が騙してるっていうの？」

「言うことを聞かなければ俺を壊すと言ったそうだな。壊れないものを壊れると言い張ったことは騙しているとは言わないのか？」

「壊れない？　俺の血を飲めば誰《だれ》だって壊れるさ。なんなら試してみる？　ほら、飲んでもいいよ。飲みなよ」

「誰がお前の獣臭い血など進んで飲むか。恥を知れ」

「な、なんだって……!?」

ラドゥルは怒り、勢いのままシノに向かっていきそうだった。それを間の宰相が押しとどめる。

「人に迷惑をかけるような、どうしようもないやつですが、一応救おうとして行動したのですよ。一切の私欲はありません。シノさん、あなたの気持ちも分かりますが、怒りをおさめてくださいませんか。私もラウルさんとラドゥルが大地の底へ行くことは反対しているのです。まずは冷静な話し合いを。双方が納得するような解決策も見つかるかもしれません」

「だったら早いところそいつをどうにかしろ。今にも大地の底へ駆けて行きそうだ」

シノは宰相の腕の中で興奮しているラドゥルを指差した。指をさされたことが気に食わなかったのか、ラドゥルは暴れた。

「ラドゥル。いい加減にしなさい」

宰相はラドゥルを拘束して、シノに向かわせないようにした。

「放してよ！」

「あなたの気持ちも分かりますが、一度話し合った方がいいです」

「話し合い？　やだね！」

「……ラドゥル。駄々をこねるのもいい加減にしろ。付き合いきれなくなる」

　宰相に強めの口調で言われ、ラドゥルは急にしおしおと大人しくなった。

「な、なんだよ……そんな怒らないでよ……怖いじゃん……。俺だってラウルを悲しませない方法があるならそっちの方がいいよ……。話し合って解決できるなら、話し合うさ。だけどね、どうしようもないんだよ。いくら話し合っても良い方法なんて見つからない。俺がどれだけ頭を悩ませたと思ってるの？」

「お前の足りない頭を悩ませたところでどうにかできる筈《はず》ないだろう」

「すぐそういうこと言う！　シノのそういうところ、大っ嫌い！」

　叫ぶラドゥルを、もう一度宰相が押しとどめた。

「シノさん、あなた何か考えていることがあるのですか」

「一つある。そのことで聞きたいのだが、地上と大地の底の距離は、どれくらいなんだ？」

「そんなことを知ってどうするの？」

「現在、転送魔法の最大転送距離は、レーヴェル国とリオレア国の直線距離、１２００計だ。大地の底が１２００計以上の深さならば、ある程度記号を書き直さなければいけなくなる」

　シノは淡々と言った。

「もしや、大地の底と地上を転送魔法で繋《つな》げようとしているのですか？」

　宰相が言うと、ラドゥルが「えっ」と驚いた声をあげた。

「本当に？」

「そうだが？」

そんなこと、どうってことないと言うようにシノは頷《うなず》いた。

「無理だよ。不可能だ。大地の底がどういうところだか知らないくせに」

ラドゥルはそれが成功すると思ってはいないようだった。

俺も驚いていた。解決策を考えようとは言ったけど、まさか転送魔法を持ち出すなんて思わなかった。

大地の底と地上を繫げるなんて、できるのだろうか。ちゃんと成功するのか分からない。だけどシノは、成功すると思っているようだった。

「お前が守ってきたというこの国は、魔術師の国だろう。ずっとこの国で生きてきたくせに知らないのか？　魔術には不可能を可能にする力があるんだ」

「知ってるよ、そんなこと。だけどいくら魔術師でも無理だよ」

「無理なことなどない。無理無理言うな」

「どうして俺が無理だと言っているか教えてあげるよ。大地の底と地上とでは次元が違うんだ。深すぎて、世界が違ってしまっている。次元をまたぐ転送魔法なんて無理に決まっている」

次元が違う？　だったら、繫げることなんてできない。絶望した俺とは逆に、シノは顎《あご》に手を当てて
「なんだそんなことか」と言った。

「それは良かった。不確かな距離に不安を持ちながら考案するよりも、次元を超えればいいだけなら、簡単に済みそうだ」

「次元を超えればいいだけ？　簡単に済む？　嘘《うそ》でしょ？　本気で言ってるの？」

「いたって本気だが。俺にできないことはない」

「大した自信だね。だけど、望みを少しでも持ってしまうと、叶《かな》わなかったときの絶望はひどいよ」

「だとしたらどうするんだ？　やはり俺とお前がラウルを巡って争うのか？　俺はラウルを諦《あきら》める気は全くない。お前はラウルを諦めてくれるのか？」

「……そんなわけないじゃないか」

「だろうな。転送魔法さえ完成すれば、俺とお前は争わなくて済む。お前すら尊重しようとしているラウルのために、俺はできるだけ穏便に済むように考えている。俺は転送魔法を完成させて大地の底と地上を繋げる。お前はどうするんだ？　協力するのか？」

シノはラドゥルを見下ろし、フッと笑った。その態度は、不遜《ふそん》で傲慢《ごうまん》で自信にあふれていた。

ラドゥルは黙っていた。

「迷ってる暇があるのか？　やる気がないのなら、俺にラウルを譲り、一生表に出てくるな」

「ねぇ、俺はちゃんと忠告したよ。次元を超える転送魔法なんて叶うわけない。だけど、やってみたいのなら、やってみればいい。きみが納得するまで大地の底に行くのは待ってあげる。その代わり、失敗した時の責任はとれないからね。その時は自分の実力不足を認めて、ラウルのことは諦めてよ？」

「失敗？　誰に向かって言っているんだ」

「きみのその自信に満ちあふれた態度、好きじゃないよ。まあいいさ、知りたいことは教えてあげる。ちゃんと協力するよ。これでいいでしょ？」

「良い返事だ」

シノは尊大な態度で言った。その時、機嫌良さそうに鼻歌を歌いながらメディがやってきた。

「ずっと戻ってこないから気になって来てみたら、なんだか楽しそうな雰囲気。転送魔法の考案、俺も手伝おうか？」

内容を把握しているということは、メディは会話を聞いていたみたいだ。シノは舌打ちをして「また盗み聞きか」と忌々しそうに言った。

「何言ってんのさ。盗む必要がないくらい大きな声で話していただろう？」

メディは楽しそうに言った。とても機嫌が良さそうだった。嬉《うれ》しいことでもあったのだろうか。メディとラドゥルの目が合う。

「さっき、妙にシノとギクシャクしてたから、なんでかなーって思ったんだけど、中身が黄金竜だからだったんだ」

　メディはラドゥルの肩に手を置こうとしたけど、それを避けるようにラドゥルが動いた。メディの手が宙を掴《つか》む。

「避けるなんて酷《ひど》いじゃないか」

「俺、きみのこと嫌い。ラウルの目を通して、きみが何をやってきたか知ってるし、魔法学校ではミミのことをいじめたよね」

「へぇ！　そうなんだ！　ところでミミって誰？」

「ああ、もうめんどくさい。皆さん、疲れていませんか？　この洞窟《どうくつ》に入り、そろそろ丸一日が経《た》とうとしています。休みましょう」

　俺たちは体力を回復するために、見張りをしながら交代で仮眠をとることにした。

洞窟からの脱出

　最初の見張り役は、自分から希望したメディになった。

　二時間後に宰相が見張りを交代することに決め、メディ以外はみんな眠りについた。

　画面が暗くなった。ラドゥルも眠ったようだ。何も聞こえてこない。ただ白いだけの世界。

　時間が経った。

　黒かった画面が、いきなり映って声が聞こえてきた。ラドゥルの意識が覚醒《かくせい》したのだ。

「おはよう黄金竜」

　ラドゥルを起こしたのはメディだった。なんだかニコニコしていた。

「……なに？　俺の番？」

　寝起きの掠《かす》れ声でラドゥルが尋ねたけど、メディは笑顔で首を振った。

「違う。まだ一時間しか経ってない」

「じゃあなんで起こしたの？」

「黄金竜に話があるんだ」

「……暇だからって俺を話し相手にしようとしないでよ。見張り頑張ってね、おやすみ」

溜息《ためいき》混じりに言い、横になろうとしたラドゥルを、メディが掴んで阻止した。

魔物避けに焚《た》いた火が、眼帯をしていない方のメディの顔を照らしていた。

「待てよ。聞いて欲しいな。きっと気にいると思うから」

「やだよ、俺きみのこと嫌いって言ったじゃん」

「昔の俺は、魔術なんて使えないただの子供だったんだ」

メディは嫌がるラドゥルに構わず勝手に喋《しゃべ》り始めた。

「汚い街に生まれた汚い子供。それが俺だった。そして、国の実験台にされた哀れな子供。黄金竜が見守っていたこの国は豊かだね。俺の故郷のレーヴェル国とは大違いだ。あそこは酷い国だった。あ、黄金竜は他国のこと知ってる？　それともこの国だけしか知らない？」

「……レーヴェル国のことは知ってるよ。だけど、俺が守りたいのはこの国だけだ。きみの故郷が酷い状態だとしても、俺の手には負えない。故郷をどうにかして欲しいって言うなら俺には無理だよ」

メディはいきなり笑い出した。そして「違う違う」と言った。

「そんなことを言っているんじゃねぇよ。別にあのクソ国をどうにかして欲しいわけじゃない。それにあの国はもう終わった国だ。ただ、俺は黄金竜に感謝したいだけなんだ」

「感謝？」

「レーヴェル国の王を知ってるか？　あ、もう死んだけど。リオレア国が転送魔法を使って攻めてきた時に、召使いたちに追いかけられて、最後は料理長の包丁で刺されて死んだんだって。ウケるよな」

「……レーヴェルの王は知らないよ。話したこともない」

「ふぅん、そう。でもそれっておかしくないかな？　じゃあ、あの血はどうやって入手したんだろう」

「……血？」

ラドゥルが初めてメディを正面から見た。

「何か察した？　こっちを見たな」

ラドゥルと目が合ったメディは、嬉しそうに笑った。

「あ。そういえば、血は買ったって言ってたなぁ。黄金竜も大胆だ。自分の血を売るなんて。良い金になったか？」

「自分の血を売るわけないじゃないか。奪われたんだ」

「へぇ。まぁそこら辺の経緯はどうでもいいんだけどさ。俺、黄金竜に感謝しているんだ。黄金竜の血は底辺だった俺を救ってくれたから」

ラドゥルが息を呑《の》む音がした。

「まさか、きみ」

「ああ。俺は昔、黄金竜の血を飲んだとさ。壊れそうになったけど、なんとか耐えて力を手に入れた。魔術師の力って素晴らしいよね。お陰でクソ国の王族へ復讐《ふくしゅう》も果たせた」

ラドゥルは何も言わなかった。メディは不思議そうに首をかしげたけど、それもすぐにやめて、懐から小さな銀色のナイフを取り出した。そしてナイフをラドゥルの目の前に持ってきて、ユラユラと揺らした。

「それでさ黄金竜。俺はもっと力が欲しいんだ。シノに勝てるくらいの力が。あいつ、俺とラウルの仲を邪魔してくるんだ。鬱陶《うっとう》しいったらない。だから、もう一度血をくれない？　黄金竜の血を飲めば力が湧《わ》くんだろ？　どこを裂けばたくさん出てくるかな？　手首？　喉《のど》？」

メディはラドゥルの肌に刃を当てて悩んでいる様

子だった。画面越しに逃げるよう言ったけど、ラドゥルは何も行動を起こさなかった。このままじゃメディに傷つけられてしまう。

「ラドゥル、何してる！　抵抗しろ！」

宰相が、ラドゥルとメディの間に割って入った。拍子に、ラドゥルの腕に当てられていたナイフが、すっと動いて肌を切った。切り口からラドゥルの血が流れる。ポタリと落ちた数滴が地面に染み込んでいった時、大きく大地が揺れ始めた。

怒鳴り声がした。宰相が大きな声でラドゥルの名前を呼ぶ。揺れは収まらず、だんだんと洞窟が崩れ始めた。

宰相の体が光り、地竜《ちりゅう》に姿を変えた。銀の瞳《ひとみ》をした地竜は、崩れる天井から俺たちを守るように翼を広げた。揺れはしばらく続いた。

揺れが収まった頃《ころ》に地竜は翼を振って土を払い、みるみるうちに体を小さくしていった。人間の姿になった宰相はあちこち怪我《けが》をしていた。

「皆さん、大丈夫ですか」

「ここ最近で一番ひどい揺れだったな。宰相、助かった。ありがとう」

泥を払いながらシノがお礼を言った。

「あーあ、服が泥だらけ。うえ、口の中がジャリジャリする」

メディが不味《まず》そうな顔をしている横で、宰相がラドゥルに大丈夫かと問いかけた。ラドゥルは腕から流れる血を、布でおさえながら頷《うなず》いた。

「ごめんレイ、俺のせいで」

「お前のせいじゃない」

「何？　さっきの地震は黄金竜のせいかよ」

口の中の土をペッペッと吐いていたメディが言った。

「あえて言うならあなたのせいですよ」

「は？　人のせいにすんなよ」

「大地はラドゥルの血を嫌っています。今回の揺れは、流された血に怒ったのでしょう」

「なるほどね」

頬に手を当てて頷いたメディの手を、シノが容赦なく叩《たた》いた。

「なるほどね、じゃないだろう。お前のせいでこうなったんだ。そもそもそいつの血如《ごと》きでお前が俺を越えられるか。勘違いもほどほどにしろ」

「なんだよ起きてたのかよ。せっかく内緒でシノよりも強くなろうとしたのに」

宰相は溜息を吐《つ》いた。

「先ほどの地震のせいか、充満していた魔物の匂《にお》いがしなくなりましたね。驚いて逃げたのでしょうか」

「そういえばそうだな。気配が全くしなくなった」

ということは、洞窟《どうくつ》の残りの魔物を全《すべ》て逃してしまったということだ。あと少しで全滅させられたかもしれないのに。

シノがメディを睨《にら》んだ。

「あ、それも俺のせい？」

「当たり前だ」


帰路は魔物が出なかったので、すぐに洞窟から出ることができた。道を塞《ふさ》いでいた魔物の融合もなくなっていた。

太陽の光を見るのも久しぶりだ。薄暗く湿っていた洞窟から出ると、シノはすぐにメディを闇魔法で拘束した。

「えっ、ちょちょちょ、何してんの！」

「今回のことでよく分かった。お前は野放しにしてはだめだ」

「悪かったって！　帰り道の間にも散々謝っただろ！　それなのにみんな無視してさ！　雰囲気最悪だったよね!?」

「誰《だれ》のせいだ」

「はいはい！　俺のせいだね！　でもいきなり本気の闇魔法は酷《ひど》くない？　ラウル、助けて！」

助けてと言われても、俺は今ラドゥルの中だから、どうすることもできない。

暴れる素振りを見せたメディを縛り付けるために、

シノは拘束している黒い紐《ひも》を強く引っ張った。苦しそうにぐえっと鳴いたメディは、ぐったりして倒れた。

可哀想《かわいそう》だと思ったけど、宰相もラドゥルもシノのやることに口出ししなかった。ラドゥルは実際に危害を加えられたし、仕方ないのかもしれない。

「うー、ごめんってばぁ。反省してますぅ」

「嘘《うそ》をつくな」

「嘘じゃないよぅ。転送魔法の考案手伝うからぁ」

「いらない。お前の手伝いなど必要ない」

「役に立ちますからぁ」

媚《こ》びるように体をクネクネ動かすメディを、シノは冷たく見下ろしていた。許す気は無さそうだ。

「シノさん、あなたこれからどうしますか？　一旦《いったん》王宮に戻ってきますか？　転送魔法の考案をするなら、王宮の方がやりやすいと思いますし」

宰相が言った。シノは首を振った。

「戻るつもりはない。考案はウィンブルで行う」

「そうですか。では何かあれば通信で連絡をくださいね。洞窟の脅威はなくなりましたし、私はそろそろ戻ります。置いてきた仕事もありますし、レーヴェル国のことなど、やらなくてはいけないことが沢山ありますから」

「大変そうだな。足しになるかは分からないが、こいつを持っていくか？　レーヴェル国に住んでいたんだ。何かと詳しいだろう」

シノが黒い紐を宰相に差し出した。宰相に渡った黒い紐を見て、メディがぎょっとした。

「お、おい！　俺王宮に戻るつもりないんだけど!?　ましてや仕事の手伝いなんて！」

「これは闇魔法ですよね？　私に扱えるでしょうか？」

「問題ない。少しでも暴れたりしたら強く引っ張ればいい。大人しくなる」

「そうですか。便利なものを手に入れました。洞窟の魔物は逃がしましたが、収穫はありましたね」

「おい！　話聞けって！　ていうかレーヴェル国はガキの頃にいただけだから、俺なんにも知らないって！」

「あ、そうだ。魔物は逃がしましたが約束の金貨は払いますよ。あとで魔術師派遣所に立ち寄ってくださいね」

「分かった」

「まじか！　本気か！」

メディは地面に転がったままゴロゴロと暴れた。

「ラウル、助けてぇ。鬼宰相から、奴隷《どれい》のように働かされちゃうよぉ」

メディは不自由な体を虫のようにもごもご動かしながら、ラドゥルの足元に顔を寄せた。ラドゥルは足の位置をずらしてメディを避けると「俺はラウルじゃないよ」と言った。

「んだよ、お前かよ！　とっととラウルに代われよ！」

宰相が黒い紐を強く引っ張った。メディは再びぐったりして何も言わなくなった。

「では、私はもう行きますね。シノさん、ラウルさん、転送魔法の考案頑張ってください。たまに進捗《しんちょく》報告をしてくださいね。ラドゥルも、元気で」

竜化しようとした宰相にラドゥルが話しかけようとした。気付いた宰相はラドゥルに視線を向けた。

「ラドゥル？　何か言いたいことでも？」

「う、うん」

「何ですか？」

「いや、やっぱり何でもない」

黙ってしまったラドゥルを見て、宰相は溜息を吐き、雰囲気を変えた。

「……ラドゥル、いずれちゃんとヒーアたちに謝れ。お前は、あいつらを脅して言うことを聞かせたんだから」

「う、うん。分かった。いつも迷惑かけてごめん」

ラドゥルは素直に謝ると、宰相は苦い表情になった。

「……どうしたんだ、気持ち悪い」

「気持ち悪いって……酷いなぁ」

「珍しく素直だったから、ちょっと寒気が」

「何それ、感じ悪いな！　……レイ、俺、レイへの感謝、忘れたことないから」

小さな声で言われた感謝の言葉を聞き逃さなかった宰相は、驚きながらも微笑《ほほえ》んで頷いた。

竜化した宰相は、ぐったりしているメディを口に咥《くわ》えて飛び去っていった。

ラドゥルは宰相の消えた空を、名残惜しそうにずっと見つめていた。

「まるで今生の別れのようだな」

シノが言った。

「そんなんじゃないよ」

ラドゥルはそう言って俺と入れ替わった。一気に感覚が鮮明になる。

入れ替わったことに気付いたシノが「おかえり」と言った。今まで仏頂面だったシノの顔つきが優しいものになったのでなんだか照れくさかった。

恋をする夜

ウィンブルの宿に戻る前に、洞窟を脱出する時についた泥や土を落とすことにした。

街の湯場で、汚れを洗い落とした後、ローブに着替えようとしたら、手巾《ハンカチ》を手に持ったシノが、俺の頭を念入りに拭《ふ》いてきた。

「ラウルはよく拭かずに着替えるから風邪をひきそうで心配だ。昔からずっと思っていた」

「そうなの？」

「ああ。これからはちゃんと全身くまなく拭いてから、着替えるようにして欲しい」

頭を揉《も》むように優しく拭かれた。気持ちよくて目を閉じたら、シノの手が止まった。気になって見上げると、じっとこっちを見ていた。

「シノ？」

「なんでもない」

シノは再び俺の頭を拭き始めた。

宿に戻ると、シノはすぐに転送魔法の考案を始めた。洞窟《どうくつ》を歩き回ったのに、疲れていないのだろうか。

「シノ、今日はもう寝よう。疲れているときに考案しても進まないよ」

「ラウルは寝てくれ。俺はまだ起きている」

「ダメだってば」

考案図を描こうとしていたペンを取り上げると、シノは怒ったように俺を見上げてきた。

「返してくれ」

「焦らないで。考案は明日から始めよう。今日はゆっくり眠ろう。ね？」

「寝ている暇などない」

「だめ。今日はもう寝る。分かった？」

強引に言い切ったら、シノはむすりとしながらも頷《うなず》いてくれた。

メディが居なくなったから、二つあったベッドが一つずつ使えるようになる。今までメディが使っていたベッドへ行こうとしたらシノに呼ばれた。シノは俺が入れるくらいの隙間をあけて待っていた。もうメディは居ないのに、俺を当たり前のように呼ぶシノに戸惑う。

「どうした？　寝るんじゃないのか？」

空いているベッドをチラリと見る。「え？　もしかして二人で寝るの？　なんで？　狭くない？　せっかくこっち空いているのに」とベッドから言われている気がした。

俺を隣に誘おうとするシノは可愛《かわい》い。とても可愛いけど。

「えっとさ、別々に寝ない？　だって、せっかくベッド空いてるし、メディはもう居ないし、なんか落ち着かないし」

「落ち着かない？」

「う、うん」

多分、意識していることはバレバレだと思う。だけど、一緒のベッドに入り、意識するなという方が無理だ。今まではメディが居たけど、居なくなったとたんにシノと二人きりだということを強く意識してしまう。

シノは以前、俺を性愛的な意味で愛していると言った。俺を愛していると言った男と、二人きりの部屋で一緒に寝ることは……どうなんだろう。

「ラウルが落ち着かないと言うのなら、一緒に寝るのはやめよう」

シノはそう言って、俺を入れようとしていた隙間を自分の体で埋めた。

シノが十年前の子供だったらいくらでも一緒に寝られるんだけど、今はどんなに疲れていてもぐっすり寝られる気がしない。

まだまだやることはあるし、必要以上に意識してシノとギクシャクしてしまってはダメだ。まずは新たな転送魔法を完成させなくちゃ。そう、やることは沢山あるんだ。

次の日から転送魔法の考案を始めた。

魔術師派遣所で支払われた報酬の金貨十枚を使って、食べ物と必要なものを買った後、ウィンブルの街近くの、広大な草原を拠点にすることにした。

転送魔法を描くための広い場所が必要だったからボロ宿は引き払った。

体は近くを流れている川で洗い、食事はシノが用意してくれた。

昔、シノと国中を旅していた時の生活のようになった。なんだか懐かしくなる。まさかまたシノとこういう日々を過ごせるとは思わなかった。

昼は考案に明け暮れ、夜はちゃんと寝て規則正しくすることを心がけた。考案のためとはいえ、楽しい毎日だった。

夜になり、川の水で体を洗った後、シノの元へ戻った。シノはすでに夕飯の準備を終えていて、出来上がった食事を前に本を読んでいた。

「待たせてごめんね。でも、先に食べておいて良かったのに」

シノが本を閉じてこっちを見た。

「ん、どうしたの?」

「いや、別に。食べよう」

なんだかじっと見られた気がした。そんなに見られると動揺してしまう。意味ありげな視線は、意識してしまうからやめてほしいのに。

シノが作る食事はとても美味《おい》しかった。塩をふっただけのただの魚も、極上のご馳走《ちそう》を食べたかのように美味しい。火加減が絶妙だ。

「食べておいてくれ。俺も水浴びしてくる」

「え、うん」

いきなり立ち上がったシノが、こっちを見ずに行ってしまった。気のせいだといいけど、ちょっと乱暴な足取りだった。機嫌を悪くしたのだろうか。

どうしてだろう、俺がシノの料理を手伝わないから? だけど、手伝いを申し出たところで丁重に断られる。

気になったけど、魚の出汁《だし》が溶けこんだ美味しい汁を飲んだら、それに夢中になってしまった。

日にちが経《た》つにつれ、徐々にシノの集中が切れていっている気がした。最近のシノは資料のための本を読んでいても、すぐに閉じてしまう。明らかに集中できていないし、二人で考案の話をしている最中も、ぼんやりしていて、まともに議論することができない。

これじゃあダメだと思い、たしなめてみたけど、謝られただけで改善されることはなかった。このままじゃ次元を超えることのできる転送魔法を完成させるなんて、とてもできそうにない。

「すまない、ラウル、今日はここまでにしよう」

まだ夕暮れ前だというのにシノは疲れたように言った。納得いかなかったけど、シノが辛そうだったので諦《あきら》めた。

今日は川の中で水を使った実験をしていた。もしも大地の底が湿気の多いところだったらという仮定をし、何度も繰り返し転送魔法陣を水の上に浮かべて発動できるかを試した。やっと成功し、次の段階へいくというところだった。もう少し進みたかったけど、シノが辛そうなのだから仕方がない。

びしょびしょになったローブが肌に張り付き、気持ち悪くて裾《すそ》を持ち上げたら、シノが川からあがる音がした。足早に去っていく後ろ姿を見て、溜息《ためいき》が出そうになる。

どうせ濡《ぬ》れてしまっているし、ちょうど良いから水浴びを済ませてしまおうと思い、ローブを豪快に脱いで、冷たい水で顔を洗っていたら、頭の中で声が響いた。
(ラウル)
ラドゥルだ。

俺とラドゥルは、このひと月の間に思念で会話ができるようになっていた。

ラドゥルが言うには何度も白い世界を行ったり来たりしてたから、できるようになったらしい。よく分からないけど、白い世界に行かなくても二人で会話できるのは便利だった。

（どうしたの、ラドゥル）

（最近のシノは全然やる気がないね。もう諦めたのかな。絶対成功させるって自信満々に言ってたのにね）

（そんなことないよ。ただ、ちょっと何かに悩んでいるみたい）

（悩んでる？　何に？）

それには答えられなかった。なんとなく何かに悩んでいる気がしているだけで、シノの考えていることは分からない。

水浴びを終えた後、一着しか持っていないびしょ濡れのローブをもう一回着て、シノのところに戻った。こういう時のために、新しいローブをもう一着買っておいてもいいかもしれない。

後ろから来ている俺に気付いていないシノが、何やらブツブツ言っていた。独り言なんて珍しいと思っていたら「もう限界だ」と言っているのが聞こえて足が止まった。

シノが弱音を吐いている。そんなこと殆《ほとん》ど言わないのに。もしや考案に行き詰まってしまったのだろうか。

シノが俺に気付いて振り返った。目が合い、動揺していたら「どうして髪までびしょ濡れなんだ」と怒ったように言われた。

「えっと、水浴びしてきたから」

「水浴び？」

シノは俺を睨《にら》みつけ、目を逸《そ》らした後、焚《た》いている火に、補充の枯れ木を放り込んだ。赤い炎が勢いを増す。

相変わらず機嫌が悪そうで、気まずい思いをしながら赤い炎に体を近づけた。

水浴びで下がった体温を元に戻そうとしたけど、びしょ濡れのローブを着たままでは気休めにしかならず、体が震え、くしゃみが出た。

「ちゃんと拭《ふ》かないから寒いままなんだ。あとその濡れたままのローブは脱いだ方がいい」

「シノ、なんか怒ってる？」

「怒ってない。俺も水浴びしてくる」

シノは大股《おおまた》で川のある方向へ行ってしまった。迫力に圧倒されて、頷《うなず》くことしかできなかった。

火に当たりながらシノを待っていたけど、帰ってくる気配はなかった。

最後にシノが焼《く》べた枯れ木が燃え尽きてしまうほど時間が経っているのに、まだ帰ってこない。もしや溺《おぼ》れているんじゃないだろうか。

心配になって川へ行くと、シノはいまだに水浴びを続けていた。

出始めた月の明かりが、シノの白い肌を照らしている。昔から日に焼けない子だった。いつも肌は白くてすべすべで、将来はとても綺麗《きれい》に成長するのだろうと思っていた。実際そうなった。

シノはいつから俺のことを好きだったのだろう。まだ子供だった時から、そういう気持ちを抱いていたのだろうか。

いつも紐《ひも》でまとめられている淡紅藤色の髪は解かれ、しっとりと背中に張り付いていた。

子供だった頃《ころ》、シノの艶《つや》やかな髪が好きだった。夜、抱きしめながら撫《な》でると、ひっかかることなく指を通っていくのが心地よかった。

シノの腰が水面を揺らした。後ろから見ると、女の人の水浴びにも見えてしまって、思わず目を逸らそうとしたけど、鍛えられた筋肉が目に入り、思い直した。

俺に気付いていないシノは、冷たい水に頭までズッポリ浸《つ》かって浮上した。それを何度も繰り返していた。

声をかけるのも忘れて、月に照らされたシノの美しい姿に見惚《みと》れていた。

しばらくするとシノが浮上してこなくなった。水に浸かったまま、上がってこない。心配になって、様子を窺うために岸に近づいたら、急に現れたのでびっくりした。シノは俺に気付くと、濡れた髪をかき上げながら、スーと近寄ってきた。

「どうした」

「どうしたじゃないよ。遅かったから気になったんだよ。一体いつまで入ってるの？　とっくに全身洗い流されてると思うけど」

「ああ、そうだな。そろそろあがる」

シノに手を伸ばした。それは川からあがろうとするシノの手助けをするためだったけど、シノは分かっていなそうに「この手はなんだ」と言った。

「引っ張ってあげるから掴《つか》まって」

「……ラウル、俺を子供扱いするな。手を引かれずとも、自分であがれる」

「ほら早く。掴まって」

シノは諦めたように俺の手を握った。引っ張ろうとしたけど、手の冷たさに驚いてしまい、放してしまった。シノはドボンと川へ逆戻りした。

「あっごめん、シノ、大丈夫!?」

なかなか浮かんでこないシノを心配して水面を眺めていたら、にゅっと現れた手に、手首を掴まれて川の中へ引きずり込まれた。

心構えもなく冷たい水に落とされ、うまく反応できずに溺れかけていたら、体を抱かれて浮上した。

「ひ、ひどいよ。鼻に水が入っちゃった」

「ひどいのはどっちだ。掴めと言ったから信じて掴んだのに、まさか放されるとは思わなかった」

「あ、そうだね。ご、ごめん」

何も言えなくなった俺を、シノは笑った。

久しぶりに笑顔を見た気がした。この雰囲気のまま、聞きたかったことを聞いてみることにした。

「シノ、最近集中できてないよね？　悩んでいるなら、相談して欲しい」

シノは笑うのをやめて、こっちをじっと見てきた。

「このままだと、次元を超える転送魔法は完成できないと思う」

シノは少し考えたあと「まあ、そうだな」と呟《つぶや》いた。

「もしかして考案に行き詰まってる？」

「いや、そうじゃない」

「そうなの？　とにかく、何かに悩んでいるなら相談して欲しい。一緒に解決しよう」

「気持ちは嬉《うれ》しいが、俺の悩みを打ち明けたらきっとラウルは困る」

「もしかして俺に関係あること？」

シノは黙った。どうやらそのようだった。

何だろう、いびきがうるさいとかだろうか。とにかく、俺に関することならば俺がどうにかすればいい。簡単に解決できそうで良かった。

「言って。なんでもするから」

「なんでも、か」

シノの視線が下がっていく。一度下まで行った視線が、また上に戻った。くまなく全身を見られた気分になった。そんなにジロジロ見てどうしたのだろう。

「とりあえず川からあがろうか。シノの体、凄《すご》く冷たいよ」

「ラウルは温かいな」

「そりゃ長い間、冷たい川に浸かっていたシノに比べたら」

川からあがろうと言ったにもかかわらず、シノは俺の腰を抱いたまま動こうとしなかった。そして、再びジロジロ見てくる。そんなに見られると気になってくる。俺は何か変だろうか。

「どうかしたか？」

身じろぎしたら首をかしげられた。どうかしたかはこっちの台詞《せりふ》だった。

「別に、何でもない、けど。でも、あんまり見られると気になるから」

シノの視線から逃げるように顔を伏せると、顎《あご》を掴まれて上を向かされた。

「ラウルの心臓の音がする。速いな。少しは俺のことを意識してくれているのか？」

「何言ってるの」

雑に言った言葉とは裏腹に、シノの出す色気に驚いていた。思わず顔をそらしたけど、すぐにシノの指が俺の顔を正面に向けた。

「俺はずっとラウルのことを意識している。それはもう、考案が手につかないほどだ。ラウル、自分で気付いているか？　水に濡れたラウルはとても煽情《せんじょう》的だ。昔から、ずっと触りたいと思っていた」

昔からということは、やっぱりシノは子供の頃から俺を好きだったのだろうか。

シノの手が、腰を撫でた。

「あ、待って」

緊張で体が固まった。

「ラウルは俺に触られるのは嫌か？　一緒に寝ようと言った時も、断っただろう？」

俺は意識しすぎて眠れなかったから、別々に寝たいと言ったのだけど、意図が伝わっていなかったらしい。シノのことが嫌だから断ったと思われていたみたいだ。

「ラウルにとって俺はまだ、ただの可愛《かわい》い弟子か？」

シノが俺の体を押した。倒れないように手で川の中の草を掴んだけど、勢いに押されそうだった。

触れられているところから、じわじわと熱が上がってくる。冷たい川にいるというのに、俺の体温は上がるばかりだ。

本当は、ずっと前から気付いていた。今まで何度も交わしたキスが少しも嫌じゃなかったのは、既に一人の男として愛していたからだ。でも、ずっと気付かないふりをしていた。

可愛いシノを俺の欲望で汚してしまうことに、無意識で躊躇《ちゅうちょ》していたのだと思う。思考を進めようとするたびに、子供だったシノが俺の名前を呼んだ。

シノが俺を王宮から連れ出した夜。

シノがラルではなく、ラウルの俺を好きだと知った夜、ようやく俺もシノに恋していたのだと気付いた。それはきっと遅いくらいだった。

いつからだろう。いつから俺はシノに恋していたのだろう。分からない。いや、分からない方がいいのかもしれない。

シノの情熱的な瞳《ひとみ》を見つめながら、月明かりに反射した淡紅藤色の髪に指を通した。昔と変わらず引っかかることのない指通りだった。あの頃は、健やかであればいいと願い、行く末をずっと見守りたいと思っていた。今は見守るだけじゃ満足できず、もっとずっと近くで感じたいと思う。

シノの灰紫色の瞳が、大きく見開かれた。俺が今から何を言うのか感づいたのかもしれない。

「好きだよ。可愛い弟子のままだなんて、そんなわけ、ないよ……」

恥ずかしくなって、最後は呟くように言ってしまった。シノに欲を抱いてしまうのが申し訳なくて、誰かに謝りたくなる。

一番謝りたいのは昔の自分だ。あの頃の俺は、何からも、誰からも、シノを守ろうとしていたのに、結局は俺がシノを奪ってしまった。純粋なまま愛していた頃が懐かしい。

両頬を優しく挟まれた。冷たい手のひらに心臓が高鳴る。

シノの顔が近づいてきて、目をつむったら、ゆっくりとキスをされた。撫《な》でるように唇同士が擦れて、柔らかな感触に心が震えた。

「ん、シノ」

息継ぎの合間に名前を呼んだら、上半身を岸に押し倒された。

覆いかぶさったシノの唇が追随する。舌が入ってきて、味わうように口の中を舐《な》められる。上顎《うわあご》を往復されて、川に浸《つ》かったままの足がピンと伸びた。

「ぁ、ん、んん」

やまないキスと、押し倒されている体勢が苦しくなって、シノの腕を掴んだら、その手を地面に押さえつけられ、指を交互に絡ませられた。

息継ぎのために顔を動かすと、逃がさないとでもいうように、追われて塞《ふさ》がれた。

侵略のような長いキスがやっと終わった頃《ころ》には、酸素不足で意識が朦朧《もうろう》としてしまっていた。頭の中を舐めまわされていた気分だ。気持ちが良くて溶けてしまいそうだった。

シノは俺の顔を見ながら、恍惚《こうこつ》の表情で艶《つや》っぽく笑った。何か言いたかったけど、唇が痺《しび》れて何も言えない。

「ラウル、大丈夫か？」

だいじょうぶじゃない。全然だいじょうぶじゃない。キスだけで意識が飛びそうになるなんて初めての体験だ。一体どれだけの間していたと思っているんだ。やりすぎだ。

「ラウル」

シノが眩《まぶ》しそうに目を細めながら、俺の首筋に触れてきた。

ギクリとした。このまま続きをするつもりなのだろうか。男同士のやり方は知っているけど、正直言って怖い。それに、こんなに気持ちのこもったキスをした後に触られたら、俺はどうなってしまうのだろう。

（ラドゥル、ラドゥル）

（ん？　なに、終わった？　そういうことをする時は、前もって言ってって約束したでしょ？）

（どうしよう）

俺は思念でラドゥルに助けを求めることにした。

（どうしようってどういうこと？）

（続きをするのが怖いんだ。それに、ここは外だから、誰か通るかもしれない）

（だったら嫌だって言えばいいんじゃない？）

確かにそうだ。まずは言ってみよう。

「シノ、もしかしてこのまま続きをするの？　ここは外だよ。俺、躊躇しちゃうな」

「大丈夫だ、ここは人通りが少ない。夜になれば誰《だれ》も通らない。気になるというのなら人避けの結界をかけてもいい」

「正直に言うと怖いんだ。まだ心の準備が」

「ラウル、すまない。俺もそろそろ限界だ。今までずっと我慢していたんだ。怖くないようにうんと優しくするから、俺に委ねてほしい」

言葉通り優しく微笑《ほほえ》んだシノは、俺の手の甲を持ち上げて、唇を落とした。

（ラドゥル、シノが止まらない）

（そうだね。でもさ、ラウルはシノが好きなんでしょ？　だったらいいじゃない。何が怖いの？）

（え、だって、怖くない？　お尻《しり》使うんだよ）

（怖くないよ、大丈夫だって。へっちゃらへっちゃら。俺ちょっと遠くへ行ってるから、終わったら呼んで）

ラドゥルの声が聞こえなくなってしまった。もう遠くへ行ってしまったのかもしれない。ラドゥルと話せなくなったとたん、意識が目の前のシノに集中した。

「ラウル、愛してる」

切なそうに言われて、胸が締め付けられる。

未知のことだから恐怖はあるけど、シノと一緒ならば耐えられるかもしれない。

「分かった。……いいよ」

シノの目が見開かれ、感極まったように抱きしめられた。

シノは両腕で俺を横抱きにすると、川からあがり、焚《た》き火《び》があるところまで連れて行った。勢いを無くしてくすぶっていた焚き火に、補充の枯れ木を投げ込み、勢いをつけさせる。冷えた体がだんだんと温まってきた。

そして、地面に広く敷いた布の上に、ふわふわの毛皮を積み上げ、そこに俺を寝かせた。

「今はまだ寒いだろうが、すぐに熱くなる。我慢してくれ」

言葉の中の意味を悟ってこみ上げるものがあった。心臓が破裂しそうなほど鳴っている。本当に俺は今からシノに抱かれるんだ。ゆっくりと上に覆いかぶさったシノが、キスをしてきた。時折、口の中を舌で混ぜられながら、何度も口づけをされて、ここに来るまでに一旦《いったん》冷めてしまっていた欲が再び湧《わ》き上がってくる。

シノは、キスをしながら俺のローブに手をかけて、ゆっくりと脱がせた。びしょ濡れのローブはもはや服の意味をなさずに、水分を含んだまま脇《わき》に置かれた。

シノがキスをやめ、俺への愛を囁《ささや》きながら首筋を吸った。ゆっくりと舐められて、息が荒くなってくる。興奮しているのが恥ずかしくて、息を止めたら「我慢するな」と言われた。

首筋から鎖骨へ降りていったシノの唇が、胸の位置で止まる。乳首を口に含まれた。

思わず「あっ」と声をあげたら、もう片方の乳首も指でいじられた。こねるように突起を押されて、出そうになる声を必死に我慢した。

「ラウル、ゆっくり息をして。声は我慢するな」

声を我慢しているうちに息まで止めていたようだ。シノに言われて落ち着いて息を吸った。

「大丈夫、ラウルはただ気持ちよくなってくれればいい」

シノは愛を囁きながら俺の唇にキスをし、冷たい俺の体を温めるように、腕や手などを触った。撫でるように触られて気持ち良かった。

乳首を口に含まれ、転がされた。優しく唇で揉《も》まれるたびに体が跳ねた。

「あっ」

高い声をあげてしまったら、シノが唇を離して微笑んだ。

「ラウル、気持ちいいか？」

うん、と頷《うなず》いたらシノは「良かった」と心底ホッとした顔で言った。

さっきから丁寧すぎる愛撫《あいぶ》に落ち着かない。もっと酷《ひど》くしてもいいのに。

あんまり優しくするから、腰がむずむずしてこそばゆい。労《いたわ》るように触らなくてもいい。もっと激しくてもいい。けれどそれを言うのも恥ずかしくて、丁寧で硬い果実を解《ほぐ》すようなシノの愛撫を、恥じらいつつも受け入れ続けた。

優しい愛撫はしばらく続き、やがて、触れられているところからピリピリと快感がせり上がって、全身が気持ちよさで震えるようになった。

「あっ、うぅ、はぁ、はぁ」

けれど射精するまでには至らなかった。だって、シノは一番の中心を触らず、しつこいくらいその周りばかりを愛撫する。射精できない体は熱を持て余すばかりだ。さっきから興奮を抑えきれず、声を我慢できない。

もっとちゃんと触って欲しくて、シノの頭を両腕で抱き込んだ。

「ラウル？」

「あ、シノ、な、何？」

「頭を撫《な》でるのはやめてくれないか？　子供扱いされている気分になる」

無意識に頭を撫でていたみたいだ。

「あ、ごめ……。我慢できなくて、で、でも、俺も、シノに触りたいから」

そう言うとシノは「煽《あお》られると、優しくできなくなる」とちょっと怒ったように言った。煽るつもりで言ったわけではないのだけど。シノは、俺の手を自分の背中に誘導して「頭ではなく、こっちに手を回してくれ」と言った。

大人しく、シノの背中をぎゅうと掴《つか》んだ。シノの素肌が気持ち良くて、スベスベと背中を触っていたら太ももの内側を撫でられた。撫でている手は、次第に上に上がっていき、屹立《きつりつ》している俺のものに触れて上から下へとすべった。腫れ物を触るかのような手つきがもどかしくて、シノの背中をぎゅうと掴んだ。

もっとちゃんと触って欲しい。

「シノ……っ」

こらえきれずに名前を呼んだら、シノがふっと笑う気配がして、俺の性器をしっかり包んでしごいてきた。すでに先走りでぬるついていた性器は、シノの手の滑りを良くした。

「あ、や、あ、そんないきなりっ……ああっ、待って」

突然の強い刺激に、シノの背中を引《ひ》っ掻《か》いてしまったけど、それを思いやる余裕はなかった。

性急な動きについて行けなくて、なんとか快感を散らそうとして首を振ってもがいていたら、噛《か》みつくようなキスをされてそのまま射精してしまった。

「は、は、あ」

出しきり、惚《ほう》けながら息をしていると、額に浮かんだ汗を拭《ぬぐ》われて、またキスをされた。

「気持ちよかったか？」

素直に頷いたら、それだけでシノの目が優しそうに細くなった。

さっき引っ掻いてしまったシノの背中が気になり、治癒術で治そうとしたら止められてしまった。

「この傷は治さなくていい」

「でも、結構強く引っ掻いてしまったから痛いよ」

「いいんだ。むしろもっと傷をつけてくれて構わない」

「あ、そ、そう」

恍惚《こうこつ》した表情で言われるとなんだか照れてしまって、俯《うつむ》いた。恥ずかしくてシノと目を合わせることができない。

「ラウル、こっちを見て、俺を見てくれ」

顎《あご》を上げられてキスをされた。

シノの手が動いて俺の腰を撫でた。そのまま下へ行き、尻に触れた。反射的に体が硬くなってしまう。

「怖いか？　でも、優しくするから」

シノはいつの間にか持っていた潤滑油のフタを開けて、指で中身をすくった。

そんなのいつ手に入れたんだろう。俺の知らない間に、シノは買っていたみたいだ。

潤滑油を人肌に馴染《なじ》ませながら、シノはじっとこっちを見た。動く気配がない。もしかして俺の言葉を待っているのだろうか。

「あの、いいよ。ゆび、入れても」

「分かった、ありがとう」

真面目《まじめ》な表情で礼を言ったシノは、俺の耳にキスをした。優しくしてくれるのは嬉《うれ》しいけど、「指を入れて」なんて言わされて、逆にこれはいじめられているんじゃないだろうなと錯覚しそうになる。それくらい丁寧すぎる進行だった。

お尻の中にものを入れられるという未知な行為に対しての怯《おび》えを悟られないように、シノ越しの月を眺めていた。少し冷えた指が、そっと尻の奥に触れる。くるくると潤滑油を塗りこむように、指先で穴を撫でられる。

怖いと思いながらも、だんだん興奮しているのが分かった。そこを使って、今からシノと繋《つな》がるんだ。次第に恐怖よりも興奮と好奇心が勝って、いまだに穴を撫でるシノの指をもどかしく思った。早く、と言ってしまいそうなはしたない口を閉じて気持ちを抑えつけていると、狭いところに潜り込むように指がうねりながら入ってきて、咄嗟《とっさ》に出そうになる声を抑えた。

「ん、ぅ」

痛くはなかった。気持ち良いかと問われれば、そうじゃないけど、中で動くシノの指を感じてドキドキした。自然と出そうになる声を止めるために唇を噛んだ。

「辛そうだ。ラウル、痛いか?」

ピタッとシノの指の動きが止まって、俺の顔を覗《のぞ》き込んだ。

辛いのは、自然と出そうになる声を我慢しているからなんて言えなくて、大丈夫と告げると何を勘違いしたのか「すまない」と言いながらシノは指の動きを再開させた。さっきよりも動きが鈍くなりもどかしく思った。もっと乱暴にしてもいいのに。

俺の様子を窺いながら、挿し入れを繰り返すシノの目の中に、興奮したものを見つけてしまって自然と尻の中がうねった。俺は今からシノに抱かれるのだと強く実感する。今指を入れられている箇所に、シノのものを入れられて、揺さぶられるんだ。こみ上げるものがあって、その中には期待も入っていた。シノの指を更に意識してしまい、じわじわと感度は強くなっていった。

シノが何回目か分からない潤滑油の継ぎ足しを行い、再び俺の中へ指を入れた。すでにとても長い時間、シノは俺の中を慣らしていた。

さっきからぐぽぐぽ鳴っている俺の尻穴は、もう十分溶けきっていて、今ならなんでも入りそうだ。入れた指を丁寧に抜いたあと、シノは再び潤滑油をすくって中に塗り込んだ。

「シ、シノ」

「どうした、痛むか？」

「あの、全然痛くないんだ。もう、入れてもいいかも」

「何言ってるんだ。だめだ、まだ一本しか入っていない」

「じゃあ、指を増やして。お願い」

指を増やしてなんてお願いしてしまい、恥ずかしい。

初めてのくせにそんなお願いをするなんて、俺は途方もない淫乱《いんらん》なんじゃないかと錯覚しそうになる。違う、これは丁寧すぎるシノが悪いんだ。俺はそんなんじゃない。

やっと二本に増えたシノの指は、バラバラに動いて尻の中をほぐした。

質量が増し、感じるものも増えて、必死にシノの背中にしがみついた。こうでもしないと、自分で腰を動かしてしまいそうだ。

「あっ、うぅ」

「ラウル、すまない。辛い思いをさせている」

「ちが、あっ」

時々、良いところに指が当たると体が跳ねる。その様を、シノは勘違いして謝ってくる。俺はただ気持ち良いだけなのに。こんなんで、シノのものを入れられたら俺はどうなってしまうんだろう。

シノの指は気持ちがいいけど、二本の指ではいけなくて先走りを垂らしまくっている俺の性器が哀れだった。目からも解放を望む涙が徐々にあふれてくる。

指を抜いたシノが、潤滑油をたっぷりすくった。二本目になってだいぶ時間が経《た》っているのに、一本目の時と同じように丁寧に穴を広げていた。俺の尻穴はもうだいぶ前から性器くらい入れてもいいですよ？　と言いそうなくらいになっている。シノは今回で潤滑油を全《すべ》て使い切る気なのだろうか。

喘《あえ》ぎも我慢できなくなって、シノが中をこするたび、あぁん、なんて叫んでいる。こんな状態だから、シノは俺が感じきっていることなんて分かっているくせに、大事そうにいつまでも二本の指で丹念に慣らしていった。

「シノ、あ、シノ。もういいよ。あ、あ、お願い」

「まだダメだ」

シノは優しく言うと、俺の顔に唇を寄せ、目からあふれている涙を舐《な》めとった。

「あ、もうだめ、もうだめ。はやく。入れて、あっ、はやく」

我慢できなくて、手で自分の性器を触ろうとしたら、取り上げられてしまった。

「まだダメだ。ラウルに負担をかけたくない」

「あ、そんな」

この俺の状態を見て、どこに負担がかかっていると思うんだ。だけどシノは自分の言っていることが正しいみたいな顔をしていた。泣きそうだ。もしかしたらシノは俺をいじめているのかもしれない。

シノは俺にキスをして、その間も尻穴をほぐした。キスの合間に喘いでいたら、尻穴の圧迫が増した気がした。やっと三本目の指が入ってきたのだ。俺は新たな指を苦しく思うことはなく、喜んで体を震わせた。

指がバラバラに動いているとき、ある箇所をかすめて、腰がびくんと大きく二度跳ねた。気持ち良さがじんわりと体中に広がって、やっといけたことに安堵《あんど》した。

「だ、大丈夫か？　ラウル」

シノはなんだか驚いていた。

シノの驚きを余所《よそ》に、気持ちの良い余韻に浸っていたら、違和感に気付いて自分の下半身を見た。

性器が萎《な》えていなかった。

どう考えてもさっきの気持ち良さは射精感だった。なのにどうして萎えていないんだと混乱する。

俺はもしかして、お尻だけでイってしまったのだろうか。前からイケないのなら後ろからいけとでもいうように？　まさか、嘘《うそ》だろう。だって初めてなのに。シノも俺がお尻でイったことが分かっているのだろう。目を見開いていた。

その驚いている顔を見て、泣きそうになった。淫乱だと思われるのが嫌だった。シノはギクリとしたような顔になり、落ち着けと俺を抱きしめた。

「シノがそんなにいじるから。俺、もう入れていいって何度も言ってたのに」

「すまない。少しでも痛みを感じないように、よく慣らさなくてはと思ったんだ」

「痛みなんて最初から無いよ。シノに触られるところ、全部気持ちいいんだから」

「ラウル……っあまりそういうことを言うな」

シノの顔が耐えるような表情をした。

俺の顔の横に手を置いたシノは、ゆっくりと覆いかぶさった。

「ラウル、入れるぞ。痛かったらすぐに言ってくれ。声も我慢するな、苦しくなるから」

この期に及んで俺の心配をするシノにじれったくなる。何度も言うけど、行為を始めてから痛いと思ったことはないし、声ももはや我慢していない。できていない。

いいから早くと言いたいのを我慢して大人しく頷《うなず》くと、ゆっくり腰を進められた。

指だけであんなに気持ちよかったのだから、あんな質量入れられたらどうなってしまうのだろうとドキドキする。先っぽが中に入ってきた。指よりも太くて圧迫感があったけど、それがシノのものだと思うと手放しで気持ちよくなる。太い部分がおさまると、思わず大きく喘いでしまって、シノの動きが止まった。

「ラウル、大丈夫か」

「だいじょうぶ、だから早く……っ」

「分かった」

ぐっと最後まで入ってきて、シノのものが奥に当たったとき、びくりと背中がしなった。びくびくは収まらなくて、気持ち良いのか苦しいのか自分でも分からなかったけど、尻《しり》の中がむず痒《がゆ》くて切なくなる。

最後まで腰を進めたシノは、なかなか動かなかった。耐えるように目をつむって、はぁっ、はぁっと息をしていた。その光景が煽情《せんじょう》的で、中で感じてしまい、きゅうとシノを締め付けた。

「は、あ、シノ、動いていいから、早く……っ」

「ダメだ、ラウルの中が慣れるまでは動けない」

「俺なら大丈夫、だから」

「負担をかけたくないんだ」

ものを入れてまで丁寧な進行のシノは、動いてと頼んでも動かなかった。当の本人は全く負担に思っていないというのに。それより、早く動いて欲しいと思っているのに。

シノが動かないので俺も大人しくじっと耐えていた。そうすると、ちょっと余裕が生まれてくる。

手の届くところにシノの顔があって、キスをしたいと思いながら頬を触った。シノがちょっと驚いた素振りをした。

「ラウル、なにを」

「シノと、キスがしたい」

「それくらい、何度でもしてやる」

そうだ、今までもシノは何度も俺にキスをしてくれていた。俺の願いに応《こた》えてくれたシノが唇を合わせる。

離れた後、目が合ったので照れ笑いすると、食い入るように見つめられた。

冷たかった体はいつの間にか熱くなっていて、シノと繋がっているところは一層熱く感じた。後ろを締め付けるたびに形を感じて切なくなる。初めてだというのに、痛みも苦しみも感じないのは、今までシノが随分慣らしてくれたからだ。シノだって、今まで我慢して、苦しかっただろうに。

大事に慣らされたところは気持ちよさであふれていて、シノのものを咥《くわ》えているという満足感で満たされていた。愛している人とこんな風に抱き合えるなんて俺は幸せだ。

「シノ以外とは、こんな気持ちよさ、きっと味わえない。俺今、すごく幸せだよ」

俺が言うと、シノは目を見開いて、泣きそうな顔になった。

肩からはらりと落ちたシノの髪が気になったので、耳にかけてやり、そのまま頬を撫《な》でた。すると、いきなり手首を乱暴に掴《つか》まれた。

「ラウル……っ」

俺の手を噛《か》んだシノにびっくりして手を引こうとしたけど、シノは放さなかった。

シノは俺の名前を呼びながら、衝動を我慢できないように指の間まで舐め上げた。

睨《にら》みつけるような視線で見つめられて、背筋がゾクゾクした。執着と興奮が入り混じった獣のような目だった。それでも酷《ひど》くせずに甘く噛んでいるシノに、愛《いと》しさが急激に膨らむ。こんな衝動を抑えながら、今まで隠して優しくしてくれたのだと思うと、たまらなかった。

執着心で淀《よど》ませながらも、美しい瞳《ひとみ》をしたシノに微笑《ほほえ》んだ。

「シノ、好きだよ。きて」

「……っ」

凶暴な目で俺を睨んだシノは、噛んでいた手を乱暴に押さえつけ、ギリギリまで腰を引き、一気に穿《うが》ってきた。

「ああっ！」

待ち望んでいた刺激に背中がしなる。たまらずシノの背中にしがみついた。

「あ、ぁっん……あ、あぁっ」

慣らされまくった尻穴は、拒むことなくシノの出入りを許した。擦られるたびに気持ちよくなり、体が昂《たか》ぶっていく。過ぎる快感を散らそうと、いやいや言いながら首を振っていたら、顎《あご》を掴まれ唇を噛まれた。

「あ、ぃ、んっ」

血が出るほどは噛まれなかったけど、そのあとも肩やらを噛まれて痛みが走る。けれどその痛みすら気持ちが良い。大きく喘《あえ》いだ。

「あ、あ、シノ」

シノの動きがだんだん速くなり、追い詰められる。腰が壊れるんじゃないかと思うくらい、激しく奥を突かれた。

「ああ……っ、あっ、あん、気持ちいい……っ」

シノの後ろにある星が回るほど揺さぶられる。爪を立てないようにする余裕はなくて背中をガリガリと引《ひ》っ掻《か》いた。

相変わらず、凶暴な目のシノは、俺としっかり視線を合わせながら、さらに腰の動きを速くした。

「シノ、あ、ひ、あああ……っ」

中に入っているシノのものがある一点をかすめて、その刺激にたまらなくなり、腰を浮かせた。そこはさっき、尻でイった時にこすられた場所だった。

「ラウル……っラウル」

「あっシノ、そこ、あっ、だめ……っ」

ダメだと言ったのに、シノはそこばかり突いてきた。絶頂がくるのを感じる。シノが俺の性器に手を伸ばし、性急に擦りあげた。尻の刺激と前の刺激に追い詰められて、一際高い声をあげて射精したのと、尻の中にどろりとしたものが放たれたのは同時だった。

シノが長く息を吐きながら、俺を押しつぶすように覆いかぶさった。

激しかった余韻をあらわすように、二人の荒い息がはぁはぁと響く。

「ラウル、大丈夫か？　すまない、途中から優しくできなかった。痛くなかったか？」

あれだけ乱れて気持ちいいと叫んでいたのに、そんなことを聞いてくるのだから、やっぱりいじめられているんじゃないかと疑いそうになる。

「だいじょうぶ、すごく、気持ちよかった、から」

「そうか、よかった」

たどたどしい言い方になってしまったけど、シノは安心したように微笑んだ。

「次はもっと優しくするから」

次？　と思う間も無く、シノが覆いかぶさってきた。正直腰が痛かったけど、求められて拒否することなんてできず、そのままもう一度やった。

優しくするという言葉は本当で、先ほどの激しさとは打って変わり、シノは俺の意思を何度も確認してきた。

どこをどうして欲しいなどを散々言わされた。そして、ようやく終わった。と思えば、三回、四回と回数を繋げていき、結局朝方までやり続けて、朝日が昇り始めた頃《ころ》、気絶するように眠った。

夜が明けて

日がてっぺんまで昇りきった頃、目が覚めた。シノは既に起きていて、俺が起きたことに気付くと、おはようと言いながら唇にキスをしてきた。

「体は大丈夫か？　ラウル、声がかすれてる」

「う、うん」

ガサガサな声が出た。どうしてこうなっているかは分かっている。仕方がないと思う。

体液まみれだった体が綺麗《きれい》になっていて不思議に思った。

「一応、体は拭《ふ》いておいたが、動けるなら川で洗い流しておいた方がいいかもしれない」

どうやらシノが拭いておいてくれたようだ。

立ち上がろうとしたら、腰が立たずにその場に倒れた。どうしよう、情けないし恥ずかしい。

「すまない。無理をさせすぎたな。一緒に行こう」

シノは、俺の膝裏《ひざうら》に手を入れ、横抱きにし、そのまま川まで連れて行ってくれた。

川の水で頭と体を洗っていたら、視線を感じた。

「な、なに？」

シノがこっちをじっと見ていた。

そういえば、昨日《きのう》シノは俺が水に濡《ぬ》れているのが煽情的だと言っていた。

視線が強くなっていくので、後は自分でやると言って、先に帰らせた。あのままだったら、きっと危なかった気がする。今の状態ですることになれば、腰が再起不能になる。

これからは水浴びには注意しよう。今思えば、シノの集中力がなくなるのは、俺が水浴びした後くらいだったかもしれない。考案に行き詰まり、弱気になっていたのかと思っていたけど、シノはずっと俺に煽《あお》られていたのだろうか。気付いてしまえば、心配することなんてなかった。

水浴び後、しっかり拭いてから戻ると、シノが機嫌良さそうに考案に勤《いそ》しんでいた。

「とても捗《はかど》っている。ラウルのおかげだ。今日は体を労り、休んでおいてくれ」

「そうだね、そうさせてもらうよ」

悩みが無くなったシノは、肌をツヤツヤさせながら転送魔法を考案していた。反対に腰が痛い俺は、大人しく夜まで安静にしていた。

日が暮れた頃、目が覚めた。どうやら眠ってしまっていたようだ。起きた頃には腰の痛みもマシになっていた。

シノはいつの間にか俺の隣で眠っていた。今のうちにもう一度体を洗おうと思って川へ行き、戻ってくると、誰かが寝ているシノの周りをウロウロしていた。

少年体型の細い体と、緑色のツヤツヤした巻き毛に見覚えがあった。

「フィル？」

声をかけると、シノをじっと見ていたフィルは、勢いよく顔を上げた。

「ラル！」

懐かしい呼び名で俺を呼んだフィルは、駆け寄って抱きついてきた。

どうしてフィルがここにいるんだろう。顔をすり寄せてきたフィルの頭を撫《な》でると、嬉《うれ》しそうに笑った。

「久しぶり、ラル。あ、ラウル、だっけ」

フィルは言いにくそうに俺の名前を訂正した。

「よくきたね、フィル。でも、どうしたの？」

「ラル……ラウルたちが、転送魔法を考案しようとしているって聞いて、様子を見にきたんだ。ねぇ、僕も手伝っていい？」

気持ちは嬉しいけど、転送魔法は並の魔術師が考案できるものではない。フィルにはお手伝いできないかもしれない。だけど、気持ちは嬉しい。

とりあえずシノが起きるのを待っている間、今の王宮の現状を聞くことができた。

強制的に王宮に連れて行かれたメディは、レーヴェル国へ行かされ、民衆を先導する役目を任されているらしい。意外だけど、メディはレーヴェル国で支持されているらしく、民衆も一つにまとまりつつあるようだ。

魔法学校を襲ったメディの宮廷魔術師の資格を剥《はく》奪《だつ》しろという議論にもなったみたいだけど、宰相とリュースが厳しく監視するという条件で、継続になったらしい。実際、メディは宰相とリュースに逆らえず、馬車馬のように働かされているそうだ。

イルマ王子の教育者はアドネになったらしい。シノと一緒に消えた俺については、当初の予定通り、王宮を出たという説明がされているそうだ。真実を知るのは、宰相と竜とメディだけで、イルマ王子は元気にアドネの指導をうけていると聞いて安心した。

「レイに居場所を教えてもらったんだ。ラル……ラウルのお手伝いがしたくて」

さっきから俺の名前を何度も訂正しているのが気になる。言いにくいのなら、無理してラウルと呼ばなくても構わないのだけど。その時、シノがもぞもぞと動いて、かすれた声で「ラウル」と言った。

「そいつはだれだ」

「フィルだよ。何度か会ってるよね」

シノは眠そうにしていた目を見開くと、すぐに俺の体を抱き寄せた。そしてフィルを睨《にら》みつけた。

あ、これは何か勘違いしているぞ。

「帰れ。ラウルは渡さない」

「シノ、違うよ。フィルは転送魔法の考案を手伝いに来てくれたんだって」

「手伝い？」

シノは眉《まゆ》を寄せた。

「お前にできるのか？」

シノは馬鹿にしたように笑った。王宮の一件のせいで、すっかり竜を敵とみなしているらしい。

笑われたのを気にしていない様子のフィルは、ただぼうっと俺たちを眺めるように見てきた。

「さっきも思ったんだけど、どうしてシノからラル……ラウルの匂《にお》いがするの？　あとラウルからもシノの匂いがする。二人とも同じ匂いだ。融合でもしたの？」

「えっ」

ギクリとした。フィルは純粋そうな丸い目をしながら俺たちを見てくる。なんと答えれば良いのか分からず、黙っていると、俺を抱き寄せていたシノがクッと笑った。

「そうだな、融合した。それはもう、何度も」

「そうなんだ。でも融合したら体が一緒になるのに、どうしてまだ別なの？」

「俺たちの融合は、体が別じゃないとできないことだからな」

「普通の融合とは違うの？　どういうこと？」

「知りたいか？」

うん、とフィルが頷《うなず》き、シノがニヤリと笑った。

絶対に楽しんでいる。フィルの前で変なことを言わせるわけにはいかない。

俺は渾身《こんしん》の力でシノを突き飛ばし、フィルに向かって言った。

「融合なんてしてないよ。この前街に珍しい果物が売ってあったから二人で食べたんだ。だいぶ汁が飛んだから、きっとそれのせいで同じ匂いをさせているのかもしれないね」

我ながら苦しい言い訳だと思ったけど、フィルは「へえ、そうなんだ」と素直に納得してくれた。だけど少しして、何か閃《ひらめ》いたように顔を上げ、俺たちに言った。

「レイとラドゥルも、喧嘩《けんか》した次の日は混ざった匂いをさせてたよ。どうしてだろうと思っていたけど、僕たちに隠れて二人で果物を食べていたからなんだね。少しくらい、分けて欲しかったなぁ」

ラドゥルの慌てた声が聞こえた気がした。

ユルルクとフィル

夕飯を作ることにした。

フィルと二人でくんできた水を鍋《なべ》で煮立たせた後、シノが手慣れた動作で切った具材を投入した。

味見をしながら調味料で味を調えていたシノを見ながら、フィルが「すごいね」と言った。

「僕は何もできなかったからよく混ぜる係をしていたよ。食べることは好きなんだ」

「なんの話だ」

料理の話だと思うけど、フィルの言葉に脈絡がなかったからか、シノは不可解そうな顔をした。

「昔はよくこんな風に、みんなでご飯を囲んだよ。懐かしいなぁ。レイは料理上手なんだ。ミミも上手だったけど、たまに凄《すご》く失敗することがあるんだ。ミミが料理当番のとき、失敗しませんようにって祈ってたよ」

本当に懐かしそうにフィルは語った。口元を微笑《ほほえ》ませ、まるで夢物語を語るかのような口調だった。

きっと見た目通りの年齢ではないフィルには、数え切れない思い出があるのだろう。

「お前は一体いくつなんだ？」

シノが言った。俺と同じことを考えたのかもしれない。

「いくつ？」

「年齢のことだ」

「えっとね、三百歳くらい？」

フィルが三百歳？　ちょっと想像していなかった。

俺は唖然《あぜん》とした。シノも驚いていた。

「お前、三百年も生きているのだったら、会話くらいちゃんとしたらどうなんだ」

「僕、ちゃんとしてない？」

「してない」

「へえ、そうなんだ」

「他人事《ひとごと》のように言うな」

鍋の中を混ぜ終えたシノは、少しだけ汁をよそい、味見をした。

「見た目は子供のくせに、長く生きているんだな。あのミミというわんぱく少女もかなり高齢だろう?」

「あのね、ミミは年齢のこと気にしているからそういうこと言わない方がいいよ」

「知るか」

味は合格だったらしく、シノは中身をお椀《わん》によそうと、ずっと物欲しそうにしていたフィルに渡した。フィルは受け取ると、すぐさま口に入れて「おいしい」とニッコリ笑った。

「シノは料理も上手だし、魔術も上手だし、若いのにすごいね」

少年姿のフィルから若いと言われると違和感がある。シノも違和感を覚えたのか、苦い表情をした。

お腹いっぱいになったフィルが寝た後、俺たちもすぐに眠った。朝起きたら、話し声が聞こえてきた。

「うん、無事に会えたよ」

フィルが少し離れたところで通信魔法を使って誰かと話していた。

「フィル?」

呼ぶと、フィルは振り返って首をかしげた。

画面を見ると、映っていたのは宰相だった。どうやら宰相と話していたらしい。

フィルに近づいた。

「フィル、宰相と話しているの?」

「うん、二人と合流できたらレイに言う約束だったから」

画面の中の宰相は俺に気付いた。

「宰相、お久しぶりです」

「お久しぶりですラルさん。転送魔法は順調ですか?」

宰相が俺のことをラウルではなく、ラルと呼んだことに引っかかっていると、騒がしい声が聞こえた。

「え? ラルくん? どうしてラルくんがそこにいるの? ウィンブルには今シノが居るって聞いてた

んだけど……。もしかしてシノについていったの？」

リュースが画面に映った。俺がいることに驚いているようだ。

イルマ王子の教育者を外された俺は、王宮を出たことになっている。だけど、シノと一緒にいるとは思われていなかったのだろう。

「酷《ひど》いよラルくん。僕が命を削りながら一人で王都の結界を張っている間に、シノと二人でイチャイチャしてたなんて」

「い、イチャイチャなんて」

反論しようとしたら、一昨日《おととい》の夜を思い出して言葉に詰まった。リュースの眉がいぶかしげに上がった。

「ちょっとラルくん？　なんで黙るの？」

「リュースさん、あなたは通信魔法だけ使っていればいいのです、静かにしておいてください。ラルさん、それではまた連絡しますね。それと、シノさんに自主的に進行状況の連絡をするようにと伝えておいてください」

リュースはまだ何か言っていたけど、宰相が無理矢理通信魔法を切らせた。

宰相は魔術師ではないから、通信魔法のやりとりをするためにリュースを呼んだのだろう。だけど何故《なぜ》リュースなのだろうか。そう思っていたらフィルが言った。

「あのリュースって人から、いつでも連絡していいからねって言われたんだ。親切な人だったよ」

フィルが目をつけられていたと知って戦慄《せんりつ》した。見た目も中身も可愛《かわい》いフィルは、リュースの好みど真ん中だったのだろう。

リュースにはもう二度と連絡しちゃダメだよ、と言い聞かせたら、フィルは素直に聞いてくれた。

シノが起きたあと、三人でウィンブルの魔法書店にやってきた。

魔法陣について詳しい本があれば購入しようと思っていたけど、俺たちの知識を上回る魔法書は見つからなかった。

シノは手に取った本を開いてはすぐに閉じ、見終わったものを棚に直していた。その横で、フィルがシノの直した本を順々に広げ、眺めていた。……何をしているのだろう。

「特にめぼしいものはないな。次元を超える転送魔法陣を考案するのだから、並の魔術師が書いた本では参考にならない。せめて偉人の本があればいいのだが、禁書になっているユルルクはともかく、そんな大層な魔法書は、店の装飾にこだわり、見てくれだけを良くしたこんな店にあるわけはないか」

物色していた魔法書を、退屈そうに閉じながらシノは言った。

確かにこの魔法書店はとてもおしゃれで、外見にこだわっていそうな店だった。けど、店主の女性が近くにいるのに、そんな大きな声で言うと聞こえちゃうんじゃないかな。

案の定、店主の若い女性が睨《にら》んだけど、シノは気にしていないようだった。

「この街唯一の魔法書店がこれというのだから聞いて呆《あき》れる。どれだけ見ても頭の軽そうな魔術師が書いたようなつまらないものばかりだ」

「ねぇねぇ見てこれ。石に色をつける魔術だって。頑張れば七色もつけられるって。僕、これが欲しいな」

「並以下の魔法書しかないな、この店は」

話しかけたフィルを無視し、シノは次の魔法書を手に取って開いた。その時、女性店主がわざとらしく咳払《せきばら》いをした。

「つまらない店だ」

シノが再び悪態をつくと、女性店主がもう一度咳払いをした。再びシノが口を開く前に、二人を連れて魔法書店を出た。

フィルが「あ、魔法書……」と名残惜しそうな声を出したけど、もう選んで購入できる雰囲気ではない。どうしても石に色をつけたいのなら、俺が塗料でいくらでも塗ってあげると言って、フィルには諦《あきら》めてもらった。

「もー、シノが店のこと悪く言うからゆっくり見られなかったじゃないか」

「だがラウル。俺は事実を言っただけだ。ラウルだって思っただろう。あそこの品揃《しなぞろ》えは最低だった」

「そうかなぁ。面白いものばっかりだったよ？」

意義を唱えたのはフィルだった。シノはフィルに「お前は黙っていろ」と言い放った。

「魔法書の魔の字も知らなそうな奴《やつ》が俺に意見するな」

「僕、魔の字くらい書けるよ？」

「文字ではない。知識の浅さのことを言っているんだ」

「知識？　僕、色々知ってるよ。昔はよく考案した魔術を魔法書にしたりもしたんだ」

「ふん、俺は一通り魔法書を読んできたが、フィルという魔術師など聞いたこともない。よほど大層な魔術を考案したのだろうな」

「僕はユルルクの名前でしか書いたことないんだ。だから、フィルの名前で探しても見つからないと思うよ」

「さっきお前はただの石に色を塗るだけの魔術にとても感動していたな。だが、一つ教えてやる。石に色を塗るのは魔力がなくてもやれることだ。……なんだ？　なんと言った？　ユルルク？」

シノが歩みを止めてフィルに顔を向けた。

「さっきユルルクと言ったか？　なぜお前がその名前を使うんだ？」

「え？」

フィルは意味が分かっていなそうに首をかしげた。

「ユルルクは禁忌を生み出した偉人の名前だ。お前はフィルという名ではなかったか？」

「フィルだよ」

「ではなぜさっきはユルルクと言った」

「だってシノが魔法書の話をしたでしょ？」

「魔法書の話はしたが、ユルルクの話はしていない」

「僕が魔法書を書いた話だよ」

「何を言ってる？」

「どういうこと？」

「分かったもういい。諦める」

諦めてしまったシノの代わりに、今度は俺ができるだけ優しい口調で、諭すように言った。

「あのね、シノはどうしてフィルが、ユルルクという名前を使って魔法書を書いたのかっていうことを聞いているんだよ。だって、フィルの名前はフィルでしょう？　禁忌を考案したことで有名なユルルクの名前で魔法書を書くのっておかしくないかな？」

「何もおかしくないよ？　ユルルクは僕だよ。ずっと昔はユルルクって呼ばれていたんだ。ユルルクのままじゃ生きづらいだろうからって、ラドゥルが僕にフィルっていう名前をくれたんだ」

言い方が自然すぎてフィルの冗談に突っ込むことができなかった。いや、フィルは冗談なんて言うだろうか。

「バカを言うな。お前がユルルクなどそんなことあるわけないだろう。ユルルクはもう死んでいる」

「あ、うん。僕が生きてるってことは他の人には内緒にしてね」

そういえば、ユルルクが実在したと言われているのは、今からおよそ三百年前だ。ちょうどフィルが生きてきた年数と同じだった。俺はまさか、と思ったけどシノは信じていなそうだった。

「あのユルルクが呑気《のんき》にこんな場所に突っ立っている筈《はず》はないだろう。ユルルクは禁忌を生み出した罪で捕らえられ、獄中死している」

「うん。だから、僕が生きてることは内緒だよ」

「まだ言うのか？　お前がユルルクというのなら証拠を見せろ」

「シノは疑《うたぐ》り深いね」

フィルは考える素振りをして、指先で何かを描いた。それは見たことのない陣だった。見慣れない陣を発動させながら、フィルは俺に言った。

「ラル、ちょっと借りるね」

「え？　何を？」

「ごめんね、すぐ返すから」

そう言ってフィルは陣から何かを取り出した。取り出したものはキラキラと光っていて、辺りを眩《まばゆ》く照らしていた。フィルは取り出したものを見て「わあ、すごい、綺麗《きれい》」とはしゃいだ。

「ラルの魂、すごく綺麗だね」

「魂？」

思わず抜けた声を出してしまった。

「魂？　俺の？」

このキラキラ光っているものは、俺の魂だというのか。以前読んだユルルクの魔法書に、魂の分離を可能にする魔術があった。それは間違いなく道徳を犯す行為で、危険故に禁忌とされているユルルクの魔術だった。フィルの手の中にある俺の魂は、握《にぎ》りつぶせば簡単に消えてしまいそうなほど、ユラユラと軽薄に揺れていた。

「もういい、やめろ」

シノが言うと、フィルは俺の魂を陣の中に戻した。魂を剥き出《むだ》しにされていた時、心臓を掴《つか》まれているような恐ろしい気分だった。フィルを怖いと思ったのはこれが初めてだ。気付いたら冷や汗が流れていて、シノに「大丈夫か」と心配された。

さすがに認めないわけにはいかない。フィルは禁忌に手を出し、今でも悪の魔術師の代名詞とされているユルルクだ。全《すべ》ての魔法書が国に保管され、普通では読むことも手に取ることもできない魔法書の主のユルルクだったのだ。

眉《まゆ》を下げながら俺を心配しているフィルからは、禁忌を犯し、様々な人から罪深いと罵《ののし》られたユルルクの影はない。けれど、外聞に及ばず魔法書の可愛い文章は、フィルが書いたのなら納得できる。加えて、無邪気に人の魂を触る様子は確信させるのに十分な光景だった。

「ごめんね、ラル。びっくりさせちゃった？」

フィルが不安そうな顔をしたので、安心させるように微笑みを作った。

魂を触られたことと、フィルがユルルクだったことには驚いたけど、フィルが禁忌で危害を加えるようなことはしないと分かっていた。俺は額を流れる汗を拭《ぬぐ》って大丈夫だよと言った。

フィルがユルルクだなんて全然気付かなかった。だけど、気付けるはずが無い。亡くなったと思われていた偉人が生きていたなんて。

拠点に帰ると、フィルは俺たちの考案している魔法陣をさっと見て言った。

「たったひと月でここまで進んだんだね。二人とも天才だね」

複雑な陣を一目見ただけで理解したフィルに驚いた。並の魔術師ではありえない。やはりフィルは偉人として名を馳《は》せたユルルクなのだろう。

「あ、でも」

フィルは魔法陣を指差した。

「ここは〈挑み〉を描いた方がいいかも。あと〈カタストロフ〉も遠慮せずに大きく描いたら？〈カタストロフ〉は破滅を意味する不気味な文言だけど、この魔法陣の中では大きな変動を生み出すために描いているんだよね？　大変動にするためには、もっと大きく描いた方がいいと思う」

フィルの言っていることは当たっていて思わず感心してしまう。シノはフィルに言った。

「ユルルク、お前の持っている知識を全てよこせ。次元を超える転送魔法陣の考案に協力してもらう」

「うん、いいよ。もともと僕はそのつもりで来たんだ」

それからの考案作業は滞りなく進んだ。フィルの豊富な知識は、考案の勢いを増長してくれた。

想《おも》う心

フィルが来てからひと月経《た》ち、次元を超える転送魔法陣はほぼ完成した。あとは最終確認を済ませるだけだった。

夕食時、シノが作ってくれた美味《おい》しい肉野菜スープを味わいながら、手伝ってくれたフィルに感謝した。

「フィルのおかげだよ。ありがとう」

「ううん、僕は古い知識を知っていただけ。二人が天才だったからだよ。この後、どうするの？　すぐに大地の底へ行くの？　僕としては、一度王宮に戻ってきて欲しいなぁ」

この体は俺だけでなくラドゥルの体でもある。大地の底へ行く前に、ラドゥルに王宮に戻って欲しいのかもしれない。だけど王宮に戻るのをシノが許してくれるだろうか。

シノの方を見た。

「シノ、どうしようか」

「そうだな、一度王宮に戻ろう」

フィルの表情がパッと嬉《うれ》しそうに変わった。

フィルが来てからひと月の間、ラドゥルは一度も表に出てこなかった。

フィルは何も言わなかったけど、内心ラドゥルに会いたかったのではないだろうか。きっと、俺たちのところに来た理由も、半分はラドゥルに会いたいという願望があったからだと思う。表にいるのがラドゥルではなく俺で申し訳ないなぁと思った。

偶然かもしれないけど、フィルが来てからラドゥルは息を潜めている。思念で話しかけても、ずっと無視されていた。

「ねぇラル。色々あったけど、ラドゥルのこと、怒らないであげて欲しいんだ。ラドゥルにとって、この国を存続させることは、とっても、とっても大事なことなんだ。ラルには全然関係ないことだから、迷惑かもしれないけど」

フィルは、いつもの雰囲気に似つかわしくないくらい、眉を下げて、泣いているように微笑《ほほえ》んだ。

「ああ、そうだな。とても迷惑だ。この国がどうなろうと知ったことではない」

機嫌悪そうにシノが言った。

「シノ、そんなことを言ったらダメだよ」

「ラウルを巻き込もうとしたことは許せない」

シノは機嫌を悪くしたまま、鍋《なべ》を熱している火に枯れ木を投入した。

「そもそも、どうしてあいつはここまでしたんだ？長い間自分の血を流し、魔術師を生み出していたのは何か理由があるのか？」

フィルは少し寂しそうに微笑み、夜の空に浮かんでいる月を眺めた。

「僕たちは、変わっていくこの国を見続けた。変わらないものなんてないんだ。だけど、月は何も変わらなかった。それって凄《すご》いことだと思うんだ」

「フィル……？」

フィルは「なんでもないよ、ごめんね」と言って笑った。

「きっかけは、ずっと昔のことだよ。遠い遠い昔のこと。僕もまだ生まれていない時代に、ラドゥルは、罪深いことをしてしまったんだって。そのせいで、大勢の人が死んでしまったらしいんだ。ラドゥルはその時の贖罪《しょくざい》のために、この国を守っているんだって。昔、レイが言ってた」

フィルは思いを馳せるように目を閉じた。

「そして守っている内に、色んな人と出会って、みんながラドゥルに思いを託して、死んでいった。ラドゥルは思いを守るために、ずっと頑張っているんだ。そのことを、レイはとり憑《つ》かれているって言ってた。レイは、そんなラドゥルを解放したいんだって」

以前、宰相に言われたことを思い出していた。

月夜を背景に、託されながら生きていかなきゃいけないのは地獄のような苦しみではないか、と俺に問いかけていた。あれは、ラドゥルのことだったんだ。

機会があれば聞いてみたいと思った。ラドゥルの大事な人たちが、どんな思いを託していったのか。

転送魔法陣の最終確認が終わった。

今日はウィンブルで過ごす最後の夜だった。明日、王宮に帰る。

その後、俺とラドゥルは大地の底へ行く。だけど、ただ行くだけでなく、ちゃんと戻ってこられる。三人で作り上げた転送魔法に間違いはないから、何も心配はない。

ラドゥルも、音沙汰《おとさた》はないけど、きっと喜んでくれているはずだ。

今日は、いつもより月の輝きが鋭く見えた。

「月が……綺麗《きれい》だなぁ」

独り言だったけど、隣にいたシノには聞こえたようで、「そうだな」と微笑まれた。

「覚えているか？　ラウルが俺を初めて街の外に連れ出してくれた日。あの日の夜も月が綺麗だった。決して忘れられない光景になった」

覚えている。キラキラした目で月を見上げるシノは、とても可愛《かわい》かった。ずっと一人で過ごしていた俺に、初めて大切な人ができた日でもあった。大切な俺の弟子を、ずっと守っていこうと思った。シノのことを想うだけで、心が満たされた。

「俺一人では、月の美しさなんてきっと分からないままだった。これからも、ラウルの隣で生きていきたい。だからもう、自分を犠牲にする生き方はやめてくれ。これが終わったら、ずっと一緒に居よう」

「……うん」

シノの気持ちが伝わってくる。

昔の俺は、シノを守ることに必死だった。十年後でもそれは変わらなかった。ひたすらに身を案じ、シノだけを想っていた。自分のことなどどうでもよかった。シノが生きてさえいれば幸せだと思った。

これでいいと思っていた。だけど、そうではなかった。俺のせいで、シノを苦しめていた。

俺は自分の幸せのことしか考えていなかった。置いていかれるシノの気持ちを考えていなかった。でももう、そんなことはしない。お互いを想いながら、シノと生きていく。

「本当に諦《あきら》めなくて良かった」

シノは穏やかな表情をしていた。

夜の風が吹いて、二人で見つめ合い、自然と唇を合わせた。

「ただいま」

フィルが水浴びから戻ってきた。慌ててシノの体を押し戻し「お、おかえり」と声をかけた。

フィルは俺たちをじっと眺めて首をかしげた。

「ラルとシノって仲良しだよね」

フィルの純粋な目と言葉が気まずかった。多分、フィルが帰ってこなければ、続きをしていたかもしれない。

フィルは、俺たちがさっき見上げた夜空を眺めた。

「綺麗だね。こんな日に、開くのかもしれないね。昔、ラドゥルに聞いたことがあるんだ。大地の底の入口はどうやったら開くのって？」

フィルは顎《あご》に手を当てながら言った。

「確か、月が綺麗に見える夜に開くって言ってたよ」

それなら、今日みたいな日に開いてもおかしくはなさそうだ。

地面が動いた気がした。ぐにゃりと歪《ゆが》んだ。あれ？　何だろう、これ。

「ラウル？　どうした？　具合が悪そうだ」

シノは不思議そうにこっちへ手を伸ばした。シノはまるで揺れが気にならないみたいに平然としていた。

この揺れは、俺だけが感じているものなのだろうか。目の前が歪み、差し出されたシノの手が霞《かす》んだ。

（ラウル！）

ラドゥルの声がした。

（シノの手を掴《つか》んで！　早く！）

急いで手を伸ばした。だけど、シノの手を掴む前に、目の前が暗くなってしまった。

大地の底

真っ暗で何も見えなかった。ここはどこだろう。シノとフィルはいなくなっていた。
（ラウル）
ラドゥルの思念が聞こえた。自分以外の声がすることに安心しながら、思念に応答した。

（ラドゥル、おかしなことになっているみたいなんだ）

（ラウル、ここは大地の底だよ。ラウルと俺は、引きずり込まれたんだ。ごめんね、俺が警戒しておかなきゃいけなかったのに）

引きずり込まれた？　まさかさっきの歪みは、大地が引き起こしたのだろうか。

大地の中は、暗くて無音で、とても寂しい場所だった。何も見えない。

（ラドゥル、何も見えない）

その時、赤い光が見えた。赤い光は鋭く閃《ひらめ》きながら、走るようにこちらへやってきた。

(ラドゥル、あれはなんだろう。出口かな？　行ってみてもいい？)

(ラウル、ダメだよ！　逃げなきゃ。あれに触ると引っ張られる！)

(え、え!?)

(早く走って！)

ラドゥルに言われた通り、迫る光から急いで逃げたけど、俺の脚力で逃げられるわけもなく、簡単に赤い光に包まれた。

少しの浮遊感の後、景色《けしき》が変わった。濃厚な闇《やみ》がまとわりついているような場所だった。

(ここは……？)

水の音がした。

ぼんやりと何かが光っていた。光っていたのは大きな木の根だった。

もしや、これが大地の根だろうか。太くて巨大だった。根は、壁一面に張り巡らされていた。

巨大な木の根は、青白く光って、真っ暗な闇をほんのり照らしていた。

(ラドゥル、もしかして、これが)

(うん、そうだと思う。それが大地の根だよ。俺の血を与えすぎて、真っ黒に腐ってしまった可哀想《かわいそう》な大地の根だ)

じゃあ、俺たちは本当に大地の底に来てしまったんだ。どうしよう。前準備がないまま来てしまった。

当初の予定では、俺が大地の底で転送魔法を展開したあと、シノの方でも展開し、二つ同時に発動させるというものだった。

魔法学校の時よりも複雑になった陣は、同時発動しないと転送させることはできなくなってしまっていた。

次元を超えた大地の底では、通信魔法は使えないだろうと仮定して、相手を想えば発光するという石も買っていた。合図はその石で送り合う約束だった。

だけどいきなり来てしまったので、俺の手には石がない。
これじゃ合図を送り合えない。通信魔法を使った
けど、やっぱり繋《つな》がらなかった。距離が遠すぎる、
というか、世界が違うから仕方がない。
（ラドゥル、どうしよう）
不安に思ってラドゥルを呼んだら、大丈夫だと言
われた。
（落ち着いてラウル。さっきから呼吸が荒いよ。ゆ
っくり息をするんだ）
こんなことになるなんて思わなかった。
シノともう離れないと誓った瞬間、離れてしまう
なんて。早く戻らないと。だって、約束したのに。
（ラウル）
思い詰めていたら、ラドゥルに名前を呼ばれた。
（大丈夫。今は、力を貸して）
ラドゥルは「あれを」と言った。
（大地の根を、治して欲しいんだ）
そうだ。俺たちが大地の底に行く理由は、大地の
根を治すためだった。帰らなきゃと思い詰める前に、
やることがある。もっとしっかりしなくては。
両手を広げて、ありったけの治癒の光を大地の根
に注いだ。周囲が、治癒術の光で照らされ、昼間の
ように明るくなった。
俺の治癒術で癒《いや》された大地の根は、煌々《こうこう》と光り始
めた。
どこまでも真っ暗だと思っていた大地の底は、大
地の根から発する光のおかげで、とても明るくなっ
た。
（良かった……）
ホッとしたようなラドゥルの声がして、そのあと
に感謝された。たった一つだけでも、ラドゥルを苛《さいな》
んでいた悩みが消えて良かったと思った。そして明
るくなったからだろうか、少し心が落ち着いた。
（どこまでも真っ暗って聞いていたけど、とても明
るいね）

（そうだね。ラウルが癒してくれたおかげだよ）

大地の根からは、よく分からない気泡みたいなものが出ていた。ぷっくりと現れたそれは、上まで昇っていき、見えなくなった。

（なんだか泡みたいなものが見えるよ）

（呼吸をしているんだ。癒された大地は、とても安らかになっている）

次から次へと現れて上に昇っていく気泡は、幻想的な光景だった。

（これからどうしよう）

試しに転送魔法を発動してみた。

魔法学校の時よりも多くの記号を書き込み、巨大になった陣が、地面いっぱいに広がった。

発動させた陣の中に入ったけど、転送は行われなかった。やっぱり同時に発動させないと転送は叶《かな》わない。

できることはやってみた。何度も転送魔法を発動させてみたり、歩き回って出口はないかと探してみた。だけど出口はどこにも無かった。真っ暗い闇の通路が長く続いているだけだった。

（ラウル、大丈夫？　疲れてない？　一回こっちへ来たら？）

ラドゥルに言われ、休むために精神の世界に入った。

ラドゥルの顔を久しぶりに見た。フィルが来てから、ラドゥルはパタリと気配を消してしまったから。

「ラドゥル、どうしてフィルと話をしてあげなかったの？　フィルは、きっとラドゥルに会うために来たんだと思うよ」

フィルは俺に気を遣って何も言わなかったけど、でもやっぱり本音はラドゥルに会いたかったんだと思う。どうしてフィルがいる間、会ってあげなかったんだろう。

ラドゥルはしばらく黙っていた。偶然かなとも思っていたけど、この沈黙の答えは、やっぱりわざとフィルの前に現れなかったということなんだろう。

ラドゥルは言った。

「俺はね、ラウル。とっても酷《ひど》いことをしたんだ。とってもとっても酷いこと。合わせる顔なんてないよ。フィルにも、ミミにも。俺はみんなのこと、裏切ったから。レイだって、すっごく怒っていただろう？」

ラドゥルは目を伏せながら、とても寂しそうに言った。可哀想だと思ったけど、どう慰めれば良いのか分からない。俺は何も知らないから。

「ラドゥル、話そうよ」

「え？」

「ラドゥルのことを知りたいんだ。少しずつでいいから、ラドゥルのことを俺に教えて欲しい。じゃないと俺は、寂しそうなきみを慰めることができない」

「ラウルは、変な人だよね。俺なんかのことを、知りたいなんて」

「そうかな？」

「そうだよ。……でも、うん、分かった。ありがとう、ラウル」

ラドゥルの昔話を聞いた。

俺はその話に驚いたり、悲しんだり喜んだりした。

話をしてもらうたびに、ラドゥルのことが分かったような分からないような、そんな気持ちにもなった。

最後の光

ラドゥルは話し疲れて寝てしまった。

何もしないのは嫌だったから、休憩する時以外は、出口を探したり、転送魔法を発動させてみたりした。けれど、大地の檻《おり》からは逃げられなかった。

何もできないまま時間だけが過ぎた。ここでは時間の経過なんて感じないから、どれくらい経《た》ったのか分からない。

俺たちはここでどれだけ過ごした？　ひと月？　一週間？　もしかすると、一日も経っていないのかも。

シノは、どうしているだろうか。元気でいるだろうか。最近は、地上のことばかり思っていた。

シノは、目の前で居なくなった俺をどう思っただろうか。突然居なくならないと約束したにもかかわらず、俺はまた繰り返してしまった。

もしかしたら、愛想を尽かしてとっくに忘れているかもしれない。何度も勝手に居なくなって愛想が尽きないわけがない。もしそうだったら、俺のことを忘れて幸せに暮らしてくれていたら嬉《うれ》しい。

話し疲れて寝ているラドゥルを精神の世界に置いて、意識を体に向けた。体に戻ると、感覚が鮮明になった。

大地の根は相変わらず、気泡を出しながら安らかに呼吸をしていた。地上ではありえないような幻想的な景色は、何度見ても美しいと思える。あと何度仰げば、当たり前になっていくのだろう。

「少し、分けてください」

古くなっている根を手で触ると、ポロリと取れた。欠片《かけら》くらい小さいけど、じゅうぶん眩《まばゆ》かった。

欠片を持って、通路に向かい、暗闇《くらやみ》にパラリとまいた。欠片の発光で、通路が明るくなる。

以前から古い根を照明代わりにして、大地の底を明るくしようとしていた。だいぶ範囲が広がってきて、最近は散歩ができるほどの距離になった。意味があるかは分からないけど、何もしないでいるよりは気が紛れた。

暇さえあれば出口を探して歩き回った。大地の底の通路は、迷路のようになっている。行き止まりの道に当たってしまい、来た道を戻ろうとしたらラドゥルの声が聞こえた。

（ラウル、何してるの？）

（大地の底を探検中なんだ）

くすくすと笑われた。

（探検？　ラウルは可愛《かわい》いね）

ラドゥルが起きたので、大地の根があるところまで戻り、体を座らせて精神の世界に入った。再びラドゥルの話を聞いて過ごす。ラドゥルの話は飽きなかった。

話し疲れて、ラドゥルはまた寝てしまった。最近、ラドゥルの眠る頻度が多くなってきている気がした。寝息を立てるラドゥルの頬を撫《な》でて、地上の世界を想《おも》った。シノは、どうしているかなぁ。

それからまたしばらく経った。不思議とここでは空腹にならない。次元が違うからだろうか？　おかしな現象だったけど、食べるものがない環境だったので、ありがたかった。

ラドゥルが起きなくなった。どうしてだか分からない。具合が悪いのではなく、ただ眠っているだけのようだったけど、このまま起きなかったらどうしようと思った。

俺はまさか、ずっとここで、一人で……？　考えたら恐ろしくなるので、極力考えずにラドゥルが起きるのを待った。

ラドゥルが久しぶりに起きた。起きたラドゥルは、「ごめんね、なんだかすごく眠いんだ」と言って俺が止めるのも待たずに再び眠ってしまった。

このまま眠り続け、いつか永遠に目を覚まさなくなったらと思うと不安になった。ラドゥルの体を揺さぶったけど、やっぱり起きなかった。

一人になってだいぶ経った。ラドゥルは起きない。ずっと眠り続けている。大地の底も、もう探検しつくして、目新しいことは何もない。孤独がこんなに辛いものだなんて思わなかった。一人で生きていくのは寂しい。

やることもなく、大地の根の近くで膝《ひざ》を抱えていた。ここには出口なんてない。いくら探しても見つからない。

今どれくらい経ったんだろう。あとどれくらい経てばいいんだろう。その時、近くで足音がしたような気がした。顔を上げるけど、誰《だれ》もいない。

そうだ、足音なんてするわけない。こんなところに誰かいるはずなんかない。

人恋しすぎて幻聴を聞いてしまったらしい。再び顔を伏せようとしたら、また足音がした。だから、幻聴はもういいって。

足音はどんどん近づいてきた。しつこい幻聴を聞いてしまう自分が情けなくて、手で耳を塞《ふさ》ごうとした。だけどその前に、手首を掴《つか》まれた。

思わず顔を上げると、ここにはいないはずのシノがいた。

幻聴に加えて幻まで視《み》てしまっているようだ。そんなに追い詰められている自分が怖い。

このままだとどうなってしまうのだろう。だけど、掴まれている手には感触がある。まるで本当にシノに手を握られているようだった。なんと質の高い幻だろう。消えてしまう前に、わがままな願いごとをしてみよう。俺が作り上げた幻なら叶《かな》えてくれるかもしれない。

「シノ、キスして」

幻のシノは、ちょっと驚いたように目を見開き、それから俺にキスをした。シノのキスの仕方にそっくりだった。この幻は凄《すご》い。久しぶりに幸福感を味わった。

キスはなかなか終わらなくて苦しくなってきた。え？　苦しい？

「んんっ、はぁ、はぁ」

ようやく唇を離された。見上げると、ちょうどシノが唇を舐《な》めているところだった。幻なんかじゃない。本物のシノだ。

「ラウルから求められたらと思うと張り切ってしまった。苦しかったか？　すまない」

「ど、どうして」

「どうしてだと？　不思議なことを聞く。俺がラウルを諦《あきら》めると思うか？　どこに行っても俺は追いかける。それがたとえ、こんな場所でも」

そうだ、シノは俺を諦めない。今更になってまた思い知った。

「あれからすぐに王宮へ帰り、準備を整えて来た。一つ問題があったとしたら、大地への入口がなかなか開かなかったことだな。やはりラウルが傍にいないと、俺は月など美しいとは思えない」

あれからすぐ？　俺とラドゥルは長い間ここに居たのに。時間感覚がずれている。

もしかしたら、次元が違う大地の底と、地上の時間の流れは違うのかもしれない。ここではきっと、途方もないほど、時間がゆっくり進むんだ。

まだ信じられなくて、シノの手を掴んだ。

本物だ。ずっと会いたかった。

前に、俺のことを忘れて幸せになって欲しいと思ったことがある。けど、あんなのは嘘《うそ》だ。大嘘だ。なんでもないふりをしていただけだ。忘れてもいいなんて、そんなこと思うはずない。

シノには俺を絶対に忘れて欲しくない。俺の知らないところで幸せになんてなって欲しくない。ずっと俺だけのことを想っていて欲しい。酷《ひど》い願いだ。シノの幸せを願えないなんて。

俺はきっと、以前よりも強欲になってしまった。

「ラウル、心配した」

シノに抱きしめられる。

「こう何度も消えられたら心臓がもたない。居なくなるのは、これっきりにしてくれ」

顔を上げると、シノの灰紫色の瞳《ひとみ》があった。自然とキスをし、唇を離した後、シノは俺の後ろにある大地の根に目をやった。

「大地の根というのはそれか。暗い底だと聞いていたので、明るさに驚いた。ここに来るまでにも、目印のように通路が光っていたので迷わなかった」

俺が撒《ま》いた根の欠片が、シノをここまで導いたらしかった。

「ラウル、帰ろう。ユルルクが向こうで魔法陣を展開させる」

「あ、でも合図は……」

魔法陣は、同時に展開させなくては発動しない。合図はどうするのだろうか。

「大丈夫だ。手段は持ってきた。……おい、聞こえるか」

(うん。聞こえるよ)

ここに居ないはずのフィルの声が聞こえた。

「最初からこうすれば良かった。俺の魂を、ユルルクに預けてきた。今は魂を通して会話している。ラウルにも、聞こえるか？」

魂を？　それは危険なことだった。向こうでシノの魂に何かあれば、どうなるか分からない。

「危険など厭《いと》わない。なぜ今更そんなことを気にしなくてはならない。俺はラウルがいなくては生きていけないというのに。ラウルを取り返すためなら、万が一魂が壊れたとしても構わない」

シノは俺に執着を見せる時の目で言った。切なくて美しい瞳をしている。その目でもっと見て欲しいと、はしたないことを思ってしまった。

「壊れるなんて、ダメだよ。シノの魂も、何もかも、全部俺のなんだから」

シノは驚いたように目を丸くした。

シノは自分ばかりが俺を愛していると思っているみたいだけど、そんなことはない。俺も負けないくらいシノを愛している。

シノがフィルに合図を出し、転送魔法陣を展開しようとした。その時、声が聞こえた。

(逃がさない)

青白く光っていた大地の根が、赤く染まっていた。

それはまるで血のようだと思った。

この光には見覚えがある。俺とラドゥルはこの赤い光によって、大地の底に引きずり込まれた。

(行かせるものか。黄金竜は私たちのものだ)

あれはまさか、大地が発している声だろうか。こんなことは初めてだった。俺たちがここから出ようとしていることが分かったのだろう。そしてラドゥルを逃がさないようにしようとしているんだ。

「やめてください。もう、根は癒《いや》したのに。俺たちをここから出してください」

(行くな、逃がさない)

「どうしてですか」

(黄金竜は私たちのものだ)

大地はラドゥルを自分たちのものだと言い張った。

違う、ラドゥルはリオレアの神だ。大地のものではない。

シノが転送魔法陣を展開した。

「構わず帰ろう。あいつも大変だな。こんな粘着質な奴《やつ》に好かれて。しつこい奴は嫌われるというのを知らないのか」

その時、大地の赤い光が点滅を始めた。気配が変わる。危険だと思った。

「ユルルク！　転送魔法を発動させろ！」

大地の気配が変わったことに気付いたシノが叫んだ。転送魔法陣が発動し、急いで中に入ろうとした時、体に巻きつくものがあった。

赤い光が俺の体に巻きついて、逃がさないようにしていた。赤い光に体が引っ張られる。シノが俺の手を掴んだ。

「ラウル、絶対に手を離すな」

シノは何度も氷魔法で赤い光を凍らせていたけど、赤い光は触手のように次から次へと伸びてきた。これではキリがない。

赤い光の引っ張る力は強かった。このままじゃ俺を掴んでいるシノまで巻き込んでしまう可能性があった。あの赤い光に引きずり込まれたらどうなってしまうか分からない。シノが危ない目に遭うのは嫌だ。シノを守るために、俺ができることは何だろう。

シノと目が合った。一瞬だけ、ある考えが頭の中を駆け巡った。

いや、だめだ、そんなことしてはいけない。シノと約束したじゃないか。俺はもう自分を犠牲にしたりしない。シノの手を強く握った。

伸びてくる赤い光が多くなり、更に強く引っ張られた。俺と手を繋《つな》いでいるシノまで引きずられる。けれど、手は離さなかった。
(ラウル)
頭の中でラドゥルの声がした。久しぶりに声を聞いた気がする。

(ラドゥル……!)

気付くと、あの真っ白な世界にいた。何度も何度も、繰り返し来ていた場所だった。俺とラドゥルの二人だけで、何度も話した不思議な空間。だけど今は真っ赤《まか》に染まり、俺とラドゥルの白い世界は、赤い光に侵されていた。

「ラウル」

状況に反して、ラドゥルは落ち着いた目をしていた。

「ラドゥル！　どうしよう、このままじゃ」

「ラウル」

ラドゥルは、あの懐かしさを感じる荘厳な瞳で、微笑《ほほえ》んだ。

ラドゥルの周りには、いつの間にか赤い光がまとわりついていた。血のように濃い赤だった。

「大地は、俺を逃がしたくないみたいだね。この赤は、今まで俺がしてきた代償だ。大地の苦しみを無視して、それでも血を流した代償」

ラドゥルは自分の体を這《は》い回る、おぞましい赤い光を撫《な》でた。

「今まで……色々、あったな。長かった。だけど、もうこれで……」

ラドゥルは呟《つぶや》くように言った。

「ラドゥル、どうしよう。あの赤い光はどうすれば晴らせる？　一緒に考えて！」

ラドゥルからは焦ったような様子を感じられなかった。今の状況を分かっているのだろうか。

「ラウル、ごめんね。こんなことに巻き込んでしまって。俺は本当に罪深いね」

「そんなこともういいよ。それよりも、この状態から帰れる方法を」

ラドゥルは微笑んだ。

「ラウル、ごめん。俺は一緒には帰れない」

「……え？」

赤い光がラドゥルの首と腹に巻きついた。

「ラウルだけ帰って。俺は帰れない。これは代償なんだ。少し、分かっていた。俺は大地の底に行ったら、もう戻れないんじゃないかって。最初はね、ラウルも一緒にって思ってたんだよ。だって、一人は寂しいじゃない？　俺はきっと大地に囚《とら》われるから、ラウルも一緒に……って。でも、俺はラウルのことが大好きになってしまったからもういいや。それに、ラウルったらシノのことばっかりなんだもの」

ラドゥルは眉《まゆ》を下げて笑った。

「今まで、二人を引き裂くようなことして、本当にごめんね。こんな俺にも優しくしてくれて、ありがとう。あ、一応シノにも俺が謝ってたって言っといて」

「ら、ラドゥル？　何言ってるの？　やめてよ、そんなお別れみたいな」

「お別れだよ」

赤い光がラドゥルの腕を縛った。ラドゥルは苦しそうに息をして、そして、俺に向かって笑いかけた。

「つ……伝えて、欲しいんだ。ミミと、ヒーアと、フィルに……今までありがとうって」

「あ……！」

ラドゥルが赤い光に囚われていく。手を伸ばそうとしたけど、届かなかった。ラドゥルの体は、すでに消えかけていた。

「あと、レイにも……愛してたって」

赤い光がラドゥルの目を覆った。

必死に手を伸ばした。けれどラドゥルには届かなかった。視界が滲《にじ》んでいく。

「ラドゥル！」

（ありがとう）

囁《ささや》くような声がした後、俺の中にいたラドゥルの気配が溶けるように消えていった。その感覚がとても寂しくて、離れがたくて、目から涙が流れた。酷《ひど》い頭痛がして立っていられなくなり、その場に座り込みそうになる。シノが俺の腕を掴《つか》んだ。

いつの間にか、現実の世界に戻ってきていた。

大地の赤い光は消えていた。シノは今が好機とばかりに俺の腕を引っ張り、転送魔法陣の中に引きずり込んだ。

転送魔法陣の中は、浮遊感が酷く、自分がどこに立っているか分からないほどだった。シノの手を掴んでいなければ、感覚が四方に散ってしまいそうだ。

「ラウル、絶対に手を離すな」

俺は泣きながら頷《うなず》いた。シノはそれを俺が不安がっているからだと勘違いして、安心させるように抱きしめてきた。だけど俺は分かっていた。ラドゥルは、もう……。

その時、転送魔法陣の中が赤く光り始めた。赤い光は、ラドゥルを連れ去った大地の光と一緒だった。大地は俺も逃がさない気なのかもしれない。

赤い光に捕まりそうになった時、黄金色の大量の光が、俺とシノを包み込んだ。

最後の宮廷魔術師試験

今日は、年に一度の特別な日だった。宮廷魔術師試験が開催される日。

朝早くから、王都の人々は会場付近に集まって、会場内に入っていく魔術師に野次や声援を送っていた。

僕は王宮からその光景を見ていたけど、名前を呼ばれて振り向いた。ヒーアが「こんなところに居たのか」と苦笑した。

「なんか面白いもんでもあったか？」

「宮廷魔術師試験、今年は今までのどの年よりも受験者が多いんだって」

ヒーアは僕と同じように窓の向こうを見て「そうか」とぼんやり呟いた。

「今年で最後だもんなぁ」

魔術師の減少が原因で、宮廷魔術師試験は今年を最後に幕を閉じる。

長かった宮廷魔術師試験の歴史が終わると共に、魔術師の威光も一気に減っていくのだろう。きっともう、魔術師大国と呼ばれることもなくなっていく。

少しずつ、この国は変わっていく。変わっていかなくちゃいけなくなったんだ。

僕は、ヒーアの横顔を見ながら、今まであった色々なことを思い出していた。変わらないものなんて、この世界にはない。

「行こうぜ。レイのところ」

「うん」

二人で部屋を出て、レイのところに向かった。

今日は花の香りがするような、暖かい青空の日だった。日々は穏やかに過ぎていく。

もうすぐレイの部屋に着くっていう時に、突然ヒーアが立ち止まった。

「どうしたの？」

「ごめん！　俺は行けなくなった！　一人で行って

くれ！」

ヒーアは急に走り去ってしまった。一体どうしたんだろう。

ちょうどその時、角を曲がったソウマ王子と鉢合わせして「あれ？　ねぇフィル、ヒーアを見なかった？」と尋ねられた。

「あっちに行ったよ」

「ありがとう」

ヒーアが走り去った方向を教えてあげたら、ソウマ王子は意気揚々と追いかけていった。

ヒーアは戻ってきそうになかったから、一人でレイの部屋に向かった。

コンコン、と二回扉を叩《たた》いた。返事を待ってから扉を開けた。

「あ、フィルか。どうした？」

銀髪を三つ編みにしたレイがいた。昔を思い出して、ちょっと懐かしくなった。

レイの部屋は綺麗《きれい》になっていた。元から物は少なかったけど、今はもう何もない。

「あのね、ヒーアから聞いたんだ。レイが行くって」

レイは「あー……」と気まずそうな声を出し、僕の方をチラリと見ると、困ったように頬をかいた。

「そっか。ヒーア、言うの早かったな。俺が出るまで内緒にしておけって言ったのに」

レイは明日王宮を出る。ヒーアから聞いたのは昨日《きのう》だった。ヒーアはずっと知っていたけど、レイに口止めされていたと言っていた。ミミと僕はずっと知らなかった。

「フィル、この国を頼むな。ヒーアを手伝ってやってくれ」

「レイは……戻ってくる？」

レイは笑った。

「ラドゥルを見つけたらな」

あの日、ラドゥルは帰ってこなかった。

代わりに、ラドゥルの伝言を聞かされた。僕は泣いてしまったけど、レイは笑っていた。

「そっか、あいつ、俺のこと愛してたのか」

レイはそう言って笑った。大切なものを撫《な》でるような笑みだった。

あの日を境に、大地の底の入口が開くことは二度と無かった。何度試しても開かなかった。

ラドゥルは分かっていたんだと思う。自分はもう戻れないということ。だから、僕たちに何も言わなかった。

人間だった僕たちを竜にしたのはラドゥルだった。僕たちがまだ竜の恩恵を受けているということは、ラドゥルはきっとどこかで生きている。だから、レイはラドゥルを探しに行く。僕たちの中の竜が、居なくなってしまう前に。

建国神話の第一章には、黄金竜がこの地に降り立ち、人間と初めて出会う場面がある。

昔、ラドゥルが笑いながら教えてくれた。第一章に書かれている人間はレイのことだって。ラドゥルが初めて出会った人間はレイなんだって。ラドゥルはレイが自分を見つけたのだと言っていた。だから、レイならきっと、もう一度ラドゥルを見つけてくれるかもしれない。

「フィル、大丈夫だ。どれだけかかっても、ラドゥルを探し出すから」

レイは昔のように、歯を見せて笑った。

部屋を出たら、ヒーアが僕を待っていた。ソウマ王子はどうしたんだろう。

「レイ、なんて言ってた？　俺のこと怒ってた？」

「怒ってないよ。笑ってた」

「あーそっか」

ヒーアはホッとしていた。

レイは国を出ていくことをヒーアにだけ言い、僕とミミには何も言わずに出て行こうとしていた。

それは、たぶん、ミミと僕が一緒についていくと言わせないため。きっとレイは、一人でラドゥルを探しに行きたいんだ。

見回りの兵士がヒーアに頭を下げた。

「なんかまだ慣れねぇな」

ヒーアはレイの後を継いで、宰相になっていた。

正確に言えば、明日から宰相になる。

レイはラドゥルを探しに行くために、これまでやってきた全《すべ》てのことをヒーアに引き継いだ。

どうしてヒーアに宰相を引き継いだのか。それはたぶんきっと、ヒーアが王宮に残ることを確信していたから。と、ミミが言っていた。

「あ、ヒーア。探したよ。こんなところにいたの」

「う、うわあああ！　出たああ！」

ソウマ王子の声が後ろからしたとたん、ヒーアは走り去ってしまった。

ヒーアはまだ未熟だから、魅了持ちのソウマ王子にあてられてすぐフラフラになってしまう。ソウマ王子に近づかないように必死で頑張っているみたいだけど、最近はちょっと様子が違ってきた。

不思議に思っていたら、ミミが「あーあれね。フリよ。フリ。大体、ラドゥルは居ないのだから、もう王宮に留まる理由なんてないのに。素直じゃないのよ。ばかね」とお姉さんみたいな顔で言っていた。

あんまりよく分からなかったから、今度ヒーアに何がフリなのか聞いてみようと思った。

「あれ？　フィルくん、一人？」

前から来た宮廷魔術師のリュースが、機嫌良さそうにニッコリしていた。

「珍しいねぇ。きみはいつも誰かと一緒にいるのに」

「そうかな？」

「うん、そうそう」

確かに、王宮に来るとすぐに誰かが声をかけてくれるから、そうなのかもしれない。リュースはニコリと笑った。

「誰かと一緒にいる時は、きみの隣の人がいつも僕を睨《にら》むから怖くて近寄れなかったんだよ。ねぇ、お腹空《なかす》いてない？　僕、飴《あめ》持ってるんだけど食べない？　甘いもの好き？」

「お腹、空いてるよ。甘いものも、好きだよ。飴、食べたいな」

「そっかぁ！　じゃあ、ほら、はい。あげるね。飴だよ。僕が作ったんだぁ。美味《おい》しいよ？　いますぐ食べて欲しいな」

「ううん、いらないよ」

僕が首を振ると、リュースは目を丸くして、あれれ？　と不思議そうに言った。

「さっき食べたいって言ったよね？　どうしていらないって言うの？」

「お腹空いたし、甘いもの好きだし、飴も食べたいよ。だけど、リュースの飴はいらないよ」

「うぅ～ん。お腹空いてるし、甘いもの好きだし、飴も食べたいのに、僕のはいらないってどういうこと？　傷ついたよ？　僕泣いちゃうよ？」

リュースは「えんえん」と言いながら顔を覆ってしまった。傷つけてしまったみたい。悪いことしちゃったなぁ。

「ごめんね？　でも、リュースから物は貰《もら》っちゃいけないって、言われてるから」

「へ～？　そんな酷《ひど》いこと言う人は誰《だれ》？　僕怒っちゃうよぉ？」

「えっと……レイと、ミミと、ヒーアと、イルマ王子と、ユマ王子と、ソウマ王子と、リノさんと、アドネと、あと、ラルも言ってた」

「あらら、とても色んな人から言われてるんだねぇ。ちょぇー僕って信用ないなぁ」

皆から信用されていなくて可哀想《かわいそう》だなぁと思ったけど、約束は守らなくちゃいけないから。特に、ラルからは厳しく言われていた。

「そういえばフィルくんってさぁ。どうしてあの人のことラルって呼ぶの？　ラルくんは二年前にいなくなっちゃったじゃない。イルマ王子の教育者を外れて、そのまま」

「そんなことないよ。ラルはラルだよ」

「うーん、フィルくんの話、たまに分からないなぁ。あーあ、ラルくんに会いたいなぁ。どこにいるんだろ。やっぱラルくんが一番良かったなぁ。今までで一番可愛《かわい》かったのになぁ。シノに聞いても何も教えてくれないんだよねぇ。でも、シノも薄情だよね。あの人が現れたとたん、あんなに気にしていたラルくんのこと、全然気にしなくなったんだもん。毎日毎日あの人のところに入り浸りでさ」

そろそろリノさんのところに帰ろうかな。

「アドネは想定通りだけど、最近はイルマ王子までホワホワな顔して行ってるんだよ。僕にはどこに魅力があるのか全然分からないよ」

あんまり遅くなると、心配するかも。

「じゃあ、僕帰るよ」

「あらら、フィルくんって時々脈絡ないよね。でもそういうところも可愛いよ」

「ばいばい」

リュースとお別れをした。

王都は人が沢山だから、何度も人にぶつかりそうになった。今日は宮廷魔術師試験があるから特に人が多い。

途中で、ユマ王子とシノノメを見かけた。二人はフードで顔を隠しながら仲良く歩いていた。

あれ？　そういえば、去年の試験に合格して宮廷魔術師になったばかりのシノノメは、今年の試験の監督役じゃなかったっけ？　もうすぐ始まるのに、こんなところで遊んでいていいのかな？

二人は人ごみに紛れて消えていった。

リノさんの店に戻るため、大通りから小道に入る角を曲がろうとして気付いた。そういえば、この近くだったかも。ラルの治療院。久しぶりに会いたいな。ラルは元気かなぁ。

ラルの治療院は、いつも賑《にぎ》わっているから、忙しそうだったら帰ろう。

少し覗《のぞ》くつもりでウロウロしていたら、突然叫び声が聞こえてきた。

男の人が治療院の奥からびゅうっと出てきて、そのまま走り去っていった。

「ふん、これくらいで不甲斐《ふがい》ないやつだ」

治療院から出てきたシノが、偉そうに腕組みをして、鼻で笑った。何しているんだろう。

シノは僕に気付いていなかった。その後、お店の奥からラルが出てきて、シノを叱《しか》った。

「シノ！　なんてことするんだよ！　あの人、胸が痛いって言ってたのに！　可哀想じゃないか」

「正確には胸が痛いではなく、この鳴り響く胸の鼓動を治めて欲しい、だ。ラウルの手に負えそうになかったので、俺が治めてやろうとしたまでだ。日に何度も訪ねてくるから不憫《ふびん》に思って治療してやろうとしたのに、逃げるなんて情けないやつだ」

ラルは怒っているけど、シノは全然気にしていなそうだった。

「氷魔法で心臓を止めようとしたら、誰だって逃げるよ！　もーこれで何度目？　治療の邪魔をしないでよ」

「ラウル、そろそろ気付け。あいつらは、邪《よこしま》な考えばかり持っている。体の不調を触診で確かめて欲しいなどと言われ、言う通りにするラウルもラウルだ」

「俺の代わりに無理矢理触診して、そのたびに怪我《けが》させるシノもシノだよ。考えすぎなんだよ。みんな辛くてどうにかして欲しいから俺のところに来るのに」

「ラウル、俺も辛い。ラウルのことを想《おも》えば体がおかしくなるんだ。触診して欲しい」

「な、何言ってるの」

ラルは、一歩シノから身を引いた。

「ラウル、どうして逃げるんだ」

「お、俺のシノはそんな変態みたいなこと言わない」

「前も言っただろう？　好きな人の前では全ての男が変態だ」

赤くなって俯《うつむ》いてしまったラルを追い詰めるように、シノが耳元に口を寄せた。シノはとても楽しそうだった。

「ラウル、今夜も……」

「あれ。フィル」

ラルは僕に気付くと話しかけてきた。シノが舌打ちをして、僕を睨んだ。シノは怒りっぽいなぁ。ラルの黒髪が風に揺れてふわふわしていた。ラルは僕の視線に気付くと、澄んだ黒目を細めて、穏やかに笑った。

あの日戻ってきたラルは、別の人の姿をしていた。ラルは泣いていて「ごめん、ラドゥルが」と謝り続けた。僕はその時、全部分かったんだ。

「フィル、どうしたの？　ぼうっとしているね」

ラルとラドゥルは少し似ている。それは外見じゃなくて、ラルがシノを見る目と、ラドゥルが愛したこの国を見る目はそっくりだった。

だけど、ラルの囁《ささや》くような笑い方は、ラドゥルの姿の時よりも、こっちの姿の方があっているかもしれない。この姿のラルが微笑《ほほえ》むと、空気が和らぐ。澄み渡るような気持ちになるんだ。

「ラルは、どうしているかなって、会いにきたんだ」

「そうなんだ。会いにきてくれてありがとう」

ラルは嬉《うれ》しそうに笑った。空気が綺麗《きれい》になった。ラルは転送魔法陣で戻ってきた後、シノと協力して王都に治療院を作った。少しでも、誰かの怪我を癒《いや》してあげたいんだって。

最初は皆、いきなり建てられた治療院をいぶかしんでいたけど、徐々に通う人が増えて、治療院はすぐに有名になった。ラルの治癒術は、すぐに傷を塞《ふさ》ぐ凄《すご》い治癒術だから、みんな驚いていた。

そしてラルはもう一つ、皆を驚かせていた。前に王宮で見せてもらった魔法書を査定に出したんだ。本当に皆驚いて、ラルを奇跡の人と呼んでいた。

ちなみに、一番盛り上がっていたのはアドネだった。この間、ラルの魔法書を三冊も買っていたから、どうしてそんなに買うのか聞いたら、読む用と、保存用と、布教用って言ってた。宮廷魔術師はお金がたくさんあるんだなぁって思ったよ。

アドネはラルの治療院をよく訪問する。この間どうしてそんなに通うのか聞いたら「怪我したからですよ！」って手の甲の擦り傷を見せてくれた。アドネは治癒術師なんだから、自分で治せないの？　って聞いたら、「治せません！」ってすぐに言われた。

アドネのことを考えていたら、アドネが来た。どうしたんだろう。また怪我したのかな？　だけどなんだか急いでいるみたいだった。

「あ、シノ！　やっぱりここにいたのですね！　探しましたよ！」

アドネはシノを探して治療院に来たみたい。シノはよく治療院に来るから目印になるのかも。

この間、たまたま見かけたんだけど、シノはラルに治療院に来るなって怒られていた。シノは夜になっても王宮に帰らずに治療院で寝泊まりするみたいで、ラルはそのことを怒っていた。ラルは腰をさすりながら「毎日はきつい」って言っていた。

シノはラルに怒られたあと、項垂《うなだ》れて悲しそうにしていて、ラルはそんなシノにアワアワしながら「やらないなら来てもいいよ」って言っていた。ラルの返答を聞いてニコッて笑った時のシノは、ちょっと悪そうな顔をしていた。

ラルは後日、ヒーアから腰によく効く薬を貰《もら》っていて、それは、ヒーアもよく飲んでいる薬だった。

ラルがアドネに気付いて声をかけた。

「あ、アドネさん。どうしたんですか？」

ラルがアドネを呼んだ瞬間、アドネは雷魔法に打たれたみたいな顔をした。

「ラ、ラ、ラウ、ラ、ラ……！」

アドネは喋《しゃべ》るのが大変そうだった。

「ラウルさま！　今日もお元気そうで何よりです！　いつも思いますが、どうしてラウルさまの周りは光に満たされているのでしょうか？　不思議でなりませんが、これもラウルさまの奇跡がなせる技なのでしょうね。あぁ、いつ見ても尊い。ラウルさまの周

りには光があふれ、草木は喜び、風は舞い、妖精《ようせい》たちが……」

「チッ。どうしてこうも次から次へと……」

舌打ちしたのはシノだった。ラルはなんだか気まずそうに頬をかいていた。

「あー……あの、またお怪我でもしました？」

「ラウルさまが私を気遣ってくださるなんて……ああ、神よ。私はこんなに幸せでよろしいのでしょうか。いつか罰が下りそうで怖いですね。天から降る炎が、私とラウルさまを引き離すことがないよう祈ります」

「う……やりにくい」

アドネはさっきから怖い目をしていた。そういえば、アドネがラルと喋る時はいつもこんな感じだなぁ。ラルは溜息《ためいき》を吐《つ》いていた。

「アドネ、俺に用があって来たのではないのか」

シノはなんだかアドネに怒っていた。シノはやっぱり怒りっぽいなぁ。

「あ、そ、そうでした！　ラウルさまが神々しすぎて、うっかり昇天するところでした！　それはもう！　夜の空に浮かんでいる星と月が落ちるような衝撃が私を襲い……！」

「アドネ、俺に何の用だ」

「そうそう。シノノメと、ユマ王子を知りませんか」

シノノメとユマ王子？

「知らんな。シノノメは今年の試験の監督役だろう。会場にいるんじゃないか？　ユマ王子も、試験の口上を任されているはずだ」

「と、思いますよね？　それがいないのですよ。ユマ王子も、シノノメも」

「は？」

シノは驚いていた。

「いないとはどういうことだ？　もうすぐ試験は始まるんじゃないか？　お前も一次の試験官だろう？　こんなところにいていいのか」

「良いわけないじゃないですか。もう準備に入らないといけませんよ」

「だったらここに来ずに、早くシノノメとユマ王子を探して会場に行け」

「だから、シノノメとユマ王子は探してもいないのですよ」

「お前、どうしてここに来た」

シノはどうして、と言ったけど〝どうして〟アドネがここに来たのか分かっているようだった。だってシノは苦い顔をしていたから。

「シノノメが見つかるまで、監督役を引き受けてくれませんか？　ユマ王子の口上は、イルマ王子に引き受けてもらいました。あとは監督役だけなのですが」

アドネはシノに頼み事をしに来たみたいだ。シノノメがいなくなった代わりに、シノに来て欲しいらしい。

シノはすぐに首を振った。

「嫌だ。今日の俺は休みだ。今日のためにどれだけ仕事を詰めたと思っている？　宮廷魔術師試験の受験者が怪我を負うと、ラウルの治療院に続々と運ばれてくるんだ。俺はそいつらを監視しなくてはならないので、受験者の監督などやっている暇はない。他のやつにやらせろ」

断った時のシノの顔は、鬼気迫っていた。シノがラウルの治療院に残ることはとても大事なことらしい。

「空いている者がおりません。リュースも三次の試験官ですし。シノは何度か監督役を任されたことがあるでしょう？　段取りなどは、分かっていますよね？」

「分からない。今日の俺は何も分からない」

シノはいつも頭が良いのに、急に何も分からなくなってしまったみたい。大丈夫かな？

「わがままはよしなさい。休みなら、今度取らせてあげますから」

「わがままだと？　今日の俺は正当な休みだ。それなのに、わがままなどと言われる筋合いはない。今度の休みなどいらない。今日しかないんだ。俺には分かる。続々と運ばれる受験者が、すべてラウルに惹《ひ》かれていく。今年の受験者は今までの中でも段違いに多い。それらがすべてラウルに夢中になったらどうする？　お前は責任取れるのか？」

「シノ、行ってきなよ。みんな困ってるんだから。駄々をこねるのはよくないよ」

ラルが言うと、シノはとても衝撃を受けたような顔をした。

「くそ、シノノメのやつ、今度会ったら覚えておけよ」

ラルに怒られたシノは、観念したようにアドネと行ってしまった。僕は、シノとアドネに手を振っているラルの袖《そで》を引っ張った。

「ラル」

ラルは首をかしげて「どうしたの？」と言った。

「僕、さっきユマ王子とシノノメを見たよ」

「え？　本当に？　二人はどこにいたの？」

「王都にいたよ。人混みに紛れてすぐに見失っちゃったけど。そんなに遠くへ行ってないと思うよ」

「そうなんだ。じゃあ、二人を探しに行く？」

「うん」

ラルは僕の手を握って歩き出した。

前に王宮でも、ラルは僕の手を握って、アドネを一緒に探してくれたことがあった。あの頃《ころ》とは違い、ラルの手は大きくなっている。

「明日ね、レイが王宮を出るんだ」

「……うん、そうだね」

レイがいなくなると言ったのに、ラルは驚かなかった。知っていたのかもしれない。

レイは王宮を出ることをラルに言っていたんだ。もしかしたら、レイは僕とミミにだけ、内緒にしていたのかも。

「フィル、ラドゥルはね、ずっと後悔していたよ。自分は、みんなに酷《ひど》いことをしてしまったって。だから、合わせる顔なんてないんだって。ずっと、ずっと。あの暗い大地の底で、多分、今もきっと」

ラルの横顔をじっと見つめた。ラルはそよぐ黒髪をおさえて、僕の方に目を向けた。

「宰相に、ラドゥルのこと、見つけて欲しいな。あの日、ラドゥルを連れて帰れなくてごめんね」

僕は、あの日のことを覚えている。転送魔法で帰ってきたラルは、ラドゥルを連れて帰れなくてごめんと泣いていた。

後で聞いたけど、大地の底に残ることはラドゥルが決めたことらしい。だから、ラルは負い目なんて感じなくていいんだ。

優しい人は、いつも自分よりも他人のことを考えてしまう。そして時に、簡単に自分を犠牲にしようとする。そんなのは、見ているだけで辛いよ。でもね、誰かのために奔走する優しさを見ていると、とても温かい気持ちになるんだ。そして、その温かさを、僕以外の人にも分かって欲しいって思う。

昔、ある人が教えてくれた。それは愛だよって。

誰かを愛せる人の周りには、愛があふれるらしいんだ。与えられた愛は、また次の愛を生んで、優しい人が増えるんだって。それは素敵なことだと思ったよ。僕はあの時、とても大切なものを貰《もら》っていたんだね。

ラルと一緒に、シノノメとユマ王子が行きそうなところをしらみつぶしに探した。

市場、魔法書店、景色《けしき》の良い場所。人が多かった。みんな活気であふれている。子供を抱いているお母さん。娘と歩くお父さん。大切な人と歩く若い人たち。幸せな光景。

ねぇ、見て欲しいんだ。ラドゥルが夢見た世界は、ラドゥルが守ってきたこの国は、こんなにも愛であふれているよ。ラドゥルはいつも全《すべ》てを後悔してたけど、この光景はラドゥルが伝えたものだよ。

「あ、ラウルさん。こんにちは」

知らない人が、ラルに話しかけていた。ラルは、とても丁寧にお辞儀をして、その人と会話した。

「ラウルさん、この前はありがとう」

また知らない人が、ラルに話しかけた。ラルは笑顔でその人を受け入れた。

「ラウルさんのおかげで、体が軽いんだ」

みんながラルに話しかけていた。僕は嬉《うれ》しくなった。ラルの周りには、いつも沢山の人がいる。きっと、愛があふれているんだね。

結局、ユマ王子とシノノメは見つからなかった。ラルも、治療院の仕事があるからと戻っていった。

僕は、一度様子を見に、試験会場に行ってみることにした。そしたら、アドネに怒られて意気消沈しているシノノメと、イルマ王子にしがみつかれているユマ王子がいた。

「兄上、私は兄上を離しません！　もうどこにも行かないでください！　いきなり口上だなんて、私がどれだけ緊張したと……！」

「ははは、イルマ。大袈裟《おおげさ》だな」

ユマ王子は楽しそうに笑っていた。あまり反省していなそうだった。

そんなユマ王子に、シノが冷たく言った。

「大袈裟ではないです。ユマ王子は皇太子としての自覚はありますか？　もう国を背負う立場になっているのですから、思いつきで行動しないでください。お陰で私は心残りを抱えて仕事をする羽目になってしまいました。今日のために私がどれだけ身を粉にして仕事を詰めたと思っているのですか。責任は、誰《だれ》が取ってくれるのです」

シノはユマ王子を叱《しか》っていたけど、なんだか私情も入っていそうだった。後半の言葉に熱がこもっている。

「まあまあ、そんなに怒るな。始まるまでには戻る気でいた。現にこうして戻ってきただろう」

ユマ王子はケロリとシノに言い返した。シノの表情が凍り始めていく。気付いたシノノメが、慌ててシノに謝った。

「ご、ごめんなさい。僕が悪いんです。ユマの誘いを断れなかったから……」

「シノノメ、なぜ謝る？　おぬしは悪くないだろう」

「なぜだと思いますか？　ユマ王子、あんまりシノノメをいじめると、こいつはまた思い悩みますよ」

「いじめてなどいない。さっきだって、シノノメは私と一緒にいられて嬉しい嬉しいと喜んでいた」

「ユ、ユマ！」

その時、部屋の中に侍従が入ってきてユマ王子に口上を促した。

ユマ王子の雰囲気が打って変わると、さっきまでのごちゃごちゃした空気が一掃された。ユマ王子は、ついこの前リオレアの王様から王位を継ぐことを認められたばかりだった。

ユマ王子の口上が終わったあと、受験者たちの試験が始まった。僕はせっかくだから、試験を見学することにした。ラドゥルの血を飲んで魔術師になった人たちが、最後の宮廷魔術師になるために頑張っていた。

後ろから「ユルルク」と呼ばれた。僕をユルルクだと知る人は限られている。そして、知った上で僕をユルルクと呼ぶ人は一人だけだ。シノだった。

「お前は行かないのか」

なんのことだろう、と思って、ああ、レイが王宮を出る話か、と思った。

やっぱりレイは、僕とミミにだけ言わなかったみたい。

「うん。レイならきっと、見つけてくれると思うから」

それに、レイは一人で行きたがっている。

「そうか。二年前のこと、すまなかった。あいつを連れて帰れなくて」

シノの不思議な色の目は、僕をじっと見ていた。僕は首を振った。

「ううん。謝ることなんてないよ。ラドゥルは、多分、こうなることを望んでいた」

僕はずっと思っていたことがある。

ラドゥルは思い悩んでいた。これでいいのかといつも辛そうにしていた。

ラドゥルはもしかしたら、辛くて辛くて消えてしまいたかったのかもしれない。だから、ラドゥルはこんな方法を思いついたのかもしれない。

本当のことは誰にも分からない。別の意図なんてなくて、ラドゥルもこれが最善だと思っていたのかもしれない。いつかそのことを聞ける日が来るといいな。

合格者の名前を、アドネが義務のように呼び始めた。

名前を呼ばれて喜ぶ人。呼ばれなくて悲しむ人。笑顔の人。泣いている人。

そういえばシノも、宮廷魔術師なんだよね。シノもここで自分の名前を待ったのかな。

シノは、じっと試験の様子を眺めていた。

「シノも、この試験を受けたんだよね」

シノは僕を見た。

「ああ。そうだな。あの日の俺は、この場所だけが希望だった」

シノはそう言うと、次の瞬間には安らいだ表情をしていた。

「今は、別の場所にある」

シノはふっと笑って、踵《きびす》を返した。

「どこに行くの？」

「帰る。シノノメもユマ王子も戻ってきたから、俺は必要ないだろう。俺にはやらなきゃいけないことがあるからな。片時も離れられない」

シノは、今から戦場に行くような顔をしていた。誰と争うんだろう。シノは行ってしまった。

アドネが名前を呼び終えて少しした後、二次試験が始まった。シノはさっき、この場所を希望だと言った。

この場所は、今試験を受けている誰かの希望になっていたりするのかな。

僕と同じくらいの少年が、大人の魔術師を相手に戦っていた。頑張って欲しいな。

勝ち取った先に、彼の希望があるかもしれない。

名前も知らない彼のために祈りを捧《ささ》げた。

エピローグ　ラウルの弟子

昔からリオレアの国には不思議な加護がある、と南の国フウネルの人々は言った。

それは竜の加護だと、北の国メイクヴァーンの王は言った。

西の方にある亡国となった故レーヴェル国の前王は、リオレア国には人の姿をした竜がいると血迷ったことを生前言っていた。

東の方のシンメイ国の宰相は、リオレア国の竜は敵に回すなと王に進言したらしい。

竜の加護があったリオレア国では、魔術師という不思議な人間が生まれることが多々あった。魔術師大国と呼ばれたリオレア国では、優れた魔術師を輩出するため、宮廷魔術師という役職を設け、それに伴う試験を一年に一度だけ開催するようになった。

リオレア国の宮廷魔術師という存在は、諸国に響き渡ることになる。毎年、新たな宮廷魔術師が誕生するたび、諸国は戦々恐々とした。

十二年前の宮廷魔術師試験の日、十四歳という驚異的な若さで天才魔術師が合格したと知った時、シンメイ国の宰相は、またあのリオレア国の竜に足元を見られるのかと頭を覆った。

近年、生まれる魔術師が減ったため、試験は今年で廃止されることになったが、それでもリオレア国の宮廷魔術師の活躍は、最後まで途絶えることはなかった。

特に、十二年前に宮廷魔術師になった天才魔術師の活躍は著しかった。名だたる偉人でもなし得なかった、空を飛ぶ魔術、離れたところで会話する魔術、魔力を分け与える魔術、終《しま》いには人を離れた場所へ一瞬で移動させる転送魔法陣まで考案した。その天才魔術師に、諸国は最後まで恐れていた。

諸国はその天才魔術師を警戒し、何かできることはないかと常に考えを張り巡らせていた。

天才魔術師に付け入る隙などない。だが、情報によると、何者も寄せ付けないような厳しい目をしている天才魔術師が、ある時だけ安らいだ表情をするというのだ。

シンメイ国の宰相は、その瞬間に、天才魔術師に付け入る隙ができるのではないかと閃《ひらめ》き、天才魔術師の弱みを握るために、リオレア国へ密偵を潜らせた。

リオレア国へ潜った密偵は、早速聞き取り調査を行った。

まずは、力強い火魔法を操り、単純な火力ではリオレア国随一であろう宮廷魔術師リュースと接触することに成功した。

密偵は、早速宮廷魔術師リュースへ天才魔術師の聞き込みを行った。

「シノのこと？　シノは酷《ひど》いんだよ。昨日《きのう》も僕が連れてきた子を逃がしてしまったんだ。うーん、でもやっぱり、どんな可愛《かわい》い子でもラルくんには敵わないなぁ。ラルくんが今まででで一番最高だったよ。会いたいなぁ。ラルくん今頃《いまごろ》どこで何してるんだろう」

宮廷魔術師リュースは、ラルという人物の話ばかりしていた。有力な情報は聞けなかった。

次に、宮廷魔術師のアドネと接触できた。

が、天才魔術師の話になると瞬く間に興奮して何を言っているのか分からなくなってしまった。

「シノは酷いんです。私をラウルさまに近づけさせないようにするんですよ。この前だって、私がラウルさまの悪口を言っていた魔術師を刺したなどと吹聴して……そりゃまあ、それは本当のことですが……。でも、そのせいで、ラウルさまに注意されてしまったのです。え？　私の何が悪かったのです？その日から、ラウルさまは私のことを怯《おび》えた目で見てくるのですよ。私が何かしたでしょうか。私はラウルさまを崇拝しているだけだというのに、おかしいですよね？　まさか、シノがまた何か言ったのでしょうか。許せませんね。納得なんてできません。そういえば最近トマトを食べるのをやめたのですよ。ラウルさまに近づくためにはラウルさまと同じ食生活を行った方が良いと思いましてね。ところがそれを言った時のラウルさまの表情がびっくりするほど引いていたのですよ。私はそんなにおかしなことを言ったでしょうか？　憧《あこが》れの人に近づきたいと思うのは、人として当たり前の感情でしょう？」

潜り込んだ者は怖くなって逃げた。

後ろで「ちょっとあなた！　まだ話は終わってませんよ！　私がラウルさまの魅力を教えてあげますので待ちなさい！」と叫んでいた。ここでも有力な情報は聞けなかった。

次はリオレア国の第三王子、諸国の間では、腹黒い者が多いと噂《うわさ》のリオレア国の中の唯一の癒《いや》しとして名高い、イルマ王子と接触できた。

イルマ王子は空を見上げて溜息《ためいき》ばかり吐《つ》いていた。

天才魔術師の話を聞いたが、今思えば終始上の空だった。

「あの者を私は知っている……？　いや、だが絶対に違う。そんなことはありえぬ。だってラルは……。なあ、おぬし、聞いてくれるか？　こんなこと、誰にも言えないのだ。二心を持つなど、あってはならないのに」

などと言いながら、淡い初恋の話をしようとしてきたので逃げた。

次に、人格者と有名な宮廷魔術師メディに接触できた。

彼は、リオレア国が攻め落としたレーヴェル国を先導しているため、普段は王宮にはいない。だが、今日は帰郷していたのか運よく接触できた。彼は、なぜかレーヴェル国では英雄のように崇《あが》められているらしい。

今まで接触してきた人物からは有力な情報は聞けなかったが、人格者として有名な宮廷魔術師メディならば大丈夫だろうと思った。だが、次の瞬間射殺さんばかりの目で見られて震えることになる。

「シノ？　は？　俺にシノのこと聞くなんて、喧嘩《けんか》売ってる？　お前、どこの国のもんだ？　リオレア人じゃないだろ。どうせシノの弱みでも探りに来たんだろう？　無駄無駄、あいつに弱みなんてないから。俺が知りたいくらいだっつの。あぁ、そうだ。帰るのも手間だろ？　俺が送ってやるよ。首だけでよければな」

潜り込んだ者は、今までにないくらい全力で逃げた。

人格者という噂は嘘《うそ》だったのだろうか。恐ろしい目に遭ってしまった。

宮廷魔術師メディの話だと、天才魔術師に弱みはないらしい。では、あの噂はなんだったのだろうか。ある瞬間だけ、天才魔術師の表情が安らぐという噂は、嘘だったのだろうか。

潜り込んだ者が噂そのものをいぶかしんでいた時、偶然天才魔術師を見つけた。その時見た天才魔術師は、とても穏やかな表情をしていた。

天才魔術師の傍には誰かがいた。その者の顔を見ることはできなかったが、潜り込んだ者は、きっとその者が、天才魔術師の表情の理由だと確信することができた。

天才魔術師の傍にいた人物を調査しようとしたところ、一切の容赦をしない目をした天才魔術師に見つかり「ラウルのことをコソコソと嗅《か》ぎ回っているのはお前か」と追いかけられた。これ以上の調査は危険と判断し、祖国へ帰ることにした。結局有力な情報は聞けず終いだった。

祖国へ逃げ帰る直前、澄んだ黒目の魔術師に出会った。不思議な人だった。その人は、王宮の廊下から夜の月を見上げていた。

「こんばんは」

潜り込んだ者は、その人の不思議な雰囲気に惹《ひ》かれて、思わず声をかけてしまった。

その人は振り向き、一瞬だけ驚いた表情をした後、囁《ささや》くように微笑《ほほえ》んだ。

「こんばんは」

「何を……しているんですか？」

「月を見ていたんです」

潜り込んだ者は、警戒心もなく会話を続けてしまっていた。その人の持つ柔らかさは、全《すべ》て受け入れてくれるのではないかと期待を持ってしまうような魅力があった。

天才魔術師のことを聞いてみると、その人は愛《いと》しそうに笑みを浮かべた。優しい笑みだった。

そして、天才魔術師のことは語らなかったが、大切だという己の弟子のことを語り始めた。

おわり

それからの話

俺の中からラドゥルの気配が消えた時、子供のラルから大人のラウルに体が戻った。融合していた十年の時間は蓄積されなかったみたいで、戻った姿は、ラドゥルにさらわれた日の、三十歳の時のままだった。

戻った俺を見たシノは、何度も名前を呼び、強く抱きしめてきた。シノに名前を呼ばれるたび、自分自身が戻ってきたことを実感した。

それから、王都に治療院を建てる目標を作った。

最後まで国を想《おも》っていたラドゥルの思いを繋《つな》ぐため、できることをやりたかった。国のために、俺ができることはなんだろうか。考えた結果、俺にできることといえば、やっぱり治癒術だけだった。

俺の目標をシノは手伝うと言ってくれて、その日から毎日、外装や内装、どこに建てるか、運営方法はどうするか、などの相談に乗ってくれた。シノは宮廷魔術師を辞めて、治療院で働くと言ってくれたけど、それは全力で止めた。

今日も王宮で話し合いをした。話し合いに夢中になり、気付いた時には外が暗くなっていたので、そろそろ帰ることにした。

今の俺は王都に宿をとり、そこで寝泊まりしている。今日も宿に帰るために立ち上がった。

「じゃあシノ、俺は王都に戻るから」

「ああ」

ああ、と言ったシノは、なんで王都に帰るんだ、という不満そうな表情を隠しきれていなかった。俺はシノの不満を分かっていたけど、知らないふりをした。

王都の宿はお金がかかる。高い料金をとられるから、毎日毎日痛い出費だった。いずれ治療院を建てたいからお金は大事だ。できることなら宿に出費などせず貯《た》めたい。シノもそれを分かっているから、王都に宿をとらずに、自分の部屋で寝泊まりすればいい、と勧めてくれる。目標のためには、きっとそうした方がいいのだと思う。けれど、王都に宿をとるのをやめようと思わなかった。これには理由がある。

先日、シノと二人で王都へ買い物に出かけたことがあった。その帰り道、何やら良い雰囲気になったので、物陰に隠れて二人でキスをした。盛り上がっていくキスに酔いしれ、このままの勢いで王宮に戻り、続きをしてしまうか？　と思った時、唐突に気付いた。俺はこんなに背が高かっただろうか。

視線の高さに違和感があり、とても動揺した。

俺の動揺を知らないシノは、耳元で愛を囁《ささや》いてきた。囁やかれた愛に、口から甘い声が漏れた時、その声が自分の声だったことに驚いた。

数ヶ月過ごしたラルの透き通るような可愛《かわい》い声じゃなくなり、三十年慣れ親しんだラウルの声になっている。

当たり前のことだけど動揺した。自分の声で正気に戻った俺とは反対に、シノは形を確かめるようにきつく抱きしめてきた。

俺は自分の声に萎《な》えたというのに、シノは逆に盛り上がっているようだった。

「ラウル、俺の部屋へ行こう」

ぐい、と腕を引かれた。シノはさっき俺が考えたことと同じことを思っているのだろうか。このままの勢いで王宮に戻り、続きをしようとしているのだろうか。

欲情している時の鋭い目で睨《にら》むように見られ、ごくり、と喉《のど》が鳴る。

「ラウル」

焦《じ》れたようにシノが言った。

「ご、ごめん！　俺もう帰るよ。ちょっと体調悪くて」

呆気《あっけ》にとられたように、シノが「は？」と言うのが聞こえたけど、早足で逃げてしまった。

それから、そういう雰囲気になるのは避けてしまっている。なぜかというと、俺はラウルの体でシノに抱かれるのが怖い。

ラルの体で抱かれた時、男同士の未知なやり方を怖いと思ったけど、シノに抱かれることは怖くなかった。それは、俺の体がラルという別人だったからなのだと、今回の動揺で分かった。

ラルの体で抱かれるのと、ラウルの体で抱かれるのはわけが違う。ラルは可愛かった。俺はラルの体で抱かれることになんの心配もなかった。今、俺はラウルに戻ってしまっている。可愛くないラウルで抱かれるなんて無理だ。

あの時、俺の口から漏れた声をシノはどう思っただろうか。心配になる。少年のラルが喘《あえ》ぐ声と、大人のラウルが喘ぐ声は全然違う。可愛くない。自信がない。

王都の宿に戻った後、ばふっとベッドの真ん中に倒れ込んだ。


無理だと思ってからは、キスもしていないし、遅くなる前に帰る日々を続けている。シノは多分気付いていると思う。最近のシノは、俺が王都に帰ることに不機嫌さを隠そうとしていないし、何か言いたげな視線を向けてくることが多い。

今のところ、理由を尋ねたりせずに好きにさせてくれているけど、もう限界かもしれない。でも、無理だ。「ラルの方が良かった」とか言われたらと思うと、もう怖くて全然踏み込めない。

この体でもシノを感じたい気持ちはある。でも、俺には魅力がない。シノに抱かれる自信がない。

ううぅ、と呻《うめ》き声をあげる。ベッドの上で何度もジタバタしていたけど、気付いたら眠っていた。

翌朝、宿を出て、王宮へ向かった。門番の人に挨《あい》拶《さつ》をして中へ入れてもらう。

俺は宮廷魔術師のシノの知り合いとして、王宮へ入ることを許されている。けど、最初王宮へ入ろうとした時、門番の人に止められて一悶着《ひともんちゃく》あった。その時は、もうラルじゃないということをすっかり忘れていて、止められた時にそういえばそうだったと思い出した。

あの時のことは覚えている。

怪しい奴《やつ》として連行されそうになっていたら、偶然イルマ王子が通りかかったのだ。イルマ王子は俺たちの様子を見て話しかけてきた。

「何をしている？」

「はっ、イルマ王子！　この者が当たり前のように王宮へ入っていこうとしたので捕らえました！」

あっイルマ王子！　お久しぶりです！　と、馴《な》れ馴れしく呼びそうになって、慌てて口を噤《つぐ》んだ。この姿の俺は、イルマ王子の知り合いではない。

イルマ王子は俺の顔を見て、眉《まゆ》をひそめた。

「おぬしは誰だ？　なぜ王宮に入ろうとした？」

「あ、えっと、シノさんに会いに……」

「シノ？」

イルマ王子は首をかしげた。

「シノの知り合いか？」

「はい」

「そうか。おぬしの名は？　私がシノに取り次いでやろう」

なんと優しいのかと思った。そうだ。イルマ王子はずっと優しい人だった。

俺がリュースに部屋から出してもらえなかった時、イルマ王子は王に交渉を持ちかけ、助けてくれた。あの時の優しさは、今も胸に沁《し》みている。

負傷した兵を二人で見に行った時だって、イルマ王子は自分が血で濡《ぬ》れるのも構わずに、兵士のことを励まし続けた。あの時、なんと心のある人だろうと感動した。

一緒に魔法学校で過ごした時間もあった。イルマ王子はただの教育者の俺を、自分のベッドで寝かせてくれた。

ああ、懐かしい。教育者だった頃《ころ》の思い出があふれる。俺はもうイルマ王子のお側《そば》には居られなくなってしまったけど、お元気そうで良かった。イルマ王子はあの頃よりも背が伸びて、大人の顔つきになっていた。

「おぬし、大丈夫か？　ぼうっとしているが」

「はい。すみません。私の名はラウルです」

懐かしさに心をいっぱいにしながら、イルマ王子に微笑《ほほえ》みかけた。その時、イルマ王子は目を大きく見開いて「ラル？」と俺に向かって言った。

びっくりしてしまった。イルマ王子も自分で言ったことに驚いているようだった。

「あの……ラルではありません。ラウル……です」

動揺しながらも訂正すると、イルマ王子は「ああ、そ、そうだな。すまぬ」と言ってシノを呼んできてくれた。俺は無事にシノに会えて、次から門番に止められることは無くなった。

あれから二度とラルと呼ばれることは無くなったけど、まさか微笑んだだけで見破られるとは思わなかったから、凄《すご》くびっくりした。イルマ王子は俺の中にラルの面影を見つけてくれたのだろうか。

先日のそんなことを思い出しながら歩いていたら、あっという間にシノの部屋の前に着いた。けれど、シノは部屋に居なかった。しばらく待つことにした。

隣の部屋が気になった。シノの隣の部屋は、昔俺の部屋だった。懐かしさに浸りながら、ラルだった頃の部屋を開けてみた。

部屋に入り、昔ベッドが置かれていた場所や、座椅子が置かれていた場所などを歩いてみた。窓から外を眺めてみたりもした。

俺は馴染《なじ》み深い人生に戻ったのだけど、ラルだった頃の思い出は、これから先もずっと忘れることはないだろう。三十年と比べると、数ヶ月というとても短い時間だったけど、とても濃いものだったから。

隣から物音がした。どうやらシノが戻ってきたようだ。部屋を出ようとしたら、扉が開かれた。入ってきたのはリュースだった。

「……なにしてるの？」

リュースは不審な目をしていた。

リュースは可愛いラルが好きだったから、ラウルの俺には興味がない。ラルだった頃は気に入られすぎて部屋に閉じ込められたり、何度も襲われそうになったりしたけど、今思えばそれも懐かしい。今後は一切無くなるのだろう。

「誰かがこの部屋に入っていくのが見えたから、ラルくんが戻ってきたのかと思って追いかけてきたんだけど……。違ったね。ここはラルくんの部屋だから、部外者は出て行って欲しいなぁ」

何もないこの部屋をラルの部屋だと言ったリュースに驚いた。

リュースは待っているのだろうか。もう絶対に帰ってこないラルを。

「すみません。シノの部屋と間違えてしまって……」

「ふぅん。シノの部屋は隣だよ」

リュースは興味無さそうに言うと、居なくなってしまった。

部屋を出て隣に行くと、シノは出迎えてくれた。

「ラウル、いつも来てもらってすまない。たまには俺がそっちに行く」

「い、いやぁ……別にいいよ。王宮に来るの楽しいし」

シノはじとっとした目で俺を見た。

多分、俺が王都の宿にシノを来させないようにしていることに気付いているのだろう。シノが王都の宿に来たら、きっと泊まる流れになる。俺たちは恋人という関係だから、自然とそうなるだろう。だから、来てもらってはダメだ。

シノがこっちをじっとり見ているのが分かっていたから、必死に目を合わせないようにした。

「ラウル」

シノが急に真面目《まじめ》な声を出した。

「な、ななな に？」

とても動揺してしまった。

「……治療院のことだが、南に建てないか？　南門の近くには迷いの森があり、そこを通って来る旅人は、負傷している者が多い。南に建ててもらえると、助かるのだが」

「え？　う、うん。そうだね。分かったよ。南に建てよう」

動揺したのが恥ずかしい。シノは真面目に治療院のことを話そうとしただけなのに。

俺はなんて自意識過剰なのかと羞恥《しゅうち》にまみれていたら、手をとられ、いきなりキスをされた。

「んっ！」

体を押され、ベッドに背中が沈む。シノは仰向《あおむ》けに倒れた俺に覆いかぶさり、またキスをしてきた。

「あっ、シノ、ダメだって……んっ」

抵抗したら、シノの動きが止まった。探るような視線を向けてくる。

「ダメ？　何故《なぜ》だ？」

「だって、こんな昼間から」

「じゃあ夜ならいいか？」

う、と言葉に詰まる。夜でもダメだ。俺はこの体で抱かれる心構えができていない。

何も言えなくなった俺に、シノはハァと溜息《ためいき》を吐《つ》いて、上から退《ど》いた。引くのが早い。シノは最初からその気はなかったようだ。多分、俺の気持ちを確かめるために強引にしたのだろう。

「一度は心が通じ合えたのだと喜んだが、まだ俺はラウルの中で可愛い弟子のままだったか」

「そんなことないです！」

シノは「なんだその喋《しゃべ》り方は」と言った。動揺した拍子に、ラルの時の癖が出たのかもしれない。

「これでも俺は傷ついているんだ。あからさまにラウルはそういう雰囲気になるのを避けているだろう？　そんなことないと言うのだったら、どうして俺を避けるのか教えて欲しい」

「だって」

俺は可愛くない。ラルの時より何もかも。自分で自分の声に萎えてしまうほどだ。シノだってそう思っているはず。抱かれている最中に、以前抱いたラルの体と比べて可愛くないと比較されたくない。

言うか言わないか迷った。シノに言ったところでどうにもならない。だけど、言わないでいたら、誤解されたままになる。

「俺は……可愛くないから……。シノもきっとがっかりする。だから……したくない」

「……は？」

シノは呆《ほう》けたような顔をした。シノにつられて俺も「え？」と声を出してしまった。

「まさかとは思うが、そんなことを気にしていたのか？」

そんなことと言われてムッとした。全然そんなことではない。リュースの反応を見ても分かるだろう。今の俺は全然可愛くない。可愛かったラルと違い、ラウルの俺には魅力がない。

「……そうだったな。ラウルは自分の魅力に無頓《むとん》着《ちゃく》だった。忘れてはいけないことだった」

シノは疲れたように息を吐き、手で顔をおさえた。

「……だが、良かった。もし避ける理由が俺を嫌いになったからだとか、弟子としてしか見られないからとかだったら、俺はラウルを追い詰めていたかもしれない。ああ、良かった」

何やら怖いことを言い始めた。

「ラウルが俺を避けていた理由は、元の体の自分に自信がないから、ということでいいんだな？」

「う、うん」

「ラウル、そんなことはない。その証拠に、俺はこの部屋にラウルが入ってきた瞬間から、ずっと手を出したくて仕方ない」

シノは俺の頬《ほお》にそっと触れた。

「今もどうにかしたいと思っている。理性が保てているうちに触れさせてくれ。じゃないといつか抑えられなくなりそうだ」

「わ、わかったから」

情欲を孕《はら》んだシノの目は、いつかと言わず、今にも暴れ出しそうなほどギラギラしていた。

「今日の夜、宿へ行ってもいいか？」

耳元で囁《ささや》かれた。耳にかかる吐息に思わず頷《うなず》いてしまった。


夜になり、シノが宿へやってきた。人目を忍ぶために被っていたフードを外したシノは、俺を見るなり変な顔をした。

「ラウル、湯に入ったのか」

「え。う、うん」

さっきまで、これからのことを考えながら、念入りに体を洗いまくった。もしや、あからさますぎて引かれただろうか。抱かれるために湯に入るなんて慎みがなかっただろうか。

「髪が濡《ぬ》れている。前に言っただろう。ラウルはもっとよく拭《ふ》いた方がいい。風邪をひく」

そういえば言われていた気がする。シノは手巾《ハンカチ》を持つと、俺の髪を拭いた。されるがままになっていたら、自然な動作で髪に唇を寄せてくっつけてきた。されたことを一瞬で把握して、庇《かば》うように頭をおさえた。さっき、シノは俺の髪にキスをしたのだ。

「この黒髪も、夜の空のような瞳《ひとみ》も、昔からずっと好きだった。ラウル、俺は幸せだ。最近はずっと、こんなに幸せで良いのかと思っている」

大袈裟《おおげさ》だと思ったけど、シノの微笑みを見て、何も言えなくなってしまった。

「やっと触ることができる」

やっぱり大袈裟だ。それに、一度俺たちは抱き合っている。まさか、忘れたわけじゃないと思うけど。

「いいか？」

「う、うん」

ゆっくりとベッドの上に押し倒された時、シノから石鹸《せっけん》の匂《にお》いがした。ここに来る前にシノも体を洗ったみたいだ。一人で恥ずかしがる必要なんてなかった。

キスをされて目を閉じた。唇を食《は》まれ、舌を入れ

られる。離された頃《ころ》には、体が火照ってしまってい
た。
持て余した熱をなんとかしたくて、荒い息を吐い
ていたら、灰紫色の瞳にじっと見られた。
「な、なに……そんなに見ないで」
「すまない」
訴えたら、すぐに目を逸《そ》らされた。
「熱いだろう、脱ごう」
「あ、や、待って。自分で脱ぐから」
服を脱がそうとしてきたシノを止め、自分の手で
前を縛っている紐《ひも》を解いた。脱ごうとした時、視線
を感じて手が止まった。
シノが見ていた。
「シノ……そんなに見られると脱ぎにくい」
「ああ、すまない」
すまない、と謝りながらも、今度はさっきのよう
に逸らさず、俺が脱ぐ様子をじっと見てくる。
「シノってば」
「ラウル、脱がないのか？」
「脱ぐけど」
昔は一緒に川に入ったりしたし、着替えだってシ
ノの目の前でやった。裸なんて、何度も晒《さら》してきた
はずなのに、どうしてこんなに脱ぐのが恥ずかしい
のだろう。シノがじっと見てくるせいだ。
「脱げないのなら、俺が脱がせてやるが」
シノのせいで脱げなくなっているのに、サラリと
そんなことを言うものだから困ってしまう。
「シノも脱いだら？」
時間を稼ぐために言ったけど、シノはすぐに脱ぎ
終わってしまった。目が、早くと言っている。俺に
何を期待しているのか分からないけど、こんな貧相
な体を見たって何も楽しくないはずだ。
「ラウル、早く」
それなのに、さっきからシノは情欲を伴った目を
させながら、俺に催促してくる。
シノに背中を向けて、一気に脱いだ。背中越しだ

というのに見られているのがはっきり分かってしまう。いつまで経《た》ってもシノの方を向けないでいたら、後ろから抱きしめられた。素肌が触れ合ってドキドキする。

「ラウル、背中を向けられると寂しい」

振り向かされた。

「だってシノが」

抗議しようとした唇を塞《ふさ》がれて押し倒される。キスされている間、乳首を摘《つ》ままれ、ほぐすように揉《も》まれた。力がどんどん抜けていく。

「ん、待って、そんなに触らないで」

感じているのが恥ずかしくて、思わずやめるように言ってしまった。乳首が気持ち良いことなんてもう知られてしまっていることだけど、この姿で喘《あえ》ぐのは恥ずかしい。

「ラウルは俺に触れて良いと言った」

シノはちょっと拗《す》ねたようにむぅとしていた。

「ごめん、胸は触らないで」

シノはむぅとしたまま、手を下ろし、今度は腰を触った。

「あ、ちょっと待って」

腰の先の尻《しり》に手が触れそうになった時、またもや止めてしまった。

「ラウル」

シノは怒った様子で俺を睨《にら》んだ。

「ごめん、待って。もうちょっとゆっくり」

「まだキスをして服を脱いだだけだ」

「わ、分かった、ごめん」

確かにまだ序盤だ。こんなに何度も中断させていたら、いつまで経っても行為が始まらない。シノの手が尻に触れるのを、今度は止めなかった。

シノは脇《わき》に用意していた潤滑油を指ですくうと、尻の穴に、ゆっくりと入れてきた。息を吐いて目を閉じ、違和感に慣れるように努めた。

「ん……」

次第に別の感覚を感じるようになってきて、声が漏れそうになる。気持ちいい。この体では初めての経験だけど、後ろが気持ちいいのは既に知っている。あの時の良かった感覚が蘇《よみがえ》って、脳が支配されそうになった。

目をあけてシノを見ると、ギラギラした目でこっちを見ながら指を動かしていた。思わず「ひっ」と声が漏れる。目が合ったとたん、シノは俺の名前を呼びながら指の動きを速くした。

「あっ、そんな速くしないで」

シノの指が気持ちいい場所をグリグリと押してくる。

「っ」

漏れそうになる声を必死に抑えた。

「っ待って、シノ、お願い、あっ」

待ってと言ったのに、シノは俺の後ろをいじり続けた。二本目の指が入り、更に圧迫感が増す。声が出ないように両手で口をおさえているけど、我慢するのにも限界がある。

「シノっ」

シノはやっと動きを止めた。目は、相変わらずギラギラしている。

「どうして止める」

「だって」

「ラウルは許してくれたんじゃないのか？　ほぐさないと入らないぞ」

シノは俺を責めるように言った。確かに、さっきから行為を中断させすぎているから、責められるのも分かる。だけど、自分のことが気になってしまう。俺は今、どんな顔で喘いでしまったのだろう。

「じ、自分でする」

シノの指が気持ちいいからダメなんだ。自分ですれば理性もなくならない。

シノから潤滑油を奪うと指ですくった。

そっと指を下の方に持っていき、穴に少しだけ入れた。潤滑油の冷たさにびっくりして抜きそうになったけど、こらえて抜き差しした。

大丈夫、この体は初めてだとしても、一度は経験しているから、どうすれば良いのか分かる。

拙い動きだったけど順調に慣らしていたら、前の方から「くそ」と聞こえた。シノだった。

シノは俺を睨みながら、荒く息をこぼしていた。

「俺を煽《あお》っているのか？　それはなんだ？」

「あ、煽ってないよ」

「ラウルがさっきから行為を止める理由など既に見当がついている。自分に自信がないからなのだろう？　何度言えば分かる？　ラウルは十分魅力的だ。分かっていないんだ、何もかも」

シノは俺から潤滑油を奪った。

「やだ、待ってシノ」

穴は拒むことなくシノの長い指を受け入れた。声が出てしまわないように必死に我慢する。

「ラウル、声を我慢せずにもっと聞かせてくれ」

「ダ、ダメ。恥ずかしいんだ。こんなの聞かせられない」

「ラウル」

「いや、お願い、ちょっと待って」

シノの指が気持ちいいと感じる場所を擦った。体がビクビクしてしまう。

「どうして止める、痛いのか？」

「違う、気持ちいいんだ」

「じゃあ良いだろう？」

意地悪を言うシノをひどいと思った。

「感じているみっともない顔なんて、見られたくないんだ。分かって欲しい」

「みっともなくない、大丈夫だ」

「やめてくれないならシノが目をつむって。耳も塞いで。俺の声、聞かないで」

「ラウル……」

シノはやっと指の動きを止めた。落ち着いたように息を吐くと、今度はゆっくり指を動かした。

「知っているか？　ラウルが寝ていた時、俺は何度かひっそりと唇を合わせたことがある。昔の話だ」

「えっ……！　ん、んむ」

キスをされ、驚いた声が、シノの舌に消されていく。昔というと、間違いなく十年前の話だろう。シノは知っているかと聞いてきたけど、知るわけがない。

「ラウルが寝てしまったあと、寝顔を見ながら妄想に耽《ふけ》るのを楽しんでいた時もあった」

シノは切なそうに微笑《ほほえ》んだ。

「一緒に水浴びをする時は、舐《な》めるように体を見ていたな。その時から俺は触れたいと思っていたが、ラウルは全然気付かなかった」

俺の貧相な体をそんな目で見ていたなんて。筋肉も腹筋もないこんな体のどこにときめく要素があるんだ。寝顔だって、涎《よだれ》とか垂らしていたかもしれない。あの頃《ころ》は今より慎みなんて無かった。

「昔は幾度も手を伸ばし、そのたびに諦《あきら》めた。夜は眠るラウルが起きないよう祈り、昼は眺めることしかできなかった。ラウルは、自分を卑下し、みっともないと言うが、そろそろ分かって欲しい。それは俺がずっと欲しかったものだ」

いつの間にか、俺の後ろにはシノの指が三本入っていた。指はゆっくりと抜かれていき、代わりにシノのものが入口に当たる。

「……いいか？」

後ろはもう十分慣らされていた。頷《うなず》いたら、シノはゆっくりと腰を進めた。以前感じた圧迫感を思い出し、くぅと息を吐いたけど、痛みなどはなかった。

全部受け入れたあと、シノは俺を抱きしめた。

「ラウル」

切なそうに、幸せそうに名前を呼ばれて愛《いと》しさが膨らむ。シノの背中を抱き返し、肩口に頬を擦り寄せた。

「幸せだ」

「俺もだよ」

心が満たされる。きっとこれから俺たちは、何度でもこうやって抱き合えるのだろう。

「動いてもいいか？」

しばらくしてから聞かれた。頷いた後、律動が始まる。突かれるたびに気持ち良くて、すぐにでも理性が飛びそうになった。

「ラウル、大丈夫か？」

「う、ん」

絶頂が高まっていくのを感じる。ゆっくりだけど確実に近づいている。凄《すご》いのがきそうだと思った。

「っ、っん、ああっ」

我慢できなかった声が漏れてしまう。急いで口を閉じようとしたけど、その前にシノの指が入ってきて、閉じられなくなってしまった。

「声を出すのが嫌だというのなら、俺の指を噛《か》んで抵抗してもいい」

そんなことできるわけない。俺がどれだけシノを大切に思っているか知っているくせに。

指を追い出そうとして舌で押したけど、ビクともしない。恨みがましく見ながら首を振った。それでもシノは指を放さなかった。

動きが再開されてしまう。高められた体では我慢できる筈《はず》もなく、口からは嬌声《きょうせい》が漏れた。絶頂が近くなる。いつの間にか、シノの指は口から出ていたけど、既に歯止めが利かなくなっていた。揺さぶられるままに嬌声をあげ、シノの手に性器を擦られ射精してしまった。

「っあ、う……は、ぁ」

射精後に正気に戻り、恥ずかしくて顔を隠した。快感に溶けたいやらしい顔も、気持ちいいと喚《わめ》く無様な声も、シノに届いてしまった。

「ラウル、隠さないでくれ」

「ひどいよ」

「強行に及んですまなかった。だが、全《すべ》て見たいんだ。隠さないでくれ」

射精したばかりの顔を見られるなんて嫌で抵抗したのだけど、懇願するように言われたのと、シノが俺の手をとってベッドに縫い付けたので、余韻に浸ったみっともない顔を見られてしまった。

「俺の顔、変じゃない？」

「変じゃない。むしろ腰にきた」

「な、なんかその言い方変態みたい。俺のシノはそんな変態じゃない」

「知らなかったのか？　シノは結構変態だぞ。いつもラウルのいやらしい顔を想像しては、一人で抜いていた」

「……それっていつの話？」

シノは何も言わずに笑った。

「待ってシノ、それって」

もう一度聞こうとしたら、シノが腰を動かした。形を保ったまま俺の中にいたシノのものが奥に当たる。体が反応してピクリと震えた。

「あ、ちょ、ちょっと待って。もうちょっと休憩させて」

「休憩は十分したと思うが？」

シノは体力があるから十分と感じるのだろうけど、俺にはまだ必要だ。動こうとしてくるシノの胸を手で叩《たた》いた。

「だめ、まだだめ」

シノは楽しそうに笑いながら、からかうようにユルユルと動いた。

「だめってば、お尻溶けちゃう」

シノの動きが止まった。ようやく止まってくれて安心する。

「そうそう、しばらく経《た》ってからね。俺、さっきイったばかりだから。……っあ、ちょっと！　まだだめってば……っ！」

シノは俺の訴えを無視して中を突いてきた。よく見たら、シノの目がギラギラしている。どこかで煽ってしまったのだろうか。

まだ痙攣《けいれん》している体に次の快感を上塗りされて、すぐに限界を感じた。一度目の射精感を引きずったまま、二度目の射精をしてしまう。射精している最中、シノは止まらなかった。

「ああっ！　だめっ……！　シノ、俺イってる……！　今イってるから……！　あ、あっ、だめっ」

意識が飛びそうになり、シノの腕を掴《つか》む。止まってと頼んだけど、止まらないまま、三度目の絶頂が近づいてきた。

「あああっ……止ま、っ、あう、イっちゃ……っ」

さっきからずっとイきっぱなしだ。止まって欲しくて口を開いたけど、喘《あえ》ぎ声が混ざり、上手に言葉にできなかった。

「ああっ……やっ、……ああっ」

口から出る声が止まらない。口を塞《ふさ》ぎたいけど、ベッドに両手を縫い付けられていてできなかった。

「ラウル、尻はいつ溶けるんだ？　早く俺に見せてくれないか？」

「やだ、やっ、あ……ああっ、へ、変態」

思わず罵《ののし》ってしまったけど、ふっと笑われただけだった。もうわけが分からない。顔はきっとドロドロのぐちゃぐちゃだ。声だって汚い。


「あ、あ……見な、で」

「無茶を言うな。見逃すはずないだろう」

「ひっ」

シノの捕食者のような瞳《ひとみ》に、思わず悲鳴のような声が漏れる。次の瞬間、良いところを集中して攻められ、射精と同時に息が止まった。

「ひ、ひぐっ……は、はぁっ」

酸素を求めて口を大きく開いた。飛びそうになった意識がなんとか戻ってきたことに安心する。

さっき射精した先っぽから、トロトロと液体が出続けていた。イきっぱなしになってしまっていて怖い。律動しているシノが止まってくれれば、それも終わるかもしれない。けれどシノに止まる様子はなかった。

「子供だった頃、想像したことがある。ラウルを抱いたら、どういうふうになるのかと。あの黒髪は、黒い瞳は。シノと呼ぶ温かい声は、どんな声で乱れるのか、俺を見つめる優しい表情は、どんな顔をするのか」

「と、止まってっ……！　ひうっ……止まっ……！」

「想像よりも凄く良い」

「ああっ……もう、だめ……っ」

シノの動きに合わせて腰が動く。喘ぐ声にも遠慮がなくなる。理性が崩れ、俺のはしたなさが全部シノに知られてしまった。こんな俺で申し訳ない。でも気持ちいい。

「ラウル、好きだ。愛している」

耳元で囁《ささや》かれ、再び絶頂を感じた。同時にお腹の中に精を放たれる。

ようやくシノが止まってほっとしたけれど、いまだに快感は続いていた。小さな喘ぎと共にピクピクと体が震える。何度も連続でイったせいだろう。

「大丈夫か。すまない、また暴走した」

「う、ん……」

唇にキスをされ、舌同士を擦りながら愛し合う。本来の体でシノと抱き合えた幸せに浸った。そうしているうちに眠くなってきて、意識を失うように目を閉じた。

朝起きたら、身動きができなかった。何事かと驚いたけど、シノが俺を両腕でしっかり抱きしめて寝ていたからだった。

「シノ、起きて」

シノは起きない代わりに眉《まゆ》をひそめた。宮廷魔術師としての日々の業務に追われ、疲れているのかもしれない。治癒術では疲労感を治せないけど、少しでも癒《いや》しになればと思い、治癒術をかけた。

シノの体が光に包まれていく。心なしか顔色がよくなったかもしれない。パチリと目が開いた。シノは寝ぼけた様子もなくこっちを見た。

「ラウル、治癒術を使ったのか」

「うん、疲れているみたいだったから」

「気持ちよかった。ラウルの治癒術は昔から好きだ」

シノは俺の肩口に頬をすり寄せた。甘えられているみたいで嬉《うれ》しかった。

「シノ」

今の幸せを噛みしめるように、小さく呼んでみた。

目が合って、微笑むと、シノは変な顔をした。

「治療院ができて、ラウルの活躍が見られるのは嬉しいが、少し心配だな。たまに様子を見に行き、監視でもするか」

「監視だなんて怖いなぁ。そんなことしなくても、ちゃんとしっかり働くから」

「そういうことではないのだが」

そういうことじゃないのなら、一体どういうことだろう。

「シノ、そろそろ用意しなきゃ。今日から魔法学校が始まるんでしょう？」

魔法学校の修繕が終わったらしく、初日に卒業式が行われるのだと聞いた。その卒業式にはユマ王子が出席し、シノも同行するらしい。

シノはベッドから出ると、昨日脱いだ服を身に着けていった。

「じゃあ、行ってくる」

着替え終わったシノは、俺を抱きしめ、キスをしてきた。

「また夜に」

また夜、ということは、シノは今日も宿に来るつもりだろうか。俺、昨日《きのう》連続でイったせいで、まだ体きついのだけど。多分、今日は昼まで動けない。

まさか、二日連続でするなんて無いと思いたいけど。

それから数日後、俺はヒーくんから、よく効くという腰痛の薬を貰《もら》った。

おわり

あとがき

物語に浸るのが好きです。休日は物語を求めて小説や漫画ばかり読んでいます。

昔読んだ人魚姫のお話が凄《すご》く好きで、主人公のラウルの人格形成には、泡になって消えた人魚姫の影響を強く受けたのかもしれません。自分はどうなっても良いから、愛している人に生きて欲しいという切ない気持ちに胸を打たれます。

初めまして。木龍《きりゅう》がみねと申します。上巻に続き、下巻も読んで頂き、あとがきにまで興味を持って頂けて嬉《うれ》しく思います。

先程も言ったように、主人公のラウルは、自分はどうなっても良いから、シノには生きていて欲しいと願う積極的な自己犠牲受けです。

作中で、シノは何度もラウルに自分を犠牲にするのはやめてくれと言います。ラウルはそれでも、黄金竜との交渉で、自分を犠牲にする方を選んでしまうのですが、ギリギリでシノがそれを食い止めます。この流れを書きたくて、こういう物語にしました。最中、上手《うま》く書けなくて何度も書き直しました。今でもちゃんと書けたのかな、と心配になります。

上巻でシノが、「自分のことばかり考えるな」と言う台詞《せりふ》があります。この台詞は、自分を傷つくことを良しとするラウルへ、シノが言いたかった言葉です。

ラウルは、自分が傷つくことで誰かが悲しい思いをするという発想がないので、もっと周りを、俺のことを見てくれ、という昔からのシノのモヤモヤをあらわした言葉でもあります。ラウルは、シノのことばかりで自分のことなど考えていないように見えますが、実際は周りなんてお構いなしに、シノを守りたいという自分の願いしか考えていない矛盾のようなものを抱えていました。終盤になり、ラウルもようやく分かったので、最後の最後、シノの手を放しませんでした。

『ラウルの弟子』というタイトルは、シノを思いながらつけました。この物語は、主人公のラウルも不憫《ふびん》ですが、シノの方が苦しんだ時間は長いです。ラウルが一夜で過ぎてしまった十年という長い時間、シノは一人で耐えていました。なので、どちらかというと、不憫属性はシノの方が強いかもしれません。私は不憫なキャラクターを好きになる癖があるので、主人公はラウルだけど本命はシノ、ということでこのタイトルにしました。

愛している人を、なりふり構わず守ろうとする行為が好きです。奪おうとする行為も好きです。要するに執着攻めが好きです。滑稽《こっけい》でも汚くても、一生懸命な行動に魅力を感じます。愛があるなら受けが泣いていても萌《も》えます。シノは度々、ラウルを監禁したいという衝動に駆られていますが、そうならなかったのは、ラウルがシノを受け入れていたからです。多分、ラウルがシノの執着を恐れて逃げていたら監禁していたかもしれません。

本編の中で、様々な脇役が二人に関わります。その中で、思い入れのあるキャラクターを少し。

まずはメディなのですが、生んだきっかけは、ラウルに出会って愛を教えてもらったシノと、対比できるキャラクターを作りたいと思ったからです。

人を信じられず、ラウルの愛を逃したメディは、魔法学校で関係のない人を次々と攻撃し、あんなに望んでいたラウルすら傷つけてしまう人間になりました。逆にラウルに愛されたシノは、無関心ではありますが、いたずらに人を傷つけず、王都の結界を解除する時も、躊躇《ためら》うような思考をします。愛を知っているシノと、愛を知らないメディ。違いは出せたでしょうか……？

そしてラドゥルとレイ。黄金竜のラドゥルは、少しラウルに属性が似ています。自己犠牲に特化したキャラクターです。

ラドゥルは受けで、攻めはレイなのですが、レイとシノは、似ているようで似ていません。たとえばシノは、世界とラウルが天秤《てんびん》にかけられた時、迷うことなくラウルを選びます。けれど、レイは迷います。迷いに迷って、世界を選んでしまうかもしれません。そして後で後悔します。

ラドゥルが居なくなってしまったことを、レイはずっと後悔していました。そして二年後、全《すべ》てを捨てて王宮を出て行くことを決めました。選べずに失《な》くしてしまったラドゥルを、やっと探しに行くことにしたのです。

『ラウルの弟子』は、インターネットで連載していたお話が完結した後、角川ルビー文庫様に声をかけて頂き、本になりました。約三ヶ月の連載が終わり、余韻に浸ろうとしていた頃《ころ》だったので、驚くと同時に、あ、またラウルやシノと関わることができるんだ、と嬉しく思いました。

書籍化作業中は、担当して下さった編集者さまに頼りきりで、ご迷惑もおかけしました。

一つのお話を本にする、という経験がなく、不安もあったのですが、優しく丁寧に教えて頂けたので、作業を進めることができました。本当にありがとうございました。

書籍化のお話を頂いた際、とてもワクワクしたのがイラストでした。私以外の誰かに手によって、シノとラウルが描かれるということが信じられないくらい幸せでした。しかも、担当して下さるのが北沢きょう先生でしたので、飛び跳ねるくらい嬉しかったです。

後日送られてきたキャララフが素晴らしくて、本当に私は幸せ者だと思いました。カバーイラスト等も拝見した時、素敵すぎて画面の前で拝みました。『ラウルの弟子』の世界観を、とても美しく表現して下さった北沢きょう先生、ありがとうございました！


最後になりましたが、『ラウルの弟子』を本にして下さった出版社さま、何をしたら良いのか分からず、挙動不審な私を丁寧に導いて下さった担当編集者さま、とても美しい装丁を手掛けて下さったデザイナーさま、素敵なイラストを描いて下さった北沢きょう先生。私の拙い文章を読み込み、チェックして下さった校正者さま。そして、上下巻という長い物語に最後までお付き合い下さった読者さまに心から感謝致します。本当に、どうもありがとうございました。

木龍　がみね

Ruby collection

ラウルの弟子《でし》 下《げ》
～最愛《さいあい》の弟子《でし》と引《ひ》き離《はな》されたら一夜《いちや》で美少年《びしょうねん》になりました～

2020年5月1日　初版発行

著者　木龍がみね
©Gamine Kiryu 2020

発行者　三坂泰二

発行　株式会社 KADOKAWA
〒102-8177
東京都千代田区富士見2-13-3
電話：0570-002-301（ナビダイヤル）
https://www.kadokawa.co.jp/

印刷所　株式会社暁印刷

製本所　本間製本株式会社

デザイン　内川たくや（UCHIKAWADESIGN Inc.）

イラスト　北沢きょう

初出：本作品は「ムーンライトノベルズ」(https://mnlt.syosetu.com/)
掲載の作品を加筆修正したものです。

ISBN：978-4-04-109552-2　C0093　　Printed in Japan